Mi primer Quijote

처음 만나는
돈 키호테

惠園出版社

Mi primer Quijote
Text Copyright © 2004 by José María Plaza
Illustrations Copyright © 2004 Espasa Calpe, S.A.
First Published in spain by Espasa Calpe, S.A. 2004

ALL RIGHTS RESERVED

Korean Translation Copyright © 2005 by Hyewon Publishing Co.,
through BRIT Literary Agency, Seoul, Korea.

이 책의 한국어판 저작권은 브리트 에이전시를 통한 José María Plaza 와의
독점계약으로 혜원출판사에 있습니다.
신저작권법에 의해 한국 내에서 보호를 받는 저작물이므로
무단전재와 무단복제를 금합니다.

처음 만나는 돈 키호테

세계 54개국 저명 작가들이 뽑는 '세계의 명작' 100선 중에서
1위로 뽑힌 《돈 키호테》!
4세기가 지난 후 스페인의 작가 호세 마리아 플라사에 의해
편안한 문체와 원전보다 더 재미있는 내용이 훌리우스의 그림과 만나
새로운 도전의식을 불러일으키는 작품으로 거듭났다.
단순한 미치광이의 껍질을 벗어던지고
낭만적 기개로 자신의 이상을 위해 달려간 21세기의 돈 키호테를 만난다.

차례

제 1 부

1. 시골 귀족 돈 키호테 · · · · · · · · · · · · · · · · · 11
2. 처음으로 당도한 주막 · · · · · · · · · · · · · · · · 16
3. 주막에서 기사 서훈을 받다 · · · · · · · · · · · · 23
4. 매 맞는 소년을 풀어 주다 · · · · · · · · · · · · · 31
5. 몹시 다쳐 집으로 돌아가다 · · · · · · · · · · · · 38
6. 책을 모조리 불사르다 · · · · · · · · · · · · · · · · 44
7. 두 번째 출정을 떠나다 · · · · · · · · · · · · · · · 50
8. 풍차 · 57

제 2 부

9. 비즈카야 출신 종자와의 결투 · · · · · · · · · · 67
10. 방패를 잃은 아픔 · · · · · · · · · · · · · · · · · · · 72
11. 양치기들과 함께 한 식사 · · · · · · · · · · · · · 77
12. 마르셀라와 그녀에 대한 사랑을 기리는 노래 · · · · · · · 82
13. 그리소스토모의 장례식 · · · · · · · · · · · · · · 86
14. 양치기 처녀 마르셀라의 등장 · · · · · · · · · · 94

제 3 부

15. 로시난테, 갈리시아 암말들에 추근대다 · · · · · · 105
16. 마법의 성 · 112
17. 신비의 명약 · 120
18. 양 떼 군대 · 127
19. 캄캄한 밤, 숲 속에서 만난 장례 행렬 · · · · · 136
20. 한밤중, 물방앗간 부근에서 길을 잃다 · · · · 145
21. 맘브리노의 투구 · · · · · · · · · · · · · · · · · · · 153
22. 갤리선으로 끌려가는 죄수들을 만나다 · · · · 159

23	시에라 모레나 산으로 가다 · · · · · · · · · · · · · · ·	168
24	카르데니오, 자신의 사연을 들려주다 · · · · · · · · ·	177
25	고행자 돈 키호테 ·	181
26	산초, 시에라 모레나 산을 나서다 · · · · · · · · · · ·	189
27	신부와 이발사, 변장을 시도하다 · · ·	196

제 4 부

28	도로테아의 사연 ·	205
29	미코미코나 공주의 등장 · · · · · · · · · · · · · · · · ·	213
30	산초, 주인 돈 키호테에게 결혼을 권하다 · · · · · ·	220
31	주인과 종자, 둘시네아에 대해 이야기를 나누다 · ·	227
32	모두 마리토르네스가 일하는 여인숙에 들다 · · · · ·	234
33-34	무모한 호기심에 대한 이야기 · · · · · · · · · · ·	240
35	무지막지한 거인과의 결투 · · · · · · · · · · · · · · ·	254
36	가면을 쓴 사람들 ·	259
37	산초, 도로테아에 속다 · · · · · · · · · · · · · · · · ·	267
38	무인의 길과 문인의 길에 대한 일장 연설 · · · · · ·	274
39-41	포로기사 이야기 · · · · · · · · · · · · · · · · · · ·	281
42	형제의 재회 ·	296
43	돈 키호테, 심하게 골탕먹다 · · · · · · · · · · · · · ·	305
44	난장판이 되어 버린 여인숙 · · · · · · · · · · · · · · ·	313
45	서로 원수가 되어 ·	322
46	돈 키호테, 우리에 갇히다 · · · · · · · · · · · · · · ·	329
47	톨레도에서 온 고위 성직자 · · · · · · · · · · · · · ·	337
48	엉터리 마법 ·	342
49	돈 키호테, 우리에서 풀려나다 · · · · · · · · · · · · ·	348
50	기사 소설의 진실 ·	353
51	경솔한 레안드라를 그린 노래 · · · · · · · · · · · · ·	359
	이야기를 마치면서(뒤늦게 붙이는 서문) · · · · · · ·	372
	역자 후기 ·	378

❦ 펠리페 데 보르본 왕세자 전하! ❦

전하께서 훌륭한 예술 작품을 아껴주시는 분으로서 이 책을 기꺼워하시고, 또한 이 책의 앞길에 관심을 가져주실 것으로 믿고 그 크신 광영에 힘입어 이 책 《처음 만나는 돈 키호테》를 출간키로 결심하였습니다.

이 책은 아주 오래 전 지엄하신 펠리페 2세 국왕 폐하 재위 시절에 문단의 귀재이자 우리 모두의 친근한 벗이며, 스스로 편력기사이자 동시에 종자이기도 했고, 군인이자, 시인이었으며, 또한 세계적 작가였던 미겔 데 세르반테스 사아베드라가 쓴 《재치 있는 시골 귀족 돈 키호테 데 라 만차》 제 1편의 출간을 조금이나마 기리고 이 작품을 향한 모두의 애정을 되살려보고자 쓴 작품입니다.

원전에 훨씬 못 미치는 보잘것없는 졸작이오나, 부디 이 작품을 통해 많은 독자들이 돈 키호테와 산초 판사, 둘시네아와 로시난테, 도로테아 등이 벌이는 온갖 모험에 동참할 수 있기를 바라마지 않습니다.

왕세자 전하를 위시하여 이 책의 헌사를 빌어 세르반테스의 든든한 후원자이셨던 베하르 공작과 특히 그분의 마음을 사로잡은 영왕이시자 훌륭한 문학 작품의 기수이시며 온 국민의 사랑을 한 몸에 받으시고 늘 국민 곁에 계셨던 아스투리아스 공주마마를 새삼 기억하고자 합니다.

근대 음악의 혁신을 불러일으킨 주인공이자, 세르반테스와 셰익스피어에 뒤이어 이 광활한 세상과 기나긴 세월 속에서 그들의 노랫말을 전 세계인들이 사용하게 만든 주인공 비틀즈에게 이 작품을 바칩니다. 폴과 존, 링고, 조지…… 그들 모두에게 고마운 마음을 전합니다.

그리고 끝으로 영원히 사랑하는 나의 가족 마리아와 라우라 윈스, 다비드 플라사와 미겔 플라사에게도 감사를 전합니다.

Primera Parte
제1부

시골 귀족 돈 키호테

옛날 라 만차 지방의 어느 마을에 키가 크고 비쩍 마른 한 시골 귀족이 살고 있었다. 그는 증조할아버지의 유품(遺品)인 찌그러진 갑옷을 입고 창과 방패를 들고 다니길 좋아했다. 스스로를 편력(遍歷)기사라고 생각하고 있었기 때문이었다. 오래 전, 생활이 꽤 여유 있었을 당시엔 망아지였지만, 이제는 노쇠해 버린 말 잔등에 무장을 한 채 올라타고 집 근처를 어슬렁거리곤 했다.

그의 집에는 집안일을 맡아 하는 마흔 살 가량의 가정부와 아직 스무 살이 채 되지 않은 조카딸, 금방 집안에서 서성거리는가 하면 어느새 우리로 달려가 돼지 여물을 주기도 하는, 그야말로 온갖 잡일을 도맡아 하는 하인이 같이 살고 있었다.

비쩍 말라 광대뼈가 툭 불거진 오십 줄의 이 시골 귀족은 사냥을 무척 좋아했다. 하지만 실제로는 하루 일과의 대부분을 서재에 쌓여 있는 책을 읽으면서 보냈다. 어찌나 독서광이었던지 이제는 거의 외울 지경이 되어 버린 갖가지 기사 소설들을 사들이느라 전답까지 상당수 팔아치웠을 정도였다.

그는 특히 아서 국왕 휘하의 원탁의 기사들이나 호수의 기사 랜슬롯, 티란테 엘 블랑코, 영국의 팔메린과 롤랑 같은 기사들을 좋아했다. 그 중에서도 가장 위대하게 평가하는 기사는 뭐니 뭐니 해도 아마디스 데 가울라였다. 엘 시드 역시 대단한 무사지만 '불타는 검의 기사' 아마디스에 견줄 수는 없다는 생각이었다. 아마디스야말로 사나운 맹수의 머리가 두 개나 달린 어마어마한 거인들을 단칼에 베어 버린 주인공이기 때문이었다. 그는 자칭 이런 종류의 모험담을 줄줄 꿰고 있는 사람이라고 여겼다.

그의 취미가 이렇다 보니, 몇 시간이고 꼼짝 않고 앉아 '까만 새 새끼들이 바글거리는 까만 새 둥지를 발견해 들여다보니, 까만 어미새가 둥지 밖으로 기어나올 때마다 까만 새끼들도 기어나오네.' 같은 문장을 해독하느라 시간 가는 줄 몰랐다. 그러다가는 그 흉조(凶鳥)를 잡아 보겠다고 숲으로 달려가기도 했다. 앞에서도 말했듯이 사냥을 무척 좋아했기 때문이었다. 하지만 사냥에서 돌아오면 또다시 온갖 영웅들이 등장하는 모험담을 읽곤 했다. 덕분에 그의 판단력은 갈수록 흐려졌고, 다시 또 '사랑하지 말아야지 하면서도 그 사람을 사랑하고, 또 사랑하지 않으려 애쓰니…….' 와 같은 난해한 문장을 읽으면서 점점 더 이성을 잃어 갔다.

그는 워낙 독서광인데다 책의 내용을 현실로 여기며 살았기에 밤마다 모험에서 모험으로, 결투에서 결투로 이어지는 꿈을 꿨다. 그러므로 아침에 잠에서 깰 때마다 원수를 비방하느라 입 안이 바싹 말라 있었다. 또한 상대방과 처절한 결투를 벌이느라 팔에 통증이 느껴졌고, 꿈속의 그 기나긴 전투 생각에서 벗어나지 못해 두 눈이 붉게 충혈되어 있곤 했다.

이렇게 책에 빠져 지내느라 도통 잠을 자지 못한 탓에 그의 두뇌는 점점 메말라 갔다. 결국에는 판단력을 완전히 상실하면서 그간 책 속에서 읽은 것과 같은 마법과 결투, 사랑, 칼날이 부딪치면서 빚어내는 섬광과 금속성 소리로 서걱거렸다. 결투 신청, 난장판이 되어 버린 소동만이 온통 그의 뇌리를 들쑤시고 있었다. 그는 이제 어느 것이 허구인지, 또 어느 것이 현실인지 구분하지 못했다. 그를 사로잡은 이러한 광기로 인해 자신이 편

력기사가 되어 모험을 찾아 온 세상을 두루 돌아다녀야겠다고 결심했다. 불의를 타파하고, 부정을 바로잡으며, 거인과 사악한 건달들을 쳐부수어 귀부인을 구하고, 목숨을 걸고라도 약자를 지켜야 한다고 생각했다.

이 시골 귀족은 자신이 읽은 책 속의 주인공들과 같은 삶을 살고 싶어 했다. 그래서 그가 가장 먼저 한 일은 다락으로 올라가 커다란 궤짝을 들춰낸 일이었다. 궤짝에 들어 있던 증조할아버지의 유품을 끄집어낸 뒤 깨끗하게 손질했다. 그 궤짝 속에는 녹슨 창과 날이 무뎌진 칼 한 자루, 가죽이 너덜너덜해진 둥그런 방패 하나, 머리에 꽉 끼는 투구와 갑옷 한 벌이 들어 있었다.

그러고 나서 그는 뒤꼍 마구간으로 가 영웅적 기사의 위상에 걸맞은 말을 찾아보았다. 모두 다 시험해 보았지만, 그가 잔등에 올라탈 수 있는 말은 비쩍 말라 비틀어진 늙은 말 한 필뿐이었다. 그 말은 태어날 때부터 영 시원찮아서 여물통까지 걸어가기도 힘들어 보일 정도였다.

그래도 주인이 올라탔을 때 흔들어 떨어뜨리지 않은 유일한 말이었다.

"과연 기사를 모실 만한 명마로다!"

시골 귀족이 늙은 말 등에 올라앉아 세상을 내려다보며 소리쳤다.

그의 눈에는 알렉산더 대왕의 애마 부세팔루스나 엘 시드의 명마 바비에카도 그의 말에 필적(匹敵)할 수 없을 것 같았다. 그는 자신의 말에 어떤 이름을 붙일까 생각해 보았다.

말의 이름을 짓는 데만도 나흘이 걸렸다. 수많은 이름을 떠올렸다가는 포기하고, 나중에는 포니엔테와 몬타라스 중에서 어느 것이 좋을까 망설이기도 했다. 하지만 결국에는 로시난테라고 부르기로 결정했다.

일단 듣기에도 근사한 말의 이름을 짓고 나자 또 다른 의문이 떠올랐다.

'역사에서는 나를 어떤 이름으로 부를 것인가?'

시골 귀족은 스스로 자문해 보았다. 사실 그는 케사다 혹은 키하다라는 이름으로 불렸다는데, 그에 대한 이야기를 쓰는 사람들까지도 이 부분에 대해서는 의견을 하나로 일치시키지 못하고 있었다.

시골 귀족은 장장 여드레 동안이나 이 중요한 일을 해결하기 위해 애쓰다가 마침내 자신의 이름을 키호테라 부르기로 결정했다. 참으로 자신의 위상에 걸맞은 이름이자 편력기사의 위대함을 드러낼 수 있는 이름이라 생각되었던 것이다. 기왕이면 앞에 존칭에 해당되는 '돈'을 붙여 돈 키호테라 하면 훨씬 기품이 있을 것 같았다. 그런데 자신이 무척이나 경애해 마지않는 기사의 이름이 단순히 아마디스가 아니라 자신의 고향을 고양(高揚)한다는 뜻에서 이름 뒤에 출신지를 덧붙인 아마디스 데 가울라였던 것을 상기하고, 그 역시 자신의 이름에 스스로 자부심을 느끼던 고향 라 만차의 이름을 덧붙여 돈 키호테 데 라 만차라 부르기로 했다.

무기들도 깨끗이 손질했고, 애마 뿐 아니라 자기 자신에게도 새 이름을 명명(命名)한 그에겐 한 가지 문제가 남아 있었다. 책 속의 모든 기사들이 그랬던 것처럼 연모하는 여인이 있어야 했다. 사랑하는 여인이 없는 편력 기사란 잎사귀 없는 앙상한 나무요, 날개 떨어진 새요, 영혼이 빠져나간 육신과 다를 바 없었기 때문이었다.

그는 이웃 마을에 사는 한 아름다운 여인을 떠올렸다. 한눈에 반해 짝사랑했지만 여자 쪽에서는 전혀 눈치채지 못했었다. 알돈사 로렌소라고 하는 농사꾼 여인이었다.

여인의 이름 역시 사랑스런 공주나 위대한 귀부인의 이름으로는 어울리지 않는 것 같았다. 그 여인에게도 역시 둘시네아 델 토보소라는 이름을 붙여 주었다. 그 여인 역시 라 만차 지방에 있는 그의 이웃 마을 엘 토보소 태생이었기 때문이었다.

처음으로 당도한 주막

스스로 편력기사임을 자처하던 돈 키호테는 더 이상 시간을 낭비하고 싶지 않았다. 주변 사람들에게 한 마디 말도 없이, 누구의 눈에도 띄지 않게 조심하면서 무기를 챙겨들고 로시난테에 올라탔다. 그리고 뒤꼍 쪽문을 통해 빠져나가 광활한 평원으로 향했다. 무더운 7월의 어느 날 아침이었다.

돈 키호테는 벅찬 마음으로 단단한 대지를 내디뎠다. 자신의 원대한 꿈이 너무나도 쉽게 이루어진 것이 놀랍기도 했다.

하지만 평원을 바라보면서 순간적으로 걱정이 하나 떠올랐다. 아직 기사 서훈(敍勳)을 받지 못했다는 사실이었다. 기사도에 따르면, 기사 서훈을 받지 못한 자는 다른 기사들과 싸울 수도, 싸워서도 안 되는 것이다.

'이를 어쩐다?'

그는 어찌할 바를 몰라 혼란스러웠다. 소설 속에 나오는 기사들치고 이런 상황에 처한 기사는 단 한 명도 없었기 때문이었다. 사실 그들은 소설 첫 장부터 이미 편력기사의 신분을 지니고 있었던 것이다.

이런 걱정에 그는 잠시 가던 길을 멈추고 계속 길을 갈 것인지, 아니면 집으로 되돌아갈 것인지 생각해 보기로 했다. 그런데 그가 원했던 건 아니었지만, 로시난테가 그 대신 결정을 내려준 셈이 되어 버렸다. 걸음을 멈추려고 해보았지만 로시난테가 막무가내로 비탈길을 따라 아래쪽으로 달리기 시작한 것이다. 늙은 말 로시난테는 급경사를 이루고 있는 산기슭을 눈썹이 휘날릴 정도의 속도로 내닫고 있었다.

'운명이 나를 모험으로 이끄는구나!'

돈 키호테는 자긍심이 가득 찬 목소리로 외쳤다. 그러면서도 평소와는 달리 날쌘 사냥개라도 된 듯 달리고 있는 말을 어떻게든 제어해 보려 했다.

그가 말고삐를 있는 대로 잡아당기기도 했지만, 로시난테는 그리 잘 훈련된 준마가 아니었던 탓에 광활한 평원이 눈앞에 펼쳐지기가 무섭게 마치 한 그루 고목이라도 되어 버린 듯 갑자기 우뚝 서 버렸다. 그 덕에 미처 아무런 준비를 하지 못했던 우리의 영웅 돈 키호테는 그만 무장을 한 상태로 말 머리 위를 훌쩍 넘어 멀찍이 날아가 버리고 말았다.

딱딱한 땅바닥에 널브러진 채 돈 키호테는 생각했다.

'언젠가 나의 모험담을 써내려갈 현자가 오늘 아침 일어난 이 사건도 과연 쓸 것인가?'

잠시 그런 생각을 해본 뒤 돈 키호테는 힘겹게 몸을 일으켰다.

그리고 다시 로시난테 잔등에 올라탄 그는 평소 잘 알고 있던 유서 깊은 몬티엘 평야를 지나 앞으로 나아갔다. 고개를 꼿꼿이 세운 그의 머리 속엔 온통 둘시네아 생각뿐이었다. 그가 행하는 모든 모험은 결국 그녀를 위한 것이며, 그녀에게 더 큰 영광을 돌리기 위한 것이기 때문이었다.

이렇게 연정에 사로잡힌 채 오로지 사랑과 영광을 꿈꾸는 전사 돈 키호테는 느릿느릿한 로시난테의 발걸음에 의지해 하루 종일 길을 가 보았지만 별로 이야깃거리가 될 만한 일이 일어나지 않았다. 그는 천천히 걷고 있었다. 라 만차 지방의 햇살이 어찌나 따가운지 그의 머리 속이 온통 녹아내리는 듯해 금방이라도 정신을 잃을 것만 같았다.

'신의 가호가 있으라! 스페인에 영광 있으라!'

일부 작가들은 그가 겪은 최초의 모험은 푸에르토 라피세에서의 일화였다고 하는가 하면, 또 다른 작가들은 풍차의 모험이 첫 번째 모험이라고 한다. 그러나 내가 조사한 바에 따르면—사실 '라 만차 일보'에서 읽은 것이기는 하지만—돈 키호테는 비쩍 마르고 성질 고약한 개 한 마리를 만났었다. 덕분에 로시난테는 줄행랑을 쳐버렸고, 혼비백산한 돈 키호테는 나무 꼭대기로 기어올라 가지에 매달린 채 으르렁거리던 개가 달밤이 되어 지쳐 돌아갈 때까지 버텨야 했다.

그러고 나서야 돈 키호테는 마침내 평화를 되찾은 땅 위로 훌쩍 내려서는 주변 찔레나무 뒤에 숨어 있던 로시난테를 불렀다. 무기를 챙겨든 그는 로시난테 등에 올라탄 뒤 하룻밤 보낼 성을 찾아 다시 길을 떠났다.

이렇게 라 만차의 평원을 한참 가다 보니 마침내 길 저편 끝 쪽으로 주막이 보였다.

'편력기사에게 어울릴 법한 망루 네 개짜리 성이 저기 있구나!'

돈 키호테는 밤이 더 깊어지기 전에 한시라도 빨리 도착하려고 말에 박차를 가했다.

주막 입구에는 구질구질한 옷을 입은 못생긴 아가씨 둘이 서 있었다. 동료들과 함께 세비야로 가는 길이었다. 그런데 돈 키호테의 눈에는 그 두 아가씨가 아름다운 귀부인으로 보였다. 물론 누추하기만 한 그 주막이 해자(垓子)와 개폐교(開閉橋)가 있는 웅장한 성으로 보인 것은 물론이다. 머릿속에 상상한 모든 것들이 현실로 보였기 때문이었다.

거대한 성곽을 앞에 두고 돈 키호테는 상반신을 꼿꼿이 세운 채 귀빈을 맞이할 성주가 나타나 환영해 주기를 기다렸다.

마침 어디선가 한 청년이 풀어 놓았던 돼지 떼를 불러 모으기 위해 고둥을 불어대는 소리가 들려왔다. 그 소리를 우리의 영웅 돈 키호테는 그의

도착을 알리기 위해 성벽 위에서 부는 나팔 소리라 생각했다.

겉옷을 벗어 장난을 치고 있던 문가의 두 아가씨는 갑주(甲冑)로 무장을 하고 한 손에 창을 치켜든 낯선 기사의 모습에 놀라 달아나기 시작했다.

"도망칠 것 없습니다. 아름다운 두 분 공주님! 불량배들이나 거인들도 두려워하지 마십시오. 공주님들 곁에는 명예와 정의를 수호하고, 아름다운 귀부인을 보호하며, 숭고한 목적을 위해 싸우는 편력기사 저 돈 키호테 데 라 만차가 있으니까요."

맨발로 도망치던 두 아가씨는 돈 키호테의 모습을 흘낏 쳐다보더니 갑자기 웃음을 터뜨렸다. 상대방이 미친 것인지, 아니면 자신들을 두고 농담을 하고 있는 것인지 분간을 할 수 없었다. 그런 괴이한 모습을 본 적이 없었기 때문이었다.

아가씨들은 자신들을 '아름다운 두 분 공주님!'이라고 불렀던 걸 떠올리고는 다시 깔깔거리다가 상대가 또다시 알아들을 수 없는 이상한 소리를 하는 걸 듣고는 입을 다물지 못했다.

"한눈에 두 분의 미모를 알아봤습니다. 더구나 별것도 아닌 일에 이토록 우아한 웃음을 보내시니……."

"킥킥킥……."

아가씨들은 도저히 웃음을 참을 수 없었다.

그녀들의 눈에는 그가 별스러워 보이긴 했지만, 그래도 그럴싸하게 말할 줄 아는 기품 있는 사람으로 여겨지기도 했다. 물론 무슨 소리인지 하나도 알아들을 수 없기는 했지만 말이다. 한 아가씨는 그를 위아래로 훑어보았다. 또 한 아가씨는 그의 눈을 쳐다보았다. 어쨌든 돈은 좀 있어 보였다.

이때 주막 주인장이 나타났다. 통통한 체구 덕분에 동작이 굼뜬 그런 남

자였다. 주인장은 돈 키호테에게 음식을 내준 뒤, 빈 방이 없으니 괜찮다면 축사에서라도 자도록 하라고 했다.

"성주님, 어디라도 좋습니다. 제게 짐이라고는 무사의 무기뿐이며, 결투가 곧 저의 휴식이니까요."

돈 키호테는 로시난테의 등에서 내리려다가 그만 창 손잡이에 다리가 걸리는 바람에 거꾸로 곤두박질치고 말았다.

아가씨들이 달려와 바닥에 널브러진 돈 키호테의 갑옷을 벗겨 주었다. 하지만 투구는 얼굴에 너무 꼭 낀 탓에 도저히 벗겨낼 수가 없었다. 방패 역시 팔에 얼마나 칭칭 동여맸던지 도무지 끈을 풀어낼 수 없었다.

마침내 두 다리로 일어선, 비쩍 마른 돈 키호테의 모습은 사람들 눈에 참으로 우스꽝스럽기 그지없는 몰골로 보였다.

그러나 이보다 더 우스꽝스러웠던 것은 돈 키호테가 식탁에 앉아 식사를 하려는 모습이었다. 그는 얼렁뚱땅 만든 탓에 너무 짜게 된 대구 요리를 어떻게든 먹어 보려 했다. 그에게는 성주가 내준 최고급 송어 요리로 보였던 것이다.

무척이나 허기져 있었음에도 불구하고 팔에 방패가 그대로 매달려 있는 탓에 대구를 잘라 입 안에 넣기가 쉽지 않았다. 만일 두 아가씨가 사심 없이 도와주지 않았더라면 그나마 한 조각도 먹지 못했을 것이다. 아가씨들은 음식을 먹는 것뿐 아니라 물도 마실 수 있도록 해 주었다. 혼자서 물을 마시려다가 투구의 얼굴 가리개가 덜컹 내려오는 바람에 컵이 바닥으로 나동그라졌기 때문이었다.

돈 키호테가 우아한 귀부인으로 여기고 있는 두 아가씨는 짚을 가져다 컵에 꽂아 돈 키호테가 빨아 마실 수 있도록 해 주었던 것이다.

돈 키호테는 자신이 진짜 성에 와 있다고 믿고 있었다. 그리고 자신이 기사 서훈을 받지 못했기 때문에 모든 준비를 갖추었음에도 불구하고 아직 그 어떤 모험에도 참여할 수 없다고 생각하고 있었다. 이제 더 이상 이렇게 시간을 보내고 싶지는 않았다.

주막에서 기사 서훈을 받다

돈 키호테는 저녁을 먹는 둥 마는 둥 대충 끝낸 뒤 실제로는 주막집 주인인 성주를 찾았다. 그리고 그 앞에 무릎을 꿇고 앉아 말했다.

"용맹스러운 성주시여! 그대가 나의 간절한 소망인 기사 서훈식을 치러 주기 전까지는 결코 이 자리에서 일어서지 않겠습니다!"

선 채로 손님을 내려다보고 있던 주인장은 잔뜩 조아리고 있는 황당한 기사 앞에서 그저 혼란스럽고 불편하기만 했다. 그래서 얼른 원하는 대로 해 줄 테니 일어서라고 권했다.

"고귀하신 성주님! 분명 그리 해 주실 줄 알았습니다. 그럼, 내일 새벽 동이 틀 무렵 서훈식을 거행해 주십시오. 저는 이만 이 성의 예배당으로 가보겠습니다. 앞으로 힘없는 자들의 수호자로서 또한 무모한 자들의 교화자이자 정의의 사도로서 행하게 될 끝없는 모험을 꿈꾸며 밤새 제 무기들을 지키는 불침번을 서도록 하겠습니다."

원래 장난기가 그득한 주막집 주인은 이런 돈 키호테의 말에 맞장구를 치기 시작했다. 자기 역시 기사의 영예를 위해 세상 이곳저곳을 편력하며 거인들을 무찌르고, 귀부인들을 보호하며, 고귀한 가치를 위해 싸워왔노라 너스레를 떨었다. 이제 좀 휴식을 취해야 할 것 같아 이곳 성으로 오게 되었다고 했다. 그리고 덧붙여 성이 현재 개축 중이므로 예배당이 없다는 사실도 알려 주었다.

"괜찮습니다. 훌륭한 기사가 되기 위해서인데 어디서 무기를 지키며 불침번을 서든 그게 무슨 상관이겠습니까?"

이때 주막집 주인이 물었다.

"그런데 돈은 좀 가지고 계십니까?"

"돈이라뇨?"

돈 키호테가 놀란 표정으로 되물었다.

"편력기사에겐 돈 같은 건 필요 없지요. 지금까지 숱한 책을 읽어 보았지만 기사가 돈을 지니고 다닌다는 이야기는 한 번도 읽은 적이 없는걸요."

"그건 잘못 아신 겁니다, 기사님. 책 속에서 돈 이야기를 하지 않은 것은 기사들이 돈을 지니고 다닌다는 게 공공연한 사실이고, 돈 없이 세상을 떠도는 사람은 하나도 없음을 누구라도 잘 알기 때문에 굳이 언급할 필요가 없었던 것입니다. 실제로 기사들은 늘 돈과 깨끗한 옷을 챙겨 가지고 다니는데……."

"돈과 깨끗한 옷이라고 하셨습니까?"

"네, 뿐만 아니라 상처를 치료하기 위한 연고와 물약도 늘 자루 속에 넣어 가지고 다니지요. 상처를 입은 곳 어디서나 난쟁이나 귀부인들이 있어 상처를 치료해 줄 수 있는 게 아니니까 말입니다. 보통 이런 모든 것들은 종자(從者)가 봇짐 속에 넣어 가지고 다닙니다. 편력기사치고 종자를 데리고 다니지 않는 경우는 드문 법이지요."

"음……."

돈 키호테는 참으로 지혜롭고, 예의 바른 성주를 바라보며 잠시 생각에 잠겼다. 그리고 앞으로는 반드시 돈과 깨끗한 의복과 약을 가지고 다니겠다고 약속했다. 그러고는 뒤돌아서며 누구를 종자로 고르면 좋을까 생각

해 보았다.

이런 생각을 하면서 우리의 영웅 돈 키호테는 뒤꼍으로 가 잔뜩 쌓여 있는 가축 사료용 목초더미 옆 우물가에 창검을 내려놓았다.

밤이 깊었지만 달빛이 어찌나 밝은지 꼿꼿한 자세로 창검 주위를 어슬렁거리는 돈 키호테의 모습이 또렷이 드러났다. 그는 가끔씩 창을 쳐다보는가 하면 또 가끔씩은 여전히 팔에 매달려 있는 방패를 쳐다보기도 했고, 또 때로는 강인해 보이는 검 쪽으로 눈길을 주기도 했다.

이때 노새와 말들을 이끌고 이 마을 저 마을 다니는 말몰이꾼 하나가 뒤꼍으로 오더니 우물가로 다가오는 것이었다. 가축들에게 먹일 물을 길러 오는 길이었다.

돈 키호테가 호령했다.

"네 이놈! 네가 누구인지는 모르나 게서 한 발자국도 움직이지 말라! 필적할 이 없을 만큼 용감무쌍한 편력기사의 창검에 손끝이라도 댔다가는 내 칼이 용서치 않으리라! 목숨을 부지하고 싶거든 조심하는 게 좋을 것이다!"

말몰이꾼은 목구멍이 타들어 가는 듯한 갈증 때문에 혀를 길게 내밀고 헐떡거리고 있는 말들 외에는 돈 키호테의 말 따위는 조금도 귀에 들어오지 않았다.

상대가 자신의 말을 듣지 못했다는 듯 계속 걸음을 떼는 것을 본 돈 키호테는 하늘을 우러르며 사랑하는 여인 둘시네아를 떠올린 뒤 한숨을 내쉬었다.

"오 내 사랑하는 여인이여! 내게 가해진 이 최초의 모욕으로부터 부디 날 지켜 주소서! 그대가 내게 은혜와 용기를 준다면, 나의 손은 떨리지 않을 것이요, 그대를 위해 싸울 것이오!"

이 말과 또 다른 기도 같은 것을 중얼거린 뒤, 돈 키호테는 두 손으로 창을 단단히 잡고는 말몰이꾼의 머리통을 세차게 가격했다. 말몰이꾼은 머리를 감싸 쥐고 바닥으로 나뒹굴었다. 머리를 그대로 얻어맞은 탓에 한 마디의 비명도 지르지 못했다.

잠시 후, 뒤꼍에서 벌어진 일에 대해 전혀 모르고 있던 또 다른 말몰이꾼 하나가 뒤꼍으로 왔다. 그 역시 노새들에게 물을 주기 위해서였다. 그는 아무 말 없이 우물가로 오더니, 두레박으로 물을 긷기 위해 두레박 위에 놓여 있던 창검을 집어 땅바닥으로 휙 던져 버렸다. 이를 본 돈 키호테 역시 한 마디 말도 없이 성난 얼굴로 창을 높이 들어올리더니 가로로 한 차례, 세로로 또 한 차례 그자의 머리통을 내리쳤다.

"악! 으악! 아이쿠! 아야야야······."

심하게 상처를 입은 이 말몰이꾼은 어찌나 아팠던지 고래고래 비명을 질러댔고, 결국 동료들의 귀에까지 비명 소리가 들리게 되었다. 뒤꼍으로 통하는 문으로 몰려나온 동료들이 돈 키호테에게 야유를 퍼부으며 돌팔매질을 시작했다. 돈 키호테는 방패로 돌멩이 세례를 막았다. 그러고는 검을 집어들고 다시 한 번 둘시네아를 떠올리면서 크게 소리쳤다.

"오, 아름다운 여인이여! 사랑에 빠져 버린 이 기사에게 눈길을 보내소서! 그리하여 용기를 내어 저들을 물리치게 하소서!"

상처 입은 말몰이꾼 동료들 눈에는 이 시골 귀족이 상당히 위험한 인물로 보였다. 물론 그렇다고 해서 돌팔매질을 멈추지는 않았다. 그들 가운데 몇이 우물가로 다가와 부상당한 동료를 부축해 데려가는 사이, 다른 동료들은 여전히 돈 키호테에게 돌멩이를 던져대고 있었다. 돈 키호테는 여전히 방패로 앞을 가리고 있었다.

돈 키호테는 최대한 몸을 방패 뒤로 숨기면서 이렇게 호령했다.

"오! 이 배신자들! 이 성의 성주는 참으로 고약하구나. 이런 자들이 고귀한 편력기사들에게 돌팔매질을 하도록 내버려 두고 있으니……."

 마당에서 소란스러운 소리가 들려오자 주인장은 졸음이 가득한 얼굴로 내려왔다. 그리고 손님들에게 돈 키호테를 그냥 내버려 두라고 설득했다. 정신이 나간 것 같은데 미친 사람과 상대할 수는 없는 노릇 아니겠냐는 것이었다.

"악당들! 사악한 자들! 아, 참으로 극악무도하구나……."

 돈 키호테가 여전히 소리치고 있었다.

"내가 기사 서훈만 받았더라면 저자들을 모조리 요절을 내고 말았을 텐데!"

 어차피 다시 잠을 잘 수 있을 것 같지도 않고, 손님들도 잠자코 있을 것 같지 않아 주막집 주인이 뒤꼍으로 가 말했다.

"이 무지한 자들을 용서하십시오. 이자들은 기사님의 위대한 모험을 이해하지 못하는 자들입니다. 자, 이제 기사 서훈식을 할 시간이 된 것 같습니다."

"나는 준비되었습니다."

 돈 키호테가 등을 꼿꼿이 펴고, 근엄한 태도로 걸음을 떼면서 대답했다.

"예배당은 어디 있습니까?"

"기사님! 아까도 말씀드렸지만, 현재 우리 성은 개축 중입니다. 어차피 기사도에 따르더라도 기사 서훈식을 꼭 예배당에서 해야 한다는 법은 없지요. 벌써 네 시간째 불침번을 서셨으니, 이제 머리와 등을 몇 차례씩 두들기기만 하면 됩니다."

"그럼 얼른 하십시오."

 돈 키호테가 조급한 표정으로 말했다.

"일단 기사 서훈식만 치르고 나면, 이 성 안에서 날 공격하는 자는 단 한 명도 살아남지 못할 겁니다."

주막집 주인도 최대한 빨리 일을 처리해 버리고 싶었다. 이 미친 남자가 빨리 떠나면 떠날수록 주막도 빨리 평화를 되찾을 것이기 때문이었다. 그는 하인에게 가축 여물통을 받쳐놓는 데 쓰던 커다란 책을 가져오라 시켰다. 그리고 초에 불을 붙인 후, 옷차림이 형편없는 그 두 아가씨를 불러 세워 놓고 서훈식을 시작했다.

"무릎을 꿇으시오!"

주막집 주인은 글을 읽을 줄 몰랐기 때문에 책장을 펴 들여다보고는 아무도 알아듣지 못할 소리를 몇 마디 중얼거렸다. 그러고 나서 한 손을 들더니 돈 키호테의 목덜미를 세게 한 대 때렸다. 그리고 또 돈 키호테의 칼을 집어들고는 마치 기도라도 하듯이 여전히 낮은 소리로 뭔가를 중얼거리면서 돈 키호테의 등을 한 대 가격했다.

잠시 후, 그는 언젠가 들었던 기억이 있는 기사 이야기에 나왔던 것처럼 두 처녀 가운데 한 명에게 기사에게 칼 띠를 채워 주고 칼도 꽂아 주라 시켰다.

여자는 우스워 죽을 지경이었으나 꾹 참았다. 이 기사라는 사람의 기분이 영 좋지 않아 아무것도 아닌 사소한 일에도 화를 낼 수 있음을 잘 알고 있었기 때문이었다. 그래서 터져 나오려는 웃음을 억누른 채 이렇게 말했다.

"하느님께서 당신을 훌륭한 기사로 삼아 주시기 바랍니다. 또한 당신이 겪을 모든 모험에 행운이 깃들기를……."

이 말은 얼마 전 주막집에서 누군가가 읽어 주었던 책 속에서 나왔던 말이었다.

"감사합니다, 아가씨! 아가씨, 이름을 알 수 있을까요?"

"저는 톨로사라 합니다. 톨레도 태생의 구두장이 여식이지요. 이제 기사님께서 그 어디로 가시든 기사님만을 생각하며, 기사님을 제 마음의 주인으로 여기겠습니다."

처녀는 역시 들은 풍월대로 읊어대면서 내심 자신의 연기력에 놀라 원형극장에서 공연되는 로페 데 베가 카르피오 석사의 연극에서 공연을 하는 여배우가 되어도 될 것 같다는 생각을 하고 있었다.

"이제부터 아가씨를 존칭을 붙여 도냐 톨로사라 부르겠습니다."

주막집 주인은 또 다른 처녀에게 기사님께 박차를 달아 주라 시켰고, 처녀는 그 말대로 따랐다. 그러자 돈 키호테가 그 처녀에게도 아까 물었던 것과 똑같은 질문을 했다.

"제 이름은 몰리네라입니다. 안테케라의 방앗간집 딸이지요."

"이제 아가씨를 도냐 몰리네라라 부르도록 하겠습니다."

이제 모든 것을 갖춘 돈 키호테는 으쓱해졌다. 누군가의 도움 없이도 얼마든지 편력기사를 모시고 다니는 영광을 누리는 말 잔등에 올라탈 수 있을 것 같았다.

잠시 후, 힘없이 축 늘어져 있던 로시난테의 등에 올라탄 신임기사 돈 키호테는 성주에게 아무도 알아듣지 못할 온갖 기묘한 감사의 소리들을 잔뜩 늘어놓았다. 주막집 주인 역시 똑같이 알아듣지 못할 소리로 화답을 했다. 순간, 이 미친 남자가 주막 문을 들어선 이후 지금까지 일어났던 일들이 떠올랐다. 하지만 생각만으로도 진저리가 난 주인은 두 눈을 질끈 감아 버렸다. 방값이나 부서진 기물에 대한 손해배상을 요구할 생각조차 않고 돈 키호테가 얼른 떠나도록 부추겼던 것이다.

매 맞는 소년을 풀어 주다

돈 키호테가 뿌듯한 마음으로 주막을 나설 무렵, 어느덧 지평선 저 너머로는 여명이 밝아오고 있었다. 돈 키호테는 고개를 돌려 기사 서훈을 받았던 성을 돌아보았다. 그리고 모험을 찾아 길을 떠나기 전, 고귀한 성주가 들려주었던 충고의 말이 떠올랐다. 그래서 우선 집으로 되돌아가기로 했다.

"가서 돈과 깨끗한 의복을 챙겨와야겠다. 종자도 한 사람 구해야겠고……."

돈 키호테가 중얼거렸다.

"가자, 로시난테!"

그런데 얼마 가지 않아 오른쪽 숲 속 어디선가 비명 소리가 들려왔다.

"응? 대체 이게 무슨 소리지?"

돈 키호테가 중얼거렸다.

비명 소리는 계속되고 있었다.

"아야, 악, 아악……!"

새롭게 편력기사로 태어난 돈 키호테는 손에 들고 있던 창을 고쳐 쥐고는 구름을 올려다보며 마치 기도라도 하는 듯 이렇게 감동하여 소리쳤다.

"오, 하늘이시여, 나의 사명을 다할 기회를 주시니 고맙습니다!"

그리고는 시선을 내리깔고 말했다.

"저기 저 나무숲 안쪽에서 누군가가 비명을 지르고 있으니……."

"악, 아야, 으아악……!"

"나의 도움을 필요로 하는 사람이 그 누군지 알 수 없으나, 그를 구하기 위해 쏜살같이 달려가리라!"

이렇게 말한 뒤, 돈 키호테는 로시난테의 고삐를 비명 소리가 흘러나오는 쪽으로 돌렸다.

숲 속엔 열다섯 살쯤 되어 보이는 사내아이가 윗도리가 벗겨진 채로 나무에 묶여 있고, 농부 차림의 한 남자가 매질을 하고 있는 게 보였다.

"다시는 안 그럴게요, 주인님! 아야! 악! 아악! 정말 약속해요! 이젠 진짜 조심할게요!"

소년이 소리쳤다.

잔뜩 분노한 돈 키호테는 이 광경을 뚫어져라 노려보았다.

"이 무례한 양반! 스스로를 지킬 수조차 없는 어린아이를 이렇게 때리다니, 당신은 참으로 비겁한 자요! 당장 말 등에 올라타고 창을 드시오! 내가 그대를 요절내 버리고 말 것이오!"

"기사님!"

농부가 자초지종을 설명하려는 듯 입을 열었다.

"실은 이 녀석은 제 집 하인입니다만, 들판에 풀어놓은 양 떼를 지키라고 했더니 딴전만 피는 탓에 날마다 양을 잃어버려 이렇게 벌을 주고 있는 중이었습니다. 오늘도 두 마리나 잃어버렸다는군요. 이러다간 망해 버리고 말 지경입니다. 제 인내심도 한계에 달했고요."

"아이쿠, 아야, 아야……."

소년은 여전히 비명을 질러댔다.

"게다가 글쎄 이 배은망덕한 녀석이 절더러 급료까지 따박따박 달라는

32

겁니다."

돈 키호테는 더 이상 듣고 싶지 않았다.

"당장 그 아이를 풀어 주시오! 그렇지 않으면 당장이라도 이 창으로 당신의 몸을 꿰뚫어 버릴 것이오. 또 급료도 즉각 지불하지 않았다가는 톡톡히 그 값을 치러야 할 거요."

농부는 소년을 풀어 주었다. 비쩍 마른 기사의 출현에 겁을 먹은 그는 이렇게 둘러댔다.

"기사님! 지금 당장은 돈이 없습니다. 이 안드레스 군을 제 집으로 데려가 밀린 급료를 주도록 하겠습니다."

그러자 평소 주인이 어떤 사람인지 잘 알고 있는 소년이 놀란 두 눈을 휘둥그레 뜨며 소리쳤다.

"주인님과 함께 집으로 간다고요? 아이쿠머니! 그건 안 돼요. 기사님이 떠나기가 무섭게 절 요절내고 말 거라고요!"

"그러지는 않을 게다."

돈 키호테가 대답했다.

"너를 존중하라 명했으니, 그걸로 충분할 거야. 네 주인도 기사도에 대고 맹세하고 나면, 너를 놓아 주고 밀린 빚도 갚아 주지 않을 수 없을걸."

"맹세해요. 맹세하고 말고요. 이 세상 모든 기사도에 대고 맹세합니다."

농부가 허둥지둥 대답했다. 농부는 원래 킨타나르 부근에 사는 부자 후안 알두도라는 사람이었다.

"봤지?"

돈 키호테가 안드레스에게 말했다.

"이자를 따라가거라. 별일 없을 것이니. 만일 사람들이 널 구해 준 사람이 누구냐 묻거든, 불명예와 불의를 타파하는 용맹스러운 기사 돈 키호테

데 라 만차라 말하거라."

뿌듯해진 돈 키호테는 로시난테에 박차를 가하며 그 자리를 떴다. 그의 얼굴에는 편력기사가 된 후 처음으로 기사의 사명을 만족스럽게 마무리했다는 사실로 온통 희색이 감돌고 있었다.

농부는 미친 남자가 저만치 멀어져 가는 것을 확인하고는 얼굴 가득 미소를 머금은 채 소년에게로 다가갔다. 그의 두 손에는 아까 것보다 훨씬 큰 몽둥이가 들려 있었다.

"이리 오시지, 안드레스 군! 히히히, 군의 수호자께서 떠나셨으니, 어디 빚을 갚아 볼까?"

그러면서 몽둥이를 치켜들었다.

"맹세했잖아요! 아까 맹세했잖아요! 맹세해 놓고서는……."

소년이 매를 피해 보려 애썼다.

"그럼! 내가 빚진 것 잊지 않고, 하나도 남김없이 다 갚아 주겠다고 맹세했지."

"아야야! 아이쿠! 아악!"

돈 키호테 데 라 만차는 사랑하는 연인을 떠올리며 한창 흥에 겨워 길을 가다가 네 갈래로 갈라진 지점에 이르렀다. 그는 어느 길로 접어들어야 할지 잠시 망설였다. 하지만 모험이란 어디서든 일어나기 마련임을 깨닫고 결국 로시난테로 하여금 그 대신 갈 길을 결정하도록 내버려 두기로 했다.

2마일 정도 갔을 때, 저 멀리 사람들 모습이 눈에 들어왔다. 나중에 알고 보니, 그들은 무르시아 지역으로 비단을 사러 가던 톨레도 지역의 상인들이었다.

모두 여섯 명이었는데 하인 여섯 명이 동행하고 있었다. 사람들이 시끌

벅적하게 다가오는 것을 보고 돈 키호테가 한 손에 창을 겨누고 그들 앞으로 나섰다.

"라 만차의 여제이신 둘시네아 델 토보소 님이야말로 이 세상 그 어떤 여인보다도 아름다우신 지존임을 큰소리로 맹세하지 않고서는 누구 한 사람 이곳을 통과할 수 없을 것이오!"

상인 일행은 창보다 더 꼿꼿하게 상체를 곧추세운 별 희한한 남자의 등장에 가던 길을 멈추었다. 그들 가운데 장난기가 발동한 한 상인이 말했다.

"당신이 연모하는 귀부인의 초상을 보여 주십시오. 그분이 제아무리 박색이고 못났다 해도 당신을 위해서라면 그 여인이 지존의 아름다움이라 인정할 테니까요."

"박색에 못났다고?"

자신이 그토록 연모하는 여인을 두고 농을 했다는 사실에 분개한 돈 키호테가 소리쳤다.

"내 당장에 네놈의 눈알을 뽑아 버릴 것이다!"

분기탱천한 돈 키호테는 그 무모한 상인을 향해 창끝을 겨눈 뒤 당장 뛰쳐나가기 위해 로시난테에 박차를 가했다. 그런데 몹시 지쳐 있던 로시난테가 길 위에 박혀 있던 돌부리에 발이 걸리는 바람에 넘어지고 말았다. 갑주와 창검으로 무장한 돈 키호테는 공중으로 솟구쳐 올랐다가는 그만 머리부터 땅 아래로 곤두박질쳤다.

비참하게 만신창이가 되어 버린 돈 키호테는 어떻게든 일어서 보려 했다. 하지만 떨어질 때의 충격이 너무 커 갑주의 무게를 견디기가 힘들었다. 그는 계속 일어서려 시도하면서 소리를 지르는 것만은 멈추지 않았다.

"도망치지 마라, 이 비겁한 자들아! 내가 이렇게 쓰러진 건 내 탓이 아니다. 순전히 내 말 때문이다!"

상인들은 무르시아 쪽으로 다시 길을 재촉했다. 그런데 일행을 따라가던 하인 녀석 중 하나가 널브러진 돈 키호테 곁으로 다가와 걸음을 멈추었다. 그러고는 아까 자신의 주인을 협박할 때 썼던 돈 키호테의 창을 집어들고는 돈 키호테의 머리를 내려치기 시작했다. 하지만 상대의 거친 매질도 곳곳이 터져 피가 흐르는 돈 키호테의 입술을 다물게 하지는 못했다. 돈 키호테는 뿌옇게 흐려지는 시야 저 너머로 사라져 가는 일행의 뒤통수에 대고 여전히 고래고래 소리를 질러댔던 것이다.

결국 혼자 남게 되었을 때, 돈 키호테는 사뭇 흡족했다. 이런 불운한 사건이야말로 편력기사들에게는 늘 일어나는 일이었기 때문이었다. 그는 어떻게든 무릎이라도 세워 일어선 뒤 말을 타 보려고 애썼지만 어찌나 매질을 심하게 당했던지 도저히 움직일 수가 없었다. 아무래도 이튿날 먼동이 틀 무렵에나 거동할 수 있을 것 같다고 생각하기에 이르렀다.

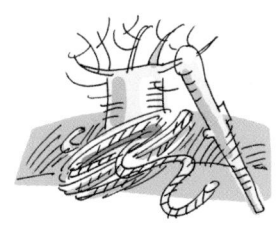

몹시 다쳐 집으로 돌아가다

일어날 수조차 없었던 돈 키호테는 땅바닥에 큰 대 자(字)로 누운 채 책 속에서 읽었던 여러 가지 모험담을 떠올려 보았다. 조금이나마 위안이 되는 것 같았다. 스스로를 치열한 전투로 기력이 다해 버린 용맹스러운 기사라고 생각했던 것이다. 돈 키호테는 또 사랑하는 여인도 떠올렸다. 자연스럽게 이런 시구가 그의 입에서 흘러나왔다.

> 어디에 계십니까, 나의 여인이여!
> 그대 내 곁에는 아니 계시는가 봅니다.
> 주변을 둘러봐도
> 보이는 것은 오직 로시난테뿐이니.
> 벌떡 일어서고 싶지만
> 옆구리의 통증이 깊기만 합니다.
> 내가 이런 고충을 겪게 된 것은
> 매질을 당했기 때문입니다…….

돈 키호테는 이 정도에서 작시(作詩)를 마무리 지었다. 그의 흥얼거림에 불운이 놀랐는지, 요술처럼 통증이 훨씬 줄어든 느낌이었다.
운 좋게도 마침 밀 자루를 잔뜩 싣고 풍차 방앗간으로 가던 같은 마을

농부 하나가 이곳을 지나게 되었다. 농부는 바닥에 널브러져 있는 사람을 보고는 타고 가던 노새에서 내렸다. 쓰러져 있는 남자의 얼굴에서 이미 거의 다 깨져 망가져 버린 얼굴 가리개를 들어올린 뒤 뽀얗게 뒤집어쓴 먼지를 털어냈다. 먼지를 털어내자 누군지 알아볼 수 있었다. 농부가 소리쳤다.

"키하나 님!"

돈 키호테가 정신이 멀쩡한 조용한 시골 귀족이었을 때 그런 이름으로 불렸던 모양이었다.

"도대체 어찌 된 일입니까? 아니, 어느 놈이 키하나 님을 이 지경으로 만들어 놓았단 말입니까?"

부상을 입고 있던 기사는 정신이 혼미해지면서, 이번 일의 자초지종을 들려주는 게 아니라 또다시 시구를 읊조리기 시작했다.

어디에 계십니까, 오! 둘시네아여!
그대는 지고의 아름다움이시오.
도대체 어디에 계시는 겁니까? 당신이 보고 싶습니다.
나 그대를 너무도 사랑하기에…….

농부는 다시 한 번 무슨 일이 있었던 거냐고 물었다. 하지만 돈 키호테가 계속해서 엉뚱한 소리만 지껄여대자 아무래도 머리를 너무 심하게 다쳐 정신이 나간 모양이라고 생각하게 되었다. 그래서 힘겹게 돈 키호테를 자기 노새 위로 끌어올린 후, 주인과 마찬가지로 제 다리로 일어설 힘조차 없어 보이는 늙은 말 로시난테의 등에다 그의 갑주와 무기들을 한꺼번에 실었다.

그러고는 천천히 마을로 향했다. 만신창이가 된 기사 돈 키호테가 시 낭송을 멈추고 자기가 왜 이렇게 기분이 좋은지를 설명하기 시작했다.

"이보십시오, 돈 로드리고 데 마르바에스 만투아 후작, 내가 연모하는 둘시네아께서는……."

"저는 기사가 아닙니다. 키하나 님 이웃에 사는 페드로 알론소, 그러니까 페드리토라고요. 절 몰라보시겠습니까? 그리고 선생님은 키하나 님이시고요. 자기가 누군지도 기억나지 않으세요?"

"내가 누군지는 잘 알고 있소이다!"

돈 키호테가 신경질적으로 대꾸했다.

"나는 조금 전 당신이 말한 그 키하나 뿐 아니라 그 누구라도 될 수 있단 말이오."

하여간 돈 키호테가 이와 비슷한 말들을 계속 주절대는 동안 어느덧 두 사람은 몽둥이질로 만신창이가 되어 버린 우리의 편력기사가 그 이름을 기억할 수 없었던 라 만차의 그 마을(하긴 다른 것도 기억하지 못하지만)로 들어서게 되었다.

두 사람이 마을에 도착한 시각은 이미 해가 떨어졌을 때였다.

돈 키호테의 널찍한 집에는 마침 마을 신부와 이발사(역주: 당시 이발사는 손님이 요청하는 경우 손님 집을 찾아가 머리와 수염을 손질해 주곤 했으며, 통상 가벼운 상처를 소독하고 치료해 주는 외과의사가 이발사업을 겸했다.)가 찾아와 그 집 가정부의 걱정스런 푸념을 귀 기울여 듣고 있던 참이었다.

"벌써 집을 나가신 게 사흘째라니까요, 페드로 페레스 석사님!—신부의 이름이었다—사흘째 우리 주인님도, 제 다리로 일어서기조차 힘겨운 그 말도 코빼기조차 보이지 않는다고요. 창과 방패도 없어졌을 뿐 아니라 증조부께서 쓰셨다던 낡아빠진 갑주도 사라졌어요. 도대체 무엇 하러 그

런 걸 가져가셨을까요?"

"몰라서 묻는 건 아니겠지요?"

신부가 대답했다.

"우리의 가엾은 친구, 지금쯤 어찌 하고 있을지……."

이발사가 거들었다.

신부와 이발사는 돈 키호테의 침실로 들어갔다. 방은 그야말로 엉망이었다. 펼쳐진 책들이 방바닥 여기저기에 어지럽게 널려 있었다. 하나같이 숭고한 뜻을 품고 길을 떠난 편력기사들의 이야기였다.

"설마 우리 친구가 영혼을 통째로 악마에게 사로잡힌 채 이 소설 속 기사들처럼 출정을 해 버린 건 아니어야 할 텐데……."

신부가 말했다.

"아무래도 여기 이 책들 때문에 완전히 이성을 잃어버린 게 아닌가 싶군 그래."

이발사가 말했다.

두 사람의 대화를 듣고 있던 돈 키호테의 조카딸이 맞장구를 쳤다. 아니 한 술 더 떠 이렇게 말했다.

"니콜라스 아저씨!―이발사의 이름이었다―정말이지 우리 삼촌은요, 날마다 날밤을 새워가며 이 염병할 책들을 읽으시고는 책 속 이야기가 진짜인 줄로 착각하신다니까요."

그사이 신부는 바닥에 널려 있던 책을 살펴보다가 이렇게 말했다.

"여기 또 한 권 있군. 틀림없어!"

"도대체 무슨 소리야?"

"우리의 친구 키하나는 스스로를 아마디스 데 가울라라고 착각하는 것 같네."

"그게 누군데?"

이발사가 물었다. 그는 수염 다듬는 일이나 충치 빼는 일, 피를 뽑는 일 등에 대해서는 도통하고 있었지만, 책에 대해서는 문외한이었다.

"아마디스 데 가울라는 역사상 최고의 편력기사일세. 호수의 기사 랜슬롯이나 롤랑, 엘 시드, 아서 왕보다도 용맹스러운 기사지."

기사 소설 속에 등장하는 영웅들에 대해 꿰뚫고 있던 신부가 설명했다.

이때 이웃에 사는 농부가 두 다리로는 걷지도 못 하는 돈 키호테를 질질 끌다시피 부축해 들어왔다.

"내가 이런 몰골이 된 건 순전히 망할 놈의 말 때문이라구……."

돈 키호테는 자기 집으로 돌아온 걸 알고는 겨우 이렇게 한 마디 내뱉었다. 그러나 주변 사람들은 알아보지 못했다.

"날 침대에 좀 눕혀 주시오. 그리고 가능하면 현자 우르간다를 불러 상처에 물약을 발라 치료해 달라 하시오."

"가만히 좀 계세요, 주인님. 피가 나잖아요."

가정부가 돈 키호테의 팔을 부축하며 말했다.

"우르간다고 뭐고 부를 것까지 없어요. 우리가 고쳐드릴 테니까요."

돈 키호테를 침대에 눕히고 나자 곧 신부와 이발사가 침실로 올라가 끝없이 질문 공세를 퍼부었다.

하지만 돈 키호테는 그 어떤 질문에도 대답할 생각이 없었다. 그저 먹을 것을 가져다주고 잠을 잘 수 있게 내버려 두라고 청할 뿐이었다. 돈 키호테는 자신이 많이 다쳤음을 다시 한 번 강조한 뒤 지금으로서는 푹 쉬는 게 가장 중요하다고 말했다.

끝내 돈 키호테가 입을 열지 않을 것임을 확인한 신부와 이발사, 가정부와 조카딸은 하는 수 없이 물러날 수밖에 없었다.

책을 모조리 불사르다

　형편없이 다쳐 돌아온 돈 키호테를 보고, 신부와 이발사는 돈 키호테를 이렇게 망가지게 한 건 모두 책 때문이라는 결론을 내렸다. 그래서 잘못을 바로잡아 보기로 했다. 두 사람은 조카딸에게 돈 키호테의 서재 방문을 열어 달라고 한 뒤 조카딸과 가정부를 따라 조심스럽게 안으로 들어갔다.
　"세상에나!"
　늘 잠겨 있어 한 번도 서재에 들어와 보지 못했던 가정부가 놀라 감탄사를 내뱉었다.
　어찌나 먼지가 소복이 쌓여 있었던지, 네 사람이 지나간 자리마다 발자국이 선명하게 남을 정도였다. 하지만 가정부가 놀란 것은 지저분해서가 아니었다. 사실 먼지야 한 이틀 정도 청소하고 나면 깨끗해질 터였다. 그보다 더 놀라운 것은 별것 없을 거라고 생각했던 방 안에 너무나도 많은 책들이 빼곡히 쌓여 있었기 때문이었다.
　"많기도 많네요. 그것도 모조리 기사 소설로요."
　가정부가 한숨을 내쉬었다. 돈 키호테가 실성한 것도 이상한 일이 아니라고 여겨질 정도였다.
　"이런 게 다 무슨 소용이라고……. 아무 짝에도 쓸모없는 이런 것들을 사들이느라 주인님은 전답을 다 팔아치우셨으니……. 예전에 우리 아버지께서 늘 말씀하시기를, 책은 머리를 메마르게 하고, 눈을 어둡게 한다

하셨더랬지요."

신부와 이발사는 가정부의 말은 듣고 있지도 않았다. 두 사람 모두 친구가 어떤 책을 읽고 모험을 한답시고 집을 나가게 되었는지를 찾아내느라 혈안이 되어 있었기 때문이었다. 책더미를 뒤진 지 얼마 지나지 않아, 두 사람은 아주 두툼한 기사 소설 한 권을 찾아냈다.

"아마디스 데 가울라."

이발사가 떠듬떠듬 읽었다.

"음! 이 책이 바로 스페인에서 최초로 출간된 기사 소설일세."

박식한 신부가 말했다.

"불태워 버리자고! 바로 요놈 때문에 우리 친구가 실성해 버린 것 아닌가?"

"어허, 그건 안 될 말! 이 책은 빼야 해!"

신부가 말했다.

"이 책은 최초의 기사 소설이기도 하지만 기사 소설 가운데 최고의 작품이기도 하네. 다른 것들보다 두드러지는 작품이라면 보존할 만한 가치가 있는 법이야."

가정부는 동의할 수 없었다. 그건 이발사도 마찬가지였다. 이발사는 아무 생각 없이 책꽂이에서 유독 불쑥 튀어나와 있던 책 한 권을 뽑아들었다. 표지에 이름난 백기사 티란테 이야기라고 씌어 있었다.

"이를 어째……."

신부가 한숨을 내쉬었다.

"이 책은 말일세. 사실 문체 면에서 보자면 이 세상 모든 책들 중에서도 최고의 것이라 할 수 있네. 이 책 속에 등장하는 기사들은 밥도 먹고, 잠도 자고, 침상에서 숨을 거두는가 하면, 죽기 전에 유언장을 작성하기도 하지."

"하지만 신부님, 아까는 아마디스 데 가울라가 최고라 하지 않으셨나요?"

일행은 더 이상 논쟁을 계속할 수 없었다. 책꽂이에서 책을 끄집어내던 가정부가 그 중 상당히 두툼해 보이는 책 한 권을 두 사람 쪽으로 휙 집어 던졌던 것이다.

신부와 이발사 앞으로 점점 더 많은 책들이 날아들었다. 두 사람은 날아드는 책을 피해 두 손으로 머리를 감싸 쥐었다. 잠시 후, 책이 날아드는 속도가 좀 잠잠해졌을 무렵, 신부는 자기 발치에 떨어져 있던 책 한 권을 집어들었다.

"흠, 내 오랜 친구 미겔 데 세르반테스의 갈라테아로군. 시 쓰는 일보다는 궁핍한 생활을 하는 데 훨씬 더 정통한 사람이지. 이 책도 나쁘지는 않아. 뭔가 말하려다 결국 아무 결론도 못 내리기는 하지만……."

조카딸이 재빨리 신부 앞으로 다가와 말했다.

"그럼 잘 좀 숨겨 두세요, 신부님. 태워 없애 버리면 더 좋고요. 아주 깨끗하게 없애 버리는 거예요."

그러고는 목소리를 잔뜩 낮추어 속살거렸다.

"당장 없애 버리세요. 없애 버리시라고요!"

"도대체 왜 그러지? 꼭 무엇에 잔뜩 놀란 사람 같구나. 목동들의 사랑 이야기, 안 좋아하니?"

"어머, 안 좋아하기는요, 좋아하지요. 친구들하고 모이면 늘 돌려 읽곤 하는데요. 하지만 우리 삼촌께는 좋지 않아요. 머리가 정상이 아니니까 말이에요. 이 책을 읽고 나면 아마도 제 앞에 무릎이라도 꿇고 사랑을 고백할걸요. 함께 동굴로 가 수백만 마리 양들과 더불어 살자고 하실 거예요. 그리고 한 번도 들어보지 못한 이상한 말들로 시를 지어 낭송해 주겠

다고 할걸요. 아마 날마다 그럴 거예요."
"워낙 섬세한 성격이긴 하지."
신부는 사람들의 불평과 한심한 소리를 들어주는 데 지쳐 이렇게 말했다.
"뭐 꼭 그렇지만도 않으세요."
조카딸이 대꾸했다.
"하루는 해적 이야기를 읽으시고는 일요일 미사 드리러 가기 전에 식구들이 세수하는 대야를 집어드는 거예요. 신대륙에서 황금을 가득 싣고 돌아오는 범선을 공격한다며 대야에 작대기와 돌멩이를 가득 채워 강물 속으로 뛰어드셨어요. 물론 대야가 워낙 무거웠던 탓에 그대로 강물 속으로 가라앉아 버렸지요. 덕분에 우리 집에는 대야조차 남아 있지 않게 되었고요. 또 어느 날인가는……."
"그 얘긴 좀 그만 해라. 머리에 쥐나겠다."
이발사가 코끝을 찡긋거리더니 말했다.
"대야가 없어진 지 얼마나 되었다고?"
하지만 이발사는 대답을 들을 틈도 없이 황급히 서재 쪽으로 뛰어가 버렸다. 책을 한 아름 안고 가서 마당에 피워놓은 화톳불을 향해 집어던진 가정부가 다시 서재로 오기 전의 일이었다.
그러고는 결심했다는 듯 쭈그리고 앉아 돈 키호테 서재에 있던 책들 중에서도 제일 두꺼운 책 한 권을 집어들었다.
그 모습에 신부의 얼굴이 환해졌다. 친구인 이발사가 마침내 책의 소중함을 깨닫게 된 것이라 생각했던 것이다. 신부는 최고급 포도주 잔을 앞에 놓았을 때보다 더욱 눈을 반짝거리며 이발사를 쳐다보았다.
"아까도 말했지만, 저마다의 취향에 걸맞은 책들이 있는 법일세. 책 자체가 나쁜 것은 아니지. 다만 각자에게 맞는 좋은 책을 잘 고르는 것이 무

엇보다도 중요해. 이제 니콜라스 자네도 자네에게 꼭 맞는 책을 찾아낸 것 같군 그래."

"응? 맞아. 가죽 장정이 된 이 두툼한 책이 마음에 드네. 이발사에게는 딱이거든."

"손님들 용으로 놓아둘 건가?"

"아니, 그건 아냐. 어린아이들이 머리를 자르러 올 때 필요해서."

신부가 책 제목을 들여다보며 말했다.

"글쎄, 구스만 데 알파라체가 아이들과는 어울릴 것 같지 않은데……."

"딱 맞는다니까! 이걸 보게나, 얼마나 큼지막한지. 의자 위에 올려놓고 꼬마 녀석들을 앉혀놓으면, 머리 끝단을 자를 때 내가 잔뜩 쭈그리고 앉지 않아도 될 것 같잖아. 이건 의자 대용으로 사용할 건데, 내 말이 틀림없을 거야, 페드로 페레스 신부."

신부와 이발사가 이런 이야기를 하느라 시간을 허비하는 걸 본 가정부가 두 사람의 손에서 책을 빼앗아 들며 소리쳤다.

"책이란 책은 다 태워 버릴 거예요. 그런 말도 안 되는 소리는 하지도 마세요. 여기 있는 책에서 기대할 거라고는 하나도 없으니까요. 여길 좀 둘러보세요. 얼마나 위험천만한 것들인지! 책은 꽂아 놓아 봤자 먼지만 쌓이게 되고, 먼지가 머릿속에 들어가게 되면 머리가 텅 비어 버린다니까요. 우리 주인님처럼 말이에요."

가정부는 한숨을 푹 내쉬고는 아무것도 모른 채 잠자고 있는 돈 키호테의 방 쪽으로 달려가 버렸다.

두 번째 출정을 떠나다

이튿날, 조용한 집안에 느닷없이 요란한 소리가 울려 퍼지기 시작했다. 돈 키호테의 침실에서 나는 소리였다.

"여기요! 어서 이리로 오시오. 용맹한 기사들이여! 그대들의 힘이 필요하오."

주인 방으로 뛰어올라간 가정부는 혼잣말을 떠들어대면서 침대 위에서 이리 뛰고 저리 뛰는 돈 키호테의 모습을 발견하고는 자신의 짐작이 틀림없다고 확신했다.

"정신이 나간 거야!"

그녀는 얼른 가서 신부와 이발사가 따로 빼놓은 몇 권의 책마저 다 태워 버려야겠다고 생각했다.

신부와 이발사는 돈 키호테의 집으로 들어서다가 시커먼 연기가 피어오르는 것을 보았다. 두 사람은 금요일에 먹는 렌즈 콩(역주: 예수 수난일인 금요일에는 고기를 먹지 않는 관습이 있었으며, 렌즈 콩은 값비싸지 않은 식재료였으므로 당시 넉넉지 않은 가정에서 애용했던 음식이었다.) 태우는 연기일 거라 생각했다. 곧바로 돈 키호테의 방으로 올라가 보니, 돈 키호테는 언제 잠들었냐는 듯이 깨어나 침대 위에서 보이지 않는 적과 싸우느라 고함을 치고 칼자루를 휘둘러대고 있었다.

"가엾은 사람!"

두 사람은 돈 키호테를 말리면서 거의 동시에 소리쳤다. 그런데 돈 키호테가 친구인 자기들마저 못 알아보는 걸 알고는 다시 한숨을 내쉬었다.

"토리노 주교님! 편력기사들은 모두 경기에 참여하러 갔습니다."

"가만 계십시오, 제발! 부상을 입으셨습니다."

신부가 말했다.

"부상은 아닙니다만, 만신창이가 된 건 사실입니다. 롤랑이 날 떡갈나무 기둥으로 마구 두들겨 팼으니까요. 다 질투 때문이었지요. 제가 그보다 훨씬 더 용맹스러웠으니까요. 이 자리를 떨치고 일어서기만 하면, 내가 얼마나 용맹스러운지 보여 주고 말 텐데, 지금은 우선 뭘 좀 먹어야겠습니다."

그의 뱃속에서 꼬르륵거리는 소리가 연거푸 새어나왔다.

그날 밤, 가정부는 돈 키호테가 뒤꼍과 창고 등에 숨겨 놓았던 책을 포함해 집안에 마지막까지 남아 있던 몇 권의 책마저 모조리 불태워 버리고 말았다.

다음날, 신부와 이발사는 책이 한 권도 눈에 띄지 않는 것을 알아챈 돈 키호테가 어떤 반응을 보일지 걱정스러워졌다. 그래서 결과를 미연에 방지하려면 미리 대책을 세우는 게 낫겠다 싶었다. 제일 좋은 방법은 서재가 있던 곳을 막아 버리고, 돈 키호테에게는 마법사가 나타나 방 전체를 사라지게 만들었다고 말하는 것이었다.

두 사람은 그 계획을 가정부와 조카딸에게 알렸다. 그로부터 이틀 뒤, 돈 키호테가 자리를 털고 일어나 모험 소설과 기사 소설을 찾으러 나오자마자 준비해 두었던 이야기를 해 주었다.

서재로 들어가는 방문을 찾아 온 집 안을 빙빙 돌던 돈 키호테는 가정부에게 서재 출입문이 어디로 갔냐고 물었다.

"이제 이 집에는 서재가 없습니다. 악마가 가져가 버렸거든요."

가정부가 대답했다.

"악마가 아니고요. 어젯밤에 웬 마법사가 나타나서는 서재와 그 속에 있던 모든 것들을 한꺼번에 날려 버렸어요. 떠나면서 자기는 이 서재의 주인과 원수지간이라서 이런 일을 벌인 거라고 하던걸요. 자기 이름이 무냐톤이라던가……."

조카딸이 끼어들었다.

"프레스톤이었겠지."

돈 키호테가 정정했다.

"그건 잘 모르겠어요. 프레스톤인지, 피에스톤인지, 프레손인지, 무뇨톤인지, 또 다른 뭔지……. 하여간 이름 끝 자가 '톤'이었던 건 확실해요."

가정부가 대답했다.

"그랬군. 그자는 제법 똑똑한 마법사야. 나하고는 견원지간(犬猿之間)이지. 언젠가 내가 그의 후견을 받는 기사를 제압하게 되리라는 걸 알고 있기 때문이야. 그래서 어떻게든 내 목숨을 노리는 거고. 하지만 내가 승리하게 되리라는 것은 이미 하늘이 정해 놓은 이치인 것을……."

돈 키호테가 대답했다.

"아마 그리되겠지요. 하지만 진정하고 잘 생각해 보세요. 그래도 여기서 우리와 편안히 지내는 게 훨씬 낫지 않겠어요?"

조카딸이 말했다.

돈 키호테는 보름 동안 집에 머물러 있었다. 그동안 신부와 이발사와 더불어 대화를 나누기도 하고, 서로 그간의 이야기를 들려주기도 했다. 마음의 안정을 되찾은 듯한 시골 귀족 돈 키호테는 이 세상이 가장 필요로 하는 것은 바로 훌륭한 편력기사임을 강조했다.

신부는 이에 반대해 논쟁을 벌이긴 했지만, 때로는 지나친 논쟁은 피하는 것이 낫겠다고 생각했다.

그즈음 돈 키호테는 이웃에 사는 한 농부를 만났다. 성격은 좋지만 좀 어수룩한 구석이 있는 사람이었다. 그 농부는 시골 귀족 키하나의 이야기를 입을 헤 벌린 채 듣고는 모든 말을 철썩같이 믿게 되었다.

마침내 돈 키호테는 다시 모험을 찾아 떠날 마음을 먹게 되었다. 이웃집 농부가 편력기사라면 누구나 데리고 다니는 종자 노릇을 해 줄 수 있을 것 같았다. 그 농부는 이름이 산초 판사라 했는데, 돈 키호테는 산초 판사에게 모험을 통해 얻는 새 영지의 영주를 시켜 주겠다고 약속했다.

이 약속에 뿌듯해진 산초는 종자직을 수락하고는 아내와 자녀들을 남겨두고 돈 키호테를 따라나서기로 했다. 돈 키호테는 지난번 자신에게 기사 서훈식을 치러 주었던 성주의 충고대로 이번에는 노잣돈과 깨끗한 의복, 물약 등을 챙겨 나서기로 했다.

이런 물품들은 종자에게 맡겨 당나귀 등에 얹고 다니는 자루 속에 잘 넣어 가지고 다니도록 시켰다. 편력기사는 가슴속 용기와 무사의 갑주, 무기, 그리고 말 한 필 외에는 아무것도 지닐 수 없었기 때문이었다.

산초 판사는 집에 있는 나귀 중 제일 좋은 녀석을 고른 뒤, 잔등에 자루 몇 개를 매달고는 자신도 올라탔다. 사실 키도 땅딸막한데다 발까지 평발이라서 오래 걷는 일이 힘들었던 것이다.

로시난테와 당나귀 등에 올라탄 돈 키호테와 산초 판사는 아무도 눈치 채지 못하게 야심한 시각을 틈타 살그머니 집을 빠져나왔다. 밤새도록 걸어서 해뜰 무렵, 이 정도면 아무도 쫓아오지 못할 거라 생각되는 지점에 와서야 걸음을 멈추었다.

돈 키호테는 앞으로 겪게 될 모험과 영광에 대해 큰소리로 떠들어댔고,

산초 판사는 그 이야기를 들으면서 꾸벅꾸벅 졸고 있었다. 하지만 돈 키호테가 한 섬의 왕을 시켜 줄 거라는 말을 하자 두 눈을 번쩍 뜨고는 궁금증이 가득한 목소리로 물었다.

"섬이 뭔데요?"

"산초야, 어찌 글 모르는 걸 이렇게 티를 내고 다니느냐? 섬이란, 사방이 바다로 둘러싸인 땅덩어리를 말한다."

"그게 아주 큰가요?"

내륙인 라 만차 지방에서만 살아서 바다를 한 번도 본 적이 없는 것은 물론, 바다라 이름 붙일 만한 널찍한 저수지조차 본 적이 없는 산초 판사가 물었다.

"클 것이다. 우리를 기다리고 있는 영광이 큰 만큼 섬도 매우 클 것이니……."

돈 키호테가 한숨을 내쉬더니 영광의 꿈속으로 빠져들고 말았다.

이때부터 각각 늙은 말과 당나귀 등에 올라타고 있던 두 사람은 아무 말 없이 길을 재촉했다. 키가 큰 말 등에 올라탄 돈 키호테는 결투의 영광과 전장의 함성을 꿈꾸며 가고 있었다. 자그마한 당나귀를 타고 있어 땅바닥과 훨씬 더 가까운 산초 판사는 황금 왕관을 쓰고 왕좌에 앉아 맛난 음식을 먹고 왕으로서 온갖 호사를 누리는 꿈을 꾸고 있었다.

갑자기 산초에게 무슨 생각이 떠오른 듯했다. 입을 떡 벌리더니 돈 키호테에게 물었다.

"그런데 제가 왕이 되면, 제 마누라 후아나 구티에레스는 왕비가 되고, 제 자식들은 왕자와 공주가 될 텐데……."

"그리되겠지."

돈 키호테가 대답했다.

"그런데 걱정이 있습니다."

아내가 밥 먹을 때마다 쩝쩝 소리를 내며 먹는 것과 하품만 해도 썩는 냄새를 풍기는 것, 밤마다 집안이 떠나가게 코를 골아대는 것을 잘 알고 있는 산초 판사가 말했다.

"아무리 하늘에서 왕의 자리가 뚝 떨어져 내린다 해도 제 마누라와는 어울리지 않습니다. 다른 사람들처럼 공작부인은 될 수 있겠지만, 도무지……."

로시난테 위에서 상체를 꼿꼿이 세운 채 걸어가고 있던 돈 키호테는 기사 생각에 정신이 팔려 있던 탓에 영광스러운 꿈이 아닌 그 어떤 소리도 귀에 들어오지 않았다.

그 모습을 본 종자 산초 판사는 더 큰소리로 떠들어대기 시작했다.

풍차

저 멀리 라 만차의 지평선 위로 풍차 몇 개가 그 모습을 드러냈다.

"운명이 우리가 원하는 것 이상으로 멋지게 우리의 발걸음을 인도하는구나. 저기 보이느냐, 산초야! 서른 남짓한 거인들 말이다. 지금 당장 공격해 박살을 내버리는 게 좋을 것 같은데."

돈 키호테가 말하고는 뒤이어 이렇게 덧붙였다.

"전투가 좋은 것은 바로 하느님께 헌신할 수 있기 때문이다. 이 땅 곳곳에 자라고 있는 못된 잡초를 뽑아 버리는 일이니 말이다……."

"거인이 어디 있는데요?"

산초 판사가 물었다.

"저기 저쪽, 큼지막한 팔을 내두르고 있는 저놈들이 보이지 않느냐?"

"주인님, 저건 말씀입니다. 거인이 아니고 풍차입니다. 커다란 팔처럼 보이는 건 풍차 날개고요. 바람이 불면 돌아가면서 방아를 움직여 곡식을 빻는 것이지요."

"산초야, 네가 얼마나 책을 안 읽는지 그대로 드러나는구나. 그러니 편력기사의 모험에 누가 나오는지 모르는 게 당연하지. 바로 거인들이다. 내 눈은 못 속여. 혹 무섭거든, 저만큼 뚝 떨어져 기도나 드리고 있어라. 난 곧바로 이 힘의 불균형을 보이는 거친 결투를 시작할 테니."

그러고는 달릴 힘도 없는 로시난테에 박차를 가했다.

로시난테가 도무지 힘차게 달려나가지 못하자 돈 키호테가 소리쳤다.

"도망치지 마라, 이 겁쟁이들아! 네놈들과 대적할 자는 홀홀단신의 기사이니라!"

순간 한 줄기 바람이 불어오자 풍차 날개가 돌아가기 시작했다. 그 모습을 본 용감한 우리의 기사가 감격의 목소리를 드높였다.

"거인 브리아레오의 팔보다 더 큰 팔을 휘두르려나 본데, 그래봐야 그 값을 치르게 될 거다."

그러고는 곧바로 사랑하는 여인 둘시네아를 떠올리면서 그대로 첫 번째 풍차를 향하여 힘차게 돌진했다. 풍차 날개는 기사 돈 키호테와 그의 애마 로시난테를 공중으로 높이 띄워 올렸다.

"아이구머니나! 그러게 제가 거인이 아니고 풍차라고 말씀드렸잖아요!"

산초가 주인을 구하기 위해 달려갔다.

"가만 좀 있어라, 산초. 네가 전투나 편력기사에 대해 뭘 안다고 그러느냐! 저건 마법사 프레스톤이었다. 내 책을 모조리 훔쳐낸 뒤 거인들을 풍차 형상으로 바꿔 놓은 거야. 날 이겨 보려고 말이지. 하지만 내 검 앞에서는 그 어떤 마법도 통하지 않을걸."

돈 키호테가 대꾸했다.

산초는 돈 키호테를 부축해 일으켜 세운 뒤 역시 엉망이 되어 겨우 네 다리로 버티고 서 있는 로시난테 등에 앉히고는 느릿느릿한 걸음으로 푸에르토 라피세를 향해 걸어가기 시작했다. 돈 키호테 말로는 푸에르토 라피세라는 곳이 워낙 사람들의 통행이 많은 곳이므로 그곳에 가면 숱한 모험들이 기다리고 있을 것이라 했었다.

구불구불한 길이 꽤 길게 나 있어 라 만차의 평원이 끝없이 이어지고 있었다. 더러 풍뎅이 몇 마리와 귀뚜라미 노랫소리가 들리기도 했다. 돈 키

호테는 녹초가 되어 버린 말 잔등에 기우뚱한 자세로 앉아 있었다. 산초는 이제나저제나 주인이 말에서 떨어지는 건 아닐까 걱정스러워하며, 심하게 다친 것 같으니 꼭 붙들고 가라고 당부했다.

"네 말이 맞기는 하다만, 나로서는 불평할 일이 아니로구나. 책에서 읽은 바에 따르면, 편력기사는 창자가 배 밖으로 튀어나올 정도로 심한 부상을 입더라도 결코 불평해서는 안 된다고 되어 있으니 말이다."

"그래도 전 조그마한 상처만 생겨도 툴툴거릴 겁니다. 종자는 그래도 되지 않겠습니까?"

"산초, 너도 참 어지간하다. 별걸 다 걱정하는구나."

종자의 말에 돈 키호테가 빙그레 웃으며 대답했다.

"물론 넌 불평하고 싶거든 언제든 불평해도 된다. 기사 소설에 그러면 안 된다는 소리는 없으니까."

이렇게 두 사람은 한참을 걸었다. 산초 판사는 부대 자루 속에서 먹을 걸 좀 꺼내서는 주인 뒤를 따르며 혼자 먹었다. 점심 식사를 해야 할 시간이었지만 돈 키호테는 먹는 일과는 차원이 다른 문제에 정신이 쏠려 있었기 때문이었다.

밤이 되자 두 사람은 나무 숲 속에서 야영을 하기로 했다. 돈 키호테는 잠시 창을 손본 뒤, 모닥불을 피우고 그 옆에 선 채로 사랑하는 여인 둘시네아를 떠올렸다. 기사 소설에 보면, 편력기사들은 사랑하는 연인을 생각하며 온 밤을 꼬박 새우곤 한다고 했다.

돈 키호테와는 달리 배가 잔뜩 부른 산초는 다음날 아침 해가 뜨고 주인이 깨울 때까지 푹 잤다.

돈 키호테는 아침 식사도 거른데 비해 산초는 빠뜨리지 않고 챙겨 먹은 뒤, 3시간 정도 걸리는 푸에르토 라피세로 걸음을 재촉했다.

"이제 이곳에서 나는 기사 앞에 놓인 수많은 모험을 치를 작정이다. 하지만 산초, 너는 이걸 꼭 명심하여라. 내가 제아무리 큰 위험에 처할지라도 나를 욕보인 상대가 비천한 인간들이 아니라면 결코 날 도우려 해서는 안 된다는 것이다."

"걱정 마십시오, 주인님. 전 천성이 평화주의자인지라 그 명령에는 철저히 복종할 겁니다. 남들 싸움에 끼어드는 건 제 취향이 아니거든요."

두 사람이 이런 이야기를 나누고 있는데 저만치 성 베네딕트 수도회 소속의 신부 두 사람이 말을 타고 오는 모습이 눈에 띄었다. 신부들 뒤로 역시 말을 탄 네댓 명의 남자들이 마차를 호위하고 있었다. 마차에는 남편을 만나러 비즈카야에서 세비야로 가고 있는 귀부인이 타고 있었다.

검은 사제복을 차려입은 신부들은 마차 일행과는 아무 상관이 없었고, 그저 우연히 같은 방향으로 가고 있을 뿐이었다. 돈 키호테는 이들을 보자마자 곧 상황을 파악했다.

"내가 틀리지 않다면, 이것이야말로 사상 최대의 모험이 될 것 같은데……."

산초 판사가 놀란 얼굴로 돈 키호테를 쳐다보았다. 도무지 무슨 소린지 못 알아듣겠다는 표정이었다. 돈 키호테가 설명했다.

"저 시커먼 옷을 입은 장정들은 마법사들로 지금 공주님을 납치해 데려가는 중이다. 공주님을 구해야 해!"

"그런데요, 주인님. 저분들은 베네딕트 수도회 신부님들 같은데요. 그 뒤에 오는 사람들과 일행이 아닌 것 같고요. 잘 보시고 하세요. 괜히 악마의 꼬임에 넘어가지 마시고요."

"아까도 말했지만 산초, 넌 모험에 대해 너무 몰라. 내 말이 맞다는 걸 보여 주마."

그러고는 아무 말 없이 최대한 박차를 가하여 두 신부 앞으로 가서 멈춘 뒤 이렇게 말했다.

"악마의 사자들아! 납치한 공주님을 놓아드려라!"

신부들은 상냥한 태도로 자신들은 마차와 아무 상관없으며, 공주님 같은 분은 전혀 알지 못한다고 대답했다. 하지만 돈 키호테는 신부들의 대답을 끝까지 들어보지도 않고 한 손에 창을 든 채 앞에 있던 신부를 향해 공격을 가했다. 신부가 바닥으로 굴러 떨어지자 뒤에 있던 신부가 기겁을 하고 달아나 버렸다.

산초 판사는 자기 주인이 열세임이 분명했던 결투에서 승리한 것을 보고는 재빨리 당나귀 등에서 내려섰다. 그리고 땅바닥으로 떨어진 신부에게로 다가가 옷을 벗기고 지니고 있던 것들을 모조리 챙겼다.

한참 그러고 있을 때, 베네딕트 수도회 사람들이 일행을 도우러 달려왔다. 그들은 산초에게 왜 남의 물건을 탈취해 가느냐고 물었다.

산초는 그들에게 눈길 한 번 주지 않고 자기 주인이 결투에서 이겼으니 그것들은 정당한 전리품에 해당되는 것이라고 큰소리쳤다. 마차를 호위하던 하인 둘은 창을 휘두르던 미친 남자가 저만치 떨어져 있는 걸 확인하고는 산초 판사에게 달려들어 순식간에 매질을 퍼부었다. 그리고 말 등에 오른 뒤에도 마구 발길질을 해댔다.

이렇게 나름대로의 방식으로 정의를 구현한 이들은 옷가지가 반쯤 벗겨진 채 쓰러져 있던 신부를 말에 태우고 떠나 버렸다.

앞에서 잠깐 언급했듯이 돈 키호테는 저만치 뚝 떨어진 곳에서 마차에 타고 있던 귀부인과 이야기를 나누고 있었다.

"부인! 당신은 이제 자유의 몸입니다. 당신을 납치했던 자들을 일망타진(一網打盡)했으니, 참으로 아름다우신 당신은 이제 원하는 대로 뭐든 하

실 수 있을 겁니다. 혹 당신을 자유롭게 해 준 제 이름이 궁금하시다면, 저는 모험을 찾아다니는 편력기사 돈 키호테 데 라 만차입니다. 저의 헌신의 대가로는 아무것도 필요치 않습니다. 그저 토보소로 돌아가셔서 제가 사랑하는 여인 둘시네아를 만나 당신께 일어났던 이번 일을 들려주시면 됩니다."

마차 속 귀부인은 돈 키호테의 말에 아무런 대꾸도 할 수 없었다. 그녀가 비즈카야에서 데리고 온 종자 역시 지금껏 뽀얀 먼지를 뒤집어쓰고 덜컹거리는 길을 지나 겨우 여기까지 왔는데 이미 지나온 토보소 마을로 되돌아가라는 소리에 잔뜩 화가 치밀어올라 형편없는 카스티야식 발음에 더 형편없는 비즈카야 방언이 뒤섞인 발음으로 소리쳤다.

"이보슈! 댁의 엄나 가라고 하슈! 우린 싫으니깐. 빌바오 뜬 게 벌써 이틀이오. 그냥 우리 맘대로 가게 냅두슈!"

돈 키호테는 형편없는 그자의 발음을 완벽하게 알아듣고는 전혀 당황한 기색 없이 이렇게 받아쳤다.

"네가 기사가 아니기에 망정이지, 혹 기사였더라면 너의 그 무모한 행위는 대가를 치렀을 것이다."

비즈카야 태생의 종자는 이 말에 더욱 화가 나 말했다.

"내가 기사가 아니라고? 염병할 소리! 네가 창을 겨누면, 나도 방패 들면 되는겨. 덤벼보더라고!"

"맛을 보여 줘야겠군."

돈 키호테가 검을 높이 들더니 당장에라도 요절을 내버리겠다는 심산으로 상대 기사를 향하여 돌진했다.

돈 키호테가 달려드는 모습을 본 비즈카야 종자 역시 칼을 뽑아들더니 마차에 있던 방석을 방패삼아 집어들었다. 그리고 두 사람은 철천지원수

(徹天之怨讐)라도 되듯 서로를 향해 돌진했다.

마차 속에 있던 귀부인은 마부에게 마차를 소동의 현장에서 조금 떨어진 곳으로 옮기는 게 좋겠다고 말한 뒤, 자신의 종자가 돈 키호테의 어깨를 세차게 내리치는 모습을 지켜보았다.

"오! 아름다움의 정수, 내 사랑하는 여인 둘시네아여! 부디 그대의 기사를 구해 주오!"

부상당한 돈 키호테가 한숨을 내쉬었다. 그러나 사랑하는 여인을 떠올리는 순간 마법과도 같은 힘이 샘솟는다는 걸 기억해 낸 그는 다시 힘을 되찾은 듯했다. 두 손으로 칼을 높이 쳐든 채 늙은 말 로시난테에 박차를 가하여 비즈카야 종자를 향해 달려들었다.

그 종자는 방석으로 머리를 가리면서 심한 상처를 입고도 벌떡 일어나 성난 얼굴로 달려오는 기사의 공격을 기다렸다.

앞서 언급했듯이, 돈 키호테는 검을 높이 치켜든 채 도무지 빈틈없어 보이는 그 비즈카야 태생의 종자를 향해 달려오고 있었다.

아쉽게도 결투가 어떻게 끝맺었는지는 알 수가 없다. 이 이야기의 화자 역시 이 결투에 대한 더 이상의 기록을 찾아낼 수 없었기 때문이었다.

하지만 이 비즈카야 인에 대해 관심을 가졌던 제2의 저자가 있었으니, 그는 친구들의 도움으로 돈 키호테의 모험에 대해 기술해 놓은 문서들을 모두 뒤져 결국 이 이야기의 결론을 찾아내기에 이르렀다. 독자 여러분은 제2부에서 그 결말을 듣게 될 것이다.

Segunda Parte

제2부

비즈카야 출신 종자와의 결투

용맹한 비즈카야 태생의 종자와 돈 키호테가 서로를 치기 위하여 검을 높이 치켜든 상태에서 이야기는 중단되고 말았다.

이 결투가 어떻게 마무리되었는지 확인할 길 없게 되자 독자 여러분도 그렇겠지만 나 역시 몹시 서운했다. 그래서 그 유명한 스페인의 기사 돈 키호테 데 라 만차의 삶과 그가 이룬 기적적인 모험에 대해 좀더 알고 싶어졌다. 결국 나는 공공연히 시장 거리와 마구간들, 성과 이발관, 주막 등을 전전하며 그에 대한 이야기를 찾으러 다녔다.

하루는 톨레도의 시장에 갔다가 한 아이가 누렇게 변색된 종이 뭉치를 팔러 다니는 걸 보았다. 나는 소년에게 다가가 종이 뭉치를 집어들고 살펴보았다. 종이 위에는 라틴 어처럼 생각되는 옛날 스페인 어로 뭔가가 잔뜩 씌어 있었다. 마침 지나가던 연로한 신부님께 번역을 부탁했다. 신부님은 문서 가운데 부분을 펼쳐 읽더니 너털웃음을 터뜨렸다.

"뭐라고 씌어 있습니까?"

내가 궁금해서 물었다.

"들어 보시겠습니까?"

신부가 알아들을 만한 스페인 어로 내용을 번역해 주었다.

"우리 이야기에 수도 없이 등장하는 이 둘시네아 델 토보소라는 아가씨, 그러니까 우리의 편력기사가 그토록 연모하는, 상냥하고 가냘픈 그

아가씨는 돼지 목욕시키는 솜씨가 어찌나 빼어났던지……."

둘시네아 델 토보소라는 이름을 듣자 나는 불에 데인 듯 화들짝 놀라지 않을 수 없었다. 그 종이에 씌어진 내용이 다름 아닌 돈 키호테 이야기였기 때문이었다. 겉표지에 씌어진 '세계적 작가 미겔 데 세르반테스 사아베드라가 쓴 재치 있는 시골 귀족 돈 키호테 데 라 만차' 라는 제목을 본 나는 내 생각이 틀림없다고 확신했다.

하늘이 도운 것이다. 더 생각할 겨를도 없이 나는 소년이 가지고 있던 종이 뭉치를 통째로 다 사버렸다. 아니, 처음에 그 소년이 보여 주었던 삼사십 쪽 분량의 종이뿐 아니라 다른 아이들이 팔고 있던 종이 뭉치까지 모조리 사버린 것이다. 그리고 그 신부님께 고어(古語)로 씌어 있어서 도무지 이해하기가 힘든 그 문서들을 번역해 달라고 청했다. 그 일은 한 달여가 걸릴 것으로 예상되었다. 하지만 신부님 역시 편력기사 돈 키호테의 모험이 어찌 되었는지 궁금하기도 했고, 또 그 소설에서 읽은 내용을 설교 말씀에 활용할 수도 있을 것으로 생각하여 좀더 일정이 당겨졌다.

여하튼 새롭게 이어지는 제2부는 이렇게 시작하고 있었다.

용맹스럽지만 화가 치밀어오른 두 남자는 서로 검을 높이 치켜들고 있었다. 어찌나 격노했던지 마치 둘 다 천지를 뒤흔들기라도 할 것 같았다.

먼저 공격을 가한 사람은 비즈카야 출신의 종자였다. 산초 데 아스페이티아라 불리는 그 종자는 물론 자기 입으로 인정한 건 아니었지만, 엘 시드의 열렬한 추종자였다. 엘 시드가 고매한 자기 가문의 뿌리라 할 수 있는 부르고스 지방 부근에서 태어난 카스티야의 영웅이었기 때문이었다. 하여간 그자가 어찌나 세차게 칼을 내리쳤는지, 돈 키호테의 귀를 살짝 스치면서 방패를 두 동강 내버렸다.

그러나 돈 키호테는 상처에서 피가 흐르고 있음에도 불구하고 여전히

말 등에 버티고 앉아 있었다.

"용서치 않으리라!"

돈 키호테가 소리쳤다.

분기탱천한 우리의 시골 귀족 돈 키호테가 두 손으로 단단히 움켜쥔 칼을 내리치자 칼날이 상대가 방패 대용으로 쓰고 있던 방석을 가르면서 그대로 정수리를 가격했다.

비즈카야 태생의 종자는 마치 거대한 산더미가 그 위로 무너져 내리기라도 한 듯 코와 입과 귀에서 피를 쏟아내기 시작했다. 그러고는 기우뚱하더니 잠시 노새 목을 붙들고 늘어졌다. 하지만 놀란 노새가 달리기 시작하자 심하게 다친 그는 그만 땅바닥으로 나뒹굴고 말았다.

돈 키호테가 말 등에서 뛰어내리더니 칼끝을 정확히 상대방 눈앞에 들이대고는 당장 항복하지 않으면 목을 베어 버리겠노라고 호통을 쳤다. 비즈카야 출신 종자는 어찌나 놀랐는지 아무런 대꾸도 하지 못했다. 아니 입을 뻥긋하는 것조차 불가능했다. 때마침 마차 속에 앉아 있던 귀부인이 나타나 한껏 사기가 고양(高揚)된 돈 키호테에게 종자의 목숨을 한 번만 살려주는 게 어떻겠느냐고 청하지 않았더라면 아마도 그 자리에서 요절 나고 말았을 터였다.

"기꺼이 부인의 청을 들어드리겠습니다. 다만 한 가지 조건이 있습니다. 이자에게 토보소로 가라 명하십시오. 그곳에서 둘시네아를 찾아, 그분의 처분을 따르라 하십시오."

잔뜩 흥분한 기사가 도대체 무슨 말을 하고 있는 건지 도무지 알아들을 수 없었던 귀부인은 무조건 알겠다고 대답했다. 그리고 다른 종자들에게 얼른 다친 이를 수습하도록 지시하고는 부리나케 결투의 현장을 떠났다.

돈 키호테는 편력기사가 된 후 최초로 거둔 승리로 무척 흡족했다. 그러

다가 주위를 한번 돌아보고는 뭔가 빠진 듯한 생각이 들었다.

"나의 충실한 종자 산초 판사는 대체 어딜 간 게야?"

돈 키호테의 종자 산초 판사가 어떻게 되었는지 돈 키호테는 알 길이 없었다. 그건 우리 독자들도 마찬가지이다. 이미 제1부 말미에서 바닥에 널브러져 있었기 때문이다.

방패를 잃은 아픔

"주인님! 저 여기 있습니다요!"

산초 판사가 손짓했다.

산초 판사는 신부의 종자들에게 어찌나 흠씬 얻어맞았는지 일어서지도 못하고 있었다.

그는 땅바닥에 그대로 널브러진 채로 주인 돈 키호테의 결투를 지켜보고 있었다. 그러다가 주인이 대승을 거두자 두 다리에 힘이 솟았고, 그 때문에 기분은 조금 나아졌다.

덕분에 편력기사 돈 키호테가 가까이 다가오자 신이 난 산초 판사는 이런 말로 주인을 맞을 수 있었다.

"주인님! 처절했던 이번 전투에서 얻으신 섬을 제게 주십시오. 그 섬이 제아무리 넓어도, 제아무리 사방이 바다로 둘러싸였다 하더라도 얼마든지 다스릴 수 있을 테니까요. 부디 육지까지 다리가 놓여 있어서 제 순한 당나귀를 타고 건널 수 있다면 좋겠습니다요."

이 말에 돈 키호테가 대답했다.

"산초야! 이번 모험이나 이와 유사한 또 다른 모험들은 섬을 차지하기 위한 것이 아니라 다만 적을 물리치기 위한 것임을 알아 두어라. 이런 모험에서는 오직 적의 머리, 또는 적의 한쪽 귀를 얻을 뿐이다. 인내심을 갖고 기다리다 보면, 언젠가 너를 영주나 왕으로 만들어 줄 그런 모험도 찾

아올 것이다."

산초는 감사의 마음을 전한 후, 주인 돈 키호테가 늙은 말에 올라탈 수 있도록 도와주었다. 그리고 곧 근처 숲길로 들어섰다.

돈 키호테는 조금 전의 승리를 되새기며, 패배한 상대가 사랑하는 여인 둘시네아에게 오늘의 모험에 대해 어떤 식으로 묘사할 것인가 상상해 보았다. 그런가 하면 산초의 머릿속에는 온통 다른 생각들로 가득 차 있었다. 산초가 말했다.

"주인님! 아무래도 어디 좀 숨어 있는 게 좋을 듯싶습니다. 우리가 평화로이 길을 가던 신부를 공격했다는 사실을 종교 경찰 '성 동포회(역주: 스페인 가톨릭 양왕 시대에 생긴 수사기관으로 무장이 허용되었으며 범법자를 끝까지 추적하여 재판에 회부했다.)' 쪽이 알게 되면 우리를 감옥에 처넣어 버릴 테니까요.

"잠자코 있거라. 편력기사가 제아무리 많은 자의 목을 베었다 하더라도 옥살이를 했다는 이야기는 읽어 본 적이 없느니라……."

"전 글을 읽을 줄도, 쓸 줄도 모릅니다. 하지만 주인님처럼 용맹스러우신 분이 그렇다 하시니 그렇겠지요. 그나저나 귀부터 치료해야겠습니다. 피가 많이 흐르네요."

산초 판사가 돈 키호테의 얼굴을 쳐다보며 말했다.

"그래야겠구나, 산초. 연고라도 좀 발라 주렴. 생각보다 통증이 심하구나."

산초가 주인의 다친 귀에 연고를 펴 발라 주고 있을 때 돈 키호테는 순간적으로 증조할아버지의 유품인 방패가 두 동강 나버린 사실을 상기했다. 화가 치밀어오른 그는 비즈카야 태생의 그 무뢰한을 다시 떠올리고는 벌떡 일어서 외쳤다.

"내 방패를 이 지경으로 만든 그자에게 복수를 하기 전에는 식탁에 앉아 더운 음식을 먹지도 않을 것이요, 침대에 누워 편한 잠을 자지도 않을 것이며, 지금 정확히 기억나지는 않지만 하여간 그 만투아 후작이 맹세했던 그 수많은 일들을 결코 하지 않을 것이다!"

아직은 제정신이라 분별력을 잃지 않은 산초 판사가 말했다.

"하지만, 주인님! 그 비즈카야 태생의 기사가 둘시네아 델 토보소 아가씨를 뵈러 간다면 약속을 지킨 셈이 됩니다. 그러니 또 다른 죄를 지은 것도 아닌데 같은 일로 두 번 벌을 줄 수는 없는 노릇이지요."

"네 말도 일리가 있구나, 산초."

돈 키호테가 다시 한 번 부서진 방패를 바라보더니 체념하듯 말했다.

"아까 한 맹세 가운데 복수하기 전까지라는 말은 취소한다. 대신 다른 기사로부터 이것만큼 좋은 다른 방패를 빼앗기 전까지로 고치겠다."

"그런데 주인님! 이 길은 제가 잘 아는데, 방패 같은 것과는 거리가 먼 농사꾼이나 목동들이 날마다 지나다니지, 기사 같은 분들은 도통 다니지 않습니다. 그리고 입던 옷을 그대로 입고 땅바닥에서 자는 것이나 더운 음식을 들지 않는 것도 보통 불편한 게 아닐 텐데요."

"그건 네가 잘못 알고 있는 것이다, 산초! 이곳은 편력기사들이 많이 지나는 길이다. 나는 이 길의 흙먼지 속에서 그들의 발자취를 느낄 수 있다. 이곳에 머물며 한 번 증명해 보도록 하자."

돈 키호테와 산초 판사는 말과 당나귀 고삐를 나무 기둥에 묶어 두고는 자리에 앉아 각자 자기 생각 속으로 빠져들었다. 돈 키호테는 영광스러운 결투를 꿈꾸었고, 산초 판사는 섬의 영주가 되는 꿈을 꾸었다. 하지만 꿈보다 더 강렬한 것은 배고픔이었다. 산초 판사가 보따리 속에서 양파와 치즈, 빵을 꺼냈다.

돈 키호테는 이미 이틀째 단식을 했던 터라 보잘것없는 음식이나마 사이좋게 나누어 먹었다.

어느덧 오후도 다 지나가고 두 사람은 잘 만한 곳을 찾아보았다. 산초는 이 숲에서 그리 멀지 않은 곳에 목동 몇이 양 떼를 데리고 지내는 초막이 하나 있다는 걸 기억해 냈다. 두 사람은 그 초막을 향했다. 하지만 미처 그곳에 도착하기 전에 땅거미가 완전히 내려앉아 더 이상 길을 갈 수가 없게 되었다.

돈 키호테는 오히려 잘되었다고 생각했다. 노천의 맨땅에서 자는 것이 훨씬 더 기사의 용맹에 어울린다 생각되었기 때문이었다. 하지만 산초는 돌멩이가 울퉁불퉁하게 솟은 맨땅에 누우니 도무지 눈을 붙일 수가 없었다.

다음날 새벽, 찬 기운에 돈 키호테가 눈을 떠보니, 옆에 있어야 할 산초 판사는 간데없었다. 산초 판사가 그보다 훨씬 먼저 잠에서 깨어났던 것이다.

양치기들과 함께 한 식사

 산초 판사는 어디선가 솔솔 풍기는 맛있는 냄새에 두 눈이 번쩍 뜨였다. 텅 빈 위까지 덩달아 깨어난 듯해 그 냄새를 따라 숲 주변 여기저기를 헤매고 다녔다.
 마침내 냄새의 진원지인 듯한 곳에 도착해 보니 양치기 몇 사람이 모여 있었다. 모두 산양을 치는 목동으로 6명이었다. 모닥불 위에 걸린 냄비 속에서는 맛있어 보이는 고기 국물이 보글보글 끓고 있었다.
 바로 이때, 종자를 찾아나섰던 돈 키호테가 등장했고, 양치기들은 친절하게도 두 사람에게 함께 식사를 하자고 권했다.
 바닥에 양털 깔개를 펼쳐놓고 양치기 6명과 돈 키호테가 둘러앉았다. 산초 판사는 자리에 앉지 않고 주인 돈 키호테의 기다란 뿔잔에 포도주를 가득 따랐다.
 "산초야! 기사도가 얼마나 품위 있는 것인지 보여 주마. 이리 와 내 옆에 앉아라. 내 접시에 빵을 담아 먹고, 내가 마시는 잔으로 너도 한 번 마셔 보아라. 모름지기 편력기사도에서는 사랑 안에 모든 것이 평등한 법이니까 말이다."
 산초는 주인의 제안을 거절하며, 자신의 방식으로 먹는 게 좋다고 했다. 기사들이 식탁에 둘러앉아 식사를 할 때 지켜야 하는 온갖 규범 같은 것에는 신경 쓰지 않고, 내키는 대로 손으로 이것저것 집어 먹을 수도 있고,

입을 벌리고 소리 내어 먹어도 되고, 이를 쑤시거나 생리 현상 그대로 트림을 할 수도 있기 때문이라는 것이었다.

양치기들은 기사 돈 키호테와 그의 종자가 나누는 이야기를 하나도 알아들을 수 없었지만 별로 신경도 쓰지 않았다. 그저 자신들의 일에 충실할 따름이었다. 즉 음식만 먹을 뿐 두 사람 이야기에는 끼어들지 않았다. 고기를 다 먹어 치운 뒤, 양치기들은 후식으로 도토리와 개암을 잔뜩 꺼내놓았다. 돈 키호테는 마른 열매 몇 개를 깨물어 먹은 뒤, 자리에서 일어나 장광설을 시작했다.

"행복했던 황금시대, 참으로 행복했던 그 수세기 동안 이곳 지상은 낙원이었습니다. 그 당시에는 네 것, 내 것이 따로 없었지요. 모든 것이 모두의 것이었습니다. 나무에서 열매를 따 먹고, 샘에서 물을 받아 마셨습니다. 집이라는 것은 추위와 눈비를 가리는 역할만 했을 뿐입니다. 모든 것이 평화로웠고, 우애가 넘쳤으며, 화목했습니다. 오늘날처럼 거짓과 기만과 악이 진실과 천진함과 뒤섞여 공존하는 일은 없었습니다. 법의 잣대로 심판할 일도, 심판 받을 일도 없었지요. 여성들은 혼자 거리를 거닐어도 위험을 느끼지 않고 마음 편할 수 있었는데……."

연설을 듣고 있는 양치기들은 별로 동요하는 빛을 보이지 않았다. 자기 몫의 후식을 모두 먹어 치운 산초와 마찬가지로 점점 그 양이 줄어들고 있는 도토리와 개암 열매를 까먹느라 정신이 없을 뿐이었다.

돈 키호테가 말을 이어나갔다.

"오늘날, 그러니까 시절이 하수상한 요즘은 여성들이 제아무리 크레타 섬의 미로 속으로 숨어든다 해도 결코 안전을 느낄 수 없는 시절이 되어버렸습니다. 따라서 여성들의 안전과 악의 근절을 위해 편력기사도가 수립된 것입니다. 여성들을 지키고, 과부를 보호하며, 고아와 노동자들을

지원하기 위해서 말입니다.

　바닥에 깔아놓은 깔개로부터 눈 한 번 떼지 않고 후식을 즐기던 양치기들 가운데 한 명이 마침내 도토리와 개암이 바닥나자 돈 키호테를 쳐다보며 말했다.

　"편력기사님, 우리에게도 나름대로의 도가 있답니다. 우리 가운데 글을 읽고 쓰며 악기까지 잘 다루는 양치기가 있는데, 곧 도착할……."

　그가 미처 말을 끝마치기도 전에 안토니오라는 양치기가 기타를 손에 들고 나타났다. 동료 양치기들이 그에게 손님들을 위해 삼촌께서 지으셨다는 그 연가를 한 번 들려 달라고 청했다.

　"기꺼이 들려드리지요."

　젊은 양치기가 대답했다.

　그러고는 달리 부탁이 없었는데도 기타를 치며 노래를 부르기 시작했다.

나는 알아요, 올라야.
그대가 날 사랑한다는 것을,
내게 말하지는 않았지만
우리 모두 알듯이, 사랑
그 감정을 숨기는 것은
상처받은 가슴에
더 큰 상처를 주지 않기 위함이지.
나는 알아요, 올라야.
그대가 날 사랑한다는 것을,
나 또한 그대를 사랑한다는 것을…….

양치기의 노래가 끝나자 돈 키호테는 한 곡만 더 불러 달라고 청했다. 하지만 술기운이 거나한 산초는 노래를 듣기보다는 한숨 자는 게 좋겠다며 반대하고 나섰다.

이렇게 실랑이를 하고 있는데, 마침 마을을 다녀온 다른 양치기가 막 들어서며 말했다.

"자네들, 마을에 무슨 일이 있었는지 알아?"

방금 온 양치기가 손님들은 쳐다보지도 않고 말했다.

"이 숲 속에 한 달째 틀어박혀 있는데 우리가 뭘 알겠어?"

양치기들 가운데 누군가가 대답했다.

"오늘 아침에 그리소스토모라는 그 유명한 대학생이 죽었어. 부호 기예르모의 딸 마르셀라를 그리다 상사병으로 죽었다는군 그래. 왜 미모의 그 처녀 있잖아. 목동 차림으로 들판에서 생활한다는 그 처녀 말이야."

"상사병으로 죽었다고요? 어디 그 얘기 좀 해 보십시오."

돈 키호테가 청했다.

우리의 시골 귀족 돈 키호테는 이야기를 듣기 위해 방금 마을에서 돌아온 목동 옆으로 가 앉았다. 술이 과했던 산초 판사는 바닥으로 고꾸라져 버렸고, 결국 양치기들이 옮겨다 눕힐 수밖에 없었다.

12

마르셀라와 그녀에 대한 사랑을 기리는 노래

여러분! 이것은
마르셀라와 그녀를 향한 사랑 이야기랍니다.

품위 있고 명예로우며 재산까지 갖춘
훌륭한 기사의 딸, 그녀.

모친이 돌아가시자
사제인 삼촌이 그녀를 돌보네.

그녀 나이 열다섯이 될 즈음,
만인의 눈이 그녀에게 쏠리네.

참으로 아름다운 소녀로 성장한 그녀,
숱한 청년들이 그녀의 뒤를 따르네.

그녀가 그 어느 곳으로 가든
모든 눈들이 그녀에게로 쏠리네.

지쳐 버린 마르셀라는
걷거나 뛰는 대신 날듯이 지나다니더니

이 세상 저 끝의
깊은 숲 속으로 숨어 버렸네.

그녀는 자유롭고자 했으나
사람들은 그녀의 아름다움을 찬미하네.

그녀는 결코 홀로일 수 없었으니
거리마다 청년들로 장사진을 이루네.

부근의 장정들에게는
단 한 가지 꿈이 있으니,

양치기 복장을 한 수많은 청년들이
연가를 부르고 사랑으로 눈물 흘리네.

벙어리가 아닌 마르셀라는
그들 모두에게 말하고 인사하니,

그녀의 이러한 친절이
청년들에게는 가장 잔인한 행동이었네.

소나무 기둥마다
그녀에게 빼앗긴 마음이 새겨져 있었으니

마르셀라의 이름과
얼어붙은 화살이 함께 새겨졌네.

한쪽에서 농사짓는 총각이 한숨을 쉬는가 하면,
또 다른 한쪽에서는 귀족 자제가 한숨을 내쉬네.

또 다른 청년들은 오! 마르셀라를 그리며
온 밤을 지새우는구나.

모두 만날 때마다
서로에게 묻나니,

그 누가 그녀와 백년해로(百年偕老)할
행운을 누리게 될 것인가?

그러나 그 모든 이야기를 전해들은 마르셀라는
결혼할 생각을 않네.

사랑을 하기에는 아직 너무 어린 나이인 탓에
그저 다른 곳으로 숨을 생각만 하도다.

마르셀라와 또 다른 기억들에 대한 이야기는
여기서 그치지 않으니,

그녀는 양치기가 되었고,
그 이유는 이제 알게 되리.

13

그리소스토모의 장례식

새벽 무렵, 양치기들은 돈 키호테에게 그리소스토모의 장례식에 함께 갈 의향이 있는지 물었다. 달리 딱히 할 일이 없었던 우리의 영웅 돈 키호테는 재빨리 일어나 산초에게 아직 눈도 채 뜨지 못하고 있는 늙은 말 로시난테에 안장을 얹으라 했다.

마침내 로시난테가 일어나자 모두 여로에 올랐다.

얼마 가지 않았을 때, 일행은 다른 목동 여섯과 기사 둘, 그리고 기사를 수행하는 하인 일행을 만나게 되었다.

"어디로들 가십니까?"

두 기사 중 한 명이 예의를 갖춰 물었다.

"그리소스토모의 장례식에 가는 길입니다."

돈 키호테 바로 옆에서 걸어가던 양치기가 대답했다.

"저희들도 마침 그곳으로 가는 길입니다. 조금 전 이 부근으로 오던 길에 이 목동 분들을 만나게 되었는데, 사랑에 빠졌던 동료 목동의 비극적인 이야기를 해 주시더군요."

"그럼 모두 같이 가십시다."

"그러지요."

돈 키호테는 그 기사의 기품 있는 행동에 감동을 받았다. 잠시 후, 그 기사의 이름이 비발도인 것을 확인한 후, 그 옆으로 다가가 그리소스토모와

마르셀라에 대해 어떤 이야기를 들었는지 물어보았다.

기사는 돈 키호테가 이미 양치기들에게 들어 잘 알고 있던 이야기를 다시 한 번 들려주었다. 하지만 돈 키호테는 마치 처음 듣는 이야기인 양 흥미진진한 표정으로 상대의 이야기를 듣고 있었다. 그러고는 창을 하늘로 향해 세워 들고는 멀찍이서 창끝을 바라보고 섰다. 꼼짝 않고 깊은 생각에 잠긴 게 꼭 조각상이 서 있는 것 같아 보였다.

적막하기만 한 그 장면 속에서 유일하게 움직이는 것이라고는 실룩거리고 있는 로시난테의 주둥이뿐이었다. 그런데 저 멀리로 싱싱한 풀들로 가득 덮인 초원이 보이자 로시난테가 움직이기 시작했다. 아침을 거른 게 떠올랐던 것이다.

허기진 로시난테가 어찌나 재빨리 내달렸던지 고삐를 쥐고 있는 돈 키호테도 어찌해 볼 도리가 없었다. 상체를 꼿꼿이 세운 채 정신없이 말 등에 앉아 있던 돈 키호테의 두 눈 앞에 굵직한 나뭇가지가 다가왔다. 쿵! 돈 키호테의 목 줄기 한가운데서 둔탁한 소리가 나면서 그대로 바닥으로 나동그라졌다.

엄청난 통증이 밀려왔지만 돈 키호테는 종자의 부축을 받아 겨우 일어난 뒤 힘겹게 다시 말 등에 올랐다.

다른 사람들이 가까이 다가오자, 돈 키호테는 뼈마디가 온통 욱신거렸음에도 불구하고 창과 칼을 단단히 쥐고, 투구도 다시 한 번 매만졌다.

기사 비발도는 이런 돈 키호테를 보고 물었다.

"이 평화로운 땅에 중무장을 하고 뭘 하시는지요?"

이에 돈 키호테가 자부심 넘치는 목소리로 대답했다.

"편력기사로서의 소명을 다하기 위해서는 이렇게 하지 않을 수 없습니다. 한가로운 산책이나 느긋한 휴식, 편안히 내 집에서 생활하는 것은 모두 비겁한 자들에게나 해당되는 일입니다. 노동과 불안정한 하루하루, 무장이야말로 소위 편력기사라 불리는 사람들을 위한 것이지요. 저로 말씀드리자면 편력기사 가운데 가장 미미한 존재인, 그야말로 가장 별볼일없는 기사라 할 수 있지만 말입니다."

돈 키호테의 말에, 그곳에 있던 두 기사는 물론 목동들과 양치기들도 순간적으로 돈 키호테를 흘깃 쳐다보았다. 그리고 그 순간 모두 마음속으로 똑같은 생각을 하고 있었다.

'완전히 돌았군!'

돈 키호테의 광기가 어느 정도인가를 가늠해 보기 위해 비발도는 또다시 이렇게 물었다.

"편력기사란 어떤 사람들을 말합니까?"

"기사께서는 잉글랜드의 아서 왕 이야기 같은 걸 안 읽어 보셨습니까?"

돈 키호테가 되물었다.

"아서 왕은 죽지 않았습니다. 마법에 걸려 한 마리 까마귀로 변해 버린 것뿐입니다. 사람들은 세월이 지나 언젠가는 아서 왕이 고향으로 돌아와 왕국을 다시 일으켜 세울 것이라고들 하지요. 그 때문에 그 시절 이후, 영국인들은 결코 까마귀를 죽이지 않는다는 것 아닙니까."

돈 키호테가 이런 말들을 쏟아내고 있는 사이, 갑자기 한 무리의 새 떼가 일행의 머리 위를 휙 지나는가 싶더니 마치 죽음의 왕관이라도 되는 듯 그들의 머리 위에서 맴돌기 시작했다. 이 새 떼를 향해 곳곳에서 새들이 날아들어 합류했다. 다른 새들까지 그 색이 모두 검정빛이어서 하늘은 온통 제비, 종달새, 까마귀 등 상복을 입은 듯한 검은 새들 천지였다. 마치 검은 모포를 덮어 놓은 듯했다.

돈 키호테는 새 떼를 올려다보았다. 마치 그 속에 영국 왕 아서가 포함

되어 있기라도 하듯. 한편 그의 애마 로시난테는 여전히 천천히 발걸음을 옮기고 있었다. 아직 장례식장까지 가는데 한 1레구아 정도 남아 있었기 때문에 돈 키호테가 이야기를 계속했다.

"그 위대한 아서 왕 시대에 원탁의 기사들로 기사단이 만들어졌습니다. 그곳에서 훗날 아름다운 기네비어 왕비와 사랑에 빠진 호수의 기사 랜슬롯도 나오게 되지요. 이 기사단은 전 세계로 확산되어 나갔고, 거기에 우리 스페인의 유명한 기사인 맹장 아마디스 데 가울라와 대단한 칭송을 받고 있는 티란테 엘 블랑코도 속해 있는 겁니다."

놀란 얼굴로 자신을 쳐다보고 있는 비발도에게 돈 키호테가 말했다.

"그러니까 편력기사가 된다는 것은 바로 이런 겁니다. 나 역시 용맹스러웠던 그 기사들처럼 기사도를 실천하고 있는 것이지요. 그리고 모험을 찾아 이렇게 세상 곳곳을 다니지요. 약자를 돕고, 정의를 수호하는 데 심신을 다 바치겠다는 일념으로 말입니다."

한참 동안 계속된 돈 키호테의 설명이 끝나자 비발도는 비쩍 마른 저 기사가 완전히 미친 것임이 틀림없다고 확신했다. 그리고 미치광이들에게는 그저 장단을 잘 맞춰 주는 게 좋다는 걸 알고 있었기 때문에 일부러 편력기사 문제에 관심이 있는 척했다.

"참으로 어려운 임무를 수행하고 계시는군요!"

돈 키호테는 말이 통하는 사람을 만났다는 사실에 잔뜩 고무되어 이렇게 장광설을 또다시 늘어놓았다.

"정말 어렵습니다. 하지만 세상이 필요로 하니, 반드시 있어야겠지요. 사제들이 이 땅의 안녕을 위해 하늘에 대고 기도한다면, 그들이 간구한 것을 실천에 옮기는 사람들이 바로 기사들이라 할 수 있지요. 용맹스러운 두 팔과 날카로운 검으로 평화와 정의를 수호하면서 말입니다. 말하자면 우

리 편력기사들은 이 세상으로 보내진 하느님의 일꾼들이라고나 할까요. 전투라는 게 땀 흘리고, 싸우고, 전력(全力)을 다해야 하는 일이므로 이런 말을 할 수 있을 겁니다. 내가 경험해 봐서 잘 아는데, 편력기사가 된다는 것은 그 어떤 일을 하는 것보다 훨씬 어려운 일입니다. 다른 일보다 더 많은 노력을 해야 하고, 고통과 굶주림, 목마름과 곤궁을 감내해야 하지요. 또 상처를 입는 것도, 누추함도 기꺼이 받아들여야 하는 그런 일입니다."

비발도는 비쩍 마른데다 온통 상처투성이의 처참한 몰골로 시들시들한 말 위에 올라앉은 돈 키호테의 모습을 바라보았다. 그러나 꼿꼿하게 쳐든, 긍지가 넘치는 얼굴과 방황하는 듯한 눈동자를 발견하고는, 혹 사랑에 빠졌는지를 물었다. 기사 소설을 보면 편력기사들이 늘 사랑하는 여인을 두고 있었기 때문이었다.

돈 키호테는 망설임 없이 비발도에게 둘시네아 델 토보소 이야기를 들려주기 시작했다. 돈 키호테는 그녀를 귀부인으로 일컬으면서 공주와 견주어도 될 정도라고 했다. 그 이유는 그녀가 마음속의 여왕이자 귀부인이기 때문이며, 초인간적인 아름다움의 소유자이기 때문이라고 했다. 그러고는 시인들이 이상의 여인상에 대하여 갖다 붙인 바 있던 온갖 기교의 언어를 줄줄이 열거하기도 했다. 예를 들어 황금빛 머리카락, 자개와도 같은 이마, 무지개처럼 휜 눈썹, 태양처럼 반짝이는 두 눈동자, 장밋빛 두 볼, 진주알처럼 하얀 치아 등을.

돈 키호테의 이런 설명을 들으면서, 두 기사와 그들의 종자들, 심지어 함께 있던 목동들과 양치기들까지도 그가 어떻게 손대볼 수 있는 지경을 이미 넘어섰다고 판단하기에 이르렀다. 오직 산초 판사만이 자기 주인의 말이 모두 진리라고 생각할 뿐이었다. 다만 산초가 아리송하게 생각하는 것은 둘시네아의 미모에 대한 부분이었다. 지금껏 라 만차 지역 그 어느 곳에서도 그런 대단한 미모의 여인이 등장한 적이 없었기 때문이었다.

일행들은 이런 이야기를 나누며 가고 있었다. 그때 저만치서 머리에 사이프러스 나뭇가지를 엮어 만든 관을 쓰고 검은 산양 가죽으로 만든 옷을 입은 목동 스무 명 가량이 걸어 내려오는 것이 눈에 띄었다. 그 가운데 6명은 온통 꽃으로 뒤덮인 목재 관을 들고 있었다.

"그리소스토모의 관을 운구하는 행렬이네요. 그리소스토모가 자신을 저 산에 묻어 달라고 했다는군요."

양치기 중 누군가가 말했다.

운구 행렬이 일행 앞을 지나가자 돈 키호테는 행렬 옆으로 바싹 다가가 상사병으로 죽었다는 청년의 얼굴을 들여다보았다. 관 속 시신 주위로는 책과 뭔가가 씌어진 종이 뭉치들이 잔뜩 놓여 있었다. 돈 키호테는 그 종이에 시선이 갔다.

모두 한동안 침묵하고 있는데, 마침내 목동 가운데 한 사람이 묘 구덩이를 파기 위해 나서며 말했다.

"암브로시오! 여기가 자네 친구가 묻히기 원했던 그 장소가 맞는지 잘 좀 보게나."

"맞아. 여기 이 떡갈나무 아래가 분명해. 불쌍한 내 친구 그리소스토모가 누차 자신의 연애담을 들려줬었지. 바로 이곳에서 양 떼를 돌보고 있는 마르셀라를 처음 보았다고 했었어. 또 바로 이곳에서 그녀를 만나 사랑을 고백했고, 또 바로 이곳에서 돌아서는 그녀를 멍한 눈으로 바라보아야 했다고도 했고. 그리고 이곳이 넋이 빠져 버린 그 친구가 비극적인 절망의 나날에 종지부를 찍어 버린 장소가 된 거야. 그래서 그 친구는 바로 이곳, 영원한 망각의 구덩이 속에 자신의 시신을 묻고 싶었던 거야."

그러고는 돈 키호테와 다른 사람들 쪽으로 돌아서며 이렇게 외쳤다.

"여러분, 이제 생명의 온기가 사라져 버린 이 시신은 사랑에 빠져 있는 다른 모든 사람들에게 본보기가 될 것입니다. 한 여인을 너무도 사랑했지만 버림받은 자가 이곳에 누워 있습니다. 사랑을 주고 배신당한 자. 대리석처럼 차디찬 그 여인은 이 간절한 바람에도 불구하고……."

이런 말이 이어지는 가운데 돈 키호테 바로 옆에 서 있던 비발도는 관 속에 놓여 있던 종이 뭉치를 발견했다. 그는 다른 목동에게 저게 다 뭐냐고 물었다.

"가엾은 제 친구가 끝까지 써 온 글입니다. 그 글을 읽어 보면 잔인한 마르셀라에 대한 제 친구의 사랑과 그의 불행을 짐작하실 수 있을 겁니다. 큰소리로 한번 읽어 보세요. 아직 묘 구덩이를 파려면 시간이 좀 있으니까요."

"그럼 한 번 읽어 볼까요?"

비발도가 호기심 어린 눈초리로 자신을 바라보고 있는 사람들을 향해 말했다. 글을 읽는 그의 두 눈에는 눈물이 서려 앞이 온통 뿌옇게 변하고 있었다.

14

양치기 처녀 마르셀라의 등장

그리소스토모를 위한 마지막 애도의 말들이 이어지는 가운데 산초는 어린 시절 함께 나무를 타고, 물웅덩이를 첨벙거리며 뛰어다니고, 돌멩이를 던지고, 빵과 쵸리소를 함께 먹으며 놀던 이웃집 소녀를 떠올렸다. 아직 그녀는 치아도 하나 빠지지 않은 채 건강했다.

어린 시절의 기억을 떠올리다 보니 산초는 허기가 느껴졌다. 그래서 장례 인파로부터 조금 떨어져 나와 근처 나무로 열매를 따러 갔다.

두 손에 사과를 하나씩 들고, 이미 입 안에 넣어 버린 또 한 개의 사과를 물고, 산초 판사는 돈 키호테와 함께 초반에 겪었지만 주인님의 모험담을 쓰게 될 현자가 아무래도 빠뜨릴 게 분명해 보이는 모험 하나를 떠올려보았다.

그때, 두 사람은 카미노 레알이라는 큰 길에서 벗어나 숲으로 난 작은 길로 들어섰었다. 산초가 앞장서 걸었는데, 그건 순전히 산초의 망아지도 걸음이 느렸지만 로시난테의 걸음걸이는 마치 게 걸음 같아 훨씬 더 느렸기 때문이었다. 주인을 찾아볼 요량으로 산초가 막 뒤돌아보려는데 위태로운 장면이 눈에 들어왔다.

"주인님, 머리 조심하세요! 고개 숙이시라고요!"

산초가 고래고래 소리쳤다.

하지만 돈 키호테는 아무 소리도 듣지 못했다는 듯 꼼짝 않고 고개를 빳

빳이 쳐들고 오다가 종자가 계속해서 소리를 질러대자 성난 목소리로 이렇게 대답했다.

"산초야! 내 말 잘 들어라! 모름지기 편력기사란 그 어떤 어려운 모험에 닥쳐서라도 절대로 고개를 숙이지 않는 법이다. 이렇게 꼿꼿한 자세를 유지하는 것을 자랑으로 여기며……."

"아, 조심하시라니까요, 주인님!"

사태가 너무 급박한 나머지 종자 산초가 거칠게 끼어들었다.

그러고는 입을 꾹 다물어 버렸다.

돈 키호테 역시 그의 장황한 설명을 더 이상 지속할 수 없었다. 나지막이 드리워진 나뭇가지에 매달려 있던 벌집에 부딪쳐 바닥으로 떨어졌기 때문이었다. 산초가 조심하라 했던 건 바로 그 벌집이었다.

더 이상 말이 필요 없었다. 신속하게 행동을 취해야 할 상황이었기 때문이었다. 주인과 종자는 악당들을 뒤쫓듯 달려드는 벌 떼를 피해 있는 힘껏 달아나야 했다. 더욱이 로시난테를 달리게 할 방법이 없었기 때문에 돈 키호테가 오히려 로시난테를 뒤에 매달고 달리는 형세가 되고 말았다. 어쨌든 간에 기사라면 무슨 일이 있어도 자신의 말을 버리고 가지 않는 게 법도이다. 더욱이 로시난테처럼 용감하고 빼어난 말인 경우에 더더욱 그렇다는 설이 있었기 때문이었다.

그러다가 운명의 장난인지, 돈 키호테는 그만 돌부리에 걸려 넘어지고 말았다. 마침 지세가 아래로 심하게 비탈진 길이었던 탓에 그만 돈 키호테는 로시난테와 함께 돌멩이 구르듯 데굴데굴 구르게 되었다. 그러다가 앞서 있던 산초 판사와 당나귀를 덮치면서 모두 함께 차가운 강물 속으로 풍덩 빠지고 말았다.

벌들은 땅거미가 내릴 때까지 강 주위를 맴돌고 있었다. 돈 키호테는 계속해서 물 속에 잠겨 있었다. 머리 꼭대기에 자리 잡고 앉은 개구리 한 마리만 아니었더라면 그것도 그리 나쁠 건 없었다.

입은 온통 물로 젖어 있었지만 목구멍은 바짝바짝 말라붙고 있던 돈 키호테는 기진맥진한 상태로 겨우 강물에서 기어 나온 뒤 그대로 바닥에 쓰러져 버리고 말았다. 잠시 후, 눈을 떠보니 종자 산초 판사가 불을 피워 뭔가 먹을 것을 장만하고 있는 게 보였다.

"산초야! 네가 이렇게 주인을 염려하는 모습을 보니 흡족하구나. 이런 모험을 치르고 나면 언제나 가슴이 허하고 뱃속도 허한 법이거든. 참으로 냄새가 좋구나. 이리 좀 다오. 내가 먹어야 하지 않겠느냐?"

"주인님, 주인님께서 주무시는 동안 제가 음식을 장만했다는 사실 때문에 기분이 좋으신 것 같지는 않고……."

"산초야! 뭔가 잘못 알고 있구나. 편력기사들이 언제나 식탁보가 씌워진, 제대로 된 식탁에서 식사를 하는 건 아니다. 대부분의 경우에는 자연이 주는 그대로의 것들을 먹지. 그러니 이제 그만하여라. 그 젠장할 음식을 안 먹고 버티려고 해보았지만 어찌나 뱃속이 꼬르륵거리는지……."

"주인님이 굳이 달라시면야 드리지요!"

산초가 대답하면서 마지못해 음식을 내밀었다.

돈 키호테는 종자가 건네준 형편없는 음식을 게걸스럽게 먹기 시작했다. 심지어 손가락에 묻은 국물 한 방울까지 놓칠세라 손가락을 쪽쪽 빨아먹기까지 했다. 그가 음식을 한 입 한 입 베어 물 때마다 동시에 두 가지 소리가 들려왔다. 하나는 돈 키호테 자신이 음식을 먹으면서 입맛을 다시며 내는 '흠! 으흠!' 하는 소리였고, 또 다른 소리는 겨우겨우 마련한 음식이 마파람에 게 눈 감추듯 사라지는 걸 보며 가슴이 쓰라려 산초가 내는 '아휴!' 라는 소리였다.

식사를 마친 돈 키호테가 물었다.
"대체 이 고기가 무슨 고기더냐?"
"개구리 뒷다리였습니다, 주인님."

산초 판사는 그날의 씁쓸한 기억을 되살리면서, 사과를 한 입 더 베어 물었다. 마침 비발도 기사가 죽은 목동이 남긴 글의 낭독을 막 마친 참이었다.

그 글을 들은 사람들은 하나같이 그리소스토모는 선한 사람이었으며 마르셀라는 못된 여자였다고 생각하게 되었다. 또 몇몇 사람들은 속으로 이런 생각들도 해보았다. 사나이들은 전쟁터에서 죽어간다지만, 이 세상에 사랑보다 더 참혹한 전쟁이 또 있겠느냐고.

비발도가 관 속에서 또 다른 종이 한 장을 막 집어들려고 하는데, 나무 사이에서 양치기 처녀 마르셀라가 불쑥 나타났다.

그녀의 아름다움이 어찌나 빼어났던지 그녀를 처음 본 사람들은 아무 말도 못하고 경외의 눈빛으로 바라볼 뿐이었다. 이미 그녀를 잘 알고 있는 사람들 역시 감탄의 물결에서 헤어나지 못하고 있었다.

그 대단한 아름다움에도 불구하고 마음의 동요가 없었던 암브로시오가 친구의 시신을 앞에 두고 입을 열었다.

"그래, 당신의 그 잔인함이 빚어낸 결과를 확인해 보려고 오셨나 보군?"

"아닙니다. 제 자신을 변호하기 위해 왔어요. 그리소스토모의 죽음이 내 탓이라고 여기는 모든 분들에게 제 입장을 설명하기 위해서지요."

마르셀라가 대답하더니 장례식에 모인 사람들을 향해 말문을 열었다.

"사람들 말이, 저를 보고 타고난 미인이라더군요. 그리고 저의 미모 때

문에 당신들은 저를 아끼고 사랑하지요. 그러면서 저에게 제 의사와는 상관없이 당신들을 사랑하라고 강요합니다. 어디 한 번 말씀해 보세요. 혹 제가 못생긴 여자였더라면, 저를 사랑하지 않는다는 이유로 제가 여러분을 비난하는 게 옳을까요?"

돈 키호테는 그녀를 관심 있게 바라보았다. 그의 눈에도 마르셀라는 양치기 처녀라기보다는 어느 왕국의 공주처럼 보였다.

"제가 어떤 누군가를 사랑하지 않으면, 그 당사자는 불평하고 그분의 불행을 제 탓으로 돌립니다. 반대로 제가 저를 사랑하는 모든 분을 사랑한다고 하면 절더러 경박하고, 배은망덕하며, 정숙하지 못하다고 비난하겠지요."

장례식에 모인 사람들 중 일부는 마르셀라의 말뜻을 제대로 이해하지 못했다. 하지만 모두 그녀에게 주목하면서 너무도 아름다운 그녀의 모습에 한숨을 내쉬기도 하고, 신의 작품이라 칭할 수 있는 그녀의 모습에 더욱 연정을 느끼기도 했다.

기사 소설을 떠올리는 데 익숙해 있던 돈 키호테는 흥미로운 표정으로 그녀의 설명을 듣고 있었다. 그녀는 둘시네아를 제외한다면 이 세상에서 가장 아름다운 여인 같았다.

한편 산초 판사는 마르셀라의 현학적인 이야기에는 전혀 관심이 없었기에 호두나무 가지 위에 올라앉아 있었다.

마르셀라가 이야기를 이어나갔다.

"독사는 몸 안에 독을 지니고 있어도 비난받지 않습니다. 심지어 그 독으로 사람을 죽였을 경우라도 자연이 준 특성이기에 비난받지 않지요. 저 역시 아름다움을 타고났다고 해서 비난받을 이유는 없다고 봅니다. 정숙한 여인에게 있어 아름다움이란 외따로 떨어진 화톳불이거나 칼날과 같아서 누군가 가까이 다가오지 않으면 그 사람을 태우지도 칼로 베지도 않는 법입니다."

두 기사는 놀란 표정으로 양치기 처녀의 명료한 설명을 듣고 있었다. 사실 마르셀라는 이 지역 최대 부호의 딸이었지만, 자신의 삶의 터전으로 고독한 평원을 선택한 것이었다.

"저는 자유로운 인간으로 태어났고, 자유롭게 살아가기 위해 양치기를 선택했습니다. 그러니 절 좀 내버려 두세요. 당신들 잘못의 결과를 제 탓으로 돌리지 말아 주십시오. 여러분 스스로가 자신의 욕망을 절제치 못하면서 누구를 탓하시는 겁니까? 저는 제 발로 그리소스토모를 찾아간 적도 없고, 그에게 뭔가를 요구한 적도 없으며, 빈말로라도 그 어떤 약속 한 번한 적 없습니다."

이렇게 말한 그녀는 사람들의 반응 같은 것은 기다리지도 않고 휙 돌아 숲 속 나무 사이로 사라져 버리고 말았다. 남은 사람들은 벙어리처럼 멍하니 바라만 보고 있었다.

그녀의 미모에 눈이 멀어 버린 몇몇 청년들이 그녀의 뒤를 쫓아가려고 했다. 그녀는 아름다울 뿐 아니라 상냥하고, 지혜로우며, 명석함까지 갖추었기 때문이었다. 하지만 한 손에 창을 들고 선 돈 키호테가 그들의 앞을 가로막았다.

"그 누구도 마르셀라의 뒤를 쫓을 생각은 마시오! 그녀는 이미 자신이 그리소스토모의 죽음과 아무 상관이 없음을 밝혔소. 그녀의 말은 정당했고, 따라서 편력기사로서 나는 그녀를 보호할 것이오."

돈 키호테의 이런 엄포 때문이었는지, 아니면 암브로시오가 다른 목동들에게 이제 그만 친구 그리소스토모의 시신을 매장하는 게 좋겠다고 말해서였는지 아무도 자리를 뜨지 않았다.

구덩이 속에 관을 넣고 흙을 덮고 나자, 사람들은 묘지에 노란 꽃을 뿌린 뒤 각자 제 갈 곳으로 흩어졌다.

두 기사는 돈 키호테에게 세비야로 함께 가자고 청했다. 세비야는 어딜 가나 모험이 일어나기 딱 좋은 고장이라는 것이었다. 하지만 우리의 영웅 돈 키호테는 이 지역의 도적과 악당들을 소탕하기 전에는 세비야로 갈 수 없을 것 같다고 대답했다.

그렇게 산초와 둘만 남게 되자마자, 돈 키호테는 조금 전 아름다운 양치기 처녀 마르셀라가 들어갔던 바로 그 숲길로 들어섰다.

산초 판사는 주인이 들어선 숲길을 보고는 두 눈을 휘둥그레 뜨더니 신이 나서 주인에게 들리도록 크게 외쳤다.

"주인님, 참으로 영리하십니다요! 제가 보기에도 이리로 가면 토실토실한 버섯들이 있을 것 같아요. 냄새가 솔솔 나는걸요."

하지만 돈 키호테는 종자의 말을 듣고 있지 않았다. 지친 로시난테의 잔등 위에서 상체를 꼿꼿이 세운 채, 이제는 더 이상 비극적으로도, 슬프게도 느껴지지 않는 그리소스토모의 시구(詩句)를 떠올리고 있었다. 이처럼 지극히 사실적이고 세밀한 이 이야기의 2부 말미에 이르렀을 무렵, 두 눈이 초롱초롱 빛나는 우리의 편력기사 돈 키호테는 그리소스토모의 연가를 휘파람으로 불고 있었다.

Tercera Parte
제3부

15

로시난테, 갈리시아 암말들에 추근대다

　세계적 작가 미겔 데 세르반테스 사아베드라는 돈 키호테가 그리소스토모의 장례식에 온 사람들과 작별을 나눈 뒤, 곧바로 종자를 거느리고 양치기 처녀 마르셀라가 사라져 버린 숲 속으로 들어섰다고 말한다. 돈 키호테와 산초는 숲 속으로 들어가 마르셀라의 흔적을 찾아 2시간여를 헤매고 다니다가 마침 부드러운 풀이 지천으로 깔린 널찍한 초원에 이르러 잠시 낮잠을 자고 가기로 했다.

　두 사람은 눈을 붙이기에 앞서 간단한 점심을 함께 나누었다. 잠시 후, 산초가 일어나 로시난테와 당나귀가 마음껏 풀을 뜯어 먹을 수 있도록 고삐를 풀어놓았다. 그런데 그 초원에는 마침 갈리시아 지방의 목동 몇이 암말들을 풀어놓고 풀을 먹이고 있던 참이었다. 이 목동들은 싱싱한 풀과 물을 찾아 곧잘 이곳으로 오곤 했다.

　돈 키호테의 애마 로시난테는 태어날 때부터 워낙 약골이었던 터라 코앞에 주어진 일 외에는 단 한 번도 다른 일에 신경 써 본 적이 없었다. 그런데 웬일인지 그날따라 늙은 수말 로시난테가 젊은 암말들 꽁무니를 따라다니며 킁킁 냄새를 맡았다. 그러더니 어디서 그런 용기가 생겼는지 그간 한 번도 하지 않던 짓을 시작했다. 로시난테는 암말 주변을 어슬렁거리며 히잉거리기도 하고, 허공에 대고 뒷발질을 하는 등 그야말로 온갖 애정 공세를 다 취하는 것이었다.

갈리시아 태생 목동들은 어디서 늙고 비쩍 마른 말 한 마리가 나타나서는 풀을 뜯고 있던 자신들의 가축 떼에 추근거리는 광경을 보고는 참을 수가 없었다. 옆에 있던 나무에서 굵직한 가지 하나씩을 꺾어 들고 와서 반쯤 넋이 빠져 있는 가엾은 로시난테의 옆구리를 흠씬 두들겨 팼다. 결국 로시난테는 마치 네 다리가 잘려 버리기라도 한 것처럼 그대로 바닥에 풀썩 주저앉아 버리고 말았다.

이를 본 돈 키호테는 분노하여 자리에서 벌떡 일어서더니 종자에게 말했다.

"산초야! 저자들은 기사가 아니라 무지하고 치졸한 인간들인 듯싶구나. 왜 이런 말을 하는고 하니, 상대가 그런 자들이니 로시난테의 복수를 하는데 네가 도와도 된다는 걸 말하고자 함이다."

"아니, 주인님! 복수라니, 거 무슨 얼토당토않으신 말씀이세요? 저쪽은 스물이나 되고, 우리는 달랑 둘, 아니 하나 반밖에 안 되는데 말입니다."

산초가 대답했다.

"걱정 마라. 내가 일당 백이니라!"

돈 키호테가 큰소리를 쳤다. 그는 감히 편력기사의 애마에 몽둥이질을 해 댄 포악한 인간들과 당장이라도 일전을 벌일 태세였다.

돈 키호테는 말없이 한 손으로 방패를 받쳐들더니 그대로 갈리시아 목동들을 향해 돌격했다. 산초 판사도 그런 주인의 모범적 행위에 고무되어 타고난 겁쟁이의 천부적 비굴함마저 잊어버리고 주인을 따라 돌격했다.

돈 키호테의 첫 번째 가격에 한 목동의 윗도리 자락이 찢어지면서 등판에 상처가 났다.

승리감에 취한 돈 키호테는 더욱 힘을 내어 두 번째 목동을 겨누어 창을 내던졌다. 그런데 이 웬 운명의 장난이란 말인가! 돈 키호테는 납작한 돌

멩이에 발끝이 걸리면서 넘어져 버렸다. 그 바람에 쥐고 있던 창이 허공으로 붕 치솟아 오르더니 몇 바퀴 돌아 또 다른 목동의 머리 위로 떨어졌다. 칼에 맞은 목동은 마치 떨어져 내린 칼자루에 콧잔등을 직접 가격당하기라도 한 듯 온통 피투성이가 되어 버렸다.

산초는 굵다란 몽둥이를 높이 든 채 주인 뒤를 따라가다가 상황이 변하자 주인을 일으켜 세워야 할지, 치열한 전투를 시작해야 할지 갈등했다. 하지만 그나마도 오래 생각할 겨를이 없었다. 목동들이 너나 할 것 없이 손에 몽둥이를 들고는 돈 키호테와 산초를 에워쌌기 때문이었다.

돈 키호테는 뻗어 버린 로시난테에서 멀지 않은 곳에 널브러져 있었고, 산초 판사는 어디 숨을 만한 구덩이라도 없을까 찾아보았다. 하지만 자신을 에워싼 채 몽둥이를 천천히 흔들며 위협적으로 다가오고 있는 사람들 속에서는 피난처를 찾는 것도 불가능한 일이었다.

혼비백산한 산초 판사는 자신을 둘러싼 적들로부터 어떻게든 스스로를 보호해 보겠다고 두 손으로 묵직한 몽둥이를 움켜 쥔 채 번쩍 들어올렸다. 하지만 몽둥이 무게가 무거워서 그랬는지, 아니면 워낙 싸움하고는 거리가 먼 사람이라 그랬는지, 하여간 몽둥이를 들고 있는 두 손이 바들바들 떨리더니 그만 자기 머리 위로 몽둥이를 떨어뜨리고 말았다.

몽둥이에 머리를 맞은 산초가 바닥으로 쓰러졌다. 그가 쓰러진 자리는 주인의 두 발과 로시난테의 편자가 박힌 발 사이 공간이었다.

갈리시아 목동들은 새로 준비한 막대기를 써보지도 않고 그냥 물러설 수는 없었다. 그래서 바닥에 널브러져 있던 두 남자에게 무자비하게 매질을 하여 새 무기의 흔적을 고스란히 남겨 두었다.

분풀이를 마친 갈리시아 목동들이 떠났다. 겨우 입을 뗄 만큼 기력을 회복한 산초가 주인에게 예전에 비즈카야 태생의 종자와 일전을 벌인 후 말

했던 그 흉악한 블라스인지 누군지가 만들었다는 기적의 연고를 좀 나눠 달라고 했다. 하지만 돈 키호테는 지금 당장 피에라블라스의 영약을 가지고 있지 않지만, 새로 만들 기력도 없다고 대답했다. 너무 통증이 심해서 온통 삐걱거리는 뼈마디 이외의 다른 건 생각할 여력이 없다는 것이었다. 돈 키호테가 스스로의 처지를 비관하며 말했다.

"이게 다 내 탓이다. 기사가 아닌 자들과 싸워서는 안 되는 것이었어. 혹시 다음에 또 이런 경우가 생긴다면, 그땐 산초 네가 나가 그 천한 것들과 싸워 우리를 보호해야 할 것이다. 네가 이미 나의 능력을 봐서 알겠지만, 나는 악행을 저지르는 기사들에 대해서만 너를 보호해 줄 것이다."

"그건 안 됩니다, 주인님! 제가 워낙 평화를 사랑하는 사람이라서요. 더욱이 하느님께서도 죄인을 용서하셨는데, 저 역시 제게 나쁜 짓을 한 사람들을 용서하고 참아 낼 생각입니다."

산초가 겨우 입술을 달싹거리며 대답했다.

"내 숨이 계속 붙어 있어 이런 대화나마 나눌 수 있으면 좋겠는데, 정말 온몸이 너무나도 아프구나."

순간 돈 키호테는 가정부가 침대로 가져다 준 따끈한 수프와 신부나 이발사와 나누던 정담들, 심지어 조카딸이 내지르는 잔소리까지도 그리워지는 걸 느꼈다. 아직 현자 프레스톤으로 하여금 자신의 서재를 되돌려놓도록 만들지는 못했지만, 집으로 돌아가고 싶은 생각이 굴뚝같았다.

산초 역시 집 생각을 하고 있었다. 아내는 워낙 포악하고 천성이 고약한 데다 날마다 바가지를 긁었다. 하지만 그래도 아내가 휘두르는 주먹은 조금 전 맞은 몽둥이 세례에 비하면 그야말로 간지럼 태우기 정도에 불과했다는 생각이 스쳐갔다. 산초는 이 힘겨운 전투와 앞으로 다가올 미지의 모험 같은 건 다 잊고 싶었다.

더욱이 주인이 이런 말을 건네자 그 생각이 더욱더 간절해졌다.

"산초야, 내가 들은 바에 따르면 편력기사의 일상은 늘 수많은 위험과 고난의 연속인 법이다. 턱뼈가 너무 아파 말을 제대로 할 수 없을 정도만 아니었더라면, 아마디스 데 가울라를 전후해 활동했던 편력기사들의 일상과 그들이 겪었던 불운에 대해 일일이 얘기해 줄 수 있으련만……."

돈 키호테와 산초는 그만 입을 다물고 땅바닥에 뻗은 채 역시 납작 엎드려 있는 로시난테 옆에서 잠이 들었다.

잠에서 깨어난 두 사람은 꿈결에서보다 훨씬 더 심한 통증을 느끼면서 어떻게든 일어서 보려 했다.

돈 키호테는 여전히 로시난테가 뻗어 있는 몰골을 보고는 산초에게 말했다.

"네 망아지를 가져와 날 좀 태워다오. 해가 떨어지기 전에 서둘러 밤을 보낼 성을 찾아야겠다."

산초 판사가 겨우 밀어올려 망아지 등에 간신히 올라타기는 했지만, 돈 키호테는 도저히 상반신을 세우고 앉을 수가 없었다. 그래서 당나귀 등에 납작 엎드려 버렸다. 유일하게 하늘을 향해 솟아오른 것은 돈 키호테가 여전히 한 손에 단단히 쥐고 있는 창뿐이었다.

주인의 형편없는 몰골을 쳐다보던 산초 판사는, 전혀 기사답지 못한 모습으로 성을 찾아 들어가는 주인의 모습을 상상하고는 그만 너털웃음을 터뜨리고 말았다.

"이것 보아라, 산초! 전투에서 얻은 상처는 치욕이라기보다는 명예인 법이다."

돈 키호테가 한숨을 한 번 내쉬더니 말을 이었다.

"자, 이 망아지를 달래서 좀 앞으로 걸어 나가도록 해보아라. 도무지 진

전이 있는 것 같지 않구나."

돈 키호테는 이렇게 당나귀 잔등에 납작 엎드렸다. 산초 판사는 다리를 절뚝거리며 따라오는 것조차 버거워 보이는 로시난테의 고삐를 잡아끌고 비탈길을 내려갔다. 머지않아 그들이 찾던 카미노 레알 대로가 눈앞에 나타났다.

대로를 따라 약 2레구아 정도를 걸어가다 보니 산초의 눈에 저 멀리 여인숙이 하나 눈에 띄었다.

돈 키호테는 겨우 눈을 들어 앞쪽을 쳐다보더니 산초에게 잘못 보았다고 지적하였다. 그는 여인숙이 아니라 성이라고 했다. 두 사람은 여인숙까지 가면서 계속해서 그것이 여인숙인지 성인지 서로 논쟁을 벌였다고 현자는 전하고 있다.

16
마법의 성

두 사람은 살아 있는 사람이라기보다 오히려 송장 같은 모습으로 여인숙에 들어섰다. 산초 판사는 눈조차 제대로 뜨지 못하는 로시난테를 끌고 들어갔다. 돈 키호테도 거의 실신상태로 산초의 당나귀 등에 실려 가면서도 비탄에 젖은 푸념을 끊임없이 늘어놓고 있었다.

이런 두 사람을 본 여인숙 주인이 산초더러 도대체 주인에게 무슨 일이 있었던 거냐고 물었다.

"별것 아닙니다. 바위 위에서 떨어지면서 비탈길을 굴러서 그러십니다."

여인숙 주인장은 정이 많은 그의 아내와 마음씨 곱고 아리따운 딸을 불렀다. 두 여자는 돈 키호테의 상처를 깨끗이 닦고 치료해 주었다. 돈 키호테의 몸에는 곳곳에 멍이 들어 있어 원래 피부색을 찾아보기 힘들 정도였다.

산초 판사는 두 여자가 주인 돈 키호테를 치료해 주는 모습을 지켜보더니 이렇게 말했다.

"저, 혹시 연고가 좀 남으시거든 저도 여기에 좀 발라 주십시오. 아이쿠, 얼마나 아픈지 모르겠습니다."

"손님도 바위에서 떨어지셨어요?"

여인숙 안주인이 물었다.

"아니, 떨어진 건 아니고요. 그냥 제 주인께서 굴러 떨어지는 걸 보니 어찌나 놀랐던지 그만 제가 몽둥이 찜질을 당하기라도 한 것처럼 삭신이

쑤셔대기 시작하는 거 아니겠습니까."

"충분히 그럴 수 있을 것 같아요. 저도 가끔 꿈을 꾸다가 탑에서 떨어지곤 하는데, 물론 바닥에 부딪치지는 않지만, 잠에서 깨어나면 정말 높은 데서 추락하기라도 한 것처럼 온몸이 아프고 쑤시거든요."

딸이 말했다.

여인숙 안주인이 나가면서 그곳에서 일하는 하녀가 뜨거운 물이 담긴 대야를 들고 들어왔다. 하녀는 아스투리아 출신의 처녀로, 허리통이 절구통처럼 굵고, 눈은 사팔뜨기였으며, 키는 땅딸막한데다 등이 거의 곱사등으로 굽어 있었다. 예쁘지는 않았지만 그래도 부지런하고 손님들을 편하게 해 주는 아가씨였다.

그녀는 산초의 상처를 치료해 주면서 누워 있는 돈 키호테를 보고 산초에게 물었다.

"저 기사님은 누구세요?"

"돈 키호테 데 라 만차시네. 모험의 기사시지. 지금껏 보아 온 최고, 최강의 기사 중 한 분이시네."

산초가 자랑스럽게 대답했다.

"모험의 기사가 뭐 하는 사람인데요?"

마리토르네스라는 그 하녀가 궁금한지 다시 물었다.

"어찌 모험의 기사를 모르는가? 모험의 기사는 두 단어로 정의할 수 있다네. '흠씬 두들겨 맞는' 과 '영광이 넘치는' 으로 말일세. 지금 당장 아주 불행한 삶을 살아간다 하더라도 내일은 두세 개의 왕국을 거느릴 수도 있는 그런 사람들이라네."

"그런데 아저씨는 저렇게 훌륭한 주인을 모시면서 왜 아직 왕국을 갖지 못하셨어요?"

"아직은 시기상조니까. 우리 주인님과 함께 모험을 떠난 지 아직 한 달밖에 되지 않았거든. 아직은 왕국을 차지할 만한 대 모험을 겪지 못했다네. 찾으면 구할 것일세. 우리 주인님께서 일단 회복되시고 나면, 나도 그냥 있지는 않을 걸세. 나도 언젠가는 다른 어딘가에 있는 왕국의 통치자가 될 희망을 가지고 있다네."

그날 밤, 미동조차 할 수 없었던 돈 키호테는 판자 네 개를 붙여 만든 딱딱한 침대에 꼼짝 않고 누워 있기만 했다. 잠이 오지 않아 아름답고 다정다감한 성주의 딸을 생각해 보았다.

그의 옆자리에서는 산초 판사가 큰 대 자로 누워 코를 골며 자고 있었다. 그는 잠을 쫓는 생각 따위는 전혀 하지 않는 사람이었다. 방 저 안쪽에는 침대보가 덮여 있는, 이 방에서 가장 좋은 침대가 놓여 있었고, 그 위에 돈 많은 말몰이꾼이 자리 잡고 누워 있었다. 이 소설의 작가는 그 사람에 대해 특별히 언급하고 있는데, 아마도 잘 아는 사람이거나 친척 가운데 하나였던 것 같다.

앞에서도 언급한 바 있지만, 미겔 데 세르반테스는 세계적인 작가로 매우 호기심 많으며 상세한 언급을 하는 작가이다. 그의 표현을 빌면 그 말몰이꾼 이름은 아레발로이며, 말 떼에 여물을 준 후 돈 키호테와 산초가 든 방으로 올라왔다고 한다. 그는 캄캄한 어둠 속에서 두 눈을 말똥말똥 뜬 채 마리토르네스를 기다리고 있었다.

못생기고 사팔뜨기에 곱사등인 하녀 마리토르네스는 일이 끝나고 주인 부부가 잠이 드는 대로 이 방으로 와 말몰이꾼과 밤을 같이 보내기로 약속해 놓은 터였다.

여인숙이 정적에 잠기고 출입구에 매달린 등불만이 유일하게 빛을 발

하고 있었다. 돈 키호테는 이렇게 고요한 시간을 이용해 상상의 날개를 활짝 펼치고 있었다. 즉 자신은 유명한 성에 와 있으며(물론 그가 묵은 여인숙이란 여인숙은 모두 성이었지만), 그에게 반해 버린 아름다운 성주의 딸이 편력기사의 영웅적인 모험담을 듣기 위해 곧 찾아오기로 약속이 되어 있다고 믿고 있었다.

돈 키호테는 참으로 아름다운 공주가 자신을 연모하게 된 것에 흐뭇해하는 한편 자신의 마음을 모두 바쳐 버린 사랑하는 여인 둘시네아 델 토보소를 떠올려 보기도 했다.

이런 생각에 빠져 있는 사이, 캄캄한 방 안으로 땅딸막한 마리토르네스가 들어섰다. 그녀는 잠옷 바람에 맨발로 제일 안쪽 침대에서 이제나저제나 그녀가 오기만을 기다리고 있는 말몰이꾼을 찾아가고 있었다.

그녀가 돈 키호테 옆을 막 지나갈 때였다. 돈 키호테는 상처투성이의 기다란 두 팔을 뻗어 그녀를 감싸 안았다.

"흐흠…… 참으로 아름다운 공주로다!"

돈 키호테는 그녀를 안고 만족스러워하며 속삭였다.

뻣뻣한 천으로 만든 마리토르네스의 잠옷이 돈 키호테에게는 결 좋은 비단 옷으로 느껴졌으며, 연기에 그을어 뻣뻣해지고 온통 뒤엉킨 그녀의 머리칼도 쏟아지는 햇살만큼이나 보드랍게 느껴졌다. 마늘 냄새와 순대 냄새가 뒤섞인 그녀의 입 냄새까지도 여신들에게서 풍겨나는 향기로 느껴졌다. 그 말몰이꾼을 제외한 웬만한 남자들이라면 당장에 구역질이 치밀어오를 게 뻔한 그녀였지만(말몰이꾼은 축사의 동물 냄새에 워낙 익숙해 있었기 때문이다), 돈 키호테의 눈이 어찌나 멀어 있었는지 오로지 아름답고 탐스러운 공주로만 보였던 것이다. 돈 키호테는 그런 그녀를 꼭 붙잡고 놓아 주지 않았다.

마리토르네스는 사팔뜨기 두 눈을 굴려 말몰이꾼의 침대를 찾으면서 돈 키호테의 여윈 두 팔에서 어떻게든 벗어나려 애쓰고 있었다.

그러나 우리의 영웅 돈 키호테는 여전히 꿈길을 헤매며 이렇게 말했다.

"아름답고 고귀하신 공주여! 저는 그대의 바람을 충족시켜드릴 수가 없습니다. 이 몸은 고통으로 산산이 부서질 지경이오만, 내 가슴속에는 오로지 둘시네아 델 토보소 공주만이 가득 차 있으니, 내 사랑은 온전히 그분의 것입니다. 공주님 역시 참으로 아름답습니다만……"

마리토르네스가 오기만을 기다리고 있던 말몰이꾼은 더 이상 황당무계한 돈 키호테의 말을 듣고 있을 수 없었다. 그래서 벌떡 일어나 산초 판사의 침대를 훌쩍 뛰어넘어 그대로 돈 키호테의 입을 발로 걷어차고는 곧바로 옆구리를 마구 밟아댔다.

두 남자와 땅딸막한 마리토르네스의 몸무게를 견디지 못한 돈 키호테의 침대가 풀썩 주저앉아 버리면서 세 사람은 바닥으로 나뒹굴었다. 그 요란한 소리에 여인숙 주인이 잠에서 깨어났다.

주인장이 올라오는 소리에 당황한 마리토르네스가 숨을 곳을 찾다가는 산초 판사가 덮고 있는 이불 속으로 냉큼 들어가 웅크리고 앉았다.

여인숙 주인이 들어오며 소리쳤다.

"마르토르네스 데 로스 바예스 델 데바, 너 도대체 어디 있는 거야? 이 화냥년 같으니라고! 도대체 왜 손님들에게 꼬리치고 다니는 거야?"

그 소란 가운데 등불이 켜지자 말몰이꾼이 여전히 바닥에서 돈 키호테에게 발길질을 해대는 모습이 보였다.

불빛에 산초 판사의 침대도 훤히 드러났다. 산초는 마리토르네스가 자신을 짓누르는 통에 가위에 눌린 줄 알고 그렇잖아도 혼비백산해 있는 마리토르네스를 향해 마구 팔다리를 휘두르고 있었고, 마리토르네스는 맞지 않으려고 기를 쓰고 있었다.

말몰이꾼은 정신없는 와중에도 마리토르네스를 발견하고는 돈 키호테의 머리통을 뒤틀다 말고 얼른 여자를 구하러 달려갔다.

여인숙 주인장 역시 같은 장면을 보고 달려갔지만, 말몰이꾼과는 그 의도가 달랐다.

이렇게 말몰이꾼은 산초 판사를 마구 때리고, 산초 판사는 마리토르네스를 때리고, 마리토르네스는 산초를, 여인숙 주인은 하녀 마리토르네스를 때려대는 통에, 그야말로 비좁은 공간 속에서 모두가 한데 뒤엉켜 주먹을 휘두르는 꼴이 되고 말았다.

바닥에 놓여 있던 등잔이 꺼지면서 사방은 다시 어둠에 휩싸였지만, 주먹질은 더 험악하게 계속되었다. 이젠 서로 자기가 누구를 때리고 있는지조차 모르는 상황이었다.

어찌나 소란스러웠던지, 그 여인숙에 객으로 머물고 있던 성 동포회 소속의 종교 경찰 2명도 잠에서 깨어나 달려나왔다. 한 명이 방문을 발로 차열자, 방문이 그대로 떨어져 날아가 돈 키호테 위를 덮치는 형세가 되었다.

나무 바닥을 걷다가 또 다른 경찰의 발치에 뭔가 뭉클한 덩어리가 부딪쳤다. 문짝을 들어내고 보니, 그 안에 비쩍 마른 체구에 키만 멀쑥한 웬 기사 하나가 누워 있었다. 꼼짝도 않는 것이 꼭 죽은 것 같았다.

"모두 움직이지 마! 여인숙의 모든 출입구를 봉쇄한다. 누구든 이곳에서 한 발짝도 나가서는 안 된다. 살인 사건이다!"

종교 경찰이 외쳤다.

그 말에 옆 침대 위에 뒤엉켜 있던 네 사람 모두가 놀라, 손아귀에 쥐고 있던 것들을 일제히 놓고 혼란을 틈타 빠져나갈 구멍을 찾기 시작했다. 말몰이꾼은 얼른 자기 침대로 뛰어올라갔고, 산초 역시 자기 침대 속으로 기어들어갔다. 마리토르네스는 방 안에 있던 큼지막한 궤짝 속으로 몸을 숨겼고, 남은 한 사람은 까치발을 하고는 살그머니 방을 빠져나갔다. 어둠 속에서도 얼마든지 길을 찾을 수 있을 만큼 그 여인숙을 잘 알고 있었기 때문이었다. 다름 아닌 여인숙 주인장이었다. 그는 방을 빠져나가면서 곁눈질로 돈 키호테를 힐끗 훔쳐보았다.

17

신비의 명약

돈 키호테는 죽은 게 아니라 잠시 기절했던 것이다.

돈 키호테가 깨어나자 많은 사람들이 몰려 나갔고, 방에는 상처 입은 기사 돈 키호테와 그의 종자만 남게 되었다.

두 남자는 그대로 침대에 누운 채 한참을 아무 말도 하지 않았다.

천장을 쳐다보는 것 외에는 달리 어찌해 볼 기운조차 없었던 돈 키호테가 고개도 돌리지 못한 채 물었다.

"산초야, 자느냐?"

"악마들이란 악마들은 모조리 저한테 달라붙은 것 같은 이런 밤에 어찌 잠이 오겠습니까?"

"산초야, 이곳은 마법에 걸린 곳이 틀림없다. 내가 이곳 성주의 따님과 함께 있을 때 그런 나를 시샘했는지 어디선가 무지막지한 거인의 주먹이 날아와 내 턱을 한 대 후려치더니 곧바로 발길질을 해대지 않겠느냐! 그 덕에 난 지금 갈리시아 목동들한테 얻어맞은 어제보다 더 상태가 안 좋아졌다. 내 생각에는 아무래도 무어 인 마법사가 그 아름다운 공주님을 지키고 있는 것 같다. 그자가 나를 지켜 주는 것 같지는 않고 말이야."

"저도 지켜 주지 않는 것 같던데요. 오늘밤 제가 사백 명이 넘는 무어 인들로부터 공격을 받은 걸 보니 말입니다. 그래도 주인님께서는 제게 말씀하셨던 그 비할 바 없이 아름다운 공주님이라도 품에 안고 계셨지요.

전 뭡니까? 얌전히 자고 있다가 봉변을 당한 꼴이니……. 참 지지리 운도 없지. 내가 편력기사도 아니고, 편력기사가 될 생각조차 해본 적 없는데, 나만 이렇게 심하게 매질을 당했으니…….”

"그리 속상해할 것 없다, 산초야. 내가 신비의 명약을 알고 있으니, 그걸 먹으면 눈 깜짝할 새에 둘 다 낫게 될 것이다."

거동도 하지 못하는 돈 키호테가 말했다.

"아니, 주인님! 그 기적의 약이 어디 있는데요?"

"만들어야지. 원, 성질도 급하지. 자, 혹 일어날 수 있거든 일어나 이 성의 성주를 찾아가거라. 내가 기름과 포도주, 소금, 로즈마리 잎을 달라 한다고 전하여라."

산초는 뼈 마디마디가 아픈 고통을 무릅쓰고 일어나 여인숙 주인장을 찾았다. 지구상에 존재하는 최고의 편력기사 가운데 한 사람을 치료하고자 한다며 주인이 시킨 대로 전했다.

두 종교 경찰과 이야기를 나누고 있던 여인숙 주인은 돈 키호테의 머리가 좀 이상해진 것이라 여겼지만, 조용히 넘어가는 것이 상책이라 생각하여 요구하는 것을 건네주었다.

신바람이 난 산초는 이 재료를 들고 어느새 일어서 있던 돈 키호테에게 가져갔다.

돈 키호테는 재료를 모두 한꺼번에 섞고 그걸 냄비에 넣어 끓인 뒤 약병을 가득 채우고 남은 것은 훌쩍 마셔 버렸다.

약을 마시기가 무섭게 돈 키호테는 토하기 시작했다. 어찌나 토악질이 심했던지 나중에는 위액까지 다 토해 버리고 말았다. 그리고 잠시 후, 땀을 뻘뻘 흘리기 시작한 돈 키호테는 담요로 몸을 감싸 달라고 한 뒤 혼자 있게 해 달라고 했다.

그렇게 혼자 남은 돈 키호테는 3시간을 자고 나더니 몸이 훨씬 가뿐해지면서 좋아진 걸 느꼈다. 그래서 피에라블라스 물약 처방이 효험이 있다고 확신하게 되었다.

산초는 그 물약이 기적의 물약임을 두 눈으로 목격했기에, 약병 속의 물약을 입 안 가득 마셔 버렸다. 하지만 산초는 구토는 하지 않고, 반대로 뱃속에서 투석전이라도 일어난 듯 뒤틀리기 시작하더니, 장이 꼬이는 것 같고, 땀이 뻘뻘 나며, 기절했다 깨어나기를 반복하면서 그 사악한 물약에 대고 수도 없이 욕설을 퍼부었다.

"보아하니 이 약은 편력기사에게만 효험이 있는 듯하구나."

돈 키호테가 산초에게 말했다.

완전히 녹초가 되어 버린 산초는 이제 사람조차 제대로 알아보지 못했다. 그는 주인의 얼굴을 쳐다보더니, 더 이상 주인으로 모시지 않을 것이라고 맹세했다. 가족들 얼굴도 떠올렸다. 가족들이 있는 곳으로 돌아가고 싶었다. 하지만 온몸에서 땀이 비 오듯 흐를 뿐 '아이고' 소리를 낼 기력조차 남아 있지 않았다.

어느새 말짱해진 돈 키호테는 어찌나 몸이 가뿐해졌는지 당장이라도 새로운 모험을 찾아 길을 떠나고 싶어 몸이 근질거릴 지경이었다. 온 세상이 용맹스러운 자신의 검을 기다리고 있는 듯했다.

그런데 종자가 도저히 일어설 기운조차 없어 보이니 낭패였다. 그는 손수 로시난테에 안장을 얹고, 잔등에 올라앉아서는 고개를 꼿꼿이 세운 채 여인숙을 나섰다.

문가에는 여인숙 주인장과 그의 아내, 그리고 딸이 서 있었다.

"귀성에 묵어갈 수 있도록 환대해 주신 데 대해 심심한 사의를 표하는 바입니다. 평생 그 은혜를 잊지 않을 것입니다. 언제라도 문제가 생기시

면, 그때 은혜를 갚도록 하겠습니다. 아시다시피 제가……."
"이것 보십시오. 군말은 필요 없습니다. 무슨 말을 하는 건지 알아듣지도 못하겠고, 또 알아들을 필요도 없소이다. 그러니 어서 숙박비나 지불하시지요."
지난밤의 소동 때문에 몹시 기분이 언짢아진 여인숙 주인이 대꾸했다.
"아니, 그럼 여기가 여인숙이었단 말입니까?"
돈 키호테가 좌우를 둘러보며 놀란 표정으로 물었다.
"그렇소, 분명 여인숙이올시다."
"이런, 내가 감쪽같이 속았군. 난 이곳이 제법 괜찮은 성이라 생각했소. 하여간 주인장, 아무리 그래도 내가 기사도를 어길 수는 없는 법이오. 내가 읽은 책에 의하면 기사들은 그곳이 여인숙이건, 객줏집이건, 성이건 간에 절대 숙박비를 지불하는 일은 없었소. 이 세상의 정의를 위하여 쉼 없이 동분서주하는 기사들에게 하룻밤 잠자리를 제공하는 것은 세상의 당연한 이치니까 말이오."
"그런 건 알 바 없소이다. 그러니 기사도 이야기 같은 건 집어치우고, 얼른 숙박비나 내시오."
여관 주인이 신경질적인 목소리로 답했다.
하지만 기사가 아닌 이와 기사도를 논하고 싶지 않았던 돈 키호테는 로시난테에 박차를 가하며 천천히, 아주 근엄한 자세로 그곳을 떠났다. 여인숙 주인의 고함 소리와 욕지거리 같은 건 귀에 들어오지도 않았다.
온갖 더럽고 경박스러운 욕설을 퍼붓고 난 여인숙 주인은 겨우 당나귀 등에 올라타려던 산초에게로 달려와 돈 키호테가 했던 말을 그대로 되뇌면서 숙박비를 내놓으라고 했다.
"제 주인님께서 지불하지 않으셨다면 저 역시 안 할 겁니다. 편력기사와 그 종자의 훌륭한 관행을 깨뜨려서는 안 되니까요."

"당장 내놓는 게 좋을걸. 그렇지 않았다가는 그 값을 톡톡히 치르게 될 테니까."

참다못한 주인이 엄포를 놓았다.

그런데도 산초가 당나귀에서 내릴 생각을 않자, 여인숙 주인은 세고비아 출신의 손님 4명, 코르도바에서 온 손님 3명, 세비야에서 온 손님 2명을 불러냈다. 모두 젊고, 힘이 장사며, 활기가 넘치는 청년들이었다. 그들은 산초를 당나귀에서 끌어내렸다. 그리고 그들 중 1명이 가져온 담요에 산초를 올려놓고는 마치 공을 튕겨 올리듯 공중으로 날려 보냈다. 그렇게 한참 동안 담요를 이용해 키질이 계속되었다.

그렇지 않아도 만신창이에 온몸이 아프던 산초는 청년들의 힘찬 팔뚝이 움직일 때마다 구름 위까지 튕겨져 올라갔다가는 땅바닥까지 뚝 떨어지고, 또다시 그러기를 반복하면서 멀미가 나고 있었다.

뱃속이 온통 뒤틀리는 것 같더니 마침내 하늘 높이 튕겨 올라간 순간, 산초는 입을 쫙 벌리더니 위 속에 남아 있던 물약 찌꺼기와 더불어 몇 시간 전에 먹었던 음식물을 분수처럼 토하고 말았다.

어느덧 재미가 시들해진 청년들은 굵은 빗방울과 우박이 뒤섞여 내리기라도 하듯 쏟아져 내리는 뜨끈한 액체를 뒤집어쓰자 얼른 몸을 씻으러 여인숙 안으로 뛰어들어갔다.

산초는 마치 돌멩이 모양으로 땅바닥에 박혀 버리고 말았다. 잠시 후, 못생기고 약간 사팔뜨기에 키 작고 곱사등인 하녀 마리토르네스가 다가와 시원한 물 항아리를 내밀었다.

물을 한 모금 마시던 산초는 곧 도로 내뱉고는 포도주를 가져다 달라고 청했다. 마리토르네스는 자기가 돈을 지불하고 포도주를 가져다 주었다.

사실 아스투리아 지방 출신의 그녀는 외모가 아름답지는 않았지만 마음씨가 고운 독실한 기독교도였던 것이다.
 산초는 포도주 한 병을 비우고, 다시 한 병을 청해 마저 다 비우더니 마침내 두 발로 일어서서는 마리토르네스에게 감사의 말을 전한 뒤 당나귀 등에 올라 주인을 찾아나섰다.
 그런데 마침 그 시각 돈 키호테는 종자가 뒤따라오지 않는 것을 알아채고 막 여인숙으로 되돌아오던 참이었다.

양 떼 군대

여인숙을 등지고 나선 산초와 돈 키호테는 어찌나 말과 망아지 잔등 위에 꼿꼿하게 앉아 있었던지 마치 세마나 산타 축제(역주: 부활절 기간 동안 스페인 전역에서 벌어지는 축제로 각종 행사와 거리 퍼레이드가 열린다.) 기간에나 볼 수 있는 모형 조각 같았다. 사실 종자 산초는 숨쉬기조차 쉽지 않은 상태였다. 항시 저 멀리 허공을 내다보고 있는 듯한 기사 돈 키호테가 다 죽어 가는 목소리로 말했다.

"산초야! 아무래도 그 성인지 여인숙인지는 참으로 마법에 걸린 곳 같구나. 너를 공중으로 키질했던 그자들이 귀신들이거나 우리와 다른 세상에 사는 사람들이 아니라면 도대체 무엇이겠느냐?"

"아이쿠, 주인님! 아닙니다. 그자들은 이 세상 사람들이 맞습니다. 아주 탄탄한 피부에 뼈마디가 굵은 두 손을 가지고 있었을 뿐 아니라, 제 귀로 그자들의 이름까지 똑똑히 들었으니까요. 한 사람은 이름이 페드로 마르티네스고, 또 한 사람은 테노리오 에르난데스이며, 여인숙 주인에게는 사람들이 왼손잡이 후안 팔로모케라고 부르는 것도 들었습니다. 그래서 말씀드리는 건데, 마법 같은 건 없었고, 단지 이런 데를 만져 보면 잘 알 수 있듯이 몽둥이 뜸질과 불룩한 혹, 시퍼런 멍만이 남았습니다. 우리의 모험에서 확실하게 건진 것들이지요. 그래서 말씀인데요, 제 짧은 소견이지만, 이쯤에서 그만 집으로 돌아가는 게 낫지 않을까요?"

산초 판사가 온몸 구석구석을 가리키며 말했다.

"넌 참으로 기사도에 대해 답답한 소리만 하는구나. 그런 말 말고 좀 인내심을 가져 보아라. 이 세상에 결투에서 승리하고 정의를 구현하는 일보다 나은 게 무엇이더냐?"

"물론 그렇겠지요. 하지만 제 기억으로는, 지난번 비즈카야 출신 기사와의 싸움에서 승리한 것 빼고는 아직 한 번도 결투에서 이겨 본 적이 없는 것 같은데요. 그나마 그 승리한 싸움에서조차 주인님 한쪽 귀가 나가고 방패도 두 동강이 나지 않았습니까?"

산초가 기억을 더듬으며 말을 이었다.

"그날 이후 오늘까지 날마다 매질만 당하고, 게다가 저는 여인숙에서 청년들에게 담요 키질까지 당했으니 말입니다."

"그건 나도 유감스럽게 생각한다."

편력기사이자 영웅을 꿈꾸는 돈 키호테로서도 자신에게 불운이 닥치는 것은 기꺼이 감수할 수 있지만, 종자가 곤욕을 치른 것은 가슴 아픈 일이었기 때문이었다.

두 사람은 이런 이야기를 나누며 길을 가고 있었다. 그때 돈 키호테의 눈에 저 멀리 시커멓고 거대한 먼지구름이 들어왔다. 그가 산초 판사를 돌아다보며 말했다.

"오늘이 내게는 영광스러운 날이 될 듯싶구나. 저기 우리 앞쪽으로 일고 있는 흙먼지가 보이느냐? 분명 우리 쪽으로 진격하고 있는 엄청난 대군일 것이다."

"군대가 양쪽에서 진격하는 것 같은데요. 저기 우리 뒤쪽으로도 흙먼지가 일고 있습니다요."

산초가 대꾸했다.

돈 키호테가 뒤돌아보니 산초의 말이 틀림없었다. 분명 그 광활한 광야에서 마주보고 진격하는 군대는 두 편으로 나뉘어 있었다. 그리고 그 한가운데 우리의 기사 돈 키호테와 종자 산초가 있었던 것이다. 기사 소설에 늘 등장하는 전투, 마법, 일대일 결투, 사랑 이야기 등을 하도 열심히 읽어 머릿속에 인이 박여 버린 돈 키호테는 분명 그렇게 확신했다.

사실 두 사람의 앞뒤에서 거대한 흙먼지를 일으키며 다가오고 있는 것은 다름 아닌 서로 반대 방향으로 길을 가고 있던 대규모 양 떼였다.

"이봐라, 산초! 우리 앞쪽에서 진격하고 있는 군을 이끄는 장수는 트라포바나 섬의 영주인 알리팡파론 황제로구나. 우리 뒤쪽 군대의 수장은 아레망가도 브라소의 펜타폴린 국왕이다. '아레망가도 브라소'는 '걷어붙인 팔'이란 뜻인데, 그런 이름이 붙게 된 것은 펜타폴린 국왕이 전투에 나갈 때마다 늘 오른팔을 걷어붙이고 다녔기 때문이다."

"그런데 두 군대가 왜 전투를 벌이려는 걸까요?"

"무척이나 호전적인 알리팡파론 황제가 펜타폴린 국왕의 아름다운 딸을 사랑하게 되었기 때문이란다. 물론 펜타폴린은 자기 딸을 이교도 국왕에게 시집보낼 생각이 없었지."

이 이야기를 잘 알고 있는 돈 키호테가 설명해 주었다.

"하여간 일단은 여길 좀 피하자꾸나. 저기 바위 위로 올라가자. 올라가서 이번 전투에 참전한 기사들에 대해 좀더 자세히 얘기해 주마."

두 사람은 길을 벗어나 조그마한 바위산 위로 올라가서 시커먼 흙먼지 구름이 점차 가까이로 다가오는 모습을 지켜보고 있었다.

상상력이 발동한 돈 키호테가 다시 그 대단한 지식을 펼쳐 보이기 시작했다.

"저기 왕관을 쓰고 사자 문양이 새겨진 방패를 든 기사가 바로 그 용맹스러운 라우르칼코 기사이다. 그 옆에 있는, 황금 꽃문양이 새겨진 갑옷을 입은 기사는 겁쟁이 미코콜렘보 기사이고. 그리고 저 육중한 팔다리를 가진 저 기사는……."

이런 식으로 돈 키호테는 방패와 갑옷, 혈통과 특징 등을 열거하기 시작했다.

산초는 입을 헤벌린 채로 주인의 말을 듣고 있다가는 도무지 주인이 말하는 사람들이 하나도 보이지 않자 두 눈을 마구 비벼댔다.

돈 키호테가 말했다.

"왜 그러느냐, 산초야?"

"글쎄요……."

종자가 도무지 알 수 없다는 듯한 몸짓을 하며 대답했다.

"저 말들의 울음소리가 들리지 않느냐? 진격의 북소리와 칼날 부딪치는 소리도?"

"양 떼의 울음소리 외에는 도무지 아무 소리도 들리지 않는걸요."

"네가 워낙 겁을 먹고 있으니 제대로 들리지도, 제대로 보이지도 않는 것이다. 겁을 먹었을 때 나타나는 현상 중에 한 가지가 바로 감각이 혼란스러워지고 눈앞의 것들도 눈에 들어오지 않는 것이거든. 그렇게 겁이 나거든 넌 빠지거라. 아레망가도 브라소 국왕을 대적하는 것은 나 혼자로도 충분하니까!"

돈 키호테가 말했다.

이렇게 말하면서 돈 키호테는 창을 쥔 손에 힘을 주고는 로시난테에 박차를 가했다. 물론 로시난테는 원래 굼뜬데다 지쳐 있었지만, 길 자체가 내리막 비탈길이었기 때문에 얼른 뛰어나가 흙먼지 속으로 내달렸다.

"돌아오세요, 주인님! 지금 주인님이 달려드는 것은 바로 양 떼라고요!"

돈 키호테의 귀에는 종자의 목소리가 더 이상 들리지 않았다. 양쪽에서 밀려드는 두 무리 사이에서 그는 자신이 참으로 영광스러운 전투의 한가운데에 서 있다는 느낌을 받았다. 그는 사방의 움직이는 모든 것들을 향해 창을 찔러댔다. 사실 그의 창에 찔린 것은 화들짝 놀라 정신이 나갈 지경인 양들이었다.

양치기들은 웬 미치광이가 양들을 향해 정신없이 창을 휘둘러대는 걸 보고는 돌멩이를 집어들어 던지기 시작했다. 돌멩이 가운데 하나는 정확히 돈 키호테의 팔에 적중하여 창을 떨어뜨리게 했다. 또 다른 돌멩이는 등판에 적중했으며, 또 하나는 입으로 날아들어 돈 키호테의 이를 두 개만 남기고 모조리 부러뜨리고 말았다. 또 마지막 하나가 앞가슴에 정통으로 맞으면서 충격을 받은 돈 키호테가 입 안에 물고 있던 부러진 치아를 그만 꿀꺽 삼켜 버리도록 했다.

돈 키호테는 균형을 잃으면서 만신창이가 된 몸이 땅바닥으로 굴러 떨어지고 말았다.

양치기들은 돈 키호테가 죽은 줄 알고, 죽은 양 7마리를 거둔 뒤 양 떼를 몰고 달아나 버렸다. 등도 아프고 입도 아픈 돈 키호테는 허리춤을 더듬어 보았다. 지난번에 마시고 남은 신비의 명약이 조금 남아 있었다. 물약을 한 모금 마셔 보았지만 너무 기진해 있던 그는 그만 실신해 버리고 말았다.

산초가 달려왔다.

"제가 돌아오시라 하지 않았습니까. 그건 군대가 아니라 양 떼였다니까요."

"이봐라, 산초야! 내 뒤를 추적하고 있는 사악한 마법사가 내가 영광을 거두게 될 것을 시기하여 군대를 양 떼로 둔갑시킨 것이다."

돈 키호테가 고통스러운 얼굴로 말을 이었다.

"당나귀를 타고 한 번 따라가 보거라. 여기서 웬만큼 멀어지면 모두 군인으로 탈바꿈하는 것을 보게 될 터이니. 그러나 그전에 여기부터 좀 들여다보거라. 남은 이가 몇 개쯤 되느냐? 이 하나가 금강석보다 값진데 말이다……."

산초가 손가락 끝으로 돈 키호테의 입을 벌리고는 어두컴컴한 돈 키호테의 입 안을 들여다보기 위해 얼굴을 잔뜩 입 앞으로 들이밀었다. 바로 그 순간 조금 전에 마셨던 명약이 효력을 발휘하면서 위액과 범벅이 된 뱃속 내용물이 산초의 얼굴을 향해 분사되고 말았다.

"세상에! 우리 주인님이 치명적인 상처를 입으셨나 보네. 토혈을 다 하시게."

산초가 얼굴에 온통 뒤집어쓴 액체를 닦아내며 말했다.

그런데 액체가 끈적끈적한데다 군데군데 덩어리도 섞여 있고, 시큼한 냄새까지 나자 그제서야 그것이 피가 아니라 뱃속에서 튀어나온 토사물이란 걸 알게 되었다.

순간 어찌나 구역질이 나던지, 산초 역시 여전히 뱃속에서 꿈틀거리고 있던 찌꺼기들을 모조리 토해 내고 말았다. 이번에는 끈끈한 액체가 부상당한 편력기사의 얼굴 위로 쏟아져 내렸다. 돈 키호테는 여전히 부러져 나간 이를 찾기 위해 입을 크게 벌리고 있던 참이었다.

이렇게 돈 키호테는 종자의 얼굴 위에, 종자는 주인의 얼굴 위에 토사물을 쏟아내는 통에 두 사람은 온통 끈적끈적한 오물을 뒤집어쓰고 있었다.

"젠장할!"

산초가 거의 절망적으로 소리쳤다.

그가 이렇게 엉망진창이 되어 본 적은 지금껏 없었던 것이다. 순간 산초는 당장 집으로 돌아가리라 마음먹었다. 설사 주인이 약속했던 섬의 영주 자리를 잃는다 해도 상관없었다.

돈 키호테는 몹시 상심한 산초를 보고, 고통스러움에도 불구하고 순간적으로 기사로서의 기지를 발휘하여 벌떡 일어섰다.

"이봐라, 산초야! 남다른 무언가를 하지 않고서는 남다른 사람이 될 수 없는 법이다."

돈 키호테는 천천히 심호흡을 한 번 한 뒤 다시 말했다.

"이제 불운한 모험도 거의 막바지에 이른 것 같다."

"그걸 어찌 아십니까?"

산초가 관심 있게 물었다.

"그건 불운도 행운도 결코 영원할 수 없기 때문이지. 지금까지 이토록 불운만 계속된 것으로 보아, 이제 행운이 가까이로 다가와 있는 게 분명하다."

산초는 지혜로운 주인의 말에 한층 마음이 가라앉았다.

"이제 뭘 좀 먹자꾸나. 위 속이 깨끗하게 청소되었으니까."

돈 키호테가 말했다.

"아차차, 주인님!"

산초 판사가 소리치며 두 손을 머리 쪽으로 올렸다. 햇살을 가리려는 게 아니라 멍청한 자신의 머리통을 쥐어박기 위해서였다.

"정신없이 여인숙에서 도망쳐 나오느라 그만 자루를 깜빡 잊고 두고 나왔네요."

돈 키호테의 얼굴에 마치 또 다른 돌멩이가 정통으로 날아들기라도 한 것처럼 아쉬운 그림자가 드리워졌다.

"치즈 한 조각과 빵 한 덩어리, 청어 두 토막만 먹었으면……."

돈 키호테가 역시 똑같은 아픔을 겪고 있는 종자 산초에게 말했다.

"하지만 걱정할 것 없다. 절대 굶을 일은 없을 테니까. 하느님께서는 모든 것을 주시는 분이시다. 날아다니는 모기들이나 땅바닥을 기어다니는 애벌레나 물 속을 헤엄치는 물고기들조차도 모른 척하지 않으시니, 우리 같은 편력기사들과 그 종자들에게야 어련하시겠느냐?"

산초는 주인의 말에 일리가 있다고 생각했다.

"주인님! 주인님은 편력기사가 되기보다는 교회에서 설교를 하시는 게 나을 뻔했습니다."

이렇게 주인과 종자 두 사람은 각자 말과 당나귀를 끌고 와 올라탔다. 돈 키호테가 산초에게 말했다.

"네가 앞장서거라, 산초야! 내가 너를 따르마. 이번에는 어디로 갈 것인지, 네게 선택권을 주겠다."

주인의 말에 한껏 고무된 산초가 앞으로 나서면서 당나귀 머리를 카미노 레알 대로 쪽으로 향했다.

그런데 불과 반 레구아도 못 가, 한참 뒤처진 돈 키호테가 자신의 입을 만지고 있는 모습이 산초의 눈에 들어왔다.

"칼을 쓰는 데 필요한 오른팔만 아니라면, 이가 몽땅 빠지는 것보다는 차라리 한 팔을 잃는 게 낫겠다. 이빨 빠진 인생은 방아 없는 방앗간과 무엇이 다르겠는가!"

돈 키호테가 저만치서 소리 높여 탄식하고 있었다.

꼼짝 않고 멈춰 선 돈 키호테의 모습이 어찌나 처량해 보였는지, 종자 산초 판사가 당나귀 머리를 돌려 맥없이 늘어진 주인에게로 되돌아갔다.

19

캄캄한 밤, 숲 속에서 만난 장례 행렬

치아를 모조리 잃고 실의에 빠져 버린 주인을 보자 산초는 안쓰러운 생각이 들었다. 뭔가 재미난 이야기나 실없는 농담으로라도 주인이 빠져 버린 치아를 잊고, 기분을 좀 풀 수 있게 해드려야겠다고 생각했다. 다행히 더러 산초의 의도대로 되기도 했지만, 돈 키호테가 입 안에서 느끼는 통증이 웃고 싶은 욕구보다 훨씬 더 강한 게 문제였다.

하여간 더러 웃기도 하고, 또 더러 통증을 호소하기도 하면서 길을 가던 두 사람은 미처 하룻밤을 보낼 숙소와 텅 빈 뱃속을 달래 줄 요깃거리도 찾아내기 전에 그만 밤을 맞고 말았다.

설상가상인 것은 두 사람이 라 만차의 어디쯤인지, 그 이름은 둘 다 기억도 하지 못할 곳에서 그만 길을 잃고 말았다는 것이다. 카미노 레알 대로에서는 한참 떨어진 것 같았다. 주변 경관마저도 캄캄한 밤의 장막 아래로 그 모습을 감춰 버리고 말았다.

둘 다 허기져 뭔가 먹고 싶다는 생각에 푹 빠진 채 칠흑 같은 어둠을 뚫고 낯선 숲길을 마냥 걸어가고 있었다. 저만치서 마치 샛별처럼 반짝이는 불빛이 사람 머리 높이에서 둥둥 떠오는 게 보였다.

돈 키호테는 놀라 말문이 막혀 버리고 말았다. 산초 판사 역시 도깨비불임에 틀림이 없는 떠다니는 불을 피해 숨을 만한 곳이라도 있는지 두리번거렸다.

둘 다 말에서 내려 각자 말과 당나귀 뒤로 몸을 숨기고 겁먹은 채 걸어갔다. 불빛을 바라보니 점점 거리가 가까워질수록 그 크기도 커지고 밝기도 훨씬 더 밝아졌다.

산초는 진땀을 흘리기 시작했다.

돈 키호테 역시 머리털이 곤두서는 걸 느꼈지만, 어떻게든 용기를 내려고 이렇게 말했다.

"산초야! 이건 분명 내 모든 용기와 담력을 다 보여 줄 수 있는 대단한 모험이 될 것 같구나."

산초는 오한이 난 사람처럼 딱딱거리며 이 부딪치는 소리를 내고 있었다. 그런데 그 두려움은 머리끝에서 발끝까지 새하얀 옷을 뒤집어쓴 사람들이 손에 횃불을 든 채 말을 타고 오는 모습을 보는 순간 완전히 공포와 경악으로 변해 버렸다. 그 사람들은 마치 그 어느 곳도 바라보고 있지 않는 듯 공허한 눈동자를 지니고 있었으며, 저주의 주문을 외워대는 사람들처럼 도무지 알아들을 수 없는 이상한 기도문 같은 것을 읊조리고 있었다.

그들 뒤로는 온통 횃불로 장식된 검은 수레가 따라오고 있었다. 이 괴기스런 행렬 후미에는 또 다른 키가 크고 비쩍 마른 여섯 사람의 모습이 보였는데, 이들은 또 하나같이 검은 옷을 입고 있었고, 역시 검은 말을 타고 있었다.

낯선 장소에서, 그것도 캄캄한 한밤중에 이런 기괴한 장면을 보게 된 산초의 심장은 그야말로 얼어붙어 버릴 지경이었고, 돈 키호테 역시 크게 다를 바 없었다.

하지만 돈 키호테는 이런 상황이 기사소설에서 읽었던 모험담들과 유사하다는 생각도 했다. 그래서 두려움을 떨쳐 버리려 스스로 용감한 편력 기사임을 되새겼다. 그리고 로시난테에 올라타고 한 손에 창을 거머쥔 채, 환영과도 같은 장례 행렬이 다가오기를 기다렸다.

마침내 행렬이 코앞에 다가오자, 우리의 영웅 돈 키호테가 제일 앞에 오고 있는 흰옷 입은 사람에게 말했다.

"이보시오, 기사님들! 당신들이 누구인지는 알 수 없으나 일단 게 서시오! 그리고 당신들이 누군지, 어디서 오는 길이며, 무슨 일 때문에 어디로 가고 있는지, 저 뒤에 가지고 가는 것은 무엇인지 밝히시오!"

"우린 갈 길이 바쁜 사람들입니다. 여인숙에 도달하려면 아직도 멀었습니다. 가던 길을 멈추고 그런 것을 설명해 줄 만한 시간이 없습니다."

행렬의 선두에 선 사람이 대답했다.

"당장 내 질문에 대답하지 않으면, 일전을 벌이게 될 줄 알라!"

돈 키호테가 상대방에게 창을 겨누며 소리쳤다.

상대편 말이 놀라며 갑자기 달려나가는 통에 말 등에 타고 있던 흰옷 입은 남자가 바닥으로 떨어져 버리고 말았다. 우리의 영웅이 화가 나면 어떻게 되는지를 톡톡히 알게 된 셈이었다. 하지만 그걸 알게 된 건 비단 그 사람뿐이 아니었다.

화가 머리끝까지 치밀어올라 어쩔 줄 모른 돈 키호테가 앞뒤 가릴 것 없이 공격을 퍼붓기 시작한 것이다.

잔뜩 겁에 질린 데다 무기도 없었던 사람들은 기다란 흰옷을 감싸 쥐고 여전히 횃불을 든 채 마치 유랑하는 유령들처럼 들판 여기저기로 줄행랑을 치고 말았다. 행렬 뒤쪽의 검은 옷 입은 사람들 역시 마찬가지였다. 하지만 그들이 입고 있던 옷이 너무 길고 폭이 좁았던 탓에 제대로 달아날 수가 없었다. 덕분에 돈 키호테로서는 모조리 물고를 낼 만한 충분한 시간을 벌 수 있었다. 그들은 돈 키호테가 사람이 아니라 밤마다 나타나 시체를 빼앗아 가는 괴물로 알고 있었다.

산초는 당나귀 뒤에 숨어 자기 주인이 스물네댓이나 되는 사람들과 싸우는 장면을 경탄의 눈으로 바라보고 있었다.

"정말 우리 주인님은 사람들 말대로 무척 용맹스럽고 담력이 크신 분이신가 봐."

산초가 중얼거렸다.

흰옷 입은 사람들과 검은 옷 입은 사람들을 모조리 쫓아내 버린 돈 키호테는 아직 바닥에 널브러진 채 꼼짝 못하고 있던, 최초의 공격을 받은 남자에게로 다가갔다. 그자는 역시 혼쭐이 나 쓰러져 버린 노새 밑에 깔려 움직이지 못하고 있던 참이었다.

횃불 불빛에 그자의 상처투성이 얼굴이 훤히 드러났다. 하지만 돈 키호테는 그런 모습에도 아랑곳하지 않고 그자의 목에 창끝을 대고는 소리쳤다.

"꼼짝 마시오! 그렇지 않았다가는 이 창끝이 그대의 목을 꿰뚫고 말 테니까! 자, 목숨이 아깝거든 얼른 항복하시오!"

하지만 바닥에 넘어져 있는 상대는 묵묵부답이었다.

"나는 관용을 베풀 줄 아는 사람이오. 그러나 나의 인내심에는 한계가 있소. 아직 나는 그대의 항복의 말을 듣지 못했소이다!"

돈 키호테가 말했다.

노새 밑에 깔려 있던 남자는 진땀을 뻘뻘 흘리면서도 그저 꺽꺽대는 소리만 낼 뿐이었다. 그나마 그 소리조차 갈수록 잦아들고 있었다. 그자는 마치 마지막으로 앞을 한 번 쳐다보려는 사람처럼 두 눈을 떴다. 순간 돈 키호테가 창끝을 살짝 들어올렸다.

"아이쿠, 그 창끝이 목구멍을 누르고 있어서 말을 할 수 없었습니다."

다 죽어 가던 사람이 말문을 열었다.

"그럼, 항복하겠소?"

돈 키호테가 물었다.

"이미 완전 항복 상태입니다. 보시다시피 다리는 부러졌고, 이 노새가 가슴을 짓누르고 있으니⋯⋯."

하지만 돈 키호테는 승리감에 도취되어 상대의 말을 제대로 듣고 있을 여유가 없었다.

"당신은 누구요?"

돈 키호테가 물었다.

"우선 제 위에 있는 이 노새부터 좀 치워 주십시오. 그럼 모든 걸 다 말씀드리겠습니다."

흰옷 입은 남자가 말했다. 돈 키호테와 산초가 노새를 밀어내고 그 밑에서 빠져나온 남자는 바닥에 앉은 채 이야기를 시작했다.

"저는 신부입니다. 알코벤다스 출신으로 알론소 로페즈라고 하지요. 오늘은 조금 전에 횃불을 들고 도망친 다른 신부들과 함께 바에나에서 오는 길이었습니다. 바에나에서 사망한 어느 기사님의 시신을 모시고 세고비아로 가던 중이었고요."

"누가 그 기사를 죽였습니까? 내가 복수하겠습니다."

돈 키호테가 또다시 새로운 소임이 생긴 것에 반가워하며 물었다.

"아무도 그분을 죽이지 않았습니다. 고열이라는 병을 통해 그분을 거두신 분은 다름 아닌 하느님이시니까요."

"그렇다면 그의 죽음에 복수하려는 일을 나로부터 거두신 분이 다름 아닌 하느님이시라는 말씀이로군요. 만일 누군가 그 기사 양반을 죽인 것이었다면, 내가 결코 가만있지 않았을 것이오."

할 수 없이 체념하며 돈 키호테가 말했다.

"나로 말할 것 같으면 라 만차의 편력기사 돈 키호테라고 합니다. 온 세상을 편력하며 불의를 바로잡고, 정의를 수호하는 것이 제 사명이지요."

"그래서 제 한쪽 눈을 잃게 만드시고, 한쪽 다리를 부러뜨리셨으며, 성스러운 묘지로 향하던 독실한 기독교 신자의 장례 행렬을 온통 쑥대밭으로 만들어 버리신 게로군요."

"미리 말했더라면 이런 일은 없었을 겁니다. 더구나 한밤중에 이런 괴기스런 모습으로 다니지 않았더라면 말입니다."

이렇게 말하면서 돈 키호테는 신부가 일어서도록 부축해 보려 했지만, 신부가 도저히 혼자 걸을 수 없음을 확인하고는 종자를 불렀다.

산초는 신부들이 도망치면서 두고 간 물건들을 챙기느라 정신이 없었다. 뿌듯한 기분이었다. 산초는 승리로 끝나는 결투라면 마음에 쏙 들었다. 이렇게 전리품을 챙길 수 있기 때문이었다. 더구나 여전히 악마의 자식들로 생각되는 그 사람들이 남겨놓은 것들 중에 상당량의 음식물이 있었기 때문에 허기진 산초로서는 기분이 한껏 고조될 수밖에 없었다.

주인에게 다가간 산초는 아직도 바닥에 앉아 있는 남자가 들려준 이야기의 내용을 전혀 몰랐던 터라 기고만장하게 호통을 쳐댔다.

"정신없이 줄행랑을 친 그자들이 이분이 누구신지 궁금해 하거든, 가서 말하시오! 이분이 바로 그 유명하신 돈 키호테 데 라 만차, 일명 슬픈 얼굴의 기사라고 말이오!"

"그만해라, 산초! 그리고 이분이 나귀에 올라탈 수 있도록 도와드려라."

잠시 제정신을 찾은 돈 키호테가 말했다.

절름발이에 애꾸눈이 되어 버린 신부는 길을 가다가 불시에 무장을 한 미치광이를 만난 사실에 분통을 터뜨리며 동료 신부들을 찾아나섰다.

돈 키호테는 조금 전 종자가 했던 마지막 말을 곰곰이 생각해 보다가 산초에게 왜 자신을 '슬픈 얼굴의 기사'라 불렀는지 물었다.

"제가 조금 전 횃불에 비친 주인님 얼굴을 잠시 쳐다보았지요. 정말이지 지금껏 제가 보아온 얼굴들 중에서도 가장 처절한 형상이시더라고요. 아마도 지금까지 겪었던 일들과 결투 후의 피로감 때문이자 치아가 모조리 빠져 버린 탓이었을 겁니다."

"그게 아닐 게다. 그보다는 우리의 모험담을 기록하는 현자가 내게 그 별명이 어울린다 생각했기 때문에 네 입에서 그런 표현이 나오게 한 것일 게야. 역사상 유명한 다른 기사들에게도, 예를 들어 '불타는 검의 기사'라든지, '흰 유니콘 기사', '숙녀의 기사' 등의 별명이 있었으니까 말이다. 이참에 나도 오늘부터는 '슬픈 얼굴의 기사'라 불러야겠구나."

이렇게 말하면서 돈 키호테는 수레로 달려가 죽은 자의 시신을 확인해 보았다. 산초 판사는 주인이 너무 흥에 겨운 것을 보고는 얼른 주인에게 다가가 이치에 맞는 말들을 쏟아냈다.

"주인님! 이번 모험은 아주 성공리에 끝났습니다. 지금껏 제가 보아온 모험 중에 최고였고요. 하지만 더 이상 행운을 기대하지는 않는 게 좋을 것 같습니다. 조금 전에 달아났던 기사 양반들이 고작 한 사람에게 모조리 당했다는 걸 깨닫게 되면 수적 우위에도 불구하고 당한 게 창피해서라도 보복을 하러 달려올 겁니다. 그러니 그 시신은 가만히 놓아두고 이번 승리로 얻게 된 음식이나 드시러 가는 게 어떻겠습니까?"

"네 말대로 하자꾸나."

돈 키호테가 대답했다.

두 남자는 돌산 사이를 돌고 돌아 골짜기 깊숙한 곳에서 너른 평지를 찾아냈다. 아직 해가 뜨기 전이었기 때문에 두 사람은 말에서 내려 어둠 속에서 챙겨온 물건들을 끄집어 내렸다.

돈 키호테와 산초 판사는 무척이나 허기져 있던 터라, 뱃속이 더부룩하도록 세 끼 식사와 간식으로까지 먹을 분량을 한꺼번에 먹어 치웠다. 그런데 문제가 생겼다. 그야말로 최악의 문제였다. 마실 포도주는 고사하고 입술을 적실 물 한 방울조차 없었던 것이다.

돈 키호테가 종자에게 말했다.

"신부들이 놓고 간 것들을 모두 다 챙겼다고 했지 않느냐? 그런데 마실 것이 하나도 없는 걸 보니, 다른 건 모두 두고 가면서, 심지어 시신까지 팽개쳐 두고 가면서도 신부들이 포도주 챙기는 건 잊지 않은 모양이로구나."

"그런 것 같습니다, 주인님."

20

한밤중, 물방앗간 부근에서 길을 잃다

입 안이 바싹바싹 타들어 가고 혀가 마치 입천장에 들러붙는 것 같았다. 돈 키호테와 산초는 남은 음식들을 싸서 챙긴 뒤 갈증을 해소할 물을 찾아 어둠 속으로 향했다.

얼마쯤 가다가 산초 판사가 발 아래 풀을 만져 보고는 확신에 찬 목소리로 말했다.

"이 풀들이 매우 싱싱한 것으로 보아, 분명 이 근처에 시냇물이 있어 여기까지 물이 닿는 게 틀림없습니다, 주인님. 목이 타는 건 배가 고픈 것보다 더 고역이니 얼른 냇물을 찾아보지요."

돈 키호테도 기뻐했다. 그래서 칠흑 같은 어둠 속이었지만 말고삐를 당겨 약간 비탈진 오르막길을 올라가기 시작했다.

불과 이백 보도 가지 않아 분명히 물 흐르는 소리가 들려왔다. 아니, 마치 폭포가 있기라도 하듯이 물 떨어지는 소리가 함께 들려왔다. 두 사람은 물소리가 나는 방향을 가늠해 보려고 앞으로 조금씩 나아갔다. 물소리에 섞여 쿵쿵거리는 둔탁한 소리가 주기적으로 들려오고 있었다. 쿵! 쿵! 쿵! 물을 마실 수 있다는 희망이 싹 가셨다. 특히 겁 많고 싸움을 싫어하는 산초가 더 그랬다.

이제 주변에서 들려오는 소리는, 쇳덩어리와 쇠사슬을 질질 끄는 듯한 소리와 종자 산초의 이가 부딪치는 소리뿐이었다. 캄캄한 어둠 속에서 산초는 주인을 찾아 두 손으로 꽉 붙들고 늘어졌다.

별도 없는 밤이었다. 바람결에 높은 곳의 나뭇잎들이 거인의 숨결에 흔들리듯 춤을 추며 바스락거렸다. 낯선 숲 속의 적막감과 칠흑 같은 어둠, 나뭇잎이 흔들리는 소리, 물 떨어지는 소리들이 두려움을 불러일으켰다. 쿵쿵 소리는 멈출 줄 모르고, 바람도 잠들 줄 모르며, 새벽이 오려면 아직도 멀었기에 두려움이 더욱 커져만 갔다.

돈 키호테는 로시난테 옆으로 가더니 고개를 숙여 종자에게 말했다.

"이봐라, 산초! 하늘의 뜻이 있어 내가 이 철의 시대에 태어난 것은 황금시대를 되살리기 위함이다. 나는 처음부터 온갖 위험을 겪으면서 갖가지 위업과 용맹스런 무훈을 세우도록 예정된 인물이라는 것이다. 나라는 사람은 원탁의 기사들이나 지금까지 존재해 왔던 전 세계의 유명 기사들이 겪어온 사소한 모험들은 젖혀둘 생각이다. 충실한 나의 종자, 산초야! 영혼까지 어둡게 만드는 이 칠흑 같은 어둠, 주변에 흩뿌려진 이 정적, 희귀한 물 떨어지는 소리, 유령의 쇠사슬이 빚어내는 듯 우리의 가슴을 저미는 듯한 저 쿵쿵거리는 소리. 이런 모든 것들이 우리에게 두려움과 공포감을 불러일으킨다는 걸 나도 잘 안다. 하지만 편력기사는 결코 두려움을 모르는 법! 나는 이번 모험이 제아무리 위험천만한 것이라 하더라도 기필코 해내고야 말겠다."

산초는 있는 힘껏 주인의 팔에 매달렸다. 돈 키호테가 계속 말을 이었다.

"말 등에 안장을 얹어라. 그리고 사흘만 기다려라. 혹 그 사흘 안에 내가 돌아오지 않거든 고향으로 돌아가거라. 가는 길에 엘 토보소를 지나거든, 내 사랑하는 여인 둘시네아를 만나 사랑의 포로 돈 키호테가 그녀의 기사라는 이름에 걸맞게 모험을 하다가 전사했다고 전해다오."

이 말을 들은 산초는 무서워 죽을 것 같은 생각에 주인을 잡은 두 손을

놓지 않고 말했다.

"주인님! 이번 모험은 하지 마세요. 어차피 캄캄한 밤이라 아무도 우릴 보지 못했으니 우리더러 비겁하다고 손가락질할 사람도 없을 겁니다. 그러니 한 사흘 물을 못 마신다 해도 그냥 여길 떠나는 게 좋겠습니다. 살아 나온다면 기적이랄 게 뻔한, 너무 지나치게 위험한 모험으로 하느님을 시험하는 건 좋지 못하니까요."

"지금은 눈물을 흘리거나 애걸복걸할 시간이 없다, 산초야. 나는 해야 할 일이 있는 사람이다. 그러니 잔말 말고 어서 안장을 얹어라."

산초는 주인이 걱정되기도 했지만, 사실은 자신이 더 걱정되었다. 완전히 다른 세상처럼 느껴지는 이곳에 도저히 혼자 있을 수 없을 것 같았기 때문이었다. 얼마 전, 길바닥에 그냥 놓아두고 온 관 속의 시신이 벌떡 일어나 바닥을 기어오면서 신부들이 두고 간 음식물을 돌려 달라고 찾아오는 게 아닌가 하는 생각도 들었다.

그런 생각만 해도 싸늘한 시체의 손이 자신을 꽉 붙잡는 듯한 느낌이 들 정도였다.

그런데도 돈 키호테는 자꾸만 가겠다고 우기며 역정을 냈다.

하는 수 없이 산초는 주인 명령대로 말 안장을 얹었다. 그러면서 순간적인 기지를 발휘해 밧줄을 가져다가 로시난테의 네 다리를 동여매 버렸다. 로시난테가 앞으로 나가려면 참새처럼 폴짝폴짝 뛰는 수밖에 없을 터였다.

돈 키호테가 로시난테에 올라탔다. 그런데 아무리 박차를 가해도 로시난테는 꿈쩍을 하지 않았다. 이를 본 산초가 말했다.

"그것 보세요, 주인님. 하늘도 주인님의 이번 모험을 원치 않으시는 모양입니다. 그래서 로시난테에게 꼼짝 말도록 명을 내리신 거고요."

"말이 꼼짝 않는 걸 보니 그렇긴 한가 보구나. 그럼 일단 날이 샐 때까

지만 여기서 기다리기로 하지."

돈 키호테가 대답했다.

"너무 서운해 하지 마세요, 주인님. 대신 제가 재미난 이야기를 들려드리겠습니다."

여전히 물 떨어지는 소리와 나뭇잎이 바람에 마구 흔들리는 소리에 산초 판사는 도무지 이야기에 집중할 수가 없었다. 그래서 엑스트레마두라 어느 마을에 사는 목동들의 사랑 이야기를 들려주다 말고는 자꾸만 똑같은 문장을 반복하고 또 반복해 주인을 짜증스럽게 했다.

"됐다, 이제 그만해라, 산초. 도무지 얘기의 가닥이 잡히지 않는구나."

칠흑 같은 밤은 쉽게 물러가지 않았다. 산초는 여전히 주인을 꼭 붙잡고 있었다. 그런데 새벽녘의 찬 기운 탓인지, 아니면 갑자기 너무 많이 먹어서인지 산초는 아랫배가 살살 아파오기 시작했다. 그 누구도 대신해 줄 수 없는 일이 산초를 괴롭혔다. 하지만 너무나도 무서워서 도저히 돈 키호테로부터 떨어져 나갈 생각이 없었다.

결국 산초는 캄캄한 어둠 속에서 한 손으로는 주인을 꼭 붙든 채 다른 한 손으로는 바지허리를 풀어 흘러내리게 한 뒤, 뱃속에 가득 차 있던 고약한 냄새가 나는 것들을 모조리 땅바닥 위에 쏟아냈다.

김이 모락모락 피어오르면서 그 냄새가 날카로운 돈 키호테의 후각을 자극했다. 돈 키호테는 킁킁거리며 숨을 몰아쉬다가 거의 기절할 정도로 심한 냄새에 숨이 멎을 것 같았다. 그는 너무 겁에 질린 종자가 그만 속옷에 똥을 지린 것이라고 생각했다.

"산초야! 아무래도 네가 너무 겁을 먹은 모양이로구나."

"네, 그렇기는 합니다만, 왜 그런 생각을 하셨는지요?"

"그건······. 다른 어떤 때보다도 지금 네게서 고약한 냄새가 풍겨나기 때문이다. 구체적으로 말하자면 장미향과는 완전히 다른 그런 냄새 말이다."

그때 다시 피어오르던 김이 돈 키호테의 코에 닿았다.

"다섯 걸음만 저리 물러나라. 주인과 종자 간에 두어야 할 거리를 유지하자꾸나."

"저는 해서는 안 될 짓을 한 게 없습니다."

산초가 변명했다.

곧 아침 여명이 서서히 밝아올 기세가 보이자, 산초 판사는 얼른 바지를 추켜올린 뒤 로시난테의 네 발을 묶어 놓았던 밧줄을 풀었다.

마침내 해가 솟아오르고 있었다. 늙은 말 로시난테는 그만 산초가 밤에 지려놓았던 것을 밟고 말았다. 로시난테는 편자에 들러붙은 물컹물컹하고 돌아버릴 것 같은 냄새를 풍기는 것을 떼어내기 위해 열심히 발을 굴러댔다.

이를 본 돈 키호테는 로시난테가 떠날 준비가 되었을 뿐 아니라, 새롭게 원기까지 얻은 것이라 생각하면서 기분 좋게 말 등에 올라탔다.

이즈음, 완전히 주변이 훤하게 밝아왔다.

가늘지만 생기 있는 햇살이 쏟아져 내리면서 주변의 모든 사물들이 똑똑히 그 모습을 드러냈다.

돈 키호테는 자신과 종자가 꽤 키가 큰 몇 그루의 나무 아래서 밤을 지냈다는 걸 알았다. 그는 폭포처럼 물 떨어지는 소리가 나는 곳을 향해 걸어갔다.

산초는 당나귀를 잡아끌면서 주인 뒤를 따라갔다.

한참을 걸어가자, 울창한 나무 사이로 높은 바위산 발치에 널따란 평지가 펼쳐져 있는 것이 보였다. 바로 그곳에서 요란한 물소리가 들려오고 있었던 것이다.

돈 키호테와 산초가 바위산 위를 올려다보니 그곳에 오래된 자그마한 집 몇 채가 눈에 띄었다. 마치 폐가 같았는데, 바로 그곳에서 쿵! 쿵! 쿵! 하는, 밤새 두 사람을 두렵게 만들었던 소리가 울려나오고 있었다.

주변이 밝아져 어느 정도 두려움도 없어지고 마치 날개를 단 듯한 돈 키호테는 종자를 거느리고 바위산을 올라갔다. 마침내 폐가에 도착한 두 사람은 밤새 울려대며 두 사람에게 공포감을 심어 주었던 소리, 즉 쿵쿵거리면서 냉정할 만큼 주기적으로 들려오던, 뭐라 이름붙이기 어려웠던 바로 그 소리가 다름 아닌 여섯 대의 물방아에 연결된 여섯 개의 공이에서 흘러나온 소리라는 걸 알고 입을 떡 벌렸다. 즉 밤새 쉬지 않고 물이 드나들 때마다 물방아가 돌아가면서 그런 소리를 냈던 것이었다.

산초는 유령이 아닌 것을 알고 안심한 나머지 낄낄거렸다. 주인이 이 문제를 해결하겠다면서 '나는 처음부터 온갖 위험을 겪으면서 갖가지 위업과 용맹스런 무훈을 세우도록 예정된 인물이다.' 운운했던 것을 떠올리고는 그만 너털웃음을 터뜨리고 말았다. 그러고는 편력기사 돈 키호테의 목소리를 흉내 내어 그 말을 큰소리로 따라했다.

그 소리에 화가 머리끝까지 치밀어오른 돈 키호테가 자신의 용맹이 웃음거리가 되어 버린 것을 참지 못해 이렇게 말했다.

"우리에게 일어났던 일이 웃을 일이 아니라고는 하지 않겠다. 하지만 그렇다고 여기저기 떠벌이고 다니거나 조롱당할 만한 일이라고는 생각지 않는다."

그런 뒤 엄한 눈빛으로 산초 판사를 쳐다보면서 말했다.

"내가 지금까지 셀 수 없을 만큼 수많은 기사 소설을 읽어 보았지만, 너처럼 주인을 대하는 종자 이야기는 못 보았다. 그래서 말인데, 앞으로는 주인과 종자, 주인과 하인, 기사와 종자 간에 선을 긋도록 해야겠다. 그러니 오늘부터는 나를 대할 때 좀더 존중하고 함부로 농담을 하지 마라."
 산초는 시무룩한 표정으로 주인의 말을 경청했다. 그의 마음을 가장 아프게 한 것은, 앞으로 공연한 수다는 떨지 말고 꼭 필요한 경우 주인의 허락을 받은 후 말해야 한다는 명령이었다. 산초가 주인의 뒤를 따라 뛰어가며 소리쳤다.
 "그렇게는 못 합니다, 주인님!"

21

맘브리노의 투구

물방아 소리에 어찌나 치를 떨었던지, 비가 내리기 시작했음에도 불구하고 돈 키호테와 산초는 잠시도 그곳에 머물고 싶지 않았던 탓에 낡은 방앗간으로 들어가는 대신 오른쪽 길로 접어들었다.

얼마 가지 않아, 돈 키호테는 저 멀리로 웬 사람이 말을 탄 채 머리에 마치 황금이라도 되는 듯 뭔가 번쩍거리는 것을 뒤집어쓰고 오는 것을 발견했다. 아직은 멀리 있어 그것이 무엇인지 잘 알 수 없었으나 돈 키호테는 이미 산초를 돌아보며 말하고 있었다.

"산초야! 내 생각에 틀린 속담은 없는 듯하구나. 원래 속담이란 게 과학의 어머니라 할 수 있는 경험의 소산이니 말이다. 이런 속담이 있지 않느냐. '길이 하나 막히면 또 다른 길이 열리는 법'이라고. 어젯밤에는 운명이 물방아로 우리를 조롱하며 영광스러운 모험을 훼방 놓았지만, 오늘은 더 나은 모험이 기다리고 있는 모양이다. 무슨 말이냐 하면, 내가 잘못 본 게 아니라면, 저쪽에서 머리에 맘브리노의 황금 투구를 쓴 웬 기사가 이쪽으로 걸어오고 있다는 것이다."

"제가 보기에는 말입니다. 저 사람은 제 당나귀처럼 거무튀튀한 털빛의 당나귀를 타고 있고, 머리에 뭔가 번쩍거리는 걸 얹고 있는 것 같은데요."

"그게 바로 맘브리노의 투구란 말이다. 내 기필코 저걸 차지하고야 말겠지만 말이다."

돈 키호테가 스스로의 말에 더욱 고무되어 대꾸했다.

"넌 저만치 가 있거라. 내가 저자와 단둘이서 해결할 것이다. 내가 말 한 마디 하지 않고, 단시간에 이번 모험을 끝장낼 테니 두고 보란 말이다."

그리고 돈 키호테는 로시난테에 박차를 가했고, 로시난테는 평소보다는 비교적 덜 굼뜬 자세로 튀어나갔다.

돈 키호테의 눈에는 맘브리노의 투구와 기사, 말 등으로 보였지만, 사실 당나귀를 타고 태평하게 이쪽으로 다가오고 있는 사람은 다름 아닌 이 마을 저 마을을 돌며 이발을 해 주는 이발사였다. 마침 비가 내리기 시작하자 평소 손님들의 긴 수염을 담가 물에 적시거나 비눗물을 풀 때 사용하는 놋쇠로 만든 대야를 머리에 뒤집어쓰고 오던 참이었다.

성정이 온화한 이발사는 나귀 등에 올라탄 채 흥겹게 휘파람을 불어대고 있었다. 조금 전 손님이 팁을 두둑이 주었기 때문이었다. 그런데 느닷없이 비쩍 마른 체구에 흰머리가 나고 수염도 도통 다듬지 않고 무거운 갑주로 무장까지 한 웬 남자가 나타나더니 창을 겨누며 그를 향해 달려오는 것이 보였다. 이발사는 재빨리 당나귀에서 내려 걸음아 날 살려라 하고 줄행랑을 쳤다. 비 때문에 머리에 뒤집어썼던 놋쇠 대야가 날아가 바닥으로 떨어져 버린 것에는 신경 쓸 겨를이 없었다.

산초가 얼른 달려와 대야를 집어들고는 한참 들여다본 후에야 주인에게 건네주며 말했다.

"어쭈, 제법 좋은 건데요. 최소한 일 레구아는 나가겠는걸요."

번쩍거리는 그 물건을 받아 든 돈 키호테 역시 그것이 투구라기보다는 이발사들이 쓰는 대야에 훨씬 가깝게 생겼다는 걸 인정하지 않을 수 없었다. 하지만 그는 여전히 그 물건이 무어 인 맘브리노의 투구라고 확신하

고 있었고, 그래서 산초에게 이렇게 설명했다.

"산초야! 내 생각을 말해 주랴? 이 유명한 마법의 투구는 어찌어찌하여 도대체 그 진정한 가치를 알지 못하는 어떤 이의 손에 들어가게 되었다. 그자는 투구를 어찌해야 할지 모르던 차에 그것이 순금으로 만들어진 걸 보고는 절반은 떼어 팔아 버리고 나머지 절반으로는 이 대야를 만들었지. 하지만 맘브리노 투구를 잘 알고 있는 내 눈을 속일 수는 없지. 비록 절반짜리이지만, 그래도 이것은 그 어느 투구보다도 소중한 것이다. 앞으로 돌팔매질을 당할 때에는 확실히 머리를 보호할 수 있을 것이다."

"그게 말입니다. 제가 보기에 투구라기보다는 요강 같지만……. 뭐 주인님 마음대로 생각하십시오. 저야 일자무식에다가 기사도 아니니 주인님과는 모든 면에서 다르니까요. 사람들 말대로, 읽는 데서 지식이 나는 법이고, 배고픈 자들은 빵이나 꿈꾸며 살기 마련이니까요."

정오가 되자 두 사람은 신부들로부터 빼앗은 남은 음식으로 점심식사를 하고, 물방앗간에서 떠온 물로 목을 축였다. 배가 든든해지자 어젯밤의 무서운 기억이 남아 있는 물방앗간 쪽에는 눈길 한 번 주지 않은 채 각자 말과 망아지에 올랐다.

돈 키호테는 편력기사란 원래 딱히 목적지를 정하지 않고 정처 없이 길을 가는 거라며 로시난테의 튼실한 네 다리에 앞길을 맡겼다. 로시난테는 바닥이 제일 평평한 카미노 레알 대로 쪽으로 방향을 되잡았다.

종자 산초 판사는 돈 키호테로부터 몇 걸음 뒤떨어져 걷고 있었다. 주인의 명이 있었기에, 아무 말 없이 침묵을 지키며 몇 레구아를 그렇게 따라왔다. 하지만 자신의 발바닥만큼이나 평평한 대로를 따라 걷는데 싫증이 난 산초 판사가 주인을 따라잡으며 말했다.

"늘 그랬듯이 잠시 말을 해도 될까요?"

"무슨 말이 하고 싶은 게냐, 산초?"

"주인님! 아까 침묵의 명을 내려주신 후, 말씀드리고 싶었던 네 가지 일이 제 뱃속에서 썩어 문드러져 버리고 말았습니다. 지금 막 제 혀끝까지 기어 나왔던 또 다른 한 가지 일 역시……."

"말해 보거라, 산초야! 뜸 들일 필요 없다. 네가 떠들어대면 우리 여정이 훨씬 재미있을 것 같구나."

"그럼 주인님! 이렇게 황야와 길바닥을 헤매며 모험을 찾아다닐 게 아니라, 차라리 전쟁을 치르려는 국왕이나 황제의 가신으로 들어간 뒤 전장에 나아가 주인님의 그 용맹을 직접 보여드리는 게 어떻겠습니까? 그런 곳에서라면 주인님의 위업을 글로 써 줄 사람도 있을 것 같은데 말입니다."

"네 생각도 나쁘지는 않다, 산초야. 하지만 위대한 왕국으로 가기에 앞서 먼저 온 세상을 편력하며 모험을 찾아다녀야 한다. 그래야 위대한 국왕의 왕실로 들어갈 때 나의 위업을 모든 사람들이 알아줄 것 아니냐. 그래야만 궁성 안으로 들어서기가 무섭게 사람들이 나에 대해 이렇게 말하는 걸 들을 수 있을 것이다. '저분이 바로 그 괴력의 거인 브로카브루노를 해치운 분이시래. 마법에 걸린 페르시아의 마멜루코 대왕을 마술에서 풀어 주신 분도 바로 저분이시고, 불을 내뿜는 용의 손에서 시빌라 공주를 구출해 내신 분도 바로 저분이시라는군…….' 그럼 국왕 폐하께서는 내게 아름다운 따님을 주시겠지. 더 훗날에는 왕국도 내게 양위하실 것이고. 내가 그렇게 해서 국왕의 자리에 오르게 되면, 네가 돈을 주고 사지 않더라도 작위를 가질 수 있도록 네게 귀족 작위를 하사해 주마."

산초가 감격하여 물었다.

"그럼 저도 다른 왕자들처럼 백 레구아 밖에서도 알아볼 수 있을 만큼 번쩍거리는 황금과 진주가 박힌 옷을 입을 수 있을까요?"

"물론이다. 네게 아주 잘 어울릴 것 같구나. 하지만 그전에 수염은 좀 자주 손질하는 게 좋겠다. 너무 무성하니까 말이다. 뿐만 아니라, 어느 백작댁 따님과 결혼도 시켜 주마."

"하인도 거느리게 해 주시고요?"

"그렇게 해 주마. 나의 충실한 종자, 산초야. 특히 하인 가운데 하나는 늘 너를 그림자처럼 따라다니며 네 시중을 들게 할 것이다."

"아이코, 그렇기만 하다면야 돈 키호테 주인님, 부디 이발사에게서 빼앗은 그 물건을 가지고 이곳에 머물도록 하십시오. 그리고 꼭 저를 백작으로 만들어 주셔야 합니다."

산초가 손에 들고 있던 대야를 주인에게 건네주며 말했다.

빗줄기가 더욱 거세지기 시작했다.

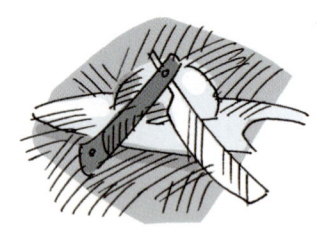

갤리선으로 끌려가는 죄수들을 만나다

세계적인 소설가이자 반은 라 만차 사람이라 할 수 있는 미겔 데 세르반테스 사아베드라는 이 위대하고, 장엄하며, 세밀하고, 현실감이 넘치는 동시에 상상력도 풍부한 이 작품에서 다음과 같이 말하고 있다. 종자를 옆에 거느리고 말을 타고 가던 돈 키호테는 고개를 들다가 길 저편에서 손목에 수갑을 찬 남자 열둘이 쇠사슬처럼 줄줄이 엮인 채 걸어오고 있는 것을 발견했다.

그 옆으로 장총을 들고 말을 탄 남자 둘이 따라오고 있었고, 또 그 뒤로 활과 칼로 무장한 남자 둘이 걸어오고 있었다.

이들을 보고 산초 판사가 말했다.

"저 사슬에 묶여 가는 자들은 갤리선으로 끌려가는 국왕 폐하의 죄수들입니다. 갤리선에 노 젓는 노역을 가는 길이지요."

"그 누구도 강압에 의해 노를 저을 수는 없는 법이며, 저런 식으로 끌려가서도 안 되지. 도대체 저들이 무슨 죄를 저질렀기에 저렇게 끌려간다는 말이냐?"

편력기사 돈 키호테가 중얼거렸다. 그는 힘없고 자신의 도움을 필요로 하는 사람들을 돕고 싶었는데, 그 죄수들이 바로 그런 사람들로 보였던 것이다.

죄수 일행이 가까이 오자, 돈 키호테는 아주 공손한 어투로 그들이 이렇

게 끌려가는 연유에 대해 설명해 줄 것을 요청했다. 간수들 가운데 한 사람이 마치 종자에게나 하는 듯한 말투로 대답했다.

"저들은 갤리선으로 끌려가는 죄수들이오. 국왕 폐하의 죄수들로 갤리선 노역형을 언도받았소."

하지만 돈 키호테는 그들 한 사람 한 사람의 죄목을 알고 싶었기 때문에 간수에게 허락을 받고 첫 번째 죄수 앞으로 다가갔다. 하긴 간수가 허락하지 않았더라도 어쨌든 그렇게 하고야 말았겠지만. 돈 키호테가 첫 번째 죄수에게 왜 이렇게 처참한 몰골로 끌려가느냐고 물었다.

죄수는 사랑에 빠진 탓이라 대답했다.

"달랑 그것이 이유란 말이오?"

돈 키호테가 되물었다.

"댁이 생각하는 그런 사랑이 아니라서 문제였지요. 나는 황금이 든 주머니를 너무 사랑했던 탓에 그걸 꽉 껴안고 있었는데, 그만 주머니 주인이 경찰을 불렀답니다. 현행범으로 체포되고 말았지요."

피에드라이타 출신으로 스무 살 가량 된 젊은 죄수가 말했다.

돈 키호테는 두 번째 죄수에게도 같은 질문을 했다. 그자는 너무 슬픈 표정을 짓고 있어 아무 말도 들을 수 없었다. 첫 번째 죄수가 대신 대답해 주었다.

"이 친구는 노래를 불러댄 탓에 여기까지 오게 된 거랍니다."

"아니, 뭐요? 어찌 노래를 불렀다고 갤리선 노역에 처해진단 말인가! 노래는 악을 치유한다는 말은 들어 보았어도……."

돈 키호테가 중얼거렸다.

"교도소에서는 그 반대지요. 일단 한 번 불렀다 하면 평생을 한탄 속에 살아야 하니까요."

"당최 무슨 소린지, 원!"

돈 키호테가 말했다.

"이보시오, 기사 양반! 이치들 사이에서 노래를 부른다는 것은 곧 고문에 못 이겨 죄를 자백한다는 걸 뜻합니다. 사람들 얘기로, 이자는 목덜미를 두 대 맞고, 얼굴을 세 대 맞은 후, 채찍질 이백여 번 만에 죄를 다 불어 버렸다더군요. 심지어 무어 인이라서 도둑질 같은 걸 당할 거라고는 생각지도 못했던 시데 아메테 베넹헬리의 말까지 훔쳐냈다고요. 덕분에 육 년간 갤리선 노역형을 언도받았는데, 다른 도둑놈들과 건달패들이 시원찮은 놈이라며 저자와 말도 하지 않고, 흉보고, 무시한다며 늘 저렇게 슬프고 우울한 얼굴을 하고 다닌답니다."

간수들 중 한 명이 설명해 주었다.

돈 키호테는 생각에 잠겼다. 산초 판사는 이런 자들의 습성을 잘 알고 있었기에 별로 생각할 일도 없었다.

로시난테가 몇 걸음 앞으로 나가자 돈 키호테가 세 번째 죄수에게 같은 질문을 던졌다.

"저는 십 두카도가 없어서 끌려가는 길입니다."

"당신이 이 고역에서 풀려날 수만 있다면 내 당장 이십 두카도라도 내주겠소."

"너무 늦었습니다. 판사에게 그 돈을 주고 풀어 달라고 했어야 했는데 말입니다. 만일 그 당시 그 돈이 있었더라면, 지금쯤은 아마도 톨레도의 소코도베르 광장을 거닐고 있었을 겁니다."

네 번째 죄수는 흰 수염을 기른, 덕망 있어 보이는 노인이었다. 그자는 돈 키호테가 옆으로 다가가기 무섭게 울음을 터뜨렸다. 그 뒤에 서 있던 죄수가 가엾은 노인을 대신해 말했다.

162

"이분은 뚜쟁이이자 마법을 부렸다는 죄목으로 사 년형을 받았습니다."

"마법을 부렸다면 그럴 수 있을 것 같지만, 뚜쟁이라고 죄를 받을 수는 없을 것 같은데요. 뚜쟁이라는 직업은 우리 왕국에는 꼭 필요한, 가치 있는 직업입니다. 따라서 오랜 역사를 지닌 이 업종의 질서를 바로잡을 수 있는 훌륭한 가문 태생의 사람들이 이 일을 해야 할 것입니다. 현재는 무식하고, 천박하고, 뻔뻔한 자들이 이 일에 종사하고 있어서 틈만 보였다 하면 어느새 지갑을 털어 가곤 하니까요."

"지당하신 말씀입니다. 저는 그저 사람들에게 행복을 가져다주고 싶었을 뿐입니다. 모든 이들이 즐겁고, 평화롭게 살아가며, 싸움도 고통도 없이 육체의 쾌락을 만끽할 수 있도록 해 주고 싶었다 이겁니다."

사람 좋은 노인이 대답했다.

돈 키호테는 몇 걸음 더 나아가 다음에 있는 죄수에게 죄목이 무엇이냐고 물었다.

"제 사촌누이와 친척은 아니지만 또 다른 두 자매를 농락했기 때문입니다. 어찌나 신나게 농락하고 다녔던지, 나중에는 그 여자들의 일가붙이들이 결혼을 빙자했다는 죄목으로 절 고발했지 뭡니까. 게다가 여자들이 낳은 애들도 문제삼더라고요."

그자가 웃더니, 한 마디 덧붙였다.

간수들이 돈 키호테에게 학생 차림의 그 죄수는 여자들에게 얼마나 말도 번드르르하게 잘하고, 신사다우며, 세련되게 행동하는지 모른다고 했다.

"아하!"

돈 키호테가 놀랍다는 듯 감탄사를 내뱉었다.

줄 제일 끝에는 험상궂게 생긴 남자가 다른 죄수들과는 좀 다른 행색으로 걸어가고 있었다. 그자는 발목에도 쇠사슬을 차고 있었고, 목에도 칼을 두 개나 차고 있었으며, 두 팔도 몸에 동여매어진 상태였다.

"저 사람은 왜 저렇게 꽁꽁 묶어 놓았습니까?"

돈 키호테가 간수에게 물었다.

"저자는 십 년형을 받았는데, 십 년이라면 결국 종신형이나 다름없지요. 그렇게 오랫동안 갤리선에서 노를 저은 사람은 없으니까요. 더 알려 고 할 것도 없이, 저치 이름은 히네스 데 파사몬테입니다. 어떤 이들은 히네시요 데 파라피이야라고 부르기도 하지요."

"잡소리 집어치쇼, 간수 양반!"

죄수가 고개를 빳빳이 세운 채 소리쳤다.

"내 이름은 히네스지 히네시요가 아니라 이거요. 내 성도 우리 가문인 파사몬테이고."

"좀 공손하게 말씀하시지, 이 도둑 양반아! 채찍을 맞고서 입을 다물 게 아니라면 말이야."

간수가 말했다.

"난 내가 떠들고 싶은 대로 떠든다구!"

죄수가 겁 없이 소리쳤다. 간수는 그 버릇없는 죄수에게 채찍을 휘두르려고 막 채찍을 들어올렸다. 이때 돈 키호테가 그의 앞을 가로막더니, 팔다리가 묶인 사람이니 최소한 혓바닥이라도 자유롭게 풀어 줘야 되지 않겠느냐고 했다.

잠시 후, 돈 키호테는 죄수들을 향해 이렇게 말했다.

"지금까지 여러분의 이야기를 들어본 결과 여러분이 장차 처하게 될 갤리선 노역을 전혀 달가워하지 않는다는 걸 알았습니다. 또한 여러분의 의사와는 전혀 상관없이 강제적으로 갤리선에 끌려가고 있다는 것도 말입니다."

죄수들은 눈을 휘둥그레 뜨고 돈 키호테를 바라보고 있었다. 지금 그들의 귀에 들려오는 말을 전혀 믿을 수 없다는 표정이었다. 돈 키호테의 말을 이해하지 못하기는 간수들도 마찬가지였다.

돈 키호테가 장광설을 이어갔다.

"하늘이 나를 기사로 삼아 주셨으니, 이는 나로 하여금 약한 자를 돕고, 억눌린 자들과 비참한 자들을 구제하라는 뜻입니다. 그러나 나는 만사가 잘 되기를 바라는 만큼, 우선은 여기 이분들에게 당신들을 풀어 달라고 요청할 생각입니다."

그러고는 간수 앞으로 다가갔다. 그 간수는 이 별난 사람을 어찌해야 할지 몰라 쩔쩔매고 있었다. 돈 키호테가 말했다.

"간수님, 이들을 풀어 주시……."

돈 키호테가 미처 말을 다 끝마치기도 전에 간수가 반응을 보였다.

"당신, 미쳤소? 당장에 썩 꺼지시오! 그 머리통에 삐딱하게 뒤집어쓴 요강이나 제대로 쓰고 말이오!"

간수가 잔뜩 화가 나 소리질렀다.

돈 키호테는 기사로서의 명예에 손상을 입은 듯한 느낌을 받았다. 상대가 반쪽이나마 맘브리노의 투구를 모욕했기 때문이었다. 분기탱천한 돈 키호테는 로시난테에서 내리지도 않은 채 그대로 창을 들어 간수를 공격했다. 간수가 부상을 입고 바닥으로 나동그라졌다.

다른 간수 세 명은 눈앞에서 벌어진 일을 믿을 수 없었다. 그들은 재빨리 무기를 집어들었다. 만일 갤리선으로 끌려가던 죄수들이 간수들을 둘러싸고 그들을 마구 두들겨 팬 후 수갑 열쇠를 빼앗지 않았더라면 아마도 돈 키호테는 낭패를 보고 말았을 터였다.

묶인 손이 풀리고 머리통에는 혹이 여기저기 난 간수들이 재빨리 숲 속으로 달아났다. 산초는 몹시 걱정스러운 표정으로 달아나는 간수들을 바라보고 있었다. 그들이 이 사실을 알리면, 얼마 지나지 않아 종교 경찰 성동포회에서 순찰 경찰을 풀어 죄수 수색 작업에 들어갈 게 뻔했기 때문이었다. 산초는 이 사실을 돈 키호테에게 말한 뒤, 얼른 이 자리를 떠 부근 산 속으로 들어가자고 했다.

돈 키호테는 잠시 망설이더니 결국 이렇게 말했다.

"그러자꾸나, 산초야. 그래야 네 마음이 놓인다면 말이다. 하지만 그 전에 해야 할 일이 있다."

그러면서 돈 키호테는 이제 막 사슬과 수갑을 모두 벗어 던진 죄수들 앞으로 나가서더니, 모두 토보소로 가서 그가 연모하는 여인 둘시네아를 만나 그들을 결박했던 무거운 쇠사슬을 보여드리며 그녀를 위해 그녀의 기사 돈 키호테가 어떤 모험을 치러냈는지 들려드리라고 했다.

"우리의 해방자이신 기사님! 기사님께서 지금 내리신 명은 받들 수 없겠습니다요. 우리는 한꺼번에 거리로 몰려나갈 형편이 못 되어서 말이지요. 더구나 평생 다시는 보고 싶지 않은 이 쇠사슬까지 끌고서는 말입니다. 지금 당장 우리가 해야 할 일이 있다면, 이 멍청한 짓을 그만두고 달아나는 겁니다요."

히네스 데 파사몬테가 대답했다.

돈 키호테가 화를 벌컥 냈다.

"이 못된 히네시요 데 파라피이요인지 뭔지 하는 놈아! 네놈이야말로 당장에 꼬리를 내리고 이 쇠사슬을 모두 지고 가야 할 놈이로다!"

파사몬테는 원래 자신에게 상대방이 큰소리치는 건 못 견디는 성미인 데다, 더욱이 자신을 히네시요라는 이름으로 부르는 것은 참을 수 없었다. 보아하니 기사라는 사람은 미치광이임에 틀림이 없어 보였다. 다른

사람들 역시 같은 생각을 하고 있었다. 정신이 멀쩡한 사람이라면 자신들을 풀어줄 리 없기 때문이었다. 그들은 숲 속으로 도망쳐 들어가기에 앞서 돌멩이를 집어들고 돈 키호테에게 돌팔매질을 시작했다.

학생 복장의 죄수가 가까이로 다가오더니 돌멩이에 맞아 바닥으로 떨어져 버린 요강 같은 것을 집어들더니, 그걸로 돈 키호테의 머리통을 마구 두들겨댔다. 히네스 데 파사몬테도 챙길 수 있는 건 모두 챙겼다. 그건 다른 죄수들도 마찬가지로 돈 키호테와 산초 판사는 반쯤 벌거숭이가 되다시피했다.

산초는 순찰 경찰이 올까 봐 조마조마해하고 있었고, 돈 키호테는 저 배은망덕한 죄수들을 풀어준 것은 경솔한 행동이었다는 것을 뒤늦게 깨닫고 있었다.

23

시에라 모레나 산으로 가다

 황당하기 그지없는 그날의 모험을 벗어나 산 속으로 들어온 산초 판사와 돈 키호테는 풀밭에 누워 있었다. 산초 판사는 주변 경관을 두리번거리고 있었던데 반해 돈 키호테는 비탄에 젖어 무척 고민스러운 표정을 짓고 있었다. 돈 키호테가 큰소리로 말했다.
 "산초야! 이런 말이 있다. 못된 자들에게는 제아무리 잘 대해 줘봐야 바닷물에 물 붓기라고."
 "맞습니다, 주인님. 그러게 제가 미리 경고해드렸지 않습니까?"
 "안다, 알아. 하여간 지금은 한탄만 하고 있을 때가 아니지 않느냐. 참고 인내해야지."
 "인내하는 건 나중에 다른 데 가서 하는 게 좋겠습니다. 머지않아 성 동포회 종교 경찰이 들이닥칠 테니, 우선은 당장 여길 뜨는 게 좋겠습니다. 그자들에게야 편력기사고 뭐고 먹히지 않을 테니까요."
 산초가 대꾸했다.
 "산초, 넌 타고난 겁쟁이로구나. 하지만 나중에 네 말이라고는 한 번도 들어준 적 없다는 소리를 듣고 싶지는 않으니, 이번에는 네 말을 따르기로 하마. 네가 걱정하는 것처럼 화도 내지 않고 말이다. 다만 한 가지 조건이 있다. 살아서는 물론 죽어서도 내가 겁이나 위험으로부터 도망쳤다고 떠들어대서는 안 된다. 전적으로 네 부탁을 들어주는 것뿐이니까."

"죽어도 그런 소린 떠들고 다니지 않겠습니다. 하지만 주인님! 우리는 도망치는 게 아니라 일보 후퇴하는 겁니다. 어차피 모든 모험을 하루아침에 다 치를 수는 없는 법이니, 내일을 위해 오늘은 이쯤에서 그만두는 게 현명하다 이것이지요."

종자 산초 판사는 돈 키호테가 로시난테에 오르도록 도와준 뒤 자신도 당나귀를 타기 전에 신통하게도 갤리선 죄수들이 털어가지 않고 남겨둔 음식물 자루부터 챙겼다.

아무 말 없이 한참을 걷다 보니 어느덧 시에라 모레나 산맥이었다. 두 사람은 라 만차에서 제법 멀리 떨어진 이곳 산 속에서 오랜만에 깊은 잠을 잘 수 있었다. 코르크나무로 둘러싸인 두 개의 바위 사이였다.

그런데 이게 웬 우연인지, 바로 그곳을 그 유명한 야바위꾼 히네스 데 파사몬테가 지나게 되었다. 대다수의 배은망덕한 악당들이 다 그렇듯, 이 도둑도 살금살금 다가와 산초의 당나귀를 끌고 가 버렸다. 로시난테도 훔쳐갈까 생각해 보았지만, 어찌나 시원찮아 보였는지 까딱하면 오히려 자기가 말을 업고 가야 되는 게 아닐까 싶어 그건 포기했다.

아침 햇살이 세상을 비추면서 돈 키호테가 제일 먼저 발견한 것은 헛되이 당나귀를 찾고 있는 수심 어린 산초의 얼굴이었다.

돈 키호테는 어떻게든 산초를 달랠 요량으로 너무 걱정하지 말라고 위로했다. 집으로 돌아가면 당나귀, 수말, 암말, 여윈 말, 나귀, 새끼나귀, 망아지, 조랑말, 노새 등 고르는 대로 아무 거나 주겠다고 약속했다.

"로시난테를 줄까?"

마침내 돈 키호테가 제안했다. 충실한 종자에 대한 돈 키호테의 마음이 이만큼 애틋했던 것이다.

"아이고, 무슨 말씀을요. 아닙니다. 로시난테야 어디까지나 주인님의 말인 것을……. 이 세상 그 누가 빼앗을 수 있겠습니까. 로시난테는 절대로 아닙니다! 제게는 새끼나귀면 딱 좋겠습니다, 주인님."

"그럼 그러자꾸나."

주인의 약속도 있고, 또 먹을 것도 여전히 남아 있어서 산초의 기분도 훨씬 좋아졌다. 그는 어디쯤에 앉아서 점심을 먹는 게 좋을까를 생각하면서 돈 키호테의 뒤를 따라 시에라 모레나 산 속 오솔길을 걷고 또 걸었다.

이때, 산초가 눈을 들어보니 주인 돈 키호테가 창끝으로 뭔가를 들어올리려 애쓰고 있는 게 보였다. 보아하니 바닥에 떨어져 있는 큼지막한 보따리였다. 산초가 재빨리 달려가 주인을 도와 짐을 들어보니 돗자리와 묵직한 가방이었다. 두 사람은 즉시 가방을 열어 보았다.

가방 속에는 최고급 천으로 만든 셔츠 네 벌과 깨끗한 기타 옷가지들이 들어 있었을 뿐 아니라, 뭔가 잔뜩 씌어진 종이 뭉치와 금화가 가득 들어 있는 돈 주머니도 있었다. 돈 키호테는 돈 주머니를 산초에게 주었다.

산초는 모험에 나선 이래로 가장 환한 웃음을 지으며, 감사의 뜻으로 주인의 손등에 입을 맞추었다.

"산초야! 내 생각에는 길 잃은 나그네가 이 산 속을 지나다가 산적을 만나 죽임을 당한 것 같구나. 아마도 산적들이 그 나그네의 시신은 어디 땅속에 파묻은 것 같고 말이다."

"그건 아닐 겁니다. 만일 산적들이었다면 이렇게 돈 주머니를 그냥 내버려 두었을 리가 없으니까요."

"그건 네 말이 맞구나."

돈 키호테는 잠시 생각에 잠겼다가 말을 이었다.

"만일 산적이 아니라면……. 도무지 어떻게 된 일일까? 어디 이 기록들을 좀 읽어 봐야겠다. 아마도 일기를 써 놓은 것 같은데……. 아마도 이걸

읽어 보면 뭐가 어떻게 된 건지 좀 알 수 있을 게다."

그러고는 너무 긴 단락은 뛰어넘어 버리고 그 다음을 큰소리로 읽어 내려가기 시작했다.

"나를 버리다니, 오! 배신자여. 미모로 인해 그대가 높아졌던 만큼, 배은망덕으로 인해 깊은 나락으로 떨어져 버렸도다. 그대가 정녕 천사인 줄 알았건만……."

"오호라! 시작부터 뭔가가 나올 것 같은걸."

온통 푸념과 탄식, 불신, 질투, 환멸, 기대, 좌절 등 한 마디로 통속적인 사랑 이야기에 나올 수 있는 모든 것들로 가득 찬 기록이었다. 그것을 읽고 난 돈 키호테는 도대체 이 가방의 주인이 누구인지 찾아봐야겠다고 결심을 굳혔다. 하지만 로시난테가 올라가기를 거부하고 있는 가파른 경사로 된 이곳에서 그 주인을 찾아낸다는 것은 불가능한 일이라는 것도 잘 알고 있었다.

이런 생각에 잠겨 있던 돈 키호테의 눈에 웬 사내가 마치 개구리가 뛰듯이 바위에서 바위로 폴짝거리며 뛰어다니는 모습이 보였다. 도대체 뭘 피하는 건지는 모르겠지만 뭔가로부터 도망치는 듯해 보였다. 제멋대로 자라난 수염에 숱 많은 곱슬머리, 맨발일 뿐 아니라 다 낡은 바지에 넝마 같은 셔츠 한 장만 걸친 반 벌거숭이 모습이었다.

슬픈 얼굴의 기사 돈 키호테는 몹시도 황폐해 보이는 그 남자야말로 가방의 주인일 거라 생각하면서 가방을 돌려주기 위해 그자를 만나봐야겠다고 생각하게 되었다.

하지만 로시난테가 아무리 열심히 내리막길을 달려보았지만 도저히 그 청년을 잡을 수 없었다. 돈 키호테는 종자 산초 판사에게 서로 양쪽으로 흩어져 산 반대편에서부터 청년을 찾아보자고 했다.

"찾지 않는 게 좋을 것 같습니다. 만일 찾고 보니 정말 그 사람이 가방 주인이라면 이 돈을 고스란히 돌려줘야 할 테니 말입니다. 금화를 다 쓰고 나서 찾아보는 게 낫지 않을까요?"

"사람은 정직해야 하는 법이다, 산초. 만일 그자가 그 돈의 주인일지도 모른다는 생각이 들었다면, 그자를 찾아 모든 것을 돌려주는 게 우리가 할 일이다."

결국 돈 키호테와 산초 판사는 서로 반대편으로 흩어져 갔다가 다른 지점에서 다시 만났다. 그곳에는 반쯤 늑대들에게 뜯어 먹힌 죽은 노새의 시체가 놓여 있었다.

둘 다 만져볼 엄두를 내지 못하고 가만히 죽은 노새를 바라보고 있는데 산 위쪽에서 웬 양치기가 휘파람을 불어댔다.

돈 키호테는 그에게 좀 내려와 달라고 했다. 목동이 내려왔다.

"보아하니, 죽은 노새를 보고 있는 것 같았는데……. 혹 노새의 주인을 만났습니까?"

막 도착한 양치기가 뭐 별로 신기할 것도 없다는 듯 말했다.

"아무도 만나지 못했습니다. 다만 여기서 그리 멀리 떨어지지 않은 곳에서 가방과 돗자리는 보았습니다."

돈 키호테가 대답했다.

"저도 그건 보았습니다만, 혹 사람들이 저를 도둑으로 의심할까 봐 손도 대지 않았지요."

"제 말이 바로 그겁니다."

금화 주머니를 꼭꼭 넣어 둔 산초가 거들었다.

"이보시오, 그 짐의 주인이 누군지 혹 아십니까?"

돈 키호테가 물었다.

나이가 지긋한 양치기 노인이 천천히 기억을 더듬으며 말했다.

"그러니까, 한 여섯 달 되었을 겁니다. 웬 점잖은 청년이 저기 저 죽은 노새를 타고, 당신들도 보았다는, 손끝도 대지 않은 바로 그 짐을 가지고 이곳으로 왔습니다. 양치기들에게 시에라 모레나 산 속에서도 가장 산이 깊은 곳이 어디냐고 묻더니 그대로 사라져 버리고 말았지요. 그날 이후, 한동안 아무도 그를 보지 못했습니다. 그러던 어느 날, 그가 거리로 뛰쳐나왔어요. 지나던 양치기를 덮쳐서는 빵과 치즈가 든 식량 부대를 빼앗아 달아난 겁니다. 우린 그 청년을 찾아나섰고, 불과 이틀 만에 아주 온순하고, 얌전하게 변해 있는 그 청년을 찾아냈습니다. 깊이 반성하고 있더군요. 그는 우리들에게 용서를 구하고는, 그간에 지은 죄를 속죄하기 위해 고행 중이라고 말했습니다. 우리는 그 청년에게 도대체 정체가 무엇인지 물었지만 대답하지 않더군요. 하여간 앞으로 식량 걱정은 하지 말라고 했습니다. 우리가 대주겠다고요. 하지만 거절하더군요."

양치기 노인은 잠시 이야기를 멈추고 주변의 동료 양치기들을 돌아보고 침을 한 번 삼키고는 다시 말을 이었다.

"얼마 후, 우리는 다시 그를 만났지요. 그는 꽤 긴 이야기를 했습니다. 점잖고 교양 있는 신사 같았습니다. 그런데 갑자기 눈빛이 확 달라지더니, 마치 완전히 다른 사람이 된 듯이 벌떡 일어나서는 바로 앞에 있던 사람에게 달려들며 소리치더라고요. '페르난도! 이 나쁜 자식! 배신자! 네 죄값을 톡톡히 치르게 하고 말리라! 내 이 손으로 네놈의 심장을 도려내고야 말 거야!' 하고 말입니다. 함께 있던 친구들 네 명이 달려들어서도 그를 떼어놓기 힘들 정도였습니다. 겨우겨우 그를 양치기에서 떼어놓자 마치 바람처럼 사라지며 배신자 돈 페르난도에 대해 저주의 말을 토해내더군요."

돈 키호테는 노인의 말을 열심히 듣고 있었다. 산초는 위험천만한 그 미치광이가 혹 나타나는 건 아닐까 싶어 주변을 흘끗흘끗 살피고 있었다.

"그래서 우리 나름대로 생각해 보았지요. 아마도 그 돈 페르난도라는 사람이 그 청년에게 뭔가 못된 짓을 했고, 그래서 일시적으로 착란상태에 빠지는 게 아닌가 하고요. 왜냐하면 제정신일 때에는 아주 예의 바르고, 유순해서 곧잘 눈물을 흘리곤 하는데, 가끔씩 완전히 야수로 돌변해 버리곤 하니까요. 우리 양치기들은 그를 찾아내 여기 시에라 모레나 산맥에서 약 팔 마일쯤 거리에 있는 알모도바르로 데려갈 생각입니다. 치료를 받게 해보려고요. 치료가 되는 병이라면 말입니다. 이게 해드릴 수 있는 이야기의 전부입니다."

이렇게 말한 뒤, 양치기 노인은 양 떼가 있는 곳으로 가버렸다.

그 자리에 남은 돈 키호테는 지금까지 들은 이야기가 너무나 놀라워 그 불운한 미치광이 청년이 과연 어떤 사람인지 알고 싶은 욕구가 더욱 강해지는 걸 느꼈다. 그래서 종자 산초 판사에게 산 속 곳곳과 동굴 속을 샅샅이 뒤져서라도 그 청년을 찾자고 했다.

운이 닿았는지, 거대한 바위 옆을 막 돌아가다가 여태껏 찾고 있던 바로 그 청년과 맞닥뜨리게 되었다. 청년은 한가하게 숲 속을 거닐며 알아들을 수 없는 혼잣말을 중얼거리고 있었다.

그러다가 두 사람 앞을 가로지를 때에는 굵직한 목소리로 인사말을 건네기도 했다. 목소리는 저음이었지만 다정다감했다.

돈 키호테는 로시난테에서 내려 그를 꼭 껴안고 마치 오랜 친구라도 되는 양 가슴을 마주한 채 그렇게 한참을 서 있었다.

돈 키호테의 포옹을 받은, 소위 '처량한 몰골의 청년'은 돈 키호테를 살짝 밀어낸 후 한참이나 상대의 얼굴을 쳐다보았다. 이런 한적한 숲 속에서 온갖 무기와 갑주로 무장을 한 기사를 만난 게 무척 놀랍다는 표정이었다.

돈 키호테는 망연자실한 청년의 눈빛 속에서 슬픔을 감지할 수 있었다. 참으로 처량한 청년의 모습을 보며 돈 키호테는 다시 한 번 청년을 꼭 안아 주었다.

카르데니오, 자신의 사연을 들려주다

그 처량한 숲 속의 기사는 산초 판사가 꺼내 놓은 음식을 조금 먹은 후 이야기를 들려주었다. 돈 키호테는 그의 이야기에 귀를 기울였다.

"제 이름은 카르데니오입니다. 안달루시아 최고의 도시 태생이지요. 부모님께서는 꽤 부유하시며, 귀족이시지요. 제가 이렇게 불행하게 되면서, 제 부모님 두 눈에서 눈물이 마를 날이 없답니다."

카르데니오는 추억에 잠긴 듯 잠시 말을 멈추더니 이내 다시 말을 이어 나갔다.

"제가 살던 시내에 있는 참으로 고귀하고, 유복한 집안에 한 처녀가 있었습니다. 저는 이미 어린 시절부터 그녀를 연모하고 있었습니다. 아름다운 그녀, 루신다 역시 저를 사랑했습니다. 우리 두 사람은 커서 결혼하기로 약속했었지요. 세월이 흘러, 저는 루신다의 부친께 청혼을 하러 갔습니다. 하지만 그분께서는 관례에 따르면 신랑 측 아버지가 신부 측 아버지에게 청혼을 하는 게 옳다 하셨습니다. 저는 바로 아버지께 그 말씀을 드리러 갔는데, 마침 아버지께서는 손에 편지 한 장을 들고 계시다가 말씀하시더군요. '리카르도 공작께서 너로 하여금 그 댁 장남의 벗으로 삼고 싶어 하시는구나. 하인이 아니라 말벗으로 말이다. 우리로서는 크나큰 영예가 아닐 수 없으니, 이틀 후에 곧바로 떠나도록 하여라.'

여기까지 이야기한 카르데니오는 풀밭 위에 누웠다. 돈 키호테와 산초

처음 만나는 돈 키호테 177

도 똑같이 따라했다. 아무도 입을 열지 않자 카르데니오가 다시 이야기를 시작했다.

"저는 얼른 루신다에게 달려가 갑작스런 여행에 대해 이야기해 주었습니다. 그녀는 언제까지고 저를 기다리겠다고 굳은 약속을 했지요. 저는 리카르도 공작과 그분 장남으로부터 따뜻한 환대를 받는데, 실은 저하고 더 친하게 지내려고 했던 사람은 공작의 둘째 아들인 페르난도였습니다. 그는 점잖고, 신중하며, 쉽게 사랑에 빠지는 그런 유형의 사람 같았습니다. 나중에 알게 되었지만, 그는 일단 온갖 감언이설(甘言利說)로 여자를 유혹한 뒤 정복하고 나면 가차 없이 차버리는 그런 야비한 사람이더군요. 그 마을 부자 농부의 아름답고, 분별력 있으며, 온순하고, 정숙한 딸에게도 그런 짓을 했더군요. 그 아가씨를 아는 사람들은 이 세상 어느 곳에도 그녀만한 처녀는 없을 거라고 생각하고 있습니다. 처음에 그녀가 완강하게 거부하자, 그는 사람들을 파티에 초대한 뒤, 그녀 집 하인들을 구워삶아 결국 그녀의 방까지 숨어 들어갔습니다. 그런데 그 상황에서도 아름다운 처녀가 마음을 열지 않자, 그는 결혼을 약속했습니다. 단지 자신의 욕망을 채우기 위한 수단이었지요. 일단 그토록 원하던 바를 충족시키고 난 그는 그녀를 잊어버리고 말았습니다."

숲 속의 기사 카르데니오는 잠시 말을 멈추고는 심각한 표정을 짓더니 고개를 가슴팍으로 푹 떨구었다. 돈 키호테는 초조한 눈빛으로 그를 바라보았고, 심지어 산초 판사까지도 다음 이야기를 궁금해 하고 있었다. 다행히 곧 카르데니오가 입을 열었다.

"한동안 그렇게 유혹하려 애썼지만 이제는 팽개쳐 버린 처녀를 피하기 위해 페르난도는 도시를 떠날 생각을 했습니다. 그래서 제게 우리 집에 좀 같이 가 있자고 하더군요. 젠장할! 저야 몰랐으니까 그러자고 했지요.

게다가 제 사랑하는 여인 루신다의 고귀한 성품과 아름다움에 대해서도 말해 주었지요. 그리고 마침내 그도 루신다를 보았지요. 그런데 루신다를 처음 본 순간, 페르난도는 지금까지 알고 지내온 모든 여인들, 모든 미녀들을 깡그리 잊어버리고 말았던 겁니다. 감각을 상실해 버린 채 하루종일 제게 아름다운 루신다 이야기만 떠들어댔습니다. 아, 배신자! 저는 그가 제게 무슨 짓을 하려는지 전혀 몰랐었습니다……"

그런데 시에라 모레나 산맥 속에 나타난, 사랑에 빠진 기괴한 청년 카르데니오는 자신의 이야기를 마무리 지을 수 없었다. 순간 광기가 동하는 바람에 이성을 잃고 만 것이다. 그는 바윗돌 하나를 집어들고는 돈 키호테의 등짝을 향해 던져 버렸다.

산초 판사는 상대가 그다지 힘이 세 보이지 않자 새삼 분노와 용맹이 샘솟아 올라 주먹을 한 방 먹이려 했다. 하지만 '처량한 몰골의 청년'이 한 수 위였다. 그가 산초를 걷어차자 산초가 벌렁 나자빠졌다. 이때를 틈타 청년은 바닥에 널브러진 산초를 마구 짓밟았다. 돈 키호테와 산초를 도우려던 양치기 노인도 비슷한 처지가 되어 버렸다.

카르데니오는 세 남자를 공격하고 승리한데다 모두 만신창이가 되어 버리자 마치 아무 일도 없었다는 듯 조용히 떠나 숲 속으로 사라지고 말았다.

바닥에서 몸을 일으킨 돈 키호테는 양치기 노인에게 혹 카르데니오를 찾을 수 있겠느냐고 물었다. 이야기를 마지막까지 듣고 싶었기 때문이었다. 양치기 노인은 숲 쪽으로 계속 가다 보면, 언젠가는 착란상태에 빠져 있든, 제정신으로 돌아와 있든, 하여간 카르데니오가 나타날 테니 그때 이야기를 계속 들어보라 했다.

고행자 돈 키호테

양치기 노인과 작별을 고한 뒤, 돈 키호테와 산초는 숲 속으로 들어갔다. 산초는 마지못한 걸음걸이로 주인의 뒤를 억지로 따라갔다. 더 이상 걷고 싶지도, 미치광이가 출몰하는 이런 곳에 더 있고 싶지도 않았다. 그 중에서도 가장 참기 힘든 것은 주인 돈 키호테가 내린 침묵의 명이었다. 멋대로 말하지 말라는 것이야말로 기사도가 지닌 가장 부조리하고 말도 안 되는 법도인 것 같았다.

"돈 키호테 주인님! 집으로 돌아갈 수 있게 허락해 주십시오. 집에서는 마음껏 집사람이나 애들을 붙잡고 떠들 수 있었는데, 이 쓸쓸한 산 속에서 말도 못하고 걷기만 해야 한다는 건 저에게는 생매장과 다를 바 없거든요. 마치 벙어리라도 된 듯이 가슴속에 하고 싶은 말들을 묻어 놓고서 기껏해야 두들겨 맞기와 돌팔매질, 몽둥이질과 뺨 맞기, 발길질과 주먹질밖에 없는 모험을 찾아나설 수는 없는 일입니다."

"알겠다, 산초. 이제부터 네가 하고 싶은 말은 뭐든 다 하도록 해라. 다만 우리가 이 산중에 있는 동안만이다."

훨씬 기분이 좋아진 산초가 발걸음을 빨리했다. 여전히 로시난테를 타고 가는 주인 옆에 나란히 선 산초는 하고 싶은 말을 모두 쏟아 내기 시작했다.

말을 한다는 게 종자 산초 판사에게는 활력의 원천이 되었지만, 몇 레구아나 되는 거리를 걸어가다 보니 다리도 몹시 아픈데다 여전히 어두컴컴하고 외로운 숲 속에서 벗어나지를 못하자 산초가 물었다.

"주인님! 대로를 다니며 모험을 찾아다니는 건 이해가 가는데, 이렇게 미치광이 뒤꽁무니를 쫓아다니는 건 아무 의미 없는 것 아닙니까?"

"잔말 말거라, 산초. 내가 이곳으로 온 것은 미친 청년을 찾으려는 생각 때문이기도 하지만, 내 이름을 더욱 빛낼 위대한 과업을 이루기 위해서이기도 하다."

"많이 위험한가요?"

"아니다. 내가 너를 보냈던 곳으로부터 빨리 돌아오면 돌아올수록 내 고통도 빨리 끝나고 영광만이 남게 될 것이다."

산초는 돈 키호테가 완전히 다른 남의 나라 말을 하고 있기라도 하듯 주인의 얼굴을 물끄러미 쳐다보았다. 도대체 주인이 지금 무슨 소리를 하고 있는지 도무지 알아들을 수가 없었던 것이다.

산초가 알아듣지 못하는 듯하자 돈 키호테가 설명했다. 용감하고 사랑에 빠진 기사 중에서도 태양격인 아마디스 데 가울라는 자신이 연모하던 여인 오리아나의 멸시를 받자 세상을 등지고 페냐 포브레 산중으로 들어가 고행을 했으며, 그 고적한 곳에서 스스로의 이름까지도 벨테네브로스로 바꾸었다는 것이다.

또한 돈 키호테는 용맹스러운 기사 롤랑 역시 사랑하는 여인 미녀 앙헬리카가 다른 무어 인과 눈이 맞아 떠나 버리자 정신이 나가 아름드리 나무들을 다 뽑아 버리고, 가축들을 모두 죽여 버리고, 집들도 다 때려 부수었다고도 했다. 따라서 슬픈 얼굴의 기사인 돈 키호테 자신도 영웅들과 마찬가지로 특히 롤랑 쪽보다는 아마디스 쪽 행동을 본떠 이 쓸쓸한 시에라 모레나 산 속 바위틈에서 고행을 하겠다는 것이었다.

"제 생각에는요, 주인님. 그 기사님들이야 그런 행동을 하거나 돌아 버릴 만한 나름대로의 이유가 있었다지만, 주인님이야 사랑하는 여인에게 멸시를 당한 일도 없고, 그렇다고 둘시네아 님이 무어 인인지 기독교도인지 하여간 다른 남자와 어딜 가버린 것도 아닌데……."

산초가 주인의 말을 도무지 이해할 수 없어 말했다.

"그게 바로 핵심이다. 물 밖에서도 하는 일일 바에야 물에 빠지고 나면 못할 게 뭐 있겠느냐?"

"무슨 말씀이신지……."

"간단한 말이다, 산초. 뭔가 이유가 있어서 돌아 버렸거나 고행을 하는 것이라면 뭐 그리 훌륭하다 할 것도 없을 것이다. 진짜 대단한 일은, 특별한 이유가 없는데도 고행을 자처하는 것이다. 더욱이 카르데니오 이야기에서도 들었다시피, 전혀 잘못을 저지르지 않은 사람인 경우에는 더더욱 그렇겠지. 그래서 말인데, 내 너에게 편지를 한 통 주어 보낼 생각이다. 내가 편력기사로서 모시는 둘시네아 님께서 이 편지를 받았을 때 눈빛이 어찌 변하시는지, 가슴이 고동치는지 알고 싶어서이다."

"아, 네. 그럼 그러지요, 주인님."

산초의 대답이 떨어지기 무섭게 돈 키호테는 조바심을 내기 시작했다.

"네가 회신을 가지고 되돌아올 때까지 나는 완전히 미칠 지경일 것이다. 나는 여기 허물어지듯 남아 고행을 하고 있으마. 자, 이리 와 날 좀 도와다오. 이 갑주와 옷을 벗어야겠다. 내가 처음 이 세상에 올 때와 마찬가지로 알몸뚱이가 되어야겠구나."

"아이코, 원 세상에!"

이런 이야기를 나누는 동안 두 사람은 어느덧 온통 또 다른 산봉우리로 둘러싸인 높고 험한 산줄기의 산자락에 와 있었다. 돈 키호테가 말에서 내리더니 외쳐대기 시작했다.

"이곳이야말로 나의 불운을 한탄하며 눈물 흘리기에 딱 알맞은 장소로구나. 오! 하늘이시여! 너무나도 오래도록 만나지 못해 상상 속 질투로 이 바위 산에서 탄식하고 있는, 사랑에 눈 먼 이 가엾은 자의 한탄을 들어주소서! 아, 나의 밤을 환히 밝혀 주는 둘시네아 델 토보소여! 그대를 볼 수 없음에 내가 처한 지금의 처지를 생각해 주오. 오! 나의 종자 산초여! 부디 지금부터 보게 될 모든 것들을 잘 기억해 두었다가 이 모든 고행의 원인이 되신 그분께 그대로 전해드리도록 하여라! 이제부터 사흘간 내 고행을 보여 주리니……."

"사흘이나요? 지금까지 보아 온 것들 말고 뭘 또 보란 말씀이십니까? 이 정도면 이미 광기를 충분히 보여 주신 것 아닌가요? 주인님께서 둘시네아 아가씨를 위해 어떤 희생을 하셨으며, 어떤 바보짓을 하셨는지 잘 알고 있으니, 지금 당장 떠나도록 해 주세요."

산초 판사가 주인의 탄식 속으로 불쑥 끼어들었다.

"네 뜻이 가상하구나, 산초. 네 말이 맞는 듯도 하다. 그럼 편지를 한 통 써 줄 테니 사랑하는 둘시네아 님께 전해드려라."

하지만 종이를 가진 게 없던 터라, 돈 키호테는 카르데니오의 비탄의 목소리가 담겨 있던 수첩 뒤표지를 찢어 편지를 쓴 후, 산초더러 가는 길에 신부나 학식 높은 선생을 만나거든 깨끗한 종이에 그대로 옮겨쓰도록 부탁할 것을 일러두었다.

"조카따님에게도 따로 편지를 한 통 써 주십시오. 지난번 주인님께서 약속하신 새끼나귀를 제게 주라고요. 서명 확실히 하시는 것 잊지 마시고요."

산초가 기억을 환기시켰다.

"그러마."

돈 키호테가 생각에 잠긴 채 대답했다.

"그런데 혹 둘시네아 님께서 내 필체를 못 알아보시는 건 아닐까 걱정이 되는구나. 우리의 사랑이 워낙 플라토닉한 사랑이라 여태껏 신실한 눈빛만을 교환했을 뿐이었으니 말이다. 그분은 참으로 따사롭고도 사려 깊은 분이시다. 물론 부모님이신 로렌소 코르추엘로와 알돈사 노갈레스의 가정교육 덕분이겠지만……"

"오호! 그럼 아돌포 로렌소의 딸이 바로 그 둘시네아 델 토보소였습니까? 그 알돈사 로렌소 말입니다."

산초가 놀란 얼굴로 호들갑을 떨며 대꾸했다.

"그렇다. 그분이야말로 이 세상에서 가장 아름다운 여인이며 온 세상을 통치하는 여왕이 되시기에 부족함이 없으신 분이지."

"저도 잘 압니다. 토보소 마을 그 어떤 양치기보다도 힘이 좋아 양치기들을 단 한 방에 때려눕힐 수 있는 처녀지요. 그렇습니다, 주인님. 그 처녀는 그야말로 완벽한 처녀이며, 가슴에 털이 나있고, 노새보다도 수레를 더 잘 끌며, 목소리도 어찌나 우렁찬지 종탑의 종소리치고 그녀의 고함소리보다 더 멀리까지 들리는 종소리가 없지요."

산초가 신이 나서 말했다.

아마도 돈 키호테는 그런 유형의 여자를 좋아하는 것 같았다. 그래서 돈 키호테를 기쁘게 해 주려고 더 신을 내며 말했다.

"그 중에서도 최고의 장점은 그녀가 도무지 거만하지 않다는 겁니다. 그래서 누구하고나 이야기하고, 누구하고나 잘 놀며, 웃고 즐기지요. 사실, 주인님! 이제와 고백하지만, 지금까지 주인님께서 둘시네아 아가씨에 대해 말씀하실 때마다 늘 책 속에 나오는, 궁전에 사는 그런 아름다운 공주님과 사랑에 빠져 계신 줄 알았답니다. 사실은……."

갑자기 산초가 입을 꾹 다물더니, 뭔가 생각하는 듯 얼굴을 잔뜩 찌푸려 댔다.

"왜 그러느냐, 산초?"

"설사 비즈카야 출신 기사이더라도 알돈사 로렌소, 그러니까 그 둘시네아 델 토보소 아가씨 발밑에 조아릴 거라고는 상상해 보지 못했거든요. 왜냐하면 그녀는 밭을 갈고, 무릎까지 진흙을 묻혀 가며 돼지를 씻기고, 게을러빠진 노새 엉덩이를 밀어내고……. 뭐 그런 일들을 하고 살 테니, 그 비즈카야의 기사 양반이 그런 그녀를 보면 당장에 달아나 버릴 테니까요."

"전에도 말했지만 산초, 넌 말이 너무 많구나. 잘 알아두어라. 알돈사 로렌소는 여성으로서 지녀야 할 최고의 덕목인 정숙함과 아름다움을 갖춘 처녀이다. 내가 그녀를 이 세상에서 가장 아름다운 여인이라 칭한 것은 내 눈에 분명 그렇게 보였기 때문이다."

"주인님 말씀도 맞긴 합니다. 그나저나 조카따님께 쓰신 편지나 주십시오. 서명 확실히 하시고, 새끼나귀라고 또박또박 쓰시고요. 둘시네아 아가씨께 전할 편지도 주시고요."

이미 생각이 다른 곳으로 가버린 산초가 대답했다.

"내가 읽어 볼 테니 한 번 들어보아라. '깊이 연모하는 고귀한 아가씨께, 아름다우신 둘시네아 델 토보소 님! 당신을 볼 수 없기에 저는 안녕할 수 없으나 아가씨께서는 안녕하신지 여쭙는 바입니다……'"

이렇게 돈 키호테는 한참을 읽어 내려갔다.

"아이코, 도대체 뭔 말씀이신지 하나도 못 알아듣겠네요. 하지만 뭔가 근사하게 들리기는 합니다. 특히 마지막에 그 '슬픈 얼굴의 기사 배상'이란 표현이 아주 그럴싸한걸요."

산초가 돈 키호테에게 말했다.

산초의 당나귀를 도둑맞았기 때문에 돈 키호테는 산초에게 로시난테를 빌려 주었다. 산초는 얼른 떠날 생각에 일각도 지체하지 않고 로시난테에 안장을 얹었다. 그런데 돈 키호테가 그의 발을 붙잡았다.

"잠깐! 그래도 최소한 내가 옷을 다 벗어 던지고 한 열댓 가지나 스물네댓 가지 광태를 부리는 걸 봐야 하지 않겠느냐? 내 얼른 삼십 분 내에 끝마치도록 하마. 아무래도 네 두 눈으로 똑똑히 봐야 정말 그랬다는 걸 확신하고 거기에 다른 내용들도 덧붙이지."

"아휴, 주인님! 전 주인님이 알몸뚱이가 된 모습은 보고 싶지 않습니다. 마음이 아플 테니까요. 도대체 대단한 명성을 지닌 편력기사가 왜 고작 여자 하나 때문에 미쳐 버려야 하는 겁니까?"

돈 키호테는 이미 산초의 말을 듣고 있지 않았다. 그 대신 재빨리 옷을 벗어던지고 겨우 길다란 셔츠 한 장만 달랑 걸친 채 폴짝폴짝 뛰다가 공중제비돌기를 시작했다. 산초는 로시난테가 낼 수 있는 최고 속력으로 그곳에서 멀어져 갔다. 주인의 어릿광대짓을 보고 싶지 않았기 때문이었다.

시에라 모레나 산을 막 빠져나갈 무렵, 산초는 산양을 치고 있는 그 양치기 노인을 만났지만 곧 작별을 고했다.

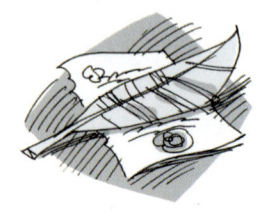

26

산초, 시에라 모레나 산을 나서다

이 소설의 저자는 산초 판사가 주인의 바보짓을 더 이상 보고 싶지 않아 얼른 토보소로 출발했다고 적고 있다. 한편, 혼자 남은 돈 키호테는 커다란 바위 위로 올라가다가 비명을 질러대기 시작했다. 바위가 어찌나 울퉁불퉁했던지 말랑말랑한 발바닥이 몹시도 아팠기 때문이었다. 잠시 후, 그는 아마디스 데 가울라가 한 은자와 더불어 페냐 포브레로 가 사랑하는 연인을 위해 지치도록 기도하고 울었던 장면을 떠올렸다.

정말 아마디스 데 가울라가 그리했다면, 그 역시 하늘이 반쪽 나도록 기도하고 울 작정이었다. 물론 돈 키호테 곁에는 함께 기도해 줄 은자가 없었지만 말이다. 그는 좀더 기도에 집중하기 위해 셔츠 자락을 잘라내 기다란 묵주를 만들었다. 그는 바지런히 다니면서 코르크나무 기둥마다 둘시네아를 위한 사랑의 시를 새겨 넣기도 했다.

이곳에 있는
나무들, 풀잎들, 꽃들이여!
내 아픔의 그 깊은 탄식을
잘 들어 보오!
내가 받는 고통이 제아무리 크다 해도
그대는 무심할 뿐이니,

둘시네아, 그대가 없기에
돈 키호테는 여기서 울었네…….

시를 쓰고 기도를 하면서 편력기사 돈 키호테는 종자가 사랑하는 여인의 답신을 받아올 때까지 이대로 머물 생각이었다. 사흘이 걸리든, 3주가 걸리든, 석 달이 걸리든…….

그럼 잠시 돈 키호테는 한숨과 기도와 시구 속에 남겨 두고, 카미노 레알 대로로 나와 토보소로 가는 길로 접어든 산초 판사에게 무슨 일이 있었는지 살펴보자.

이튿날 산초 판사는 지난번에 숙박비를 지불하지 않았다가 다른 젊은 손님들로부터 담요 키질을 당했던 기억이 생생한 바로 그 주막에 다다랐다. 이미 점심 식사 시간이 되어 그의 위에서도 뭔가 따뜻한 국물이 들어와 주기를 바라고 있었지만, 차마 그 주막으로는 들어갈 수 없었다.

허기진 배를 움켜쥐고 상심한 얼굴로 가던 산초 가까이로 두 사람이 다가왔다. 두 사람은 한눈에 산초를 알아봤다.

"저기 산초 판사 아닌가?"

둘 중 한 사람이 말했다.

"맞아, 그리고 저 말은 우리 돈 키호테의 말이고!"

나머지 한 사람이 대답했다.

이런 얘기를 나누며 오고 있는 사람은 다름 아닌, 초반에 돈 키호테의 장서들을 검열하고 불태워 버렸던 바로 그 신부와 이발사 니콜라스였다. 그들은 산초 판사를 데리고 집을 나간 돈 키호테를 찾아나선 참이었다. 마침 눈앞에 산초 판사가 나타나자 그를 소리쳐 불렀다.

"이보게, 산초! 돈 키호테는 어디에 두고 오는 길인가?"

충실한 종자 산초는 주인을 보호해야겠다 싶었다. 그래서 저기 저쪽 부근 어딘가에서 뭔가 하고 계신 것 같다고 얼렁뚱땅 둘러댔다.

이발사는 산초가 로시난테를 타고 온 걸 보고는 깜짝 놀라 산초를 끄집어 내리더니 어깨를 잡고 마구 흔들며 말했다.

"훔친 거지? 이 말 훔친 거 맞지? 도체 돈 키호테는 어찌한 거야? 냉큼 대답하지 못하겠나? 경찰을 부르기 전에 어서!"

조금 전 그 주막에도 성 동포회 소속 종교 경찰이 있었던 걸 기억하는 산초 판사는 화들짝 놀라며 두 사람이 알고 싶어 하는 모든 것, 아니 그 이상의 많은 것들을 쉴 새 없이 떠들어대기 시작했다.

신부와 이발사는 산초가 들려주는 이야기를 들으면서 놀라움을 금치 못했다. 만일 산초 판사를 책깨나 읽는 사람으로 알고 있었다면 — 물론 전혀 그렇지 않지만 — 이 모든 이야기들을 산초가 지어냈다고 생각했을 것이다. 다행히 그들은 훌리아 마르티네스의 아들 산초 판사는 코앞에 닥친 현실이 아닌 무언가를 지어낼 만한 능력은 전혀 갖추지 못하고 있다는 것을 잘 알고 있었다.

산초의 이야기가 끝나갈 무렵, 이발사가 물었다.

"그 편지 좀 내놓아 보게나. 도대체 무슨 미친 소리를 써 놓았나 보게."

산초가 주머니에 손을 넣어 종이 쪼가리를 찾아보았다. 그런데 도무지 찾을 수가 없었다. 그도 그럴 것이 돈 키호테에게 편지 받아오는 것을 깜빡했던 것이다.

"아휴, 이 돌대가리!"

산초가 소리를 지르며 자기 머리털을 쥐어뜯고, 가슴팍을 두들기고, 자기 무릎을 걷어차며, 꿈쩍도 하기 싫어하는 로시난테에 머리를 부딪히기도 했다.

"진정해, 진정하라고!"

신부가 산초를 위로해 주었다.

"편지 한 장 잃어버린 게 뭐 대단한 일이라고 그러는가."

"대단한 일이지요!"

어느덧 코피까지 흘리며 산초가 대꾸했다.

"우리 마을에서 제일 튼실한 새끼나귀 한 마리가 날아가게 생겼는데요."

신부와 이발사는 난데없는 산초의 말에 어리둥절했다. 그러자 산초가 설명했다.

"둘시네아 님께 가져가는 편지 말고, 주인님께서 서명하신 다른 편지 한 통이 더 있었습니다. 조카따님에게 보내는 것이었는데, 제가 원하는 놈으로 당나귀 새끼 한 마리를 내어 주라는 내용이었지요."

그러고는 두 사람의 이해를 돕기 위해 갤리선 죄수들을 풀어 준 이야기, 시에라 모레나로 들어갔다가 그곳에서 재수 없게 당나귀를 도둑맞은 이야기를 해 주었다.

신부와 이발사는 산초를 위로했다. 신부는 돈 키호테를 찾게 되면, 자기가 조카딸에게 새끼나귀 이야기를 꺼내겠다고 약속했다.

한결 기분이 좋아진 산초 판사는 둘시네아에게 가져가려던 편지 내용을 떠올려 보았다. 신부가 다른 종이에 옮겨 쓰기로 한 것이다. 하지만 그의 기억력은 형편없었고, 귀도 좀 어두웠다.

"음모하는 기괴한 둘시네아 님……. 뭐 이렇게 시작했었는데……."

"혹 연모하는 고귀한 둘시네아 님이 아니었던가?"

신부가 잠시 생각하더니 물었다.

"아이고, 그게 맞습니다. 그리고 그 다음은……."

산초는 생각에 잠겼다.

"다른 내용은 잘 모르겠고, 하여간 제일 끝에는 이렇게 쓰셨어요. '슬픈 얼굴의 기사가!'"

산초 판사는 기억을 더듬고 더듬어 말도 안 되는 온갖 소리들을 늘어놓았고, 그 소리 하나하나를 신부가 수정하고 열댓 번 반복한 후에야 마침내 편지 한 통을 완성할 수 있었다. 신부는 편지를 산초에게 주며 그 유명한 아돌포 로렌소의 딸에게 가져다주라고 했다.

마침내 편지도 완성되었고, 당나귀 문제도 해결하게 된 산초는 한껏 신이 나 그간 겪었던 모험담들을 다 풀어놓았다. 다시는 떠올리고 싶지 않은 주막의 담요 키질 사건만 빼고.

또한 돈 키호테가 둘시네아로부터 회신을 받아오고, 그 내용이 자신이 바라는 그대로이면, 시에라 모레나 산맥에서 나와 황제나 국왕이 되기 위한 모험의 길을 떠날 것이라 했다는 말도 전했다. 산초는 돈 키호테가 워낙 용맹스러운데다 힘도 장사이기 때문에 황제나 국왕이 되는 것쯤은 식은 죽 먹기라고 생각하고 있었다. 또한 돈 키호테가 황제가 되면, 황궁 귀족의 딸을 자신에게 아내로 주기로 했으며, 이젠 더 이상 바라지 않는 섬 말고 라 만차 같은 탄탄한 육지를 하사해 주실 것이라고도 했다.

산초가 어찌나 믿음과 열정으로 그 이야기를 하는지, 신부와 이발사는 돈 키호테의 광기가 대단한데다 그 전염성까지 너무 커, 모자를 쓰는 경우를 제외하고는 도무지 머리를 써 본 일이 없는 산초 판사같이 단순무식한 친구까지도 돌아 버리게 만든 것이라 생각하게 되었다.

"알겠네. 그럼 자네는 둘시네아 델 토보소에게 편지를 전달하게나. 그 사이 우리는 시에라 모레나로 가 돈 키호테를 찾은 뒤 마을로 데려가겠네. 그래야 자네에게 새끼나귀를 줄 수 있을 것 아닌가?"

신부가 산초의 이야기를 듣고 말했다.

이발사는 신부를 쳐다보며 물었다.

"그렇지 않아?"

"맞아. 그러나 그전에 우선 이 여인숙에 좀 들어가지. 식사 시간이니까. 뱃속이 차야 머리도 더 잘 돌아가는 법이거든."

신부가 대답했다.

희롱당한 기억이 아직도 생생한 산초는 그들을 따라 들어가는 대신 따뜻한 음식과 로시난테에게 먹일 여물을 좀 밖으로 내다 달라고 부탁했다.

이발사는 산초의 부탁대로 해 주었고, 산초는 배가 부르자 훨씬 더 기분이 좋아졌다. 그래서 다시 슬픈 얼굴의 기사 모험담으로 돌아가 이 여인숙에서 벌어졌던 이야기를 들려주었다.

27

신부와 이발사, 변장을 시도하다

신부는 여인숙에서 여자의 옷과 신발, 모자와 얼굴을 통째로 다 가릴 수 있는 긴 베일을 좀 빌려 달라고 했다. 여인숙 안주인은 참 별나다는 듯한 표정으로 신부를 쳐다보면서 그런 건 도대체 왜 빌려 달라는 건지 물었다. 신부와 이발사는 돈 키호테를 시에라 모레나 산맥에서 끌어내 집으로 데려가기 위한 계획에 필요한 것이라고 설명했다.

돈 키호테라는 사람에 대해 설명하는 걸 들은 여인숙 주인 부부는 그 사람이 바로 얼마 전 신비의 명약 운운하고는 숙박비도 내지 않고 가버린 그 미치광이 손님이란 걸 알 수 있었다. 이 부부는 우선 돈 키호테에게 받지 못한 숙박비부터 대신 받아낸 뒤, 큼지막한 치마와 윗도리, 허리띠 등을 가져다주었다. 그리고 긴 인조 수염도 챙겨 주었다.

신부는 식사를 하면서 이발사에게 자신이 세운 계획에 대해 설명했다. 계획인즉 우선 한 사람은 여장을 하고, 다른 한 사람은 종자 차림을 한 뒤 시에라 모레나 산 속으로 들어가 여장을 한 사람이 돈 키호테에게 사악한 거인으로부터 능멸을 당했으니 부디 원수를 갚아 달라고 부탁하는 것이라 했다.

돈 키호테가 실성한 게 분명한 이상, 아마도 정의를 구현한답시고 여자를 따라올 게 뻔하고, 이 정도 속임수라면 그를 마을로 데려갈 수 있을 것 같다는 것이었다.

평소에도 신부복을 입고 있어 치마에 익숙해 있던 신부가 여장을 했고, 이발사는 얼굴에 가짜 수염을 붙였다. 두 사람은 여인숙 주인 부부와 마음씨 고운 마리토르네스에게 고맙다는 인사를 했다. 마리토르네스는 못생기고 뚱뚱한 하녀였지만, 다행히 그녀의 큼지막한 신발이 있어 신부가 여장을 마무리할 수 있었던 것이다.

이때 산초 판사가 다가왔다가 두 사람의 변장한 모습을 보고는 데굴데굴 구르며 웃음을 멈추지 못했다. 음식을 씹지 못해 제대로 먹지도 못한 로시난테까지도 옆구리에 간지럼을 태우기라도 한 듯 히힝거리며 웃어댔다.

이들의 예기치 못한 폭소에 신부는 자신의 모습을 다시 한 번 찬찬히 들여다보았다. 아무래도 성직자에게 여자 옷은 어울리지 않는 것 같았다. 그는 얼른 여자 옷을 벗은 뒤 이발사더러 역할을 바꾸는 게 좋겠다며 자신이 종자 역을 맡겠다고 했다.

이발사는 대신 한 가지 조건이 있다고 했다. 시에라 모레나의 바위산 입구가 보일 때쯤에 그 바보 같은 여자 옷을 입겠다는 것이었다.

이런 상황이다 보니 신부는 산초 판사가 굳이 토보소로 갈 필요가 없다는 생각이 들었다. 그래서 일행을 돈 키호테가 있는 곳까지 안내해 달라고 했다.

이렇게 해서 여자 옷과 인조 수염을 각각 다른 곳에 잘 접어 챙긴 뒤, 신부와 이발사 그리고 산초 판사는 로시난테의 걸음에 맞추어 아주 천천히 시에라 모레나로 향했다. 산초는 가는 길에 실성한 카르데니오 이야기를 자세히 들려주었다. 물론 가방과 그 속의 돈 주머니 이야기는 쏙 빼놓았다.

나뭇가지 곳곳에 붙여 놓은 표식을 따라 시에라 모레나로 들어가면서 산초는 신부와 이발사에게 주인을 이곳에서 데려가 병을 치료하고자 한다면 이쯤에서 변장을 하는 게 좋을 것 같다고 했다. 또한 자신이 먼저 가

둘시네아의 편지를 전해 주는 게 낫겠다는 말도 했다.

산초는 어느덧 익숙해진 숲 속 오솔길로 접어들었고, 종자 복장을 한 신부와 애교라고는 손톱만큼도 없어 보이는 여자로 분한 이발사는 한 코르크나무 그늘에 앉아 산초가 돌아오기를 기다리고 있었다.

그런데 조용한 정적 속에서 어디선가 달콤한 플루트 소리와 더불어 서글픈 노랫가락이 흘러나오는 것이었다. 노래 가사의 후렴 부분은 이랬다.

그 무엇이 나의 고통을 배가시키는가?
질투심.
그 무엇이 이 아픔을 자아내는가?
사랑.
그 무엇이 나의 운명을 달래 줄 것인가?
죽음.

노래가 끝나고 깊은 한숨 소리가 들려왔다. 신부와 이발사는 자리에서 일어나 노래의 주인공을 찾아나섰다.

조금 걸어가니, 커다란 바위 뒤로 한 청년의 모습이 보였다. 산초 판사가 말했던 바로 그 모습 그대로인 것으로 보아 분명 카르데니오임에 틀림이 없었다.

신부가 먼저 아주 예의 바른 어조로 말을 건네자 '처량한 몰골의 기사' 카르데니오 역시 똑같이 예의 바르게 응대를 했다.

마침 카르데니오는 제정신인 상태였다. 그래서 웬 남자 둘이 기묘한 옷차림을 하고 있는데다 마치 자신을 잘 알고 있으며, 자신이 왜 이런 산중에서 살아가게 되었는지를 충분히 이해하고 있다는 듯 행동하는 걸 보고 놀라지 않을 수 없었다.

결국 카르데니오는 이 두 남자가 처음에 자기 이야기를 털어놓고 말하다가 갑자기 두들겨 팼던 바로 그 두 남자와 잘 아는 사이임을 알게 되었다. 카르데니오는 자신의 행동에 대해 깊이 사과한 뒤 자신의 기구한 사연을 들려주겠다고 했다. 특히 자신이 실성하기 직전 시점부터 이야기를 풀어 나가기로 했기 때문에 신부와 이발사는 다소 안심이 되었다.

전에 돈 키호테와 산초에게도 주의를 주었듯이 이번에도 카르데니오는 이야기 중간에 절대로 끼어들지 말아 달라고 부탁했다. 그러고는 다른 사설 없이 바로 이야기를 시작했다.

"루신다가 제게 편지를 보냈습니다. 저를 무척 사랑하고 있다면서, 결혼을 하려면 제 아버지께서 그녀의 아버지께 청혼을 해야 할 것이라고 했습니다. 그런데 그 배신자 페르난도가 그 편지를 본 겁니다. 그는 제가 이 세상에서 그 누구보다도 사랑하는 그녀를 굴복시키기 위해 좀더 서둘러야겠다고 생각했겠지요. 그래서 아주 못된 계획을 세웠답니다. 페르난도는 저를 도와 제 아버지께 말씀드려보겠다고 했습니다. 그래 놓고 그 못된 자식은 제 아버지께 제 결혼을 부탁하는 대신 루신다의 아버지를 찾아가 따님을 주십사고 청혼을 해 버린 겁니다. 저는 그 일에 대해 전혀 모르고 있었습니다. 그전에 말을 몇 필 사야 하니 자기 집에 가 공작님께 돈을 좀 받아 오라며 절 심부름을 보내 버렸기 때문이었죠. 그런데 돈을 마련하느라 일 주일 이상이 걸리면서 저는 몹시 낙심하고 있었습니다. 그런데 어느 날, 광장을 거닐고 있는데 한 젊은이가 와서 다른 도시에서 가져온 편지라며 제게 편지를 한 통 전해 주더군요. 루신다가 보낸 편지였습니다. 그녀의 아버지께서 이틀 후에 돈 페르난도와 자신의 결혼식을 치르려 하시니 급히 와 달라고 하더군요. 저는 편지를 가져온 그 청년의 당나귀를 잡아타고 달려 겨우 결혼식이 거행되는 바로 그 시각 그녀의 집에 도착할 수 있었습니다. 창살 너머로 루신다의 모습이 보였습니다. 예전에 그녀는 저만을 사랑하며, 혹 그전에 다른 남자의 아내가 되어야 한다면 자결하겠다고 했었습니다. 그러면서 가슴속에 품고 다니는 비수를 꺼내 보여 주었었지요."

순간 카르데니오가 말을 멈추었다. 그러고는 신부와 이발사 주위를 몇 걸음 어슬렁거렸다. 두 사람이 쳐다보니 카르데니오의 두 눈에 눈물이 그렁그렁 맺혀 있었다. 하지만 두 사람은 아무 말도 하지 않고, 카르데니오가 다시 이야기를 계속하기를 기다렸다.

"하지만 그녀는 파렴치하더군요. 지니고 있던 단검으로 가슴을 찌르는 대신, 결혼 미사를 주재하시던 신부님이 페르난도의 아내가 되기를 원하느냐는 질문에 기어들어 가는 슬픈 목소리로 '네, 원합니다.' 라고 대답했으니까요. 두 사람은 서로 결혼 반지를 교환하고 영원히 한 몸이 되어 버렸습니다."

카르데니오가 부들부들 떨며 말했다.

잠시 침묵이 감돌았다. 카르데니오는 마치 딴 세상에 가 있는 사람 같았다.

"저는 제 목숨과도 같았던 그녀가 다른 남자의 아내가 되어 버린 것을 보고 죽을 것만 같았습니다. 그래서 아무 말 없이, 오로지 분노만이 들끓는 가운데 낙심천만한 저는 당나귀를 잡아타고 그 집에서 나왔습니다. 그리고 성서 속 롯이 그랬듯이 그 길로 뒤 한 번 돌아보지 않고 고향을 등지고 말았지요. 얼마 후, 아무도 없는 곳에 혼자 덩그러니 있게 되어서야 저는 페르난도와 루신다를 향해 저주와 욕설을 마구 퍼부었습니다. 그리고 그때부터 실성하기 시작해 그날로 사흘 밤낮을 한순간도 쉬지 않고 앞으로 나아갔습니다. 그래서 결국 힘이 부친 당나귀가 죽고 말았습니다. 저는 도대체 제 삶의 의미가 무엇인지도 모르는 채 이곳에 홀로 남게 되었습니다. 가끔 미친 짓을 하면서 처절한 제 삶의 하루하루를 이어가고 있을 뿐이지요. 하늘이 부르시는 그날까지 말입니다. 자, 여러분! 이게 제 비극의 전부입니다."

이렇게 카르데니오는 기나긴 이야기를 마무리했다. 바로 여기에서 지혜롭고 신중한 세계적 작가 미겔 데 세르반테스가 이 소설의 제3부를 끝내고 있다. 물론 3부를 마감하기에 앞서, 세르반테스는 두 명의 청중이 카르데니오의 이야기에 어떤 반응을 보였는지에 대해 덧붙이기를 잊지 않았다. 신부는 이야기를 들으면서 아무래도 사랑에 빠진 청년 카르데니오를 도와줘야겠다고 생각하게 되었고, 이발사 역시 괜찮은 생각이라고 동의했던 것이다.

Cuarta Parte

제4부

28

도로테아의 사연

 돈 키호테가 모험소설에 푹 빠져 살면서 소설 속 등장인물의 용기와 용맹에 동화되어 급기야 이미 시들고 거의 사라지고 만 편력기사도를 부활시키겠다고 나선 시기는 참으로 영광스러운 시대였다. 우리의 신부님과 이발사가 카르데니오의 장구하고도 비극적인 이야기를 듣고 있는 장면을 묘사하고 있는 이 소설만큼이나 영광스럽고 사실적인 시절이었다는 뜻이다.

 카르데니오의 사연이 어찌나 애달프던지 신부는 어떻게든 위로해 보려 했다.

 그런데 그럴 수가 없었다. 그다지 멀지 않은 어디선가 사방의 적막을 뚫고 서러운 한탄 소리가 들려왔기 때문이었다.

 "아! 정말 불행하구나! 세상 모든 것으로부터 벗어날 수 있는 곳 하나 없다는 말인가? 내 삶이 더 이상 의미가 없으니, 이대로 은둔해 버릴 수 있을 만한 곳을 찾았으면 했는데……."

 신부와 이발사, 카르데니오는 하나같이 이 한탄의 소리를 들었다. 세 사람은 한탄의 주인공이 누구인지 확인하기 위하여 강가로 다가갔다. 강가에 웬 농사꾼으로 보이는 젊은이가 강물에 발을 담그고 앉아 있었다. 두 발이 어찌나 고운지 마치 수정으로 빚은 듯해 보였다.

 세 사람은 젊은이의 두 발이 논밭은 고사하고 맨 흙바닥 한 번 밟아보지 않았을 것처럼 새하얀 것을 보고 감탄을 금치 못했다. 그런데 한 술 더 떠

젊은이가 모자를 벗는 순간 그 속에서 마치 햇살처럼 황금빛으로 빛나는 기다란 머리채가 흘러내리는 것을 보고는 입을 다물지 못했다.

젊은이가 푹 숙이고 있던 고개를 들었을 때, 세 사람은 그 젊은이가 아름다운 아가씨라는 걸 알았다. 아름다운 그녀의 모습에 감탄한 카르데니오가 나지막이 중얼거렸다.

"루신다만큼은 못하지만, 이 아가씨는 사람이라기보다는 여신이라는 게 옳겠어!"

농부인 줄 알았는데 사실은 아름다운 숙녀였음을 확인한 세 사람은 처녀와 이야기를 나누기 위해 앞으로 나섰다. 하지만 그들의 발소리에 놀라 아가씨는 뒤돌아볼 겨를조차 없이 맨발로 달아나기 시작했다. 그러나 채 여섯 걸음도 가지 못해 그녀는 울퉁불퉁한 돌부리에 걸려 그만 넘어지고 말았다.

"도망치지 말아요! 당신을 도우려는 거니까요."

신부가 그녀를 부축해 일으켜 세우면서 말했다.

"아가씨의 그 어색한 옷차림이나 긴 머리, 아름다운 외모로 보아 이 깊은 산 속에서 그렇게 변복(變服)을 하고 다녀야 할 만한 특별한 이유가 있을 거라는 생각이 드는군요. 우리가 들어줄 테니 답답한 일이 있거든 모두 털어놓아요. 위로가 될 수도 있을 테니까요."

변복한 처녀는 아무 말 없이 사람들 얼굴을 뚫어져라 쳐다보더니, 마침내 나쁜 사람들이 아니라고 판단했는지 이렇게 입을 뗐다.

"이 적막한 산중에 있어도 세상사를 잊을 수 없고, 누구의 눈에도 띄고 싶지 않아 변복을 하고 다녀도 도무지 제게 지워진 의무에서 벗어날 수가 없군요. 그렇다고 제가 겪고 있는 불행에 대해 동정이나 연민을 기대하는 건 아닙니다. 어차피 치유하려 해도 치유책이 없을 테니까요."

그녀는 이렇게 말한 뒤, 바윗돌 위에 걸터앉았다. 다른 세 남자는 가만히 귀를 기울였다.

"이곳 안달루시아 지방 어느 마을에 한 공작님이 살고 계시지요. 그분께는 아드님이 두 분 계시답니다. 큰 아드님은 공작님의 성품과 품행을 그대로 이어받은 데 비해 작은 아드님은 허세와 위선에 따를 자가 없는 사람이었습니다. 제 부모님께서는 그 공작님의 휘하에 계십니다. 부농이긴 하지만 귀족 가문은 아니죠. 저는 두 분의 외동딸로, 두 분의 삶의 목적이자 삶의 의미였지요. 저 역시 공작님 댁 일을 보아드리고 있었습니다. 저는 제 일을 사랑했고, 그래서 열과 성을 다해 일했지요. 일하는 틈틈이 여염집 규수들이 하듯이 바느질도 하고, 수도 놓고, 하프를 연주하거나 책을 읽기도 했고요……"

그녀는 잠시 이야기를 멈추고 숨을 고르더니 다시 이야기를 이어나갔다.

"저는 하루하루를 매우 바쁘게 지냈고, 미사를 드리러 갈 때가 아니면 거의 외출도 하지 않았습니다. 미사에도 늘 하녀를 데리고 다녔고요. 그것도 아주 이른 아침에 다니면서 얼굴은 최대한 가리고 땅만 보고 다녀 제 눈에 들어오는 것이라고는 제 발부리밖에 없을 정도였습니다. 그랬음에도 불구하고 어느 날, 그만 돈 페르난도의 눈에 띄고 만 겁니다. 돈 페르난도는 바로 공작님의 작은 아드님이지요."

이 이름이 튀어나오자 카르데니오의 낯빛이 달라지더니 식은땀을 흘리기 시작했다. 처녀는 이를 눈치채지 못하고 계속 이야기를 이어나갔다.

"그 사람은 제게 완전히 푹 빠져 버려 저를 정복해 보겠다는 것 외에는 다른 생각을 할 겨를이 없었습니다. 그런데 제가 아무런 관심도 보이지 않자, 돈 페르난도는 제 집 앞에서 세레나데를 부르거나 제 이웃과 친척들, 하인들에게 돈을 주어 매수하여 제가 뭘 좋아하는지 등을 알아냈습니다. 그의 선물 공세에도 제가 꿈쩍 않자, 어느 날 그는 제 방까지 들어왔더 군요. 하녀는 저만 두고 나가 버렸고요 — 하녀에게 제발 그러지 말라고 했지만 이미 뇌물에 매수된 상태였습니다 — 바로 제 방에서 돈 페르난도는 제게 사랑을 맹세하고 이렇게 말했습니다. 아름다운 도로테아여! 영원히 그대를 사랑할 겁니다……."

도로테아라는 이름을 듣는 순간 카르데니오는 다시 한 번 놀랐지만 도로테아의 이야기를 방해하지 않으려 얼른 손바닥으로 입을 막았다. 물론 그녀의 이야기는 카르데니오가 이미 다 알고 있는 이야기였다.

"저는 귀족 집안이 아닌 만큼 우리의 사랑은 이루어질 수 없음을 설득해보려 했습니다. 하지만 돈 페르난도는 결코 수긍치 않았습니다. 저는 끝까지 정숙을 지키려 했지만, 그는 거듭 사랑을 약속하면서 반드시 저와 결혼하겠다고 엄숙히 맹세하고, 한숨을 내쉬고 눈물을 흘리며 힘차게 저를 끌어안았습니다. 이런 일을 처음 겪은 저는 어디 의지할 데도 없었던 터라 그자의 그 모든 위선을 진실이라 믿게 되었지요. 그래서 증인을 세우기 위해 제 하녀를 불러왔습니다. 제 방 성모 마리아 상 앞에서 돈 페르난도는 다시 한 번 저와 결혼할 것을 약속했고, 또다시 한숨을 내쉬고 눈물을 떨구며 저를 그의 강인한 두 팔로 꼭 안아 주었습니다. 하녀가 방을 나가자, 저는 저 자신을 그에게 맡겨 버렸고, 결국 그는 거짓말쟁이 배신자가 되어 버렸지요."

이렇게 말하면서 도로테아는 깊은 한숨을 내쉬었다. 그녀의 두 눈동자는 진한 슬픔에 젖어들었다. 그래도 그녀는 이야기를 이어나갔다.

"제 불행의 근원이 된 그날 밤이 지나고, 다음날 밤이 되자 저는 돈 페르난도가 다시 찾아오기를 기다렸습니다. 그 다음날도, 또 그 다음날도……. 그러나 위선자 돈 페르난도는 끝내 나타나지 않더군요. 나중에야

그가 마을을 떠나 버렸다는 걸 알게 되었습니다. 얼마 후, 제 하녀는 돈 페르난도가 인근 다른 마을에서 아주 아름답고 기품 있는 혈통의 루신다라는 아가씨와 결혼식을 치렀다는 소식을 전해 주었습니다. 그 외에도 결혼식장에서 있었던 별난 이야기들도 들려주었고요."

카르데니오는 루신다라는 이름을 들으면서 입술을 깨물었다. 소리지르지 않기 위해 어찌나 입술을 세게 깨물었는지 피가 맺힐 정도였다. 그는 두 눈도 꾹 감았다. 하지만 감은 두 눈에서조차 마치 샘물처럼 눈물이 흘러나오고 있었다.

"돈 페르난도의 결혼식 소식을 듣는 순간, 저를 아내로 삼겠다던 그의 약속을 떠올리며 저는 거리로 뛰쳐나가 사람들을 붙잡고 이 이야기를 떠들어댔습니다. 마침내 분노가 지나가고, 여인에게 있어 재물과 아름다움보다 더 소중한 것은 바로 명예이기에 제 삶은 더 이상 아무런 의미도 가질 수 없음을 깨달은 저는 돈 페르난도가 제게 입힌 모욕으로 인해 제 부모님께서 고통받지 않으시도록 집을 떠나기로 결심했습니다. 그래서 옷가지와 패물을 챙긴 후 믿음직스런 하인 하나를 데리고 야밤을 틈타 집을 나섰습니다. 돈 페르난도를 만나 담판을 지을 생각으로 그가 있다는 마을로 향했지요. 이틀하고도 반나절을 더 가서 마침내 루신다의 집에 당도했습니다. 그곳에서 맨 처음 만난 사람이 어떤 이야기를 들려주더군요. 다들 아는 이야기라면서요."

카르데니오는 감정이 울컥해 제대로 숨도 쉴 수 없을 것 같은 상황에서 아름다운 처녀의 이야기에 귀를 기울였다.

"사람들 얘기에 따르면, 루신다는 신부님께 '네, 원합니다.' 라고 대답한 뒤 곧바로 기절하고 말았답니다. 루신다가 기절하자 돈 페르난도는 숨을 잘 쉴 수 있도록 루신다의 옷섶을 풀어 주다가 그녀가 가슴속에 간직하고

있던 편지를 발견했답니다. 편지에는, 그녀는 이미 카르데니오의 아내가 되기로 했기 때문에 페르난도의 아내가 될 수 없으며, 부모님의 뜻을 거역하지 않기 위해 결혼 자체는 받아들였지만 페르난도의 아내가 되기 전에 스스로 목숨을 끊을 것이라 씌어 있었답니다. 정말로 그녀의 품 속에는 단검도 하나 들어 있었답니다. 모욕을 당한 페르난도는 그 칼로 루신다를 찌르고 싶었겠지요. 루신다의 부모님께서 말리지 않으셨다면 아마도 정말 그리했을 거라더군요."

신부와 이발사는 너무나도 흥미진진한 이야기에 눈도 깜박거리지 않고 듣고 있었다. 라 만차 지방 그 어느 곳에서도 지금껏 이런 일이 일어난 적이 없었기 때문이었다. 도로테아가 이야기를 계속했다.

"나중에 들은 얘기로는, 카르데니오도 그 결혼식에 왔었다는데, 자신이 사랑하던 여인이 다른 남자의 아내가 된 모습을 보고는 어딘가로 떠나 버리고 말았다더군요. 이 이야기는 온 도시에 널리 알려지게 되어 모두 그 이야기를 떠들게 되었답니다. 더욱이 루신다가 부모님 댁으로 돌아간 뒤, 역시 어디론가 사라져 버리고 말았다는 소식이 알려진 뒤 더욱더 화젯거리가 되었고요. 그 소식을 듣자 저로서는 한 가닥 희망을 발견한 것 같았습니다. 돈 페르난도가 제게 한 약속을 어긴 대가로 하늘이 복수를 내린 것이 아닌가 하는 생각도 하게 되었지요. 저는 그 마을에 머물면서 돈 페르난도를 찾아낸 뒤 함께 돌아갈 생각이었습니다. 그런데 다음날, 마을을 돌며 소식을 알려 주는 물장수를 통해 우리 부모님께서 저를 찾기 위해 엄청난 금액의 현상금을 내거셨다는 소식을 알게 되었습니다. 얼른 도망치지 않을 수 없었지요. 그런데 엎친 데 덮친 격으로, 그때까지 제게 충성과 봉사를 하던 하인 녀석이 제가 어디 한 곳 의지할 데가 없는 처지가 되자 제게 딴 마음을 품은 것이었습니다. 제가 거부하자 완력으로 덮치려

하더군요. 저는 있는 힘껏 그자를 밀어냈는데, 그만 벼랑으로 굴러 떨어지고 말았습니다. 저는 그자가 살았는지 죽었는지 확인도 못하고 그냥 내버려 두고 와버렸지요."

세 남자는 옆 사람 얼굴 한 번 돌아보지 않고 오로지 아름다운 도로테아의 이야기에만 온 신경을 집중하고 있었다.

"그래서 결국 이 산으로 들어오게 되었지요. 몇 달이 되었는지 정확히 기억은 나지 않지만, 하여간 웬 양치기를 하나 만나게 되었고, 저는 그 양치기의 보조로 들어가게 되었습니다. 그렇게 그 밑에서 일을 하던 어느 날, 그자 역시 남자라고 제게 욕심을 품고 제 하인 녀석이 했던 것과 똑같은 못된 생각을 하고 있다는 걸 알게 되었습니다. 저는 그 길로 이 숲 속으로 도망쳐 들어온 뒤 무엇을 해야 할지, 어디로 가야할지도 모른 채 며칠 동안을 이 적막감 속에서 헤매고 다녔습니다. 때로는 집 생각이 나기도 하고, 돈 페르난도를 알기 전의 너무나도 행복하고 평화로웠던 그 시간들이 그립기도 하더군요."

29

미코미코나 공주의 등장

자기의 구구절절한 사연을 이야기한 아름다운 도로테아는 자신의 부끄러운 행실로 인해 누를 끼치게 된 가족들로부터 멀리 떨어져 조용히 숨어 지낼 만한 곳 하나를 찾아내지 못한 현실을 안타까워했다.

너무나도 슬프고 가슴 뭉클한 그녀의 불행에 대해 듣고 난 세 남자 속에서 카르데니오가 말했다.

"그러니까 아가씨께서 바로 그 부농 클레나르도 댁의 외동딸 도로테아 시군요?"

클레나르도라는 이름을 들은 도로테아는 깜짝 놀랐다. 자기 이야기를 하면서 부모님 이름을 언급한 적이 없었기 때문이었다. 그녀는 형편없는 몰골에 완전히 넋이 빠져 버린 듯한 카르데니오의 얼굴을 가만히 들여다 보았다. 카르데니오가 설명했다.

"루신다가 그녀의 남편이라 지칭했던 사람이 바로 접니다. 보시다시피 이렇게 피폐해지고, 더러운 넝마를 걸친 자로 전락하고 말았습니다. 설상가상으로 판단력까지 흐려져 가끔 딴 사람으로 돌변하는 바로 그 처량한 카르데니오입니다. 저는 한꺼번에 닥쳐온 그 엄청난 불행을 견뎌낼 자신이 없어 이곳 숲 속으로 숨어들었습니다. 모든 것을 포기할 작정이었지요. 하지만 운이 좋아 당신을 만나게 되었고, 루신다는 내가 있어 페르난도와 결혼할 수 없고, 페르난도는 당신이 있어 루신다와 결혼할 수 없음을 알게 되었으니, 아마도 하늘이 우리에게 각자의 짝을 되찾아 주시려나 봅니다."

이 말에 도로테아의 두 눈이 휘둥그레지더니 모처럼 미소를 지었다. 이 기회를 틈타 신부는 자기와 함께 마을로 돌아가자고 제안했다. 마을로 가면 사람들에게 페르난도를 찾아보도록 시킬 것이며, 도로테아도 부모님께 돌아갈 수 있도록 해 보겠다는 것이었다.

이때 일행을 찾을 수 없어 헤매고 다니던 산초 판사의 목소리가 들려왔다. 사람들이 숲 밖으로 나가자 산초는 주인 돈 키호테가 자신의 사랑에 걸맞은 정도의 무용(武勇)을 보여 주기 전에는 절대로 둘시네아 앞에 나서지 않겠다고 고집부리며 반 벌거숭이가 된 채 누렇게 뜬 얼굴로 허기져 죽을 지경에 처해 있다고 했다.

놀란 신부가 카르데니오와 도로테아에게 돈 키호테를 마을로 데려갈 수 있도록 도와 달라고 청하면서 신부와 짜놓은 계획을 설명했다. 도로테아가 미소를 짓더니, 자신이 편력기사 돈 키호테의 도움을 청하는 젊은 여인 역을 기꺼이 맡겠다고 했다. 그간 기사 소설을 제법 읽은 덕에 기사 소설 속의 귀부인들이 어떻게 행동하는지 잘 알고 있으니 아무 염려하지 않아도 된다는 것이었다.

그녀는 큼지막한 궤짝 속에서 비싸 보이는 녹색 드레스와 목걸이를 비롯한 온갖 보석 장신구들을 꺼내 치장을 했다. 어찌나 잘 어울리는지 산초는 그녀의 미모와 기품에 감탄을 금치 못했다. 산초는 이런 아름다운 여인이 이 숲 속에서 무엇을 하고 있었는지 알 길이 없었던 까닭에 누구냐고 물었다.

"이 아름다운 귀부인은 그 이름도 유명한 미코미코나 공주님이네."

신부가 대답했다.

"자네 주인의 명성을 듣고 공주님의 나라를 빼앗은 거인을 처치해 주십사고 청하러 가시는 길이지."

"그것 괜찮겠는데요. 우리 주인님께서 왕국을 되찾아 주시면 황제가 되실 것이고, 그럼 머지않아 제게도 백작 자리 하나쯤은 주실 테니까요."

산초가 좋아하며 말했다.

산초 판사의 우매함에 놀라고 있던 신부는 착하디착한 농부인 그의 머릿속에 어느덧 돈 키호테의 황당무계한 생각들이 파고든 것을 보고는 입을 다물지 못했다.

화사하게 차려입은 도로테아는 신부의 나귀에 올라탔고, 기다란 수염을 붙이고 종자로 변장한 이발사가 그 뒤를 따랐다. 산초 판사가 두 사람을 돈 키호테가 있는 곳으로 안내하기로 했다. 얼마 가지 않아 일행은 옷은 갖춰 입었으나 무장은 하지 않고 있는 돈 키호테를 발견할 수 있었다. 돈 키호테 가까이에 다다르자 종자로 분한 이발사가 도로테아가 나귀 등에서 내리도록 도와주었다. 그녀는 돈 키호테 앞에 무릎 꿇고 앉아 말했다.

"오, 용맹스럽고 강인한 기사시여! 영원히 이렇게 꿇어 앉아……."

"어서 일어나시오, 아름다운 숙녀시여!"

"제 청을 들어주시지 않으신다면 결코 일어서지 않겠습니다."

"내가 섬기는 국왕 폐하와 나의 조국과 내가 연모하는 분께 누를 끼치는 일만 아니라면……."

"절대 기사님께서 말씀하신 그런 분들께 누를 끼치지 않을 것입니다."

산초 판사는 쓸데없이 겉돌고 있는 두 사람의 대화에 그저 안달이 날 뿐이었다. 이렇게 불필요한 겉치레만 하고 있다가는 머나 먼 공주의 왕국을 어느 세월에 되찾을지 알 수 없는 일이고, 그랬다가는 자신의 백작 자리도 물 건너 갈 게 뻔했기에 얼른 주인 앞으로 다가가 말했다.

처음 만나는 돈 키호테

"주인님, 공연한 말씀만 하지 마시고 저 공주님 좀 도와주십시오. 그 거인 녀석을 처치해 버리시고 미코미콘 왕국을 되찾아 주시라 이겁니다. 지금 주인님께 청을 드리고 있는 분은 바로 존귀하신 그 나라의 공주 미코미코나 공주십니다."

존귀하신 공주님은 여전히 돈 키호테의 발 앞에 조아리고 있었다. 돈 키호테는 아무 말 없이 그녀의 두 손을 잡아 일으키더니 정중한 태도로 한 번 안아 준 뒤 종자더러 로시난테에 안장을 얹으라 명했다.

"자, 출발하자! 하느님의 이름을 걸고 맹세하노니, 이 고귀하신 공주님을 지켜드릴 것이다!"

이 장면을 조금 떨어진 바위 뒤에서 카르데니오와 신부가 지켜보고 있었다. 이즈음 막 신부의 머릿속에 돈 키호테 일행과 맞닥뜨리기에 좋은 새로운 구실이 떠올랐다. 신부는 곧바로 카르데니오의 수염을 면도해 정돈한 뒤 새 옷을 입혔다. 그리고 오히려 본인은 속옷 바람에 머리를 마구 헝클어뜨린 채 풀섶에서 나와 카미노 레알 대로로 들어섰다.

잠시 후, 두 사람은 말을 타고 오는 돈 키호테와 미코미코나 공주, 공주의 종자 이 세 사람을 만날 수 있었다. 그들 몇 미터 뒤로 가쁜 숨을 몰아쉬며 산초가 평발을 이끌고 힘겹게 따라오고 있었다. 아직 튼실한 당나귀를 갖지 못해 고생하고 있었지만, 머잖아 갖게 될 새로운 왕국과 백작 영지를 생각하니 절로 기운이 나는 것 같아 보였다.

"이보게, 돈 키호테!"

신부가 평소의 음성과는 달라 보이는 목소리로 인사를 건넸다.

우리의 편력기사 돈 키호테는 한참 상대방을 쳐다보고서야 그가 자기 마을 신부임을 알아볼 수 있었다.

"원 세상에! 우리 신부님 아니십니까? 아니, 도대체 어찌 된 일입니까?

신부님께서 어떻게 이런 곳에?"

돈 키호테는 신부의 대답을 듣기도 전에 얼른 로시난테에서 내려 신부에게 말을 양보하려 했다. 하지만 신부는 사양한 뒤, 친구인 이발사, 그러니까 여전히 기다란 수염을 붙인 채 종자로 분하고 있는 이발사의 당나귀에 올라탔다.

이렇게 일행은 다시 길을 재촉했다. 이번에는 돈 키호테와 신부, 도로테아가 말을 타고 갔고, 카르데니오와 이발사, 산초는 그냥 걸어갔다.

신부는 짐짓 모른 체하고 도로테아에게 대체 뉘시며, 이렇게 아름답고 고귀하신 숙녀분이 이런 곳에서 뭘 하고 계시느냐고 물었다.

"저는 왕좌도, 영토도, 백성도 없는 말뿐인 공주랍니다. 못된 거인이 제 왕국을 빼앗아 버렸으니까요. 돈 키호테 데 라 만차 기사님을 찾아 스페인으로 길을 떠난 게 벌써 이 년 전입니다. 기사님의 지략과 용맹, 용기와 천하무적의 칼솜씨는 세상에 필적할 자가 없으며, 이미 전 세계적으로 이 사실이 널리 알려져 있지요."

"과찬이십니다, 공주님. 저는 칭찬의 말과는 거리가 먼 사람입니다. 물론 공주님 말씀이 빈 말씀이 아니라 모두 사실이기는 합니다만, 그래도 듣고 있자니 귀가 간지러워서 말이지요……. 중요한 것은 용기가 있느냐, 없느냐가 아니고, 제 목숨이 다할 때까지 그 용기를 발휘하여 공주님께 헌신할 것이라는 겁니다."

신부는 바야흐로 자신의 계획을 실천에 옮길 때가 되었다고 판단했다. 그래서 도로테아를 돌아보며 상당히 궁금한 듯한 표정으로 물었다.

"그런데 공주님은 어느 나라 공주이신지요?"

"미코미콘입니다. 바다 건너 저편에 있지요."

"미코미콘이라고요?"

신부가 짐짓 놀란 듯 덧붙여 말했다.

"그리 가자면 제가 살고 있는 마을을 지나가야 합니다. 마을을 관통해 지난 뒤 카르타헤나 쪽으로 방향을 잡아 가면 되지요."

"그럼 신부님을 따르도록 하지요."

공주로 변장한 도로테아가 길을 잘 아는 신부와 돈 키호테를 따라갈 요량으로 대답했다.

잠시 후, 너른 초원이 나오자 일행은 저만치 뒤처져서 걸어오고 있는 사람들이 좀 쉬어가야 할 것 같아 가던 길을 멈추었다. 그러자 돈 키호테가 다시 신부에게 여기서 뭘 하는 중이었느냐고 물었다.

"내 친척 중에 어떤 분이 신대륙에서 송금해 준 돈을 찾으러 세비야로 가던 길이었네. 그런데 그만 시에라 모레나 산 속을 가다가 산적 넷을 만났지 뭔가. 그자들이 심지어 우리 수염까지 다 잘라가 버렸네. 갤리선으로 끌려가던 죄수들이었다는데, 이 부근에서 저희들만큼이나 거칠고 정신이 나간 웬 남자가 풀어 준 덕분에 도망쳤다더군."

이 말에 돈 키호테는 모른 척하며 '에헴!' 하고 헛기침만 내뱉었다. 산초는 아무것도 모르고 있었다. 몹시 아픈 발바닥을 주무르면서 궁전에서 가마를 타고 가는 상상 속에 푹 빠져 있었기 때문이었다. 그는 일단 백작이 되었다 하면 절대로 제 발로 걸어다니는 일만은 하지 않으리라 마음먹고 있었던 것이다. 그러다가 얼핏 고개를 들어 일행 쪽을 바라보니 마침 이발사가 자리에서 일어서며 이렇게 말하는 소리가 들렸다.

"여러분! 이건 사실이라니까요."

30

산초, 주인 돈 키호테에게 결혼을 권하다

지루한 여행길을 재미나게 가기 위해서였는지, 혹은 돈 키호테가 워낙 이야기를 좋아해서였는지, 하여튼 편력기사 돈 키호테는 도로테아 옆으로 다가가 함께 로시난테의 속도에 맞춰 마을 쪽으로 가면서 말했다.

"공주님! 공주님의 기구한 사연에 대해 좀 말씀해 주시지요."

"그러겠습니다. 제 한탄과 탄식의 소리를 들으시고 언짢아하지 않으신다면요."

"언짢아하지 않겠습니다, 공주님."

자신이 미코미코나 공주임을 어느덧 망각하고 있던 도로테아는 헛기침을 해댄 뒤 행렬에서 저만치 뒤처져 있어 그녀가 곤경에 처해 있는 것을 전혀 알아채지 못하는 신부를 한 번 돌아보았다.

"제 사연은 사실…… 켁! 쿨룩!"

도로테아는 이번 계획을 세웠던 신부님의 주의를 환기시키기 위해, 그게 안 되면 목이라도 쉬어 버렸으면 하는 바람으로 자꾸만 기침을 해댔다.

"전례 없는 대단한 것이겠지요. 분명 그럴 겁니다. 아름다우시고 심기가 고단하신 미코미코나 공주님!"

돈 키호테가 그녀가 이야기를 할 수 있도록 힘을 불어넣으려고 말했다.

"그러기에 상세한 모든 내용을 알고자 하는 것입니다. 공주님의 왕실에는 어떤 사람들이 있는지, 어떤 이들을 신뢰해야 할지, 또 어떤 이들이

공주님의 나라를 탈취해 간 그 거인에 동조한 자들인지 말입니다. 그 거인도 이제 죽은 목숨이나 다름없지만, 그 거인에 동조했던 이들 역시 제 칼이 용서치 않아야 할 테니까요."

사실 돈 키호테는 체구도 비쩍 마른데다 나이도 꽤 들었지만 기사 소설 속 영웅들만큼이나 용맹이 넘쳐흐르고 있었다. 도로테아는 돈 키호테가 속았다는 걸 알게 되었을 때 얼마나 불쾌해하고 불같이 화를 낼까 생각하니 부르르 떨려왔다.

그래서 가짜 공주 도로테아는 도망이라도 쳐야겠다 싶어 말 등에서 뛰어내리려 했다. 마침 카르데니오가 재빨리 두 팔로 받아 주지 않았더라면 어떻게 되었을지 모를 일이었다.

신부가 얼른 일행 쪽으로 달려왔다. 신부가 자신의 말 옆으로 다가오자 안심이 된 도로테아가 말을 이었다.

"돈 키호테 님께 제 사연을 말씀드리려던 참이었어요."

공주가 신부에게 말하더니 돈 키호테를 쳐다보며 말했다.

"제 이름은…… 미, 미……."

"미코미코나 공주님, 정말 아름다운 이름입니다. 미코미코나 공주님, 저는 기도드릴 때마다 그 이름을 한 번도 빠뜨리지 않지요."

신부가 도와주었다.

겨우 위기를 모면한 도로테아는 가장 최근에 읽은 기사 소설의 내용을 떠올렸다. 돈 키호테에게 무슨 이야기를 해야 할지 이젠 확실히 감이 잡히는 것 같았다.

"저는 머나먼 나라 미코미콘 왕국의 공주입니다. 현왕 티나크리오로 불리는 제 아버지께서는 마법에 능통하셨던 덕에 조만간 제가 부모를 모두 잃고 고아가 될 것임을 아셨지요. 그러나 아버지께서 가장 염려하셨던 것은 그 사실보다 '깜깜 시야 판다필란도'라는 무지막지한 거인이 우리 왕국을 찾아와 저와 결혼시켜 주지 않으면 나라를 탈취해 버릴 것이라는 점이었습니다. 그 거인은 사팔뜨기에 근시가 심해 '깜깜 시야'라 불리지요. 아버지께서는 그 거인이 워낙 힘이 장사니만큼 저 혼자 힘으로 나라를 지킬 수 있으리라고는 기대하시지 않으셨어요. 그보다는 돈 아소테인지 돈 페고테인지, 하여간 잘 기억이 나지 않지만…… 그 편력기사님을 찾아가라시더군요."

"돈 키호테라 하셨을 겁니다. 어쩌면 다른 이름, 그러니까 '슬픈 얼굴의 기사'라고 하셨을지도 모르고요."

주인을 제대로 알고 있는 산초 판사가 거들었다.

"아, 맞아요. 그래서 시에라 모레나에 정박하자마자……."

도로테아가 대답했다.

"아니, 어떻게 시에라 모레나에 정박하셨지요, 공주님? 항구가 아닌데 말입니다."

돈 키호테가 물었다.

신부가 얼른 끼어들려 했지만 도로테아가 재빨리 설명을 덧붙였다.

"제 말은 항구에 정박하자마자 곧바로 라 만차의 시에라 모레나로 향했다는 겁니다. 그러다가 산적들의 공격을 받아 호위 무사들을 모두 잃고 겨우 이 긴 수염을 기른 종자와 살아남을 수 있었습니다."

그러면서 도로테아는 여전히 형편없는 솜씨로 변장을 하고 있는 이발사를 가리켰다.

"하여튼 중요한 건, 제가 기사님을 만났다는 겁니다. 이제 아버지 말씀대로 그 사악한 거인을 처치할 수 있을 것 같네요. 아버지께서는 또 기사님께서 저와 결혼하기 원하신다면 저를 주시는 건 물론 왕국도 함께 주실

것이라 하셨습니다."

이 말에 산초 판사는 이미 번쩍거리는 옷을 입고 백작이나 공작이 되어 있는 자신의 모습이 눈에 선해 기쁨을 감추지 못했다. 그는 공중으로 팔딱팔딱 뛰어오를 때마다 두 발을 맞부딪치며 좋아했는데, 그 소리가 마치 캐스터네츠 소리처럼 주위로 울려 퍼졌다.

하지만 좋아하는 것도 잠시, 산초는 주인 돈 키호테의 대답을 듣고는 땅바닥에 못이라도 박힌 듯 멈춰 서고 말았다.

"그 거인은 제가 처치할 것입니다, 공주님. 하지만 공주님께서는 원하시는 분과 결혼하도록 하십시오. 저는 제 마음의 연인 둘시네아 공주님과 결혼할 테니까요."

"주인님! 거 무슨 말씀이세요? 장담컨대, 맹세컨대, 주인님은 지금 제정신이 아니십니다. 어떻게 이렇게 지체 높으신 공주님과의 결혼을 망설이실 수 있단 말입니까? 별로 대단치도 않은 둘시네아 님은 좀 한켠으로 젖혀두십시오. 그리고 공주님과 결혼하셔서 왕국을 접수하시라고요. 그냥 굴러 들어온 행운 아닙니까. 그리고 일단 저를 후작이든 백작이든 만들어 주신 다음에 하고 싶으신 대로 하시라는 말씀입니다."

산초 판사가 냉큼 달려와 돈 키호테에게 말했다.

"뭣이라고? 네 이놈!"

사랑하는 여인이 모독받자 정신이 나가 버린 돈 키호테가 창끝을 종자 산초 판사의 목에 들이밀며 소리쳤다.

"오, 이 무지한 놈! 이 세상 그 누구와도 비할 바 없는 둘시네아 님을 모독한 네 그 혓바닥을 당장 씻어라! 이 돼먹지 못한 불경한 놈아! 그분께서 내 이 두 팔에 힘을 불어넣어 주시지 않았더라면 난 벼룩 한 마리조차 죽이지 못했을 것이다. 알겠느냐? 나는 오로지 그분을 위해 위업을 쌓는 도

구일 뿐, 내 안에서 싸우는 것도, 나를 통해 승리를 거두는 것도 다 그분이시며, 나는 그분을 위해 살아가고 또 숨쉬는 것이다. 내 목숨이 붙어 있는 것도, 내가 존재하는 것도 모두 그분을 위해서라 이 말이다."

산초 판사는 주인이 이토록 화내는 모습을 본 적이 없었다. 캄캄한 밤, 슬그머니 똥을 지렸을 때에도, 심지어 주인의 얼굴에 구토를 해댔을 때조차도 이렇게 화내지 않았던 것이다. 하지만 무섭지는 않았기 때문에 여전히 백작이 되어 볼 요량으로 이렇게 말했다.

"제가 아쉬워하는 이유는, 하늘에서 비가 내리듯이 그냥 그렇게 뚝 떨어진 왕국을 주인님께서 차버리시면 안 될 것 같아서입니다. 일단은 공주님과 결혼하신 뒤에 나중에 둘시네아 공주님께 돌아가시면 되잖습니까. 그게 주인님 뜻이고, 또 그리하는 게 마땅한 일이라면, 저 역시 아무 말 않을 테니까요."

이렇게 갑론을박(甲論乙駁)하고 있는데 길 반대편 저 끝에서 웬 남자가 당나귀를 타고 오는 게 보였다. 가까이 오는 모습을 보니 집시 남자 같았다. 그런데 산초는 당나귀를 보는 순간, 두 눈이 번쩍 띄었다. 그토록 아끼던 자기 당나귀임을 한눈에 알아볼 수 있었던 것이다. 그리고 당나귀 등에 올라탄 남자의 얼굴을 쳐다보니, 제아무리 집시 차림을 했다 해도 히네스 데 파사몬테를 몰라볼 산초가 아니었다.

"야! 파사몬테! 이 도둑놈아! 이 짐승 같은 놈! 천하에 몹쓸 놈! 내 사랑하는 당나귀를 썩 내놓아라!"

더 소리칠 필요도 없었다. 히네스 데 파사몬테가 냉큼 당나귀에서 내리더니 걸음아 날 살려라고 도망쳐 버렸기 때문이었다.

산초는 당나귀에게 다가가 쭈그리고 앉더니 쓰다듬고 안아 주며 속삭였다.

"아이고, 이 귀여운 것! 내 여정의 동반자야! 도대체 어찌 지냈더냐?"

돈 키호테는 이 정겨운 장면을 지켜보더니 로시난테에게로 갔다. 그사이 신부는 도로테아에게 이야기를 참으로 잘 꾸며냈다며 칭찬해 주었다.

"속여먹기 정말 쉬웠어요. 호호호, 저 기사님 머리가 정상이 아니라서 그런지 제 이야기를 그대로 다 믿으시더라고요."

"단순히 미쳤다고 할 수만도 없지요. 돈 키호테 저 양반이 기사도에 대해 말할 때를 제외하고는 참으로 논리 정연하고 말짱하거든요. 그런데 책 이야기를 하거나 편력기사 이야기만 나오면 저렇게 정신이 나가 버리니……."

신부가 정색을 하며 사람들에게 말했다.

이때, 도로테아와 신부를 보고 있던 카르데니오가 두 사람 쪽으로 가더니 도로테아를 데리고 가버려 신부만 멍하니 남게 되었다.

주인과 종자, 둘시네아에 대해 이야기를 나누다

돈 키호테와 종자 산초 판사는 다른 일행들로부터 떨어져 나와 열띤 대화를 나누었다. 산초는 그토록 사랑하고 그리워하던 당나귀를 되찾아 한껏 신이 나 있었다. 편력기사 돈 키호테는 사랑하는 여인의 소식이 궁금해 애가 타던 참이었다. 돈 키호테가 말했다.

"산초야! 언짢았던 마음은 다 내다 버리고, 조금 전 우리 사이에 있었던 일은 모두 잊자꾸나. 이제 둘시네아 아가씨 얘기 좀 해보아라. 뭘 하고 계시더냐? 어때 보이시더냐? 내게 대해 뭐 물어보신 건 없고?"

"꼴깍!"

산초는 침을 삼키고는 생각을 좀 해보려고 당나귀를 타고 조금 옆으로 비켜서더니 이렇게 하면 좋은 생각이 떠오르기라도 한다는 듯 제자리를 빙글빙글 돌기 시작했다. 뭔가 그럴 듯한 이야기를 꾸며내야 했던 것이다.

"어허! 산초야! 이쪽으로 오너라. 그만 좀 돌고. 어지럽구나. 얼른 아가씨 이야기를 해보거라. 네가 도착했을 때 뭘 하고 계시더냐? 모르긴 해도, 아마 그 백옥 같은 손으로 진주를 꿰고 계셨거나 곱디고운 비단 옷에 수를 놓고 계셨겠지?"

"사실은요……. 돼지먹이를 주고 계셨습니다."

머리가 그다지 좋지 못한 산초가 꾸며댔다.

배설물 더미에서 뒹굴다가 오래 묵힌 양파와 감자 부스러기를 서로 먼저 먹겠다고 저희들끼리 싸워대는 돼지들 틈바구니에서요."

"참으로 마음씨 고운 분이시다. 그렇게 드높으신 분께서 그 어떤 일도 마다하지 않으시니……."

"맞습니다, 주인님. 드높긴 드높으시더라고요. 그 와중에도 머리통이 삐죽 튀어나와 보이는 걸 보면요."

"그래, 이야기는 나눠 보았느냐?"

"주인님께서 써 주신 편지를 전하러 가까이 다가갔지요."

"정말? 산초야! 가까이에 있으니 그분께 향내가 풍기더냐? 마치 온 세상의 장미란 장미는 모조리 그분 곁을 둘러싸고 있기라도 하듯 그런 향내 말이다."

"주인님께서 말씀하신 그 꽃향기는 아마도 다른 데서 풍기고 있었던 것 같고요. 제가 맡은 냄새는 땀을 뻘뻘 흘리고 난 풍보 남자들에게서나 나는 쉰내였습니다. 아마 로시난테가 맡았더라면 제 안방에 온 듯한 기분이었겠지만, 저로서는 아무리 잘 맡아 보아도 도무지 꽃향기로는 느껴지지 않던걸요."

"자연스러움이 주는 맛을 네가 어찌 알겠느냐! 그래, 둘시네아 아가씨께서는 내 편지를 받으시고 어찌 하시더냐?"

돈 키호테가 미소를 짓더니 조금 정색을 하면서 물었다.

"제가 편지를 드리러 가까이 다가가기는 했지만 전해드릴 수는 없었습니다. 깜빡하고 편지를 가져가지 않았더라고요."

"그건 그렇다마는……."

돈 키호테는 편지가 여태껏 자기 수중에 있다는 걸 깨닫고는 이렇게 말했다. 어찌나 걱정스러워했던지 그의 비쩍 마른 얼굴에 진한 수심이 어렸다.

"그럼 도대체 이렇게 며칠에 걸쳐 다녀온 이유가 없질 않느냐?"

"걱정 마십시오, 주인님. 제가 편지 내용을 그대로 기억하고 있었던 덕에 주인님께서 편지에 쓰셨던 내용을 읊어드렸으니까요. 그것도 세 번씩이나 말입니다. 돼지들이 하도 꿀꿀거리는 통에 도무지 소리를 알아들을 수가 없어서 말이죠. 하여간 아가씨께서 '슬픈 얼굴의 기사'라는 표현을 무척 맘에 들어 하셨는데……."

"세 번씩이나! 참으로 감정이 풍부하신 분이 아니시냐! 만일 편지를 직접 받으셨더라면 잠을 이루시지 못하고 밤새 읽고 또 읽어 한 글자 한 글자를 다 외워 버리셨을 거다."

"그리고 주인님께서 시에라 모레나 산중에 계시면서 웃통까지 다 벗어젖히고 아가씨만을 그리워하며 별난 짓을 하고 계신다는 말씀도 드렸습니다. 그랬더니 아가씨께서 그 바보짓은 그만두시고 다른 급한 일이 없으시다면 얼른 엘 토보소로 오시라더군요. 보고 싶으시다고요."

"참 잘 되었어!"

말 등에 꼿꼿이 앉은 돈 키호테가 안도의 한숨을 내쉬었다. 이제 그는 그 어떤 영웅보다도, 심지어 아마디스 데 가울라보다도 더 강해진 것을 느꼈다. 그러나 그런 영광도 대단한 것이었지만 그보다는 일단 도로테아의 사연을 듣고 싶은 바람이 더 컸다. 돈 키호테가 물었다.

"그런데, 산초야! 혹 아가씨께서 무슨 정표 같은 것 주시지 않더냐? 대부분의 기사 소설에 나오는 귀부인들이 주는 그런 것 말이다."

"실은, 아가씨께서 무척 바쁘셨거든요. 돼지 모이를 주신 뒤에는 양 젖을 짜러 가셨고, 그 다음에는 젖소들 씻기느라고요. 다른 일을 생각하실 만한 틈이 없으시더라고요. 아, 맞다! 그래도 제가 돌아가는 길에 먹을 빵하고 치즈는 챙겨 주셨습니다."

"마음씨도 정말 고우시지!"

돈 키호테는 감탄했다. 둘시네아를 향한 돈 키호테의 사랑은 더욱 깊어만 가고 있었다.

돈 키호테와 산초 판사가 이야기에 열중해 정신없이 길을 가자 신부가 뒤에서 큰소리로 두 사람을 불러 세웠다. 샘물 가에서 잠시 쉬어 가자는 것이었다. 거짓말 둘러대기에 지쳐 버린 산초는 좋아라 했다.

모두 주린 배를 채우느라 아무 말 없이 식사를 하고 있는데, 마침 한 소년이 그 앞을 지나게 되었다. 소년은 샘물가에 앉아 식사하는 사람들을 쳐다보다가는 돈 키호테를 알아보고 그 앞으로 다가왔다.

"아! 지난번 그 기사님! 저 알아보시겠어요? 잘 보세요. 저 안드레스예요. 떡갈나무 기둥에 묶여서 주인한테 매를 맞던……."

소년을 알아본 돈 키호테는 한 손을 잡아 끌고는 아직 식사에 여념이 없는 다른 일행들에게로 데려가 말했다.

"여러분! 이 세상에 편력기사의 존재가 얼마나 중요한지를 이 소년을 보시면 알 수 있을 겁니다. 못된 주인에게 매를 맞던 이 아이를 제가 풀어 주었었지요. 제가 이 아이를 만나 자애로운 은혜를 베풀어 줌으로써 이 아이의 인생이 얼마나 확연하게 바뀌었는지를 이 아이의 입으로 직접 한번 들어보시기 바랍니다."

"너무나도 큰 은혜였지요!"

소년이 잡고 있던 돈 키호테의 손을 뿌리치며 말을 자르고 나섰다. 그리고 둥그렇게 둘러앉아 있던 일행의 주위를 빙빙 돌면서 말했다.

"댁이 끼어들지만 않았더라도 우리 주인은 한 열두어 대 정도 매질을 한 후에 제 급료를 지불하고 놓아 주었을 겁니다. 그런데 댁이 우리 주인에게 겁을 주고 모욕을 준 탓에 그 화풀이를 저한테 하더라고요. 댁이 떠나자마자 나를 다시 떡갈나무에 묶더니 거의 죽을 만큼 두들겨 팼어요.

한 대 때릴 때마다 낄낄거리며 말하더군요. '더 해보지 그래? 왜, 이제 그 편력기사 양반께서 도와주러 나타나지 않으시나?' 이렇게요."

소년은 지금도 그때를 생각하면 몸이 아파오는 듯 치를 떨었다.

"그리고 땡전 한 푼 받지 못했습니다. 지금까지 상처를 치료하느라 침대 신세를 지고 있고요."

"어험! 네게 밀린 급료를 지불하는 걸 보고 왔어야 했는데 내가 실수했구나. 하긴, 못된 자들치고 약속을 지키는 자들이 없다는 건 내 다른 경험을 통해서도 알게 되었지만 말이다."

돈 키호테가 갤리선 죄수 건을 떠올리며 말했다.

"하여간 걱정 마라, 안드레스. 내가 네 주인을 찾아갈 테니까. 고래 뱃속으로 숨어든다 해도 내 기필코 찾아내고야 말 것이다."

"그런 헛소리, 이젠 안 믿어요. 이젠 복수고 뭐고 그저 세비야로 갈 생각이에요. 그러니 뭐 먹을 거나 있으면 좀 주시고, 다른 편력기사들하고 잘 지내시기나 하세요."

돈 키호테는 이미 어떻게 복수를 할까 생각하느라 소년의 말을 제대로 알아듣지 못했다. 다른 사람들은 듣기는 했지만 못들은 척하고 있었다. 산초만 소년에게 빵 한 조각과 치즈 한 조각을 나눠 주며 말했다.

"이거 먹어라, 안드레스. 우리 모두 네 아픔을 함께 나누고 있단다."

"어떻게 내 아픔을 나눌 건데요?"

소년이 등에 난 흉터자국을 한 손으로 문지르면서 물었다.

"이렇게 치즈와 빵을 나눠 주면서 나누는 거지. 내일 내가 그 치즈와 빵이 필요하게 될지도 모르는데 말이다."

소년은 먹을 것을 받아들고는 자리를 뜨기에 앞서 돈 키호테를 쳐다보며 큰소리로 당부했다.

"기사님! 혹 이번에도 제가 몰매를 맞고 있는 걸 보시거든, 부디 절 구하겠다고 달려오지 마시고 그냥 내버려 두세요. 제아무리 엉망으로 두들겨 맞는다 해도 기사님께서 끼어드는 것보다는 나을 테니까요. 댁이나 이 세상의 다른 모든 편력기사들이나 모조리 에잇, 퉤퉤!"

 이렇게 소리치고 소년은 가버렸다. 한편 신부와 이발사는 식사를 마친 뒤 이런 일을 겪고 있는 일행에서 저만치 떨어진 채 사이좋게 이야기를 나누고 있었다.

32

모두 마리토르네스가 일하는 여인숙에 들다

 일행은 저마다 안장을 얹고 자리를 털고 일어났다. 그다지 이야깃거리가 될 만한 다른 일은 없이, 다음날 예의 그 여인숙에 도착했다. 뼈마디가 으스러지도록 혼이 났던 기억이 있는 산초 판사로서는 놀랍고도 경악할 일이었다. 산초는 들어가지 않겠다고 버텼다. 하지만 끝내 모두 여인숙에 들기로 했고, 여인숙 주인장과 안주인, 딸과 반가운 얼굴의 마리토르네스는 일행을 환대해 주었다.
 돈 키호테는 지난번 묵었던 방보다 좋은 방을 달라고 주문했다. 여인숙 주인은 숙박비만 두둑이 지불한다면 왕가의 사람들이라도 묵을 만한 좋은 방을 주겠노라고 했다.
 "충분히 낼 것이오."
 돈 키호테가 대답했고, 신부가 이를 보증했다.
 주인은 돈 키호테를 위해 예전에 헛간으로 썼던 그 침실에 지난번보다는 좀 나은 침대를 마련해 주었고, 돈 키호테는 너무나 지친데다 정신도 없었기 때문에 저녁 식사도 하지 않고 그대로 잠이 들어 버렸다.
 다른 일행들은 양고기보다는 쇠고기를 더 많이 넣어 끓이고 있는 솥단지 주위로 빙 둘러앉았다. 여인숙 안주인은 이발사가 가짜 수염을 떼어내 접시 위에 올려놓는 것을 보고는 이제 그만 수염과 다른 빌려간 옷들을 돌려 달라고 했다. 이발사는 처음에 거절했지만, 신부가 주인 아주머니 말대로 하라고 타일렀다. 나중에 돈 키호테가 잠에서 깨어나거든 미코미코나 공주의 시종은 먼저 배로 보냈다고 하고, 그 대신 이발사가 갤리선 죄수였던 도적에게 완전히 털린 뒤 이곳 여인숙을 찾아온 것이라고 둘러대면 된다는 것이었다.

사람들은 편안하고 단란한 분위기 속에서 식사를 하면서 돈 키호테의 별난 광기에 대해 이야기를 나누었다.

"그가 사리분별을 상실하게 된 건 모두 기사 소설 때문입니다."

신부가 말했다.

"그건 말도 안 됩니다. 이 세상에 기사 소설만큼 좋은 게 어디 있다고요. 저도 두어 권 가지고 있지요. 낱장 뭉치로 된 것들도 좀 있고요. 추수철이 되면 여인숙에 드는 객들 가운데 꼭 글 읽을 줄 아는 사람들이 끼어 있어서 일과 후에 모닥불을 피워놓고 모인 사람들에게 그런 책들을 읽어주곤 하는데, 검을 들어 거인의 목을 치거나 무어 군대를 격파시키는 모험담들은 진짜 재미있더라고요. 다른 책들도 좀 읽었으면 싶어요. 날마다 기사 소설 이야기만 듣고 있으면 좋으련만……."

여인숙 주인장이 반발했다.

"저도 마찬가지예요. 당신이 기사 소설에 푹 빠져 있는 동안은 내게 잔소리를 하지 않아서, 최소한 그동안은 편안히 내 일을 할 수 있으니까요."

안주인이 말했다.

"저도 기사 소설 이야기 듣는 게 정말 좋던데요. 편력기사가 사랑하는 귀부인과 정자나무 아래로 가서 여인의 손을 꼭 쥔 채 영원한 사랑을 약속하기도 하고, 오로지 그녀만을 위해 숱한 모험을 감내하겠다고 맹세하는 장면들……."

마리토르네스가 끼어들었다.

마리토르네스는 마치 홀린 사람 같았다. 먼 곳을 바라보는 듯한 두 눈에 어찌나 광채가 번득이는지 여전히 절구통 같은 몸매에 등마저 곱사등이었지만 전혀 사팔뜨기 같은 느낌은 들지 않았다. 도로테아는 꿈에 젖은 마리토르네스의 모습을 보더니 수놓아진 비단 손수건을 선물해 주었고, 선물을 받은 마리토르네스는 품위 있는 도로테아의 손등에 입을 맞춘 뒤 얼른 풍만한 가슴속으로 쑥 집어넣었다.
　한편, 산초 판사는 몰려 있는 사람들로부터 저만치 떨어져 있었다. 주인 돈 키호테가 들려주는 이야기와 하루하루 경험하고 있는 실제 편력기사의 생활이 책 속에 나오는 기사들과 너무나 상이했던 만큼, 기사 소설의 양면성을 너무도 잘 알고 있었기 때문이었다. 더욱이 그는 이 여인숙에서 봉변을 당했던 일과 얌전히 자다가 난데없이 수많은 무어 인들로부터 공격을 받았던 일들을 똑똑히 기억하고 있었다. 그래서 이번만큼은 지금 주인 돈 키호테가 잠들어 있는, 바로 그 마법에 걸린 방으로 들어갈 생각이 없었다. 결국 산초는 자신의 순한 당나귀 옆에서 자기로 마음먹고, 마구간으로 갔다.
　마구간은 그다지 크지 않았지만, 우리의 종자 산초 판사는 자신의 당나귀와 로시난테 사이의 공간을 발견하고는 지린내가 나는 그곳 짚더미 위에 누워 다리를 쭉 뻗었다.
　하지만 사랑하는 당나귀가 자꾸 얼굴을 핥아대는 통에 도무지 잠을 이룰 수가 없었다. 물론 당나귀는 주인이 좋아서라기보다는 배가 고팠기 때문이었다.
　결국 산초는 몽롱한 상태에서 자리에서 일어나 먹다 남긴 음식이라도 있는지 보러 여인숙으로 가 보았다. 그런데 다시 마구간으로 돌아와 보니 당나귀와 로시난테는 밀짚더미 위에 두 다리를 쭉 뻗고 편안히 잠들어 있

었다. 로시난테는 여전히 꼬리를 철썩거리며 흔들어대고 있었는데, 마치 굶주린 펠리페 2세의 기사단들이 모조리 훑고 지나가기라도 한 양 바싹 마른 지푸라기들을 온통 흩뜨려 놓았다.

"재수 더럽게 없군."

산초 판사가 불만에 가득 찬 목소리로 내뱉었다. 지독한 냄새지만 참고 자려 했는데, 그나마 눈을 붙일 짚더미까지 빼앗겨 버렸기 때문이었다. 하는 수 없이 돌아선 산초는 당나귀에게 주려고 가져온 음식을 모조리 먹어치우고는 어디 쪼그리고 누워서라도 밤을 보낼 만한 곳이 없나 찾아보려 다시 여인숙으로 들어갔다.

이즈음 다른 손님들은 여전히 화톳불을 둘러싸고 앉아 이야기에 열을 올리고 있었다. 신부가 여인숙 집 딸에게 물었다.

"자, 그럼 아가씨도 기사 소설을 좋아하십니까?"

"어머, 그럼요! 저도 여러 번 들어봤는데, 정말 재미있었어요. 하지만 저는 아버지께서 좋아하시는 결투라든지 기사들이 풀어내는 한탄의 목소리는 별로 좋지 않더라고요. 기사들을 불평과 고통으로 몰아넣는 귀부인들의 잔인한 속내를 도무지 이해할 수가 없거든요. 아니, 그렇게 좋아한다면서 왜 끝에 결혼하거나 둘이 함께 할 수 없는 거지요?"

"애야, 가만히 좀 있어라. 네가 이런 것에 대해 좀 알긴 하는 것 같다만, 그래도 이런 일에 대해 아는 것이나 또 그렇게 떠들어대는 것이나 다 숙녀답지 못한 행동이야."

안주인이 말했다.

"저분께서 물어보셔서 그냥 대답한 것뿐인데요, 뭐."

가족 간의 언쟁에 끼어들고 싶지 않은 신부는 언쟁을 얼른 마무리 짓기 위해 여인숙 주인장에게 여인숙에 보관되어 있다는 그 기사 소설 세 권과

어떤 손님이 두고 갔다는 그 종이 뭉치를 가져다 달라고 했다.

주인장은 책들을 가져다주면서 물론 자신이 기사 소설을 좋아하기는 하지만 그렇다고 편력기사가 될 생각은 없다고 했다. 시대에 걸맞은 직업이 아니라는 이유에서였다.

주인장의 이 말과 세상의 모든 기사 소설은 다 새빨간 거짓말이라는 신부의 말에 산초 판사 몹시 혼란스러워져 깊은 생각에 빠졌다. 그러고는 이번에 미코미코나 공주 건이 혹 잘못되어 자신이 백작이나 후작이 되지 못한다면 주인을 버려두고 아내와 아이들이 있는 고향 집으로 돌아가 늘 하던 농사일이나 해야겠다고 중얼거렸다.

이런 생각을 하면서 산초 판사는 여전히 여인숙 주위를 맴돌고 있었다. 돈 키호테가 잠들어 있는, 아픈 기억만을 되살아나게 하는 그 방으로는 결코 들어가고 싶지 않았기 때문이었다.

신부는 주인장이 가져온 책들을 한 권씩 살펴보더니 다 물렸다. 이미 모두 읽어 잘 알고 있는 작품들이었기 때문이었다. 그보다는 종이 뭉치에 훨씬 더 관심이 쏠렸다. 첫 장을 들춰 보니 큼지막한 글씨로 '무모한 호기심에 대한 이야기'라는 제목이 씌어 있었다.

"음, 제목은 괜찮군요. 뭐 나로서는 지금 읽어 보는 것도 괜찮지만, 여러분은 몹시 고단하실 테니 책 읽기보다는 잠을 청하시는 게 어떨지 모르겠습니다."

"제겐 기사 이야기를 듣는 게 오히려 휴식이 될 것 같아요. 집 떠난 이후로 지금껏 편한 밤을 보낸 적이 없었거든요."

"그럼 읽어 보게나, 어서."

이발사가 졸라댔다. 배부르게 먹어 뱃속이 든든해진 다른 손님들도 한목소리로 책을 읽어 달라고 청했다.

33 34
무모한 호기심에 대한 이야기

　이탈리아에서도 유명하고 풍요로운 도시 플로렌스에 안젤모와 로타리오라는 두 청년 농장주가 살았습니다. 두 사람은 어찌나 우의(友誼)가 좋았던지 이들을 아는 사람들은 하나같이 그들을 '친구들'이라는 별명으로 불렀습니다.
　두 사람 다 미혼으로 나이도 동갑이었고, 취향도 엇비슷했습니다. 다만 사냥을 무척 좋아하는 로타리오에 비해 안젤모는 사실 여자에 대해 제법 관심이 있었지요.
　어느 날 안젤모는 양가 규수에게 완전히 빠져 버리고 말았습니다. 그 처녀는 외모도 아름다웠을 뿐 아니라 심성도 고운 아가씨였습니다. 안젤모는 친구를 증인으로 삼아 데리고 가 처녀의 부모님께 청혼을 했고, 결국 두 사람은 결혼하게 되었지요.
　결혼식 직후 얼마간 이 부부는 대다수의 신혼부부들이 그렇듯이 참으로 즐거운 하루하루를 보냈으며, 그 후로도 꽤 오래도록 두 사람의 행복은 지속되었습니다. 또한 그들의 집에는 늘 로타리오가 찾아오곤 했지요. 이는 안젤모가 그러기를 원했기 때문이었습니다. 사실 로타리오는 안젤모에게 아름답고, 조신하고, 지혜로운 여성을 아내로 둔 남자는 늘 보석 다루듯이 아내를 잘 지켜야 한다고 충고했습니다. 하지만 안젤모는 친구가 더 이상 자신의 집을 찾지 않는다면 견딜 수 없을 것 같았기 때문입니다.

그러던 어느 날 두 친구가 뜰에서 산책을 하던 중 안젤모가 말했습니다.

"로타리오, 나 같은 사람에게 무슨 불만이 있을 거라고는 상상도 하지 못하겠지? 훌륭한 부모님에 넉넉한 재산, 특히 자네 같은 좋은 친구에 카밀라 같은 완벽한 아내까지 있으니 복이 넘친다고밖에 할 수 없을 테니까……. 맞아, 그건 사실이야. 그런데도 요즘 한 가지 마음에 걸리는 게 있단 말이야. 내 아내가 과연 내가 생각하는 것만큼, 그리고 그녀가 하루하루 내게 보여 주고 있는 그 모습 그대로 그렇게 참하고 정숙할까 하는 의문이 생겨. 사실 카밀라가 다른 모습을 드러낼 만한 계기가 없었지 않은가 말이야. 아무도 그녀를 빗나가도록 유혹하지 않았는데, 그런 상황에서 정숙한 것이 과연 크게 칭찬받을 만한 일일까? 그래서 말인데, 과연 카밀라가 우리가 생각하는 것처럼 그렇게 조신하고 완벽한 여인인지 시험해 보는 뜻에서 자네가 내 아내를 좀 유혹해 주었으면 좋겠어. 기왕이면 내 친구인 자네가 아내를 시험해 주었으면 좋겠거든."

로타리오는 친구의 제안을 결코 수락할 수 없다고 극구 거절했습니다. 그리고 온갖 이유와 근거를 들어가면서 친구가 하려는 짓은 그야말로 미친 짓임을 설득했습니다. 두 사람이 카밀라에 대해 내린 평가는 이 세상 그 어떤 여인에 대한 평가보다도 높은 것이었기에 이런 종류의 시험은 아무것도 얻지 못하고 되레 많은 것을 잃게 할 뿐이라고도 했습니다.

하지만 로타리오의 설득도 아무 효과가 없었습니다. 안젤모는 무슨 일이 있어도 아내의 마음을 시험해 보기로 결심을 굳힌 상태였습니다. 따라서 로타리오가 도와주지 않는다면 다른 남자를 구해서라도 아내를 유혹해볼 생각이었던 것입니다. 결국 로타리오는 친구의 청을 수락했고, 미리 짜놓은 계획에 따라 어느 날 세 사람이 함께 안젤모의 집에 모여 저녁 식사를 하게 되었습니다. 안젤모가 갑자기 일어서더니 급히 해결해야 할 일이 있어 나간다면서 로타리오더러 아내와 함께 좀 있어 달라고 했습니다. 실은 로타리오가 카밀라를 유혹할 기회를 만들어 주기 위해서였지요.

물론 로타리오는 카밀라를 시험하지 않았습니다. 안젤모가 나가기가 무섭게 소파에 드러누워 잠을 청했던 것입니다. 나중에 안젤모가 돌아오자 로타리오는 카밀라의 아름다움에 대해 칭찬의 말을 늘어놓은 뒤, 의심할 만한 행동은 전혀 하지 않더라고 말했습니다.

그 후 며칠 동안 이런 식의 기회가 여러 차례 주어졌지만, 그때마다 로타리오는 자기가 카밀라를 은근히 유혹해 봤지만 카밀라는 단 한 번도 그의 유혹에 반응을 보이지 않았으며, 애교 섞인 미소 한 번 지어 보이지 않았다고 했습니다. 물론 안젤모가 집을 비우기가 무섭게 로타리오는 잠만 잤습니다. 카밀라와는 한 마디 대화도 나누지 않은 채 말입니다.

안젤모는 그 말에 기분이 좋으면서도 그래도 아내에 대해 믿음을 가질 수가 없었습니다.

"좋아, 다행이군 그래. 일단 카밀라가 자네의 언술에는 잘 버틴 모양일세. 그럼 이제 물질에는 어떻게 반응하는지 보세나. 내가 내일 자네에게 천 에스쿠도를 줄 테니 그 돈으로 보석을 사서 선물해 보게나. 여자들은 원체 보석을 좋아하니까 말이야. 만일 내 아내가 선물 공세에도 무심하게 행동한다면, 그땐 마음 놓도록 하겠네."

로타리오의 행동엔 변함이 없었습니다. 친구가 외출하면 곧바로 소파에 누워 잠을 청했습니다. 그리고 나중에 안젤모에게는 카밀라가 보석 선물을 거절하더라, 이 세상 그 어떤 여성보다도 완벽한 여성이더라, 그러니 더 이상의 시험은 필요치 않은 것 같다고 말했던 겁니다.

안젤모는 마지막으로 한 번만 더 해보자고 하고는, 그날 밤 외출을 한답시고 핑계를 댄 뒤 몰래 집에 숨어 있었습니다. 물론 문 뒤에 숨어서 친구 로타리오가 잠만 자는 것을 다 지켜보았지요. 안젤모는 처음부터 친구가 자신을 속여 왔다는 걸 알게 되었고, 너무나도 명백한 그 사실에 친구 로타리오를 마구 힐책했습니다.

안젤모의 비난에 난감해진 로타리오는 이번에는 진짜로 카밀라를 유혹해 보겠노라고 약속하면서, 확인하고 싶다면 옆방에 숨어 있어도 좋다고 했습니다.

안젤모는 아내 카밀라에게 사업을 핑계로 여드레 동안 다른 지방으로 출장을 떠나야 하니 로타리오가 집도 돌봐줄 겸 자기 집에 와 있도록 하면 좋겠다고 했습니다.

드디어 안젤모는 여행을 떠났습니다. 로타리오가 찾아오자 카밀라는 따뜻하게 맞아 주었습니다. 하지만 단 한순간도 그와 단둘이 있지 않았습니다. 늘 그녀의 주위에는 하녀들이 있었고, 특히 레오넬라라는 하녀는 카밀라 곁에 그림자처럼 붙어 다녔던 것입니다.

처음 사흘간, 로타리오는 카밀라와 한 마디도 나누지 않고 그저 길쭉한 식탁을 사이에 두고 함께 식사만 할 따름이었습니다. 더러 카밀라가 말을 걸기도 했지만 그때마다 그녀는 남편에 대해 이야기하곤 했지요. 그녀의 말 속에는 남편을 향한 사랑과 헌신과 존경만이 가득해 보였습니다. 그런 그녀를 바라보던 로타리오의 눈에 처음으로 그녀가 여자로 보이기 시작했습니다. 카밀라는 빼어나게 아름다울 뿐만 아니라 상냥하고, 신중하며, 헌신적이고, 덕망까지 갖춘 여인이었습니다. 이런 면을 발견해 가면서 로타리오는 자신의 의지와는 상관없이 점차 그녀에게 빠져들기 시작했습니다. 그리고 그걸 원했던 바도 아닌데 그만 시나브로 카밀라를 사랑하게 되었지요.

그는 자신의 바보 같은 행동에 스스로를 자책했고, 우정을 배신한 친구

이며, 기독교도로서 잘못된 행동을 하고 있다고 생각했습니다. 하지만 카밀라를 향한 마음은 돌이킬 수 없었습니다. 그는 열정적으로 카밀라에게 구애하기 시작했습니다. 그의 강렬한 사랑 표현에 카밀라는 아무런 대꾸도 없이, 하얗게 질린 얼굴로 결국 그를 피하게 되었습니다. 그러나 이미 사랑에 빠져 광기에 사로잡혀 버린 로타리오는 구애의 행동을 그치지 않았고, 이에 카밀라는 남편에게 편지를 쓰기에 이르렀습니다.

'장수가 없는 군대도 위험천만이지만 남편이 자리를 비운 젊은 유부녀의 상황은 이보다 더하다는 생각이 듭니다. 당신이 없는 제 생활은 너무도 고달프기만 합니다. 더 이상은 당신 없이 견디기 힘드네요. 혹 곧바로 돌아오실 수 없으시다면 일단 친정 부모님께 가 있도록 하겠습니다.'

편지를 받아 본 안젤모는 드디어 친구 로타리오가 아내를 떠보기 시작했나 보다고 생각했습니다. 아내 역시 그가 기대했던 대로의 반응을 보이는 것 같았습니다. 그래서 안젤모는 아내에게 곧 돌아갈 테니 굳이 친정으로 갈 필요는 없을 것 같다고 답장을 보냈습니다. 카밀라는 전보다 훨씬 더 난감해졌습니다. 이제 친정으로 돌아갈 수도 없는 상황에서 남편의 말대로 그대로 집에 머물러 있자니 그녀의 정조가 점점 더 위험에 내몰리는 듯한 느낌이었던 것입니다.

결국 카밀라는 더 이상 로타리오를 피하지 않기로 했습니다. 하인들의 수군거림이 무서워 공연히 피하지 않기로 했던 것입니다. 그러다 보니 두 사람은 함께 있는 시간이 많아지게 되었고, 그녀의 아름다움을 기리는 로타리오의 온갖 칭송의 말과 사랑에 빠져 버린 남자가 보여 주는 온갖 감상적인 애정의 표현에 그토록 철옹성 같았던 카밀라의 마음도 서서히 무너져 내리기 시작했습니다. 그러다가 끝내는 그토록 정숙하기만 했던 안젤모의 아내도 백기를 들지 않을 수 없었습니다. 그녀는 결국 유혹에 넘어가 그토록 사랑하던 남편의 가장 절친한 친구의 품에 안겨 버리고 만 것입니다.

안젤모가 돌아오자, 그의 아내는 그간의 행동을 정당화하기 위해 남편에게 로타리오가 그녀의 집에 기거하면서 전과는 다른 눈초리로 자신을 바라보는 것 같아 남편에게 그런 편지를 써 보냈지만, 결국 아무 일도 없었던 것으로 보아 아마 자신이 잘못 생각했었던 것 같다고 둘러댔습니다. 한편 로타리오는 안젤모에게 참으로 모범적인 아내를 얻었으며, 카밀라야말로 이 세상 최고의 여성들 중에서도 돋보이는 그런 여인이라고 평했습니다. 이런 평가는 안젤모를 무척이나 흐뭇하게 해 주었습니다.

그런데 하녀 레오넬라는 그간 모셔 온 안주인의 행실이 생각했던 것 같지 않다는 걸 알게 되었습니다. 하녀는 카밀라의 비밀을 알게 되자, 겁 없이 자기도 애인을 침실까지 끌어들이게 되었습니다. 카밀라가 아무 소리 못하리란 걸 알았던 것이었지요. 그러던 어느 날, 로타리오는 안젤모의 집 부근을 산책하던 중, 웬 사내가 안젤모의 집 발코니로 빠져나오는 광경을 목격하게 되었습니다.

로타리오는 조금 전에 본 남자가 이런 늦은 시간에 몰래 빠져나오는 걸로 보아 카밀라의 애인일 거라고 생각했습니다. 사실 레오넬라라는 하녀에 대해서는 기억조차 하지 못했기 때문에 하녀의 애인일 거라고는 상상조차 하지 못했던 것이지요. 그가 카밀라를 의심한 것은, 친구의 아내인 그녀가 자기 자신에게 그렇게 쉽게 넘어온 걸 보면 다른 남자들에게도 마찬가지일 거라고 생각했기 때문이었습니다.

몹시 불쾌한데다 마음의 상처를 입은 로타리오는 홧김에 안젤모를 찾아가 그의 아내가 생각하는 것처럼 그렇게 정숙한 여인이 아니라고 털어놓았습니다. 끝내 자신의 유혹에 굴복했다고 고백하고 말았습니다. 그동안 사실대로 말하지 않은 것은 카밀라가 뉘우치고 남편에게 고백하기를 바랐기 때문이었는데, 끝내 그녀가 스스로 실토하지 않는 걸 보고 이렇게 자신이 털어놓게 된 것이라 했습니다. 그러고는 자기 말이 사실이라는 걸 증명해 보일 계획에 대해서도 일러 주었습니다.

"한 사흘간 집을 비울 거라고 하게나. 예전에 곧잘 그랬던 것처럼 말일세. 그러고는 어디에든 숨어 있어 봐. 그럼 카밀라의 본색을 자네의 그 두 눈으로 똑똑히 보게 될 테니까 말이야. 부디 자네를 능멸한 그녀에게 그 값을 치르게 하게나."

질투심에 사로잡힌 로타리오는 이렇게 안젤모를 부추겼습니다. 그러나 막상 제정신이 들고 안젤모와 약속한 날이 하루하루 다가오자 이런 계획을 세운 것이 후회되었습니다. 더욱이 자기 목숨보다도 카밀라를 더 사랑했기에 결국에는 그녀에게 이 모든 내용을 고백하고 말았습니다. 그렇잖아도 몹시 언짢아하고 있던 로타리오는 그날 발코니로 도망쳤던 남자가 다름 아닌 하녀 레오넬라의 애인이었다는 걸 알고 더욱 상심하게 되었습니다.

카밀라는 로타리오의 고백을 듣고 무척이나 놀랐지요. 원래 여자가 남자보다는 무엇이 옳고 그른가를 판단하는 데 기민한 면이 있는지라 계획대로 안젤모가 숨어서 볼 수 있도록 하라고 했습니다. 그리고 로타리오에게는 하녀 레오넬라가 부를 때 그녀의 침실로 들어와서는 안젤모가 보고 있지 않은 것처럼 행동하라고 시켰습니다.

마침내 그날이 찾아왔습니다. 카밀라는 하녀 레오넬라와 함께 침실에 있었습니다. 물론 둘 다 안젤모가 몰래 장롱 속에 숨어서 지켜보고 있다는 걸 잘 알고 있었습니다. 카밀라가 크게 한숨을 내쉬며 말했습니다.

"아, 레오넬라! 내 이미 너에게 남편의 단검을 가져다 달라고 부탁했지만, 내가 해야 할 일을 결행하기에 앞서 밝혀야 할 게 있구나. 도대체 로타리오의 그 대담하고 야비한 두 눈이 내게서 어떤 면을 발견했기에 비열한 그자가 감히 나를 욕보이려 했는지 말이다. 하여간 내가 남편의 명예를 더럽힌 이상 내 스스로 목숨을 끊고야 말 거야."

"세상에! 마님, 제발 그러지 마세요. 로타리오 그 사람이 했던 말들은 다 잊어버리시고 그자에게 더 이상 기회를 주지 않으시면 돼요. 그자가 그토록 사악한 의도를 가지고 접근했는데 너무도 약한 우리 같은 여자들이 뭘 어쩌겠느냐고요."

"로타리오를 데려오렴. 모든 일은 사필귀정이라 했어."

"데려는 오겠지만, 그 단검은 이리 주세요."

"아까도 말했지만, 때가 되면 내 스스로 목숨을 끊을 것이야. 하지만 기필코 그 전에 내 이 맺힌 한을 풀고야 말 테다."

하녀가 방을 나서자, 남편이 듣고 있다는 걸 잘 아는 카밀라가 한숨을 내쉬며 중얼거렸다.

"오, 하늘이시여! 제가 지금 무슨 짓을 하고 있는 겁니까? 나의 명예를 더럽힌 로타리오를 이리로 불러오기보다는 지금껏 늘 그래왔듯이 그냥 돌려보내는 게 낫지 않았을까요? 물론 지금이 아니면 원수를 갚을 시간도 별로 없지만 말이에요. 그래요, 이렇게 하는 게 최선이에요. 그렇지 않으면 내 원한도 풀 길 없고, 손상당한 남편의 명예도 회복시킬 수 없을 테니까……."

로타리오가 들어서자, 카밀라는 성난 목소리로 가까이 다가오면 품에 품고 있는 비수로 찌르겠다고 소리치며 도대체 그에게 있어 그녀의 남편은 무엇이었느냐고 물었습니다.

"아름다운 카밀라여! 그런 질문이나 하려고 날 불렀을 거라고는 생각지

248

도 않았습니다. 당신의 남편이 자주 집을 비우게 된 이래로 제가 당신에게 느껴왔던 사랑과 열정을 표현할 기회를 주시려고 하는 줄 알았습니다. 하지만 굳이 그 대답이 꼭 듣고 싶으시다면, 안젤모야말로 제 가장 절친한 친구라고 대답하겠습니다."

"그럴진대 어찌 정념 때문에 우정을 배신하려 하십니까? 제가 혹시 단 한 번이라도 당신으로 하여금 헛된 희망을 갖게 할 만한 행동을 했습니까? 당신의 사랑의 속삭임을 단 한 번이라도 거부하지 않은 적이 있던가요?"

이런 말들을 줄줄이 늘어놓으며 카밀라는 자신의 정숙함을 강변하더니, 극적인 효과를 주기 위해 이렇게 소리쳤습니다.

"아, 불운한 내 운명이여! 이제 내 손으로 당신을 죽이고야 말겠어!"

이렇게 말하면서 카밀라는 비수를 높이 쳐들고 로타리오를 향해 한 걸음 한 걸음 다가섰습니다. 그녀가 칼날을 휘두르는 태도가 어찌나 단호했던지, 만일 이 모든 게 속임수임을 사전에 알지 못했더라면 분명 로타리오는 생명에 위협을 느꼈을 겁니다. 잠시 두 사람이 싸우는 듯하더니 결국 여자가 바닥으로 쓰러지고 말았습니다.

"완전한 복수를 하지 못할 바에야 일부라도 이루고야 말 테다."

이렇게 말한 뒤 그녀는 자기의 가슴을 칼로 찌르려 했습니다. 레오넬라가 막아 보려 했지만, 이미 칼날이 카밀라의 피부를 살짝 스쳐 지나간 상태였습니다. 상처에서 핏방울이 방울방울 새어나오기 시작하자 카밀라는 그대로 실신하고 말았습니다. 아니, 실신한 듯 보였습니다. 사람들 말에 따르면, 로타리오는 의사를 부르러 갔다고 합니다. 하녀 레오넬라는 주인 안젤모가 숨어서 다 듣고 있다는 걸 알고 있었기 때문에 이런 비극적 사태가 발생한 걸 탄식하면서, 카밀라야말로 지고지순한 여성이었다는 칭송의 소리를 해대며 틈만 나면 아내를 홀로 내버려 두어 결국 다른 남자에게 틈을 내어 주게 만든 주인을 원망했습니다.

잠시 후 카밀라는 마치 깊은 상처라도 입은 사람처럼 힘없이 눈을 뜨고는 레오넬라에게 이 모든 일에 대해 남편에게 어떻게 설명하면 좋겠느냐고 물었습니다. 하녀는 아무 말 할 필요 없다고 했습니다. 어차피 주인님과 로타리오가 절친한 친구인 이상 모욕의 대가로 원수를 갚을 일도, 로타리오를 죽일 수도 없으리라는 것이었습니다.

안젤모는 매우 이기적인 사람이었습니다. 그제서야 정절을 지키기 위해 자신을 넘본 남자를 죽이고 자기 목숨까지 끊으려 했던 아내의 행동에 깊은 감동을 받았습니다. 그래서 기쁜 마음으로 로타리오를 만나러 갔습니다. 분명 기독교 역사상 가장 완벽한 여성임에 틀림이 없는 자신의 아내 카밀라의 덕성을 기리고 싶었던 겁니다. 이렇게 카밀라의 기지 덕분에 안젤모는 이 세상에서 가장 행복하게 기만당한 남자가 되고 말았습니다. 한편 로타리오는 별로 흥이 나지 않았지만, 그래도 안젤모가 마음 놓고 집을 비울 때마다 애인을 만날 수 있었습니다.

그러던 어느 날 밤, 안젤모는 레오넬라의 침실 쪽에서 이상한 소리가 나는 걸 들었습니다. 방문을 열어 보려 했지만 문이 잠겨 있었습니다. 문을 부수고 들어가자 웬 사내가 발코니를 통해 바람처럼 도망치는 장면을 목격하게 되었습니다. 잔뜩 화가 난 안젤모는 칼을 꺼내왔습니다.

"제발 살려 주세요, 주인님. 주인님께서 상상치도 못하신 중대한 정보를 드릴 테니까요."

레오넬라가 말했습니다.

"당장 말해 보아라!"

"동이 트면 말씀드리겠습니다. 지금은 너무 놀라 정신이 없어서요."

평소 안젤모는 하녀를 신뢰했었기 때문에 방문에 자물쇠를 채워 잠근 뒤 아내 카밀라에게 이 이야기를 털어놓았습니다. 남편의 말을 들은 카밀라는 하녀 레오넬라가 자신을 배반할 생각임을 알게 되었습니다. 그래서 남편이 잠들기가 무섭게 집안에 있던 보석을 모두 챙긴 뒤 로타리오의 집으로 찾아가 그동안 일어난 일을 들려주었습니다.

로타리오는 카밀라를 누이가 수도원장으로 있는 수녀원에 데려다 준 뒤 어딘가로 사라졌습니다. 다음날 아침, 안젤모는 레오넬라의 방문을 열고 들어갔습니다. 그런데 그 방에는 아무도 없었습니다. 발코니에 한쪽 끝을 묶은 침대 시트가 길게 늘어뜨려져 있는 게 보였습니다. 아마도 하녀는 그 시트를 타고 내려간 것 같았습니다. 안젤모는 아내를 찾아 집안을 온통 돌아다녔지만 아내 역시 보이지 않았습니다. 뿐만 아니라 집안에 있던 패물(佩物)조차 모조리 없어진 게 확인되었습니다. 미루어 추측해 보건대, 아내 카밀라가 그를 속인 게 분명했습니다. 안젤모는 급히 친구의 집으로 달려갔습니다.

그런데 로타리오의 집도 텅 비어 있었습니다. 이웃집 아주머니 한 분이 간밤에 웬 젊은 여자가 찾아왔는데 두 사람이 함께 나간 뒤 돌아오지 않았다고 했습니다.

안젤모는 비로소 일의 전모를 파악할 수 있었습니다. 호기심 많고 무모했던 안젤모는 그제서야 진실을 깨닫게 된 것입니다. 그는 자신의 처지를 되돌아보았습니다. 순식간에 아내를 잃고, 친구를 잃고, 용기도 잃은 자신의 처지를……. 무엇보다 그를 덮친 최악의 현실은 명예를 잃었다는 것이었습니다.

절망감에 사로잡힌 그는 집으로 돌아와 종이를 가져온 뒤 뭔가를 써내려가기 시작했습니다. 아마도 다음날이면 하인들이 생명이 끊어진 주인

의 시신 곁에서 발견하게 될 유언장이었습니다.

'참으로 어리석고 무모했던 탓에 나는 스스로 목숨을 끊고자 한다. 나의 죽음에 대한 소식이 카밀라의 귀에 들어가게 된다면, 내가 이미 그녀를 용서했다는 것도 알았으면 한다. 그녀는 더 이상 정절을 지켜야 할 의무도 없으며, 나 역시 그녀에게 그것을 요구할 이유가 없다. 나 자신을 불명예스럽게 만든 주인공은 바로 나 자신이었으니, 그럴 이유가 없는 것이다……'

안젤모는 이렇게 썼습니다. 물론 이 소식은 수도원에 피신해 있던 카밀라에게도 전해졌습니다. 그녀는 몹시 침통해하고 있었습니다. 이는 남편의 죽음 때문이기도 했지만, 그보다는 사랑하는 연인 로타리오가 곁에 없었기 때문이었습니다. 로타리오는 둘도 없는 친구에게 행한 자신의 배신 행위를 뉘우치며 군대에 지원하여 대 나폴리 왕국 전투에 참전했던 것입니다. 그런데 전투 와중에 로타리오는 그만 전사하고 말았습니다. 그 비보를 전해들은 카밀라 역시 며칠 후 극심한 고통과 우울증으로 세상을 등지고 말았습니다.

너무 분별없는 행동으로 인해 시작되었던 이야기가 초래한 종말이었습니다.

35

무지막지한 거인과의 결투

모두 이야기가 어떻게 마무리되는지 숨죽여 듣고 있을 때 돈 키호테가 자고 있던 방에서 산초 판사가 뛰쳐나오며 소리를 질러댔다.

"이리 좀 와 보세요! 우리 주인님 좀 살려 주세요! 내 평생 봐 온 것 중 가장 치열한 전투를 치르고 계시다니까요. 부디 미코미코나 공주님의 원수인 그 거인의 목을 단칼에 베어 버리셔야 할 텐데……."

"산초, 도대체 무슨 소리야? 거인은 여기서 이천 레구아나 떨어진 곳에 살고 있는데, 무슨 소릴 하고 있는 건지 모르겠군."

신부가 소설 원고를 탁자 위에 내려놓으며 물었다.

"제 눈으로 봤다니까요. 똑똑히 봤어요. 방으로 막 들어가는데……."

이때 방 안에서 이런 소리가 들려왔다.

"내 칼을 받아라! 이 사악한 배신자! 도둑놈! 보잘것없는 거인 놈! 남의 땅을 훔쳐간 날강도! 어디 할 수 있거든 한 번 막아 보거라! 냉큼 나와 나의 이 용맹스러운 칼날에 맞서 보란 말이다!"

모두 돈 키호테의 고함 소리에 그만 문간에서 얼어붙고 말았다. 그러나 느닷없이 잠잠해지자 산초가 더욱 조바심을 내며 채근했다.

"얼른 들어가서 우리 주인님 좀 도와주세요. 하긴 뭐 도움도 필요치 않겠지만요. 벌써 거인 그 녀석 죽어 있을걸요. 아까 방에서 보니 바닥이 완전히 피투성이인 것 같더라고요. 나오다가 거인의 머리통에 제 발이 걸리기도 했어요. 머리통이 어찌나 크던지 꼭 포도주 부대 자루 같더라고요."

"아이쿠! 저 미치광이 기사가 저 방에 저장해 둔 내 포도주 자루에 칼부림을 하지 않았다면 내 손에 장을 지질 것이다!"

여인숙 주인이 한숨을 쉬더니 다른 사람 사이를 뚫고 캄캄한 방 안으로 들어갔다. 방 안은 온통 포도주 냄새로 꽉 차 있었고, 바닥도 흘러나온 포도주로 흥건히 젖어 있었다.

바짝 여윈 두 다리가 그대로 드러나는 짧은 셔츠 바람에 잠잘 때 쓰는 취침용 모자를 쓰고 보이지도 않는 거인과 싸운다며 이리 뛰고 저리 뛰는 돈 키호테의 모습에 모두 요절복통하지 않을 수 없었다. 돈 키호테는 정말 거인과 결투라도 하듯이 진지한 태도로 고래고래 고함을 질러대고 있었다. 물론 두 눈은 꼭 감은 채였다. 완전히 꿈을 꾸고 있었던 것이다.

유일하게 여인숙 주인만 산초가 거인이 흘린 피라고 했던 것이 다름 아닌 값비싼 적포도주였다는 사실에 분통을 터뜨리고 있었다. 주인장은 두 눈을 있는 대로 부릅뜨고 두 주먹을 불끈 쥐고는 우리의 검투사 돈 키호테에게 주먹질을 해대기 시작했다. 돈 키호테는 잠결에 몰매를 맞을 수밖에 없었다. 때마침 신부와 카르데니오가 달려들어 말리지 않았더라면 낭패를 당할 뻔했다.

그사이 본래의 모습으로 돌아온 이발사가 물통에 찬 물을 가득 담아와 돈 키호테의 얼굴에 쏟아부었다. 그제서야 두 눈을 번쩍 뜬 돈 키호테는 눈 한 번 깜빡거리지 않은 채 신부 앞에 무릎을 꿇고 앉아 말했다.

"공주님! 이제 공주님께서는 마음 놓으셔도 됩니다. 제가 맡은 바 임무를 완수했으니까요. 제가 사악한 거인을 물리쳤으니 공주님께서는 자유를 얻으셨습니다. 또한 제게 하셨던 결혼 약속에서도 자유로워지셨습니다. 제 마음속에는 다른 분이 늘 계시니까요. 그분이 계시기에 제가 살 수

있고, 숨쉴 수 있으니…….”

이때 방 저쪽 구석에서 거인의 머리통을 찾고 있던 산초는 깊은 좌절에 빠져 있었다. 산초가 너무 슬퍼하며 혼잣말을 되뇌었다.

“예전에 누군지도 모르는 자들로부터 몰매를 맞았을 때부터 알아봤지만, 이 여인숙은 정말 마법에 걸린 게 틀림없어. 이번에는 거인의 머리통을 날려 버리는 걸 내 두 눈으로 똑똑히 보았는데도 머리통이 사라지고 없으니 말이야…….”

산초가 너무도 비통해하는 걸 본 도로테아가 위로가 될까 하여 자신의 왕국에 평화가 다시 깃들게 되면 반드시 가장 좋은 백작령을 하사해 주겠노라고 약속했다.

이 말에 원기를 되찾은 산초는 그녀에게 약속하건대 거인이 죽은 건 분명하다고 확신했다. 자기 두 눈으로 주인이 허리에 이르는 수염을 기른 거인의 목을 베는 걸 봤다는 것이었다.

격렬했던 결투로 지쳐 버린 돈 키호테가 다시 깊은 잠에 빠져 버리자, 신부와 이발사와 카르데니오는 방 밖으로 나갔다.

돈 키호테가 자고 있는 곳에서 얼마 떨어지지 않은 방 한쪽 구석에서 산초 판사는 말똥말똥한 상태로 꿈길을 헤매고 있었다. 이름은 알 수 없지만—또 이름이 중요하지도 않지만—하여간 저 멀리 아프리카 대륙의 드넓은 영지가 두 눈에 선한 듯했다. 번쩍거리는 값비싼 옷을 입고, 수많은 하인들을 줄줄이 거느린 자신의 모습을 상상해 보았다. 더 이상 자신의 두 손으로 빵이나 치즈를 자를 필요가 없을 것이다. 하늘거리는 옷을 입은 아름다운 시녀가 알아서 입 안에 쏙쏙 넣어 줄 테니까. 뿐만 아니라 또 다른 미녀는 황금접시에 도토리를 내올 것이다. 모든 신하들이 그와 힘겨운 모험길에 동반자가 되어 주었던 착실한 그의 당나귀 앞에 머리를 조아릴 것이다. 당나귀에게는 황금으로 마구간을 하나 지어 주고, 그 속에 라 만차 지방에서도 최고의 들판에서 거둔 싱싱한 밀짚을 가득 채워 줄 것이다.

이렇게 상상의 나래를 펼치는 사이, 아직 방 안에 가득한 포도주 향기에 은근히 취해 버린 산초 판사의 두 눈이 스르르 감겨왔다. 그러고는 달콤한 꿈속으로 빠져들었다. 아직도 펼칠 수 있는 상상의 여지가 남아 있었기 때문이었다.

36

가면을 쓴 사람들

미치광이 기사를 여인숙에 들도록 허락한 자신에게 화가 난 여인숙 주인장은 앞마당으로 나갔다 홧김에 나무에 머리를 박으며 화를 주체하지 못해 나뭇가지를 당겨서 비틀어댔다. 그런데 저만치로 사람들이 오고 있는 게 보였다. 그는 얼른 출입문 앞으로 뛰어가서 소리쳤다.

"여러분! 저기 새 손님들이 오십니다!"

그런데 신경 쓰는 사람이 하나도 없자 다시 외쳐댔다.

"모두 몇 분인데요?"

마침내 카르데니오가 대꾸했다.

"남자 넷은 무장을 한 채 말을 타고 있네요. 얼굴에 검은 눈가리개를 했고요. 그리고 가운데 흰옷을 입은 여자가 한 명 있습니다. 여자도 얼굴을 베일로 가렸고요. 그 뒤로 하인 둘이 걸어오고 있습니다."

"가까이 왔습니까?"

신부가 물었다.

"가깝다마다요. 벌써 여기 오셨는걸요."

이 말에 도로테아는 얼른 손수건으로 얼굴을 가렸다. 카르데니오도 주인장이 말한 그 손님들이 여인숙으로 들어서는 순간 돈 키호테의 방 안으로 들어간 뒤 반쯤 열려 있는 문 뒤로 가 몸을 숨기고 섰다.

네 남자가 말에서 내렸다. 그 중 한 남자가 흰옷을 입은 여자가 말에서

내리도록 도와준 뒤 돈 키호테가 자고 있는 방 문 앞에 놓여 있는 의자에 앉혔다. 여자가 문 하나를 사이에 두고 바로 코앞에 앉자 카르데니오는 얼굴을 볼 수는 없었지만 베일로 얼굴을 가린 그 여자가 깊고 슬픈 한숨을 몰아쉬고 있는 것을 느낄 수 있었다.

말을 타지 않고 걸어온 하인 둘은 말을 끌고 마구간으로 갔다가 지독한 냄새가 진동하는 가운데 로시난테와 산초의 당나귀가 뒤엉켜 자고 있는 것을 보고는 말들을 들여보내야 할지 말아야 할지 잠시 망설이고 있었다. 그들 뒤를 따라온 신부가 풍채 좋은 저 기사들은 누구냐고 물었다.

"죄송합니다만, 저희들도 모릅니다. 그저 지체 높으신 분들이라고만 알고 있지요. 특히 아까 그 숙녀분이 말에서 내릴 때 부축해 주셨던 그분이 그러신 것 같더라고요. 다른 사람들에게 명령을 내리고, 다른 분들이 하나같이 그분 말씀을 따르는 걸 보면 말이에요."

하인들 가운데 하나가 대답했다.

"숙녀분은 누구신가?"

"그것도 모릅니다. 이 친구하고 저는 불과 이틀 전에 저분들과 합류했으니까요. 길을 가다가 저분 일행을 만났는데, 안달루시아까지 함께 가며 일해 주면 보수를 두둑이 주시겠다고 했습니다. 지난 이틀 동안에 숙녀분 얼굴을 한 번도 본 적이 없는 것은 물론, 목소리조차 들어본 일이 없습니다. 물론 한숨쉬는 소리는 수도 없이 들었지만 말입니다. 한 번 내쉴 때마다 그분의 영혼도 함께 새어나가는 것 같던걸요."

다른 하인이 대답했다.

신부는 하인들의 대답에 실망했다. 한편 도로테아는 베일을 쓴 여자가 한숨을 내쉬는 소리에 그녀 쪽으로 다가가 말했다.

"무슨 일이라도 있으세요? 혹시 여자들만의 비밀스러운 문제라면, 제가 도와드릴 수 있을 텐데요.”

하지만 여자는 반응이 없었다. 마치 딴 세상에 가 있는 사람 같았다. 이때 사람들을 통솔하고 온 그 남자가 다가와 말했다.

“이 숙녀분께 해 주실 일은 아무것도 없습니다, 아가씨. 그 어떤 일을 해 준다 해도 고마워하지 않을 겁니다. 혹 이 숙녀분이 무슨 말이든 한다면, 그건 다 거짓말일 겁니다.”

이 말을 듣고 지난 며칠 동안 단 한 마디도 하지 않았다는, 얼굴을 가린 그 여자가 마침내 입을 열었다.

“거짓말? 지금 거짓말이라 하셨습니까? 저는 결코 거짓말을 한 적이 없습니다. 아니, 진실만을 말했기에 지금 이런 불행을 겪고 있는 것이지요. 제가 밝힌 너무나도 명확한 진실로 인해 오히려 당신이 위선자이고, 거짓말쟁이라는 게 밝혀진 겁니다.”

여자 바로 뒤에 있던 카르데니오는 여자의 말을 듣고 거의 미쳐 버릴 지경이 되어 문 뒤에서 소리쳤다.

“어떻게 이런 일이! 이 목소리는…… 이 목소리는…….”

문 앞에 앉아 있던 여자가 낮은 탄식 소리에 뒤돌아보았다. 아무도 없는 것을 보고 등 뒤에 있는 문을 열어 보려고 일어설 때였다. 여자와 함께 왔던 남자가 여자를 거칠게 붙잡았다. 여자는 남자의 손아귀에서 벗어나려고 발버둥을 쳤다. 그 와중에 얼굴을 가리고 있던 비단 베일이 그만 벗겨지고 말았다. 드러난 그녀의 얼굴은 비할 데 없을만큼 아름다웠다. 혈색은 파리했지만 정말 빼어난 미인이었다. 여자는 목소리의 주인공을 찾으려고 하는지 시선을 어느 한 곳에 두지 못하고 연신 두리번거렸다. 모두 여자가 넋이 나가 버린 것이라 생각했다. 이런 모습이 안쓰럽게 여겨진 도로테아가 여자 곁으로 다가가 위로의 말을 건네며 안아 주었다.

한편 도로테아의 포옹을 받은 여자의 등 뒤에서는 여전히 예의 그 지체 높은 남자가 두 손으로 그녀를 잡고 있었다. 그런데 남자도 정신없이 여자를 붙잡느라 얼굴에 쓰고 있던 검은 두건이 벗겨지면서 그만 바닥으로 흘러내리고 말았다.

드러난 얼굴의 주인공이 다름 아닌 돈 페르난도임을 알게 된 도로테아가 비명을 지르면서 실신하고 말았다. 다행히 땅바닥으로 쓰러져 내리기 전에 이발사가 간신히 그녀를 붙잡아 부축했다.

급히 달려온 신부가 도로테아의 얼굴에서 베일을 벗겨낸 뒤 찬물을 적셔 주었다. 이때 도로테아의 얼굴을 알아본 돈 페르난도는 그만 송장이라도 된 듯 입을 다물어 버리고 말았다. 여전히 여자를 잡고 있던 두 손은 놓지 않은 채.

바로 이 순간, 슬픈 한숨의 주인공이 루신다라고 여긴 카르데니오가 놀라 문 뒤에서 뛰쳐나왔다. 그의 눈에 제일 먼저 띈 것은 여자를 붙들고 선 돈 페르난도의 얼굴이었다. 돈 페르난도 역시 카르데니오를 알아보았다. 두 사람은 서로 할 말을 잃은 채 꼼짝 않고 마주 서 있었다. 도대체 무슨 일이 어떻게 된 것인지 도무지 알 수도, 이해할 수도 없었다.

네 사람은 아무 말 없이 서로를 쳐다보았다. 도로테아는 돈 페르난도를, 돈 페르난도는 카르데니오를, 카르데니오는 루신다를, 루신다는 카르데니오를. 물론 이발사는 도로테아를 쳐다보고 있었다. 그리고 신부 역시 네 사람 틈바구니에 끼어 있었다. 하지만 이발사와 신부는 사건에 휘말려 들어가긴 했지만, 이번 일과는 전혀 상관없는 열외의 사람들일 뿐이었다.

루신다가 제일 먼저 입을 열었다.

"돈 페르난도! 제발 이 손을 놓으세요! 제가 기대어 선 담장을 향해 갈 수 있게 해 주세요. 기묘한 방법이기는 하지만, 하늘도 저와 제 사랑을 만나게 해 주시는군요. 아시잖아요? 제가 누굴 사랑하는지…….”

루신다가 이렇게 말했지만, 심장이 강철같이 굳어 버린 돈 페르난도는 그녀를 놓아 주지 않았다. 이때 정신이 든 도로테아가 돈 페르난도 앞에 무릎 꿇고 앉아 애원했다.

"루신다의 말이 맞습니다. 그녀가 온 마음을 다해 청하고 있습니다. 제발 그녀가 사랑하는 사람에게 갈 수 있도록 놓아 주세요. 당신은 아름다운 루신다의 남편이 될 수 없습니다. 이미 제 남편이니까요. 루신다 역시 당신의 아내가 될 수 없어요. 이미 카르데니오의 아내니까요. 당신은 제가 당신의 아내가 되기를 바랐고, 저는 그리했습니다. 돈 페르난도! 저는 당신이 사려 깊고, 신사다우며, 하느님에 대한 믿음을 지닌 사람이라 믿고 있습니다. 당신을 증오하는 여인으로 하여금 당신을 사랑하게 만들기보다는 부디 당신을 사랑하는 여인을 사랑하세요. 진정 당신의 합법적인 아내는 바로 저입니다. 제가 처녀이기를 포기하던 그날 밤, 제 침실에서 당신이 그리 말씀하셨잖아요. 부디 저를 사랑해 주세요. 아니, 그게 안 된다면, 적어도 제가 당신의 노예가 될 수 있도록 허락해 주세요. 저에게는 당신뿐이니까요…….”

무릎을 꿇은 도로테아는 이렇게 사랑 앞에 비굴해진 모습으로 눈물 흘리고, 한숨지으며 온 마음을 다 실어 애원했다. 그녀의 모습이 어찌나 심금을 울렸던지, 돈 페르난도처럼 심장이 놋쇠로 만들어진 사람일지라도 탄복하지 않을 수 없었다. 마침내 돈 페르난도는 루신다를 잡고 있던 두 손을 놓고는 자신에게 목숨을 다해 사랑을 약속한 여인 도로테아에게 두 팔을 내밀었다.

“그대여! 이제 그만 일어서시오. 내 마음에 들어온 그대가 내 발 밑에 꿇어앉아 있다니 합당치 않소. 지금껏 내가 그대의 사랑에 부응치 못했다

면, 그 또한 하늘의 뜻이었다 생각해 주기 바라오. 나로 하여금 그대의 사랑이 얼마나 지대한지를 깨닫게 하고, 그대에게 그만한 사랑을 되돌려주도록 만들기 위한 뜻이었다고 말이오."

도로테아가 일어서서 돈 페르난도의 두 팔에 안겼다. 이미 루신다와 카르데니오는 굳게 포옹하고 있었다. 네 사람 모두 행복에 겨워 눈물 흘리고 있었다.

이 행복한 장면을 지켜보던 여인숙의 모든 사람들도 함께 눈물을 흘리며 기뻐했다. 특히 두 남자의 멋진 풍채와 외모에 넋이 나간 여인숙집 딸이 그랬다.

마리토르네스는 원래 이런 유의 이야기를 무척이나 좋아했지만, 하인들을 마구간으로 안내하느라 자리를 비운 탓에 그 감동을 느낄 수 없었다.

신부와 이발사의 두 눈은 벌겋게 충혈이 되어 있었다. 도대체 뭐가 어떻게 된 건지 제대로 알지 못한 산초 판사까지도 이 장면을 지켜보며 눈물과 콧물이 범벅되어 있었다. 물론 산초의 눈물은 다른 사람들의 눈물과는 완전히 다른 의미였다. 그의 눈물은 감동에 겨운 눈물이 아니라, 도로테아가 미코미코나 공주가 아니었음을 확인하게 되면서 약속한 영지가 날아가 버렸고, 처음 돈 키호테의 종자가 되어 모험에 함께 하기로 결심했을 당시 주인이 약속했던 섬도 완전히 물 건너가 버리고 말았음을 알게 된 슬픔으로 인한 눈물이었다.

돈 페르난도는 도로테아에게 어떻게 여기까지 오게 되었느냐고 물었다. 도로테아는 그간의 다사다난했던 사연을 천천히 들려주었다. 그녀의 이야기가 끝나자 이번에는 돈 페르난도가 루신다의 품 속에서 카르데니오의 서신이 발견된 후 일어났던 일에 대해 들려주었다.

"모욕을 당했다고 생각했을 당시에는 루신다를 죽여 버리고 싶었소. 그녀의 부모가 나를 말리더군요. 그날로 저는 그 집을 나와 조용히 복수를 준비했습니다. 루신다가 마을에서 자취를 감춰 버리자 우리는 그녀를 찾아 나섰지요. 마침 누군가가 수도원에 아름다운 처녀가 들어와 있다고 하기에 찾아가 보니 루신다가 맞더군요. 하루는 그녀가 기도드리는 사이 그녀를 덮쳐 버렸소. 정신을 잃고 쓰러지더군요. 나중에 정신을 차린 그녀는 아무 말도 하지 않고 눈물을 흘리며 한숨만 내쉬더군요. 그녀를 데리고 안달루시아를 향해 가던 길에 이 여인숙에 들게 된 겁니다……."

이야기는 해피 엔딩으로 마무리되었다. 모두 행복에 가득 차 있었다. 여인숙 주인은 이번 일을 축하하기 위해—돈 키호테의 칼부림을 용케 피하고 남아 있는—맛좋은 포도주를 내왔다. 그는 돈 페르난도가 대단히 지체 높은 가문의 자제임을 알고는 비용을 두둑이 받아낼 수 있을 거란 생각에 몹시 기분이 좋아졌다. 그래서 연신 호탕한 웃음을 터뜨리며 자신이 이 여인숙의 주인이라는 사실이 너무도 행복하여 그 기쁨을 주체할 수 없었다.

37

산초, 도로테아에 속다

 여인숙을 통틀어 슬픈 얼굴을 하고 있는 유일한 사람은 바로 산초 판사였다. 산초는 미코미코나 공주로 여겼던 사람이 도로테아가 되고, 거인이어야 했던 원수가 돈 페르난도가 되어 버리는 장면을 고스란히 지켜보았다. 게다가 자신의 주인이라는 사람은 아무것도 모른 채 곯아떨어져 있었기 때문이었다.
 잔뜩 화가 난 산초는 돈 키호테가 자고 있던 방으로 쳐들어갔다. 돈 키호테는 이제 막 잠이 깨려던 참이라 아직 눈도 뜨지 못한 상태에서 산초의 목소리를 들었다.
 "실컷 주무십시오, 슬픈 얼굴의 기사님! 이제 거인을 해치울 일도, 공주님에게 왕국을 되찾아 드릴 일도 없으니까요. 다 끝장나 버렸다고요!"
 "나도 그렇게 생각하고 있던 참이다."
 돈 키호테가 조금 전에 벌였던 치열했던 전투를 떠올리며 대답했다.
 "지금껏 보아 온 중에 가장 무지막지한 거인과 맞서 싸웠으니 말이다. 그 거인의 피가 마치 강물이라도 된 듯 철철 넘쳐 흐르지 않더냐!"
 "강물이라고요? 왜, 포도주라고 하시지 그래요?"
 산초가 정신이 나간 사람처럼 소리쳤다.
 "도대체 왜 이러느냐, 미쳤느냐?"
 산초는 여전히 소리를 질러대고 있었다.

"벌떡 일어나 좀 살펴보십시오. 공주라는 사람은 더 이상 공주가 아니라 그저 부잣집 외동따님에 불과하니까요. 다른 일들도 하나같이 알고 있던 것과는 딴판이라고요."

"이상할 것도 없지 않느냐, 산초. 전에도 말했다시피 이 여인숙에서 일어나는 모든 일들은 다 마법 때문에 일어나는 일이니까 말이다."

이제야 정신이 말똥말똥해진 돈 키호테가 대답했다.

"모든 일들이 다 그런 건 아니지요. 아직도 지난번 담요 키질을 당했던 날 얻어맞은 옆구리가 결린다구요. 따지고 보면 마법 같은 건 없고, 순전히 불운과 뼈마디까지 스며든 통증만 남아 있다 이겁니다."

"불평이 과하구나, 산초. 하느님께서는 모든 일을 보상해 주시는 분이시다. 옷을 다오. 네 말대로 모든 것들이 어찌 변해 버렸는지 한 번 봐야겠구나."

돈 키호테가 문 쪽으로 걸어 나오면서 말했다.

두 사람이 이런 대화를 나누고 있는 사이, 신부는 돈 페르난도에게 유별나기 짝이 없는 돈 키호테의 광기에 대해 설명해 주었다. 또한 돈 키호테를 마을로 데려가기 위해 어떤 계획을 짰었는지에 대해서도 얘기해 주면서 돈 페르난도가 연인 도로테아와 상봉하게 되는 바람에 계획대로 실행할 수 없게 되어 버린 점이 안타깝다고도 했다.

"왜 실행할 수 없다는 겁니까? 도로테아가 계획대로 연기를 하면 되지 않겠습니까? 가시는 곳이 그다지 멀지 않은 곳이라면 저도 기꺼이 함께 가도록 하겠습니다."

"이틀이면 충분히 닿을 수 있는 곳입니다."

이때 갑자로 무장을 하고, 머리에는 찌그러진 맘브리노의 투구를 쓴 돈 키호테가 그 모습을 드러냈다. 돈 키호테의 황당한 행색과 너무나 심각해

보이는 표정에 돈 페르난도와 그 일행들은 어이가 없었다. 그들은 아무 말도 못하고 돈 키호테의 다음 동작을 기다렸다.

돈 키호테는 도로테아 앞으로 다가가 근엄한 태도로 말했다.

"아가씨, 그간 지녀왔던 공주님의 신분이 대번에 사라져 버렸다는 보고를 받았습니다. 마법사이신 아가씨의 부친께서 아가씨를 평범한 숙녀로 만들어 버리셨다고요. 이제 더 이상 제 도움이 필요치 않은 건 아닐까 걱정됩니다. 하지만 그 명성이 저에 못 미치는 다른 기사들이 제아무리 난해한 위업을 완수했다고 자랑해도, 제가 조금 전에 했던 일에는 견줄 수 없다는 점만은 알아주시기 바랍니다……."

"아, 내 포도주! 저 몹쓸 인간! 아, 내 포도주!"

여인숙 주인이 터져 버린 포도주 자루를 떠올리며 구시렁거렸다. 돈 페르난도가 그에게 조용히 하라고 일렀다.

"하여간, 영토를 잃으신 존귀하신 아가씨! 내 이 검이야말로 아가씨 것이어야 할 왕관을 되찾아드릴 주체이니, 이 검이 당해내지 못할 악당은 이 세상 어디에도 없을 것입니다."

"누가 뭐라 했는지 모르겠습니다만……. 슬픈 얼굴의 기사님! 다 거짓입니다. 저는 달라진 것 없습니다. 오늘의 저는 어제의 저 그대로일 뿐입니다."

도로테아가 대답했다. 이 말에 돈 키호테는 성난 얼굴로 종자 산초 판사를 돌아다보았다.

"네 이놈, 산초! 냉큼 이리 오지 못하겠느냐! 이 천하의 거짓말쟁이! 내 당장 네놈의 머리통을 박살내 버리고 말 테니……."

이렇게 돈 키호테는 고래고래 소리를 질러대며 산초를 잡으러 여인숙 여기저기를 쫓아다녔다. 두 사람의 모습은 마치 쫓는 고양이와 쫓기는 쥐

같았다. 산초는 평발인 탓에 뒤뚱거리며 뛰어다니면서 가끔씩 뒤를 돌아다보았고, 돈 키호테는 머리끝에서 발끝까지 무장을 한 탓에 역시 둔한 몸짓으로 뒤뚱거리며 힘겹게 뛰어다니고 있었다. 그 와중에 산초가 소리쳤다.

"아이고, 주인님! 그 공주님인가 뭔가에 저도 속은 모양입니다!"

두 사람이 어찌나 소리를 질러대고, 바닥을 쿵쾅거리며 뛰어다니고, 의자며 식탁을 마구 넘어뜨리며 소란을 떨어댔는지 제발 좀 진정하라는 돈 페르난도의 목소리도 들리지 않았다.

바로 그때, 여인숙 대문이 열리더니 복장으로 보아 무어 인의 땅에서 온 것으로 보이는 스페인 기사가 한 명 들어섰다. 그 뒤로 세련된 옷차림에 얼굴을 하늘거리는 베일로 가린 무어 족 여인이 뒤따라오고 있었다.

모두 호기심 어린 표정으로 침묵한 채 막 도착한 새 손님들을 쳐다보았다.

상당히 지체 높은 혈통 출신으로 보이는 기사는 대략 마흔 정도의 나이에 콧수염과 턱수염을 기다랗게 기르고 있었다. 피부는 구릿빛으로 검게 그을려 있었다. 여인숙에 들어서기가 무섭게 기사는 빈 방을 달라고 했지만, 남은 방이 하나도 없다는 사람들의 답을 듣고는 얼굴에 수심이 가득 차올랐다.

여인숙에 있던 여자들이 하나같이 새로 온 여인 곁으로 다가갔다. 여인숙 안주인과 딸, 마리토르네스는 여자의 값비싸 보이는 옷을 쳐다보았고, 루신다는 여자의 아름다운 외모를 눈여겨보고 있었다. 마침내 도로테아가 방이 없어도 자신들과 한 방에서 잘 수 있으니 너무 걱정 말라고 말해 주었다.

하지만 전형적인 무어 인 복장을 한 여자는 대꾸가 없었다. 그저 베일

위로 드러난 크고 검은 눈동자만 굴리고 있을 뿐이었다.

무어 인들에게 포로로 잡혀 있었던 것으로 추정되는 기사가 여자들 쪽으로 다가오자 도로테아가 물었다.

"이보세요, 기사님. 이 아가씨는 기독교도인가요, 아니면 회교도인가요? 옷차림새나 아무 말 않는 것으로 보아, 제발 아니었으면 하는 바로 그 회교도인 것 같아서 말입니다."

"옷차림과 육신은 무어 인이 맞습니다만, 영혼은 독실한 기독교도입니다. 기독교도가 되고자 하는 간절한 열망을 품고 있으니까요."

이 말에 모두 그 아가씨와 기사의 정체가 궁금하면서도 감히 물어볼 엄두를 내지 못했다. 무어 인 아가씨가 몹시 놀란 듯한 표정을 짓자 도로테아가 손을 뻗어 그녀의 손을 잡은 뒤 옆에 와 앉도록 자리를 권하면서 베일을 벗으면 훨씬 편안할 것이라고 했다. 아가씨가 베일을 벗자 그 속에서 이국적인 아름다움이 넘쳐 흐르는 얼굴이 자태를 드러냈다. 원래 아름다움이란 모든 것을 화합시키고, 경외감을 자아내며, 용기를 북돋우는 능력이 있는 까닭에, 그녀의 미모를 확인한 사람들이 모두 무어 인 아가씨 앞으로 모여들었다.

돈 페르난도가 기사에게 아가씨의 이름을 물어보자 기사는 소라이다라고 대답했다.

"아니, 소라이다가 아니에요. 마리아예요."

무어 인 아가씨가 정정했다.

그녀가 몹시 힘들어하는 것을 눈치챈 루신다가 그녀를 꼭 안아 주며 속삭였다.

"그래요, 마리아!"

이런저런 이야기를 나누는 사이 어느덧 저녁 식사 시간이 되었다. 여인

숙 주인장은 기다란 식탁에 떡 벌어지도록 음식을 차려낸 뒤, 마주보는 자리에 슬픈 얼굴의 기사를 앉혔다. 모두 즐겁게 식사를 마쳤다.

후식이 나오자 돈 키호테가 자리에서 일어서더니 문인(文人)의 길을 가는 것보다는 무인(武人)의 길을 가는 것이 훨씬 가치 있다는 것을 주제로 일장 연설을 늘어놓기 시작했다.

이 연설의 내용은 다음 장에서 소개하기로 하겠다. 하여튼 식탁에 둘러 앉은 사람들이 하나같이 무인의 길을 걷고 있는 기사들이었던 까닭에 모두 돈 키호테의 이야기를 귀 기울여 경청했다. 이야기를 듣는 동안은 하나같이 돈 키호테가 정신이 멀쩡한 사람이라는 생각을 하기에 이르렀다. 그래서 서로 이런저런 이야기를 주고받았다. 방 한쪽 구석에서는 산초 판사도 주인의 이야기를 듣고 있었다.

38

무인의 길과 문인의 길에 대한 일장 연설

식탁을 마주하고 서 있던 돈 키호테는 일단 좌중을 한 번 돌아본 뒤 연설을 시작했다.

"여러분! 기사도의 수행 속에서라야 진정 위대함이 꽃필 수 있습니다. 그렇지 않고서야 이 성문을 통과하고 우리를 만나본 사람 중 그 누가 진정한 우리의 가치를 알아주겠습니까? 그 누가 우리 모두 알고 있는 여기 이 숙녀분이 위대한 여왕이라고 말할 수 있을 것이며, 제가 사람들 입에 위업이 오르내리고 있는 바로 그 슬픈 얼굴의 기사라고 말할 수 있겠습니까?"

뒤늦게 온 기사는 다른 사람들을 둘러보았다. 아무도 놀란 표정을 짓지 않는 것을 보고 오히려 당혹스러웠다. 순간 그는 자신이 정말 고향 스페인 땅에 들어선 것인지 자문해 보았다. 스페인 말을 한 마디도 알아들을 수 없었던 소라이다는 그저 함께 온 기사의 얼굴을 쳐다보고 있을 뿐이었다. 산초 판사는 기꺼운 표정으로 주인의 연설을 들으면서 마음속으로는 포도주를 한 병 더 마실 궁리를 하고 있었다. 다른 기사들은 호기심 어린 표정으로 주의 깊게 돈 키호테를 쳐다보며 도대체 저 사람이 무슨 이야기를 하려는 걸까 생각하고 있었다. 돈 키호테가 말을 이었다.

"무술과 무도의 수행은 인간이 창조해 낸 그 어떤 것보다도 훌륭한 것입니다. 문인의 길을 가는 것이 육체보다는 정신적인 노동이기에 무인의

길을 가는 것보다 낫다고 말하는 사람들이 있습니다. 그건 뭘 모르고 하는 소리입니다. 무를 행한다는 것은 신체를 단련하는 일이기도 하지만, 용기와 대단한 지성을 필요로 하는 일이기도 합니다. 즉 무인의 길을 가기 위해서는 문인의 길을 가는 것만큼이나 정신적 뒷받침이 필요하다는 말입니다. 한 번 생각해 보십시오. 실제로 글을 쓰는 것과 전투를 행하는 것 중 어떤 것이 더 정신적 역량을 요하는 일이겠습니까?"

마리토르네스는 무슨 말인지 도무지 알아들을 수가 없었던 탓에 하인 한 명과 마구간으로 가버렸다. 주막집 딸은 카르데니오의 멋진 풍채에 빠져 쳐다보고 있었고, 반면 또 다른 하인 하나는 정신없이 주인집 딸 얼굴만 쳐다보고 있었다. 미친 기사의 장광설을 제대로 이해하기 힘들었던 여인숙 주인장은 식탁에 차려진 음식만 꾸역꾸역 먹어댔다. 산초는 주인의 연설 같은 건 아예 까맣게 잊어버리고 어떻게든 포도주 병 하나라도 더 잡아 보려고 선 채로 두리번거리고 있었다. 돈 키호테가 말했다.

"예수께서 태어나시던 그날 밤, 사람들이 처음 들은 말은 바로 '높은 곳에 영광, 선한 사람들에 평화(지극히 높은 곳에서는 하나님께 영광이요 땅에서는 하나님이 기뻐하신 사람들 중에 평화로다(눅 2:14)' 라는 천사들의 음성이었습니다. 또한 천지간 최고의 목자이신 그분께서도 '너희에게 평안을 주노라. 너희에게 평안을 부여하노라. 평강이 너희와 함께할지어다(평안을 너희에게 끼치노니 곧 나의 평안을 너희에게 주노라(요 14:27)). 너희에게 평강이 있을지어다(요 20:21)' 라고 가르치셨습니다. 이 평강이야말로 싸움의 진정한 끝이며, 바로 이런 점에서 문보다는 무가 우월하다는 거지요······."

"맞습니다!"

한 기사가 말했다.

"지금껏 그런 식으로는 생각해 보지 못했습니다!"

또 다른 기사가 맞장구쳤다.

"우리야말로 평안을 주는 주인공들이지요!"

세 번째 기사가 식탁을 치며 말했다.

"그런 의미에서 건배합시다!"

첫 번째 말했던 기사가 제안했다.

"건배! 건배!"

다른 두 기사도 함께 소리쳤다.

돈 페르난도와 함께 와서 여인숙에 머물고 있던 기사들은 식탁 앞에 귀를 쫑긋 세운 채 둘러앉아 있다가 주인장에게 포도주를 좀더 가져다 달라고 청했다. 돈 키호테는 장광설을 멈추지 않았다.

"문인의 길을 가는 데에는 기나긴 시간이 필요한 바, 불면의 밤을 보내야 하고, 배고픔을 경험해야 하며, 골치 아픈 일도 겪어야 하고, 그 밖에 지금까지 이야기한 많은 과정을 거쳐야 합니다. 하지만 무사가 되려는 사람 역시 학자의 길을 걷는 사람들과 똑같은 과정을 겪어야 합니다. 아니, 오히려 훨씬 더 강도 높은 과정을 지나야 하지요. 한 걸음 내디딜 때마다 전장에서 목숨을 잃을지도 모르는 위험을 감수해야 하기 때문입니다. 정말 탄복스럽기 그지없는 일은, 끝내 다시 일어설 수 없는 전장에서 어느 무사가 목숨을 잃고 스러지게 되면 바로 그 자리를 또 다른 무사가 채운다는 겁니다. 그리고 그 무사가 또 스러지면, 또 다른 무사가 그 자리를 대신하고, 그렇게 끝없이……."

돈 페르난도와 함께 온 세 기사는 이제 더 이상은 돈 키호테의 연설을 듣는 게 내키지 않아 보였다. 너무나도 험난한 무인의 길을 떠올리는 것만으로도 온몸이 부르르 떨려 왔던 것이다. 그래서 그들은 포도주를 자꾸

더 달라고 했고, 방금 마신 포도주가 뱃속으로 흘러 들어가기도 전에 '한 병 더, 한 병 더!' 하고 외쳤다. 숭고하기 그지없는 기사라는 직업이 갖는 위험성에 대해 생각하고 싶지 않았던 것이다.

"진짜 위험해!"

"그럼, 위험하고말고. 그런 의미에서 건배!"

"좋아! 건배!"

세 기사는 술잔을 들고 외쳤다.

여전히 꼿꼿한 자세로 선 채 돈 키호테가 연설을 계속했다.

"혹자는 문이 없다면 무도 있을 수 없다고 합니다. 이에 대해 또 다른 이들은 검의 힘이 없이는 법도 유지될 수 없다고 받아넘기지요. 검이 있어야 공화국을 지켜나갈 수 있으며, 왕국을 보존할 수 있고, 도시를 수호할 수 있으며, 거리를 방비하고, 바다에서 활개치는 해적들을 소탕할 수 있기 때문입니다……."

산초 판사는 놀랄 만한 힘으로 버티고 서 있었다. 계속 그렇게 선 채로 있는 것은 거의 기적에 가까웠다. 그는 약간 비틀거리면서 포도주 병을 집어들고는 자기 그림자를 상대로 친구삼아 술잔을 기울이기도 하고, 함께 건배를 하고, 신나게 수다를 떨어대기도 했다. 심지어 함께 마구간으로 가자고 권하기까지 했다. 언제나 그 누구보다도 자기 말을 잘 들어주는 착한 당나귀를 보여 주겠다는 것이었다.

"편력기사의 종자가 되는 일이야말로……. 딸꾹! 세상 최고의 일이지요! 딸꾹!"

산초는 이렇게 중얼거리더니 시커먼 형체의 대답 없는 술친구에게 다시 같은 말을 되뇌었다.

돈 키호테는 여전히 떠들어대고 있었지만, 돈 페르난도와 함께 왔던 세

명의 기사들은 이제 더 이상 그의 장광설을 듣고 있지 않았다. 그들이 눈동자를 돌리는 것은 술병을 찾을 때뿐이었고, 그들이 입을 벌리는 것은 주인장에게 안주를 좀더 갖다 달라고 하든가, 아니면 도무지 알아듣기조차 힘든 무슨 말인가를 구시렁댈 때뿐이었다. 아마도 '건배!'라든가 뭐 그런 말을 하고 있는 것 같았다.

슬픈 얼굴의 기사는 작금의 철의 시대를 살고 있다는 사실, 아마디스 데 가울라 때처럼 일대일로 맞서 결투하는 장면은 사라져 버렸고, 총알이 튕겨져 나가거나 대포알이 날아가면서 용맹스러운 기사의 목숨을 빼앗아 버리는 총탄의 시대를 살아가고 있다는 사실이 무척이나 서글픈 듯했다.

"우리가 살아가고 있는 이 혐오스러운 시대에 편력기사의 도를 수행해야 한다는 사실이 내 영혼을 무겁게 짓누릅니다. 목숨을 위협받는 일이 두려워서가 아닙니다. 다만 화약과 주석 덩어리가 나로 하여금 이 용맹스런 두 팔과 검을 통해 명성을 얻을 기회조차 앗아가 버리게 될지 몰라 걱정스럽기 때문입니다."

순간 식탁에서도 칼부림이 날 지경이 되었다. 세 기사 중 하나가 자기 포도주를 마셔 버렸다며 다른 기사를 몰아세웠다. 그러자 두 기사가 실랑이를 벌이는 틈을 타 남은 한 기사가 포도주 병을 바닥내 버렸다. 그가 포도주를 몽땅 마셔 버리는 걸 보고 서로 실랑이를 벌이던 두 기사가 달려들어 멱살을 잡아챘다. 세 사람 다 이미 고주망태가 되어 있었던 탓에 모조리 바닥으로 나자빠져 뒤엉켜 버리고 말았다.

돈 페르난도와 함께 온 세 기사는 이렇게 서로 뒤엉킨 채 여인숙 한쪽 구석까지 데굴데굴 굴러가면서 서로 욕하고, 협박하고, 주먹질하고, 토악질을 해댔다. 마침내 여인숙 주인이 끼어들어 그들을 한쪽 구석으로 밀쳐 냈다가, 나중에는 모조리 산초가 잠들어 있는 헛간으로 처넣어 버렸다.

한편, 끝없이 이어지는 돈 키호테의 장광설에 싫증이 나 몰래 빠져나와 있던 여인숙 딸과 하인 하나가 헛간 제일 안쪽 구석에서 숨죽인 채 몸을 숨기고 있었다.

그러나 내가 파악하고 있는 이 모험담에 대해 세계적 작가 미겔 데 세르반테스 사아베드라는 그다지 이야기하고 싶지 않았던 것 같다. 그래서인지 신부가 내게 번역해 들려준 이야기 속에는 이 모험담이 포함되어 있지 않고, 따라서 다음 장에는 여인숙 안에서 계속된 다른 장면이 등장한다.

고주망태가 되어 버린 종자들과 하인들, 싸움꾼들을 모두 떨쳐내고 나자 비로소 여인숙에는 다시금 평화가 깃들었다. 숙녀들까지 모두 침실로 들어가고 나자, 돈 페르난도는 포로기사에게 신상 이야기를 들려 달라고 청했다.

그는 돈 페르난도의 부탁을 들어주기로 했다. 두 사람은 여전히 불붙은 장광설을 떠들어대고 있는 돈 키호테에서 조금이나마 멀리 떨어져 볼까 하는 심산으로 한쪽 화롯가로 가 앉았고, 신부와 이발사가 두 사람의 뒤를 따랐다.

39 40 41
포로기사 이야기

레온 산악지대의 어느 마을에서 제 인생 여정은 시작되었습니다. 제가 살던 곳은 아주 작은 마을이었지요. 그곳에서 제 부친은 부호(富豪)로 이름을 날리고 계셨습니다. 만일 아버지께서 그토록 자유분방하시고 낭비벽이 심하지 않았더라면 정말 큰 재산을 소유하셨을 겁니다. 사실 그런 천성은 결혼한 남자, 더구나 자식까지 있는 가장에게는 그리 좋은 습성이 아니지요. 아버지는 아들만 셋을 두셨는데, 그 아들들이 어느덧 장성하여 결혼도 하고 자기 일도 찾을 나이가 되었습니다. 아버지께서는 아까도 말씀드렸다시피 씀씀이가 큰 분이었던지라 까딱하면 재산을 다 날려 버릴지도 모른다는 생각을 하고 계셨습니다. 그러던 차에 어머니께서 세상을 뜨자 살아 계실 때 미리 재산을 분배해 주시기로 결심을 하셨지요.

"얘들아! 내가 자식들인 너희들을 얼마나 사랑하는지 잘 알 것이다. 이제 너희들도 각자의 앞가림을 해야 할 나이가 되었다. 재산을 나 혼자 탕진해서는 안 될 듯싶으니 재산을 똑같이 사등분하여 나누고자 한다. 너희들 각각에게 사분의 일씩을 나눠 주고, 나머지 사분의 일은 내가 여생 동안 쓸 계획이다. 단 재산을 분배받는 즉시 지금부터 내가 지정해 준 길을 가기 바란다. 예부터 우리 스페인에는 '교회가 아니면 바다나 왕궁'이라는 말이 있다. 내가 왜 이런 말을 하는가 하니, 너희들 중 한 사람은 학문의 길을 가고, 다른 한 사람은 장사를 하고, 나머지 한 사람은 군인이 되었으면 하고 바라기 때문이다."

저는 집안의 장남으로서 제일 먼저 대답했습니다. 군인이 되어 하느님과 국왕 폐하를 위해 종군하겠다고 말씀드렸지요. 둘째는 신대륙으로 떠나기로 했고, 막내는 사제가 되거나 살라망카로 가 학업에 정진하기로 했습니다.

아버지께서는 이렇게 말씀하신 뒤 저희 아들들에게 각각 금화 삼천 두카도를 주셨습니다. 저는 군인에게 그리 큰돈이 필요치 않을 거라 생각되었기에 이천 두카도는 다시 아버지께 돌려드렸고, 동생들도 각각 천 두카도씩 아버지께 돌려드렸습니다. 그리고 며칠 후, 한날한시에 우리 삼 형제는 작별을 고한 뒤 레온의 고향 마을을 떠났습니다.

그렇게 아버지의 고향집을 떠나온 게 벌써 22년 전이군요. 그사이 집으로 편지를 몇 통 보내기는 했지만, 아버지나 동생들로부터는 소식을 받지 못했습니다. 하여간 그 후 이야기는 아주 간략하게 말씀드리겠습니다. 알리칸테에서 배에 오른 저는 제네바로 갔다가, 다시 밀라노를 거쳐 알렉산드리아로 향하던 중 알바 대공께서 플랑드르로 진군하신다는 소식을 듣고는 그분 휘하로 들어갔습니다. 그곳에서 저는 기수단으로 복무하다가 나중에 교황 피오 5세께서 당시 사이프러스까지 점령해 버린 공공의 적 터키를 대적하기 위해 베네치아, 스페인 등에 동맹을 제안하셨다는 걸 알게 되었습니다.

이 동맹군의 선봉에는 우리 스페인의 돈 펠리페 국왕 폐하의 이복형제이신 돈 후안 데 아우스트리아께서 계셨지요. 그분께서는 대규모 군부대를 조직해 놓고 지중해를 휘젓고 다닐 수 있는 막강 함대도 정비해 놓으신 상태였습니다. 저는 그분 휘하로 다시 들어가 보병 장교로써 전투에 참여하기로 마음먹었고, 실제로 그렇게 했지요.

당시 전투는 바다의 천하무적이라던 터키 해군을 크게 무찌름으로써 우리 기독교 세계에는 크나큰 기쁨이 아닐 수 없었습니다. 하지만 그 유명했던 해전을 치른 바로 다음날 제 두 발에는 족쇄가 채워지고, 두 손목에는 수갑이 채워지고 말았습니다. 아르젤의 국왕에게 생포되고 말았던 겁니다. 바로 그날 터키 전선에서 노를 저으면서 오랜 세월 동안 그토록 고대하던 자유를 쟁취한 기독교도들만 만오천에 달했으니, 모두 기뻐하는 가운데 저 혼자 슬픔을 맛보아야 했습니다. 모두가 자유를 얻은 가운데 저 혼자 자유를 빼앗긴 포로가 된 셈이었지요.

하여간 저는 포로 신분으로 콘스탄티노플로 압송되어 갔습니다. 당시 터키의 술탄 셀림은 우찰리를 해군 총사령관으로 삼았는데, 바로 그 우찰리가 저의 주인이었습니다. 그날 이후 저는 지중해상의 터키 대장선에서 노를 저어야 했습니다. 그 후 콘스탄티노플로 돌아간 저는 돈 후안 데 아우스트리아 님께서 튀니스를 탈환하셨으며, 그 때문에 터키 술탄이 몹시 상심했다는 소식을 전해 듣게 되었습니다. 영악한 술탄은 곧 베네치아 인들과 강화조약을 맺었습니다. 바로 이듬해, 난공불락의 요지이기에 비교적 소수의 스페인 병사들만이 배치되어 있던 튀니스 인접 도시 라 골레타를 공략했습니다. 이 모든 전투의 와중에서 저는 여전히 노를 젓고 있었을 뿐, 자유에 대한 희망이라고는 꿈도 꾸지 않았습니다. 구명을 위해 아버지께 편지를 띄울 생각이 없었으니까요.

기독교도들의 맹렬한 항전에도 불구하고 결국 라 골레타는 함락되고 말았습니다. 그 치열한 전투에 참여했던 스페인 병사 중에는 안달루시아의 어느 마을 출신인 페드로 데 아길라르라는 기수가 있었습니다. 그는 적군의 심한 학대끝에 저와 같은 갤리선에 배치를 받고 저와 같은 주인 밑에서 노예 생활을 하게 되었기 때문에 그와는 잘 알고 지냈었지요. 그

로부터 2년 후, 그 친구는 터키 병사로 변장을 하고 그곳을 탈출했습니다. 무사히 탈출에 성공했는지의 여부는 저도 잘 모릅니다.

그런데 콘스탄티노플에서 제 주인이었던 우찰리 파르탁스가 사망했습니다. 그자는 '더러운 배교자'라는 별명을 달고 다녔었는데, 그건 그가 실제로 더러운 배교자였기 때문이었습니다. 터키 사람들은 사람의 약점을 잡아 별명으로 부르는 습성이 있거든요. 그렇지만 대단한 사람이었던 건 분명합니다. 처음에 터키 술탄의 노예로 시작해서 14년을 지내다가 그 빼어난 용맹성이 눈에 띄어 훗날 아르젤의 국왕이 되고, 또 터키 술탄으로부터 해군 총사령관으로 임명되기도 했으니까요.

우찰리는 심성이 선한 사람이었습니다. 그래서 노예들을 인간적으로 대우해 주었지요. 우찰리 소유의 노예는 3천 명이 넘었지요. 훗날 그가 사망하면서 일부는 술탄 소유가 되었고, 또 나머지 일부는 기독교 신앙을 포기하고 터키 술탄에 충성을 맹세한 배교자들 소유가 되었습니다.

저는 베네치아 출신의 아산 아가라는 사람 소유의 노예로 배정되었습니다. 그는 엄청난 부를 축적한 사람으로 제가 그때까지 보아온 배교자 중에서도 가장 잔혹한 인간이었습니다. 저는 아르젤 국왕이 된 그 새 주인을 따라 아르젤로 갔는데, 그곳이 제 고향땅과 조금이라도 가깝다는 이유만으로도 저는 행복했습니다. 그간 온갖 방법으로 탈출을 시도해 보았던 콘스탄티노플에 비해 운이 닿을지도 모른다는 생각이 들었던 거지요.

그렇게 다른 포로들과 함께 아르젤의 감옥에서 세월을 보내게 되었습니다. 이번에 함께 있게 된 포로들과 저는 노역을 하지 않았습니다. 무어인들이 우리들을 풀어 주는 대가로 비싼 몸값을 받을 수 있을 것으로 기대하고 있었기 때문이었지요. 저는 개인적으로 가족들에게 편지 한 통 보내지 않았지만, 제가 선장 신분이었기 때문에 그자들로서는 누군가가 제

석방에 큰 관심을 보일 거라 생각했던 겁니다.

　아까도 말씀드렸다시피 새 주인은 아주 잔인한 사람이었습니다. 저희 노예들은 배고픔과 학대도 견디기 힘들었지만 그자들이 기독교도들에게 행하는 잔혹한 언행들이 더 견디기 힘들었습니다. 그자는 툭 하면 노예들을 교수형에 처하거나 찔러 죽였고, 또 어떤 이들은 귀를 잘라 버렸는데, 그가 이런 짓을 자행하는 건 순전히 온 인류의 씨를 말려 버릴, 타고난 살육자적 기질 때문이었습니다. 그가 유일하게 잘 대해 주는 스페인 병사가 하나 있었지요. 프란시스코 데 아베야네다라는, 주인만큼이나 야비하고 약삭빠른 자였습니다. 그 재수 없는 자는 시골 귀족 태생으로, 같은 갤리선에서 노역하던 다른 동료에게서 훔친 작품의 모험담으로 장장 천날 밤 동안이나 주인을 즐겁게 해 준 자입니다. 딱히 속이 검은 자라 하기는 좀 뭣하지만 어딘지 그런 구석이 있는 그런 인물이었습니다. 하여간 그 작자에 대해서는 더 이상 말하고 싶지도 않습니다.

　우리가 갇혀 있던 수용소의 마당 너머에 돈 많고 힘 있는 어떤 무어 인의 집 창이 나 있었습니다. 창문이래야 다른 무어 인 주택의 창들이 다 그렇듯이 조그마한 구멍에 불과하지만 말입니다. 하여간 어느 날 저는 다른 기독교도 포로 셋과 함께 마당에 나와 있었습니다. 그 작은 창문 가운데 하나로 수숫대 같은 것이 삐죽이 튀어나와 있는 것이 보였습니다. 그 끝에 뭔가가 매달려 있었고요. 제 동료 가운데 하나가 혹 무슨 선물이라도 주려는 게 아닌가 싶어 얼른 달려갔지만 수숫대가 요리조리 흔들렸습니다. 마치 '당신은 아닙니다.'라고 말하기라도 하듯이 말입니다. 그래서 다른 동료가 가 보았는데 이번에도 마찬가지였습니다. 세 번째 동료가 갔을 때도 다를 바 없었고요. 결국 마지막으로 제가 운을 시험해 보기로 했습니다. 그런데 제가 수숫대 밑에 가 서자, 대롱이 밑으로 내려오는 게 아니

겠습니까. 그 끝에는 금화 몇 개가 손수건에 싸인 채 매달려 있었습니다. 제가 돈주머니를 벗겨내자 수숫대가 창 안으로 사라져 버렸습니다. 창문을 올려다보니 여자의 손으로 보이는 새하얀 손이 잠깐 보였고, 잠시 후 작은 십자가가 보이더니 곧 창 안으로 사라지고 말았습니다. 이 장면을 본 우리들은 웬 기독교도 여인이 저 집안에 포로로 잡혀 있나 보다고 생각하게 되었지요.

며칠 후, 그 일이 똑같이 반복되었습니다. 그날 이후 우리는 이유를 알 수는 없었지만, 제가 선택되었다고 생각하게 되었지요. 그날 저는 지난번보다 훨씬 더 많은 돈을 가져오게 되었습니다. 그러던 어느 날, 마침내 금화와 함께 편지가 한 통 전달되었습니다. 그런데 아랍 어로 씌어 있어 무슨 말인지 도무지 읽을 수가 없었습니다. 우리들은 기쁘기도 했지만, 동시에 혼란스럽기도 했지요. 하여간 그 속에 뭐라고 씌어 있는지 확인하는 게 급선무였기 때문에 무르시아 출신으로 회교도로 개종한 스페인 사람을 찾아갔습니다. 그는 무어 인들과 더불어 살고는 있었지만 언제고 고향 땅으로 돌아가고 싶어 했기 때문에 우리와는 믿을 만한 벗으로 지내고 있었습니다.

무르시아 출신의 배교자는 편지를 번역해 주었습니다. 요약해서 말씀드리자면 이런 이야기입니다. 그 집에는 아지 모라토라는 부자의 외동딸이 살고 있는데, 그 아가씨는 어린 시절 기독교도인 노예 유모의 보살핌을 받고 자라면서 성모 마리아에 대해 알게 되었다고 합니다. 유모는 이제 죽고 없지만요. 그 아가씨는 기독교 땅에 가고 싶은 열망을 키우며 살았고, 기독교도 포로들을 많이 본 건 아니지만, 제가 언뜻 보기에 기품 있어 보이고 기사 출신인 듯싶어 저를 선택했다고 합니다. 절더러 제 고향 스페인으로 데려다 달라는 것이었지요. 제가 자유의 몸이 될 수 있도록 돈은 충분히 대주겠다고 했습니다. 저와 함께 움직여야 할 사람들의 몸값까지도요. 그리고 배를 살 돈도 마련하겠다고 했습니다. 그리고 편지 말미에 자신을 꼭 데려가 달라고 했습니다. 자신은 못생긴 편은 아니니 제 아내가 될 수도 있을 거라면서요.

일단 우리 일행은 자유의 몸이 되었습니다. 그리고 나니 일행 중 한 사람은 스페인으로 가서 배를 구입한 후 남은 사람들을 데리러 되돌아와야 할 것으로 생각되었습니다. 하지만 일행들 사이에 불신이 싹트기 시작하더군요. 그간 몸값을 치르고 풀려난 포로들 중 상당수가 자신을 도와주었던 동료들에게 반드시 돌아오겠다고 약속하고 떠났지만 아무도 되돌아온 사람이 없었기 때문이었습니다. 일단 자유를 되찾고 나자 또다시 포로가 되는 건 아닐까 하는 걱정에 그만 인간으로서 지켜야 할 도리를 머릿속에서 지워 버리고 만 것이지요.

그러자 예의 그 배교자는 차라리 자신에게 돈을 달라고 했습니다. 스페인까지 가지 않고 자기가 일하는 데 필요하다는 구실로 아르젤에서 배를 구해 보겠다는 것이었습니다. 결국 배를 구했지요. 그는 아라곤의 무어인들과 선원 계약을 맺은 후, 아르젤에서 삼십 마을 떨어진 곳으로 무화과를 사러 가기도 했습니다. 아르젤 시장에 내다판다면서요. 이러기를 세 번 정도 반복했습니다. 그리고 항해를 나갈 때마다 이미 기독교도로 개종한 아름다운 무어 인 아가씨 소라이다 집의 뜰 아래쪽 바다를 지나가곤 했습니다.

이렇게 스페인으로 떠날 채비가 다 되었습니다. 배교자의 말에 따르면, 출발일은 금요일이니 절더러 노를 저을 스페인 사공들을 구하라더군요. 저는 스페인 사람들과 접촉하여 용감하고 비교적 자유롭게 아르젤을 벗어날 수 있는 열두 명의 스페인 장정들을 찾아냈습니다.

모든 준비가 다 되었습니다. 저와 제 동료들은 이미 무어 인 아가씨 소라이다가 준 돈으로 몸값을 지불하고 완전히 자유의 몸이 되어 있었던 터라, 저는 이제 자유롭게 그녀의 집 뜰로 들어갔습니다. 금요일에 출발할 계획이라고 알려 주려는 것이었지요.

그런데 그녀는 못 만나고 그녀의 아버지와 맞닥뜨리고 말았습니다. 그분은 제게 기독교도들과 무어 인들이 대화를 나눌 때 사용하는, 그러니까 스페인 말과 아랍 어가 뒤섞인 베르베리아 말로 자기 집 뜰에는 무엇 때문에 왔느냐고 묻더군요. 저는 그분과 잘 아시는 분의 이름을 대며 제가 그분의 노예인데, 샐러드에 쓸 채소를 좀 따러 왔다고 대답했습니다.

그때 소라이다가 나타났습니다. 무어 인 여성들은 같은 무어 인들 앞에서는 얼굴을 가리지만 기독교도들 앞에서는 그럴 필요가 없었기 때문에 얼굴을 그대로 드러내고 있었습니다. 지금껏 보아온 그 어떤 여성보다도 아름답더군요.

같은 베르베리아 말로 그녀는 절더러 기사냐고 물으며, 무엇하러 여기까지 왔느냐고 물었습니다. 저는 어떤 식으로든 이번 항해 계획에 대해 알려 주어야 했지만 그녀의 아버지가 함께 있어 곤란했습니다. 저는 자유를 얻은 노예로, 오는 금요일 아침에 이 앞을 지나는 프랑스 선적의 배를 타고 고향땅으로 돌아갈 것이라고 대답했습니다.

"스페인 배를 기다리는 게 낫지 않을까요?"

그녀가 아버지 앞에서 짐짓 모른 체하고 제게 물었습니다.

"아닙니다. 하루라도 빨리 가족들과 친지들을 만나고 싶으니, 그냥 출발하는 게 나을 것 같군요."

"아마도 결혼하신 분이신가 보군요. 부인이 보고 싶은 거지요."

"아닙니다. 결혼하지 않았습니다. 하지만 고향에 돌아가면 결혼하기로

290

약속한 사람이 있습니다."

"그 여자분, 아름다우시겠지요?"

"무척 아름답습니다. 사실대로 말씀드리자면, 아가씨와 많이 닮았지요."

이 말에 아가씨의 아버지가 웃으며 말했습니다.

"허허! 이보게 기독교도! 이곳 아르젤에서도 최고의 미녀인 내 딸을 닮았다면 상당한 미인이겠구먼."

우리는 그렇게 헤어졌습니다. 제 영혼을 송두리째 빼앗아 버린 그녀는 그렇게 아버지와 함께 그 자리를 뜨고 말았습니다.

마침내 시간이 흘러, 출발 예정일인 금요일이 되었습니다. 새벽녘이었습니다. 정해진 시간이 되자, 저와 약속했던 스페인 장정들이 모두 약속 장소에 모였습니다. 그때까지 노를 젓던 무어 인들을 대신해 노를 저을 사람들이었습니다. 그들은 작은 배에 탄 채 기다리고 있었습니다.

제가 신호를 보내자, 그들은 일시에 무르시아 출신의 배교자와 함께 갑판 위로 뛰어 올라왔습니다. 그러고는 칼을 뽑아들고 무어 족 말로 소리쳤습니다.

"모두 꼼짝 마라. 움직였다가는 죽을 줄 알아!"

원래 겁쟁이인 무어 인 사공들은 선장의 눈치를 살피더니 모두 기겁하여 스페인 장정들에게 잡혀 포박당하는 신세가 되었습니다.

일단 배를 점령하고 나서 우리들은 보석함을 챙겨들고 값비싼 옷으로 치장한 아름다운 소라이다가 기다리고 있는 그 집 뜰 쪽을 향해 나아갔습니다.

배교자가 아버지는 주무시고 계시느냐고 묻자 그녀가 그렇다고 대답했습니다. 그러자 무르시아 태생의 그 배교자는 아무래도 소라이다의 아버지를 인질로 데려가고 그의 재산도 모조리 거두어 가는 게 좋겠다고 했습니다.

"그건 안 돼요! 아버지는 건드리지 마세요."

소라이다가 소리쳤습니다.

그런데 바로 이때, 잠에서 깨어난 소라이다의 아버지가 소리치며 배로 달려왔습니다. 큰소리에 놀란 스페인 사람들이 그의 입을 틀어막으며 그를 배 안으로 밀어 넣었습니다. 소라이다가 배교자에게 제발 아버지와 붙잡힌 무어 인 선원들을 풀어 달라고 애원했지만, 배교자는 그들이 고발할 경우 위험해질 수 있기 때문에 그곳에서 가장 가까운 스페인 영토 마요르카에 도착한 뒤 모두 풀어 주겠다고 했습니다.

그런데 항해가 쉽지 않았습니다. 폭풍우를 만나는 바람에 스페인 땅으로 가지 못하고 아르젤에서 칠십 마일 떨어진 어떤 포구에 도착하게 된 것이지요. 그곳에서 무어 인 선원들과 소라이다의 아버지를 풀어 주었습니다. 소라이다의 아버지는 딸이 기독교로 개종한 것을 알고는 바다 속으로 몸을 던져 버렸습니다. 물에 빠져 죽게 된 것을 우리가 겨우 건져냈지요.

그 다음에는 프랑스 해적들을 만나 가진 것을 몽땅 털리고 말았습니다. 소라이다는 지니고 있던 패물은 물론 심지어 발목에 걸고 있던 발찌까지 모조리 빼앗겼습니다. 그러나 그자들의 욕심은 재물에만 있었기 때문에 가장 소중한 보물, 소라이다가 가장 소중하게 지켜온 정절만은 빼앗지 않았습니다.

해적들은 브레타냐 사람들로 변장하고 스페인의 어느 항구로 갈까 생각했습니다. 그러기 위해서는 우리가 발각될 염려가 있기 때문에 살려둘 수 없다는 판단에 우리 일행 모두를 바다 속으로 던져 넣으려고 생각했지요. 하지만 결국 해적 두목이 우리에게 약탈한 전리품이 만만치 않으니

곧장 지브롤터 해협을 통과해 처음 출발했던 섬으로 되돌아가기로 했습니다.

덕분에 우리는 목숨을 부지할 수 있었습니다. 해적들은 스페인 해안 부근에 다다르자 항해에 필요한 물품들과 함께 조그만 쪽배 하나를 내주었습니다. 다시 자유의 몸이 되었다는 사실에 우리로서는 불평보다는 기쁨이 더 컸고, 그간의 불운했던 사건도 잊어버리고 말았습니다.

해안에 도착한 우리는 우리가 딛고 선 땅에 입을 맞추고 하느님께 감사를 드렸습니다. 소라이다는 성모 마리아께 감사드렸고요. 그곳에서 동이 트기를 기다렸습니다. 해가 뜨자 우리 일행은 높다란 산 정상으로 올라갔습니다. 혹시 마을이 보일까 싶어서요. 하지만 아무것도 보이지 않더군요. 그래서 산등성을 타고 내려오고 있었는데, 어디선가 방울 소리가 들려왔고, 잠시 후 양 떼를 돌보는 목동을 만날 수 있었습니다. 우리가 무어인 복장을 하고 있는 것을 본 양치기 소년은 화들짝 놀라 달아났습니다. 타리크가 이끄는 회교군들이 반역자 돈 로드리고와 야합하여 이 땅에 쳐들어왔던 기억이 되살아났던 겁니다.

"무어 인이다! 무어 인이다! 무어 인들이 해안에 나타났다!"

양치기가 달아나며 소리쳤습니다.

우리도 잡혀갈지 몰라 재빨리 몸을 숨겼습니다. 그리고 회교도 복장을 모두 벗어 버리기로 의견의 일치를 보았습니다. 그냥 셔츠 바람으로 있기로 했던 것이지요.

두 시간도 채 지나지 않아 덤불 사이로 완전 무장한 기사가 쉰 명가량 나타났습니다. 그들은 우리를 빙 둘러 포위했는데, 곧 우리가 무어 인이 아니라 가엾은 동족임을 확인하고는 몹시 당혹스러워하더군요.

이때, 우리 일행 중 한 명이 두 팔을 활짝 벌리더니 마치 미친 사람처럼

제자리에서 빙글빙글 돌기 시작하는 것이었습니다. 그리고 에워싼 기사 중에 한 명을 바라보며 말했습니다.

"오, 세상에! 제가 착각한 게 아니라면, 제가 딛고 선 이 땅이 바로 벨레스 말라가겠지요? 포로생활을 하면서 저의 기억이 완전히 쇠퇴해 버린 게 아니라면, 당신은 나의 삼촌 페드로 부스타만테 아니십니까?"

"사랑하는 내 조카야! 이제야 널 알아보겠구나! 네가 죽은 줄 알고 얼마나 많은 눈물을 흘렸었는지……."

기사가 대답했습니다.

두 남자는 서로 굳게 껴안았고 두 사람의 눈에서는 굵은 눈물방울이 흘러내렸습니다. 얼마 후 우리 일행은 한 레구아 반 정도 떨어진 마을로 갔습니다. 마을로 들어서자 마을 사람들은 평소 우리 같은 사람들을 자주 보아서인지 자유를 되찾은 포로들에게는 아무런 관심을 기울이지 않았습니다. 다만 아름다운 소라이다에게만 눈길을 주더군요.

벨레스에서 엿새를 지냈는데, 그사이에 배교자는 그라나다로 갔고, 다른 동료들도 각자 가야 할 곳으로 흩어져 갔습니다. 결국 소라이다와 저만 남게 되었지요. 친구가 준 약간의 금화로 오늘 소라이다가 타고 온 저 말을 샀습니다. 그리고 지금까지 저는 소라이다의 아버지 역할과 종자의 역할을 해왔습니다. 남편 역할은 빼고요. 우리 두 사람은 이제 레온으로 가서 아버지께서는 여전히 살아 계신지, 동생들은 나보다 더 큰 행운을 찾았는지 알아볼 것입니다. 저야 소라이다를 만난 것이 가장 큰 행운이었지만 말입니다. 하여간 그렇게 해서 제가 지금 여기에 있게 된 겁니다. 이게 제 이야기의 전부입니다.

42

형제의 재회

포로기사의 이탈리아 행, 왼손을 다쳤던 레판토 해전, 터키에서의 처절했던 포로생활, 갤리선에서 묶인 채 노를 저어야 했던 힘겨운 경험, 아르젤의 수용소 생활과 결국 아름다운 소라이다를 만나 뱃길로 도망쳐 나온 이야기 등 파란만장했던 지난날의 사연을 들려주고 나자 이야기를 듣고 있던 사람들은 하나같이 스페인 해군 선장이었던 그의 용기와 불굴의 기백에 감탄을 금할 수 없었다.

포로기사는 쉬지 않고 자신의 인생 여정을 이야기했는데, 딱 한 번 중단된 것은 돈 페르난도가 그와 함께 노를 젓다가 콘스탄티노플에서 변장을 하고 도망쳤다던 그 스페인 군인이 무사히 스페인으로 귀환했다는 이야기를 하느라 잠시 끼어들었을 때뿐이었다. 돈 페르난도는 돈 페드로 데 아길라르라는 그 사람이 다름 아닌 자신의 형으로, 지금은 무사히 고향 땅에 안착하여 돈도 많이 벌고, 결혼도 하여, 자녀도 셋이나 두고 잘 살고 있다고 했다. 그 소식에 포로기사는 무척 반가워하면서 그 안달루시아 출신의 기사가 탈출을 시도하기 전 썼다는 시구를 떠올리며 암송했다. 돈 페르난도도 잘 알고 있는 시였다.

여전히 고통스럽기만 한
이 힘겨운 수용소 생활 속에도

언젠가는—난 기필코 그날이 오리라 기대하노니—
크나큰 기쁨이 찾아오리라.
그날이 오면, 나는
무덤과도 같은 이곳에서 도망치리라.
나는 전장에서도 살아남았고,
평화를 사랑하며,
고향땅을 기억하고 있으므로.

온갖 사건들로 점철된 파란만장하고 특이한 포로기사의 이야기를 듣느라 온 밤을 꼬박 지새운 손님들은 일단 잠시 눈을 붙인 뒤 떠날 채비를 하기로 했다. 모두 포로기사의 이야기를 한 귀로 흘려 버릴 수 없었기에 그를 돕고자 했으며, 특히 돈 페르난도는 형님, 그러니까 후작님이 계시는 세비야까지 동행해 주겠다고 했다. 분명 형님께서 소라이다가 세례를 받도록 도와주고, 두 사람의 결혼식에서 대부가 되어 줄 것이라고 했다.

돈 키호테 역시 너무나도 드넓은 이 세상은 악을 타파하고 불의를 바로잡을 편력기사들을 절실히 필요로 한다며, 포로기사 정도의 사람이라면 티란테 엘 블랑코 정도의 명성을 얻을 수 있을 터이니 그에 걸맞은 전설적인 명성을 얻을 때까지 그를 도와주겠다고 나섰다. 자신이야말로 이런 일에 딱 맞는 고수라고 자청했다.

산초 판사는 아무 말이 없었다. 그저 한때 미코미코나 공주라고 믿었던 그 아가씨만을 바라보고 있을 따름이었다. 혹 그녀의 아버지인 마법사 국왕 폐하가 다시금 그녀를 왕좌도, 자신에게 하사할 백작령도 하나 없는 평범한 아가씨로 둔갑시켜 버리면 어쩌나 걱정스러웠던 것이다.

어느덧 또다시 밤이 찾아왔다. 그때 여인숙 문 앞에 말을 탄 남자들 몇과 마차가 한 대 와 멈추어 섰다. 하룻밤 묵을 곳을 찾고 있었다. 여인숙 안주인은 빈 방이 없다고 했다. 그러자 말을 탄 남자들이 자기들의 주인인 재판관님이라도 묵을 수 있게 해 달라고 부탁했다. 그 주인이라는 사람은 직업이 법관으로, 송사(訟事)나 논쟁에 휩싸인 사람들의 이야기를 경청한 후 어느 쪽 말에 일리가 있는가를 결정하고, 누구에게 벌을 주고 누구에게 상을 줄 것인가를 판단하는 사람이라는 것이었다.

"그렇게 지체 높으신 분이시라니, 저희 부부가 방을 비워드리겠습니다. 저희는 헛간에서 자면 되니까요."

안주인이 말했다.

"너무 폐를 끼쳐서……."

재판관의 종자가 말했다.

그런데 종자가 미처 말을 마치기도 전에 우아한 복장의 남자가 대략 열대여섯쯤 된, 딸로 보이는 아가씨의 손을 잡고 마차에서 내렸다.

그때까지 마치 라 만차의 동상이라도 된 듯 꼼짝 않고 여인숙 현관 문 안쪽에서 흐뭇한 표정으로 이 장면을 지켜보고 있던 돈 키호테가 방금 도착한 손님 앞으로 나서며 말했다.

"어서 이 성으로 드셔서 편히 앉으십시오. 비록 이곳이 비좁긴 합니다만, 그 어디인들 무인과 문인들이 함께 하기에 비좁다 할 수 있겠습니까? 더욱이 문무가 이토록 아름답게 화합한 마당에요."

마차에서 내린 남자는 도대체 여기가 어디쯤인지, 정말 이곳에서 하룻밤을 묵어가는 것이 잘하는 일인지 스스로에게 자문해 보았다. 남자의 손을 잡고 함께 내린 아가씨는 별난 모습을 한 돈 키호테를 보고 하마터면 웃음을 터뜨릴 뻔했지만 워낙 예의 바르게 행동하는 데다 함께 나온 아름다운 세 여인을 보고 웃음을 참았다. 세 여인은 두 팔을 벌려 처녀를 맞이

한 뒤 여자들이 함께 잘 방으로 아가씨를 데려갔다.

돈 페르난도와 카르데니오도 새로 온 손님을 맞이하러 나왔다. 새 손님은 이 여인숙에 대단한 양반들이 묵고 있다는 걸 감지한 듯했다. 물론 현관 문 앞에 서 있던 키가 크고 비쩍 마른, 늙수그레한 그 남자의 정체는 알 수 없었지만 말이다. 그 남자는 아주 오래 전 돌아가신 조부께서 즐겨 읽으시던 기사 소설에나 등장할 만한 그런 인물 같아 보였던 것이다.

어두컴컴한 한쪽 구석에 서 있던 포로기사는 순간적으로 가슴속에서 뜨거운 것이 솟아오르는 걸 느꼈다. 가슴이 마구 방망이질 쳤다. 그는 하인 가운데 하나를 붙들고 잘 차려입으신 저 양반 존함이 무엇이냐고 물어보았다.

"저분은 레온 산악지대 태생의 후안 페레스 데 비에드마 님이십니다. 재판관이신데 신대륙으로 떠나는 배를 타기 위해 세비야로 가시는 길이시죠. 멕시코로 부임하시게 되었거든요."

하인은 이렇게 말하고 다른 쪽으로 가버렸다.

포로기사는 얼른 신부를 찾으러 뛰어갔다. 종부성사를 하려는 건 아니었지만, 실은 당장 숨이 넘어가기라도 할 듯 초조했던 것이다.

"신부님! 말씀드릴 것이 있습니다. 아주 중요한 일이에요."

"주린 배를 채우는 것보다 더 중요한 일이 어디 있겠습니까. 자, 이리 오세요. 주인장이 정성껏 차려놓은 음식을 이렇게 기다리게 해서는 안 되지요. 왕성한 식욕으로 보답합시다. 저렇게 떡 벌어진 상을 그냥 놓아둔다는 건 옳지 못한 일입니다."

신부가 입맛을 다시며 말했다.

"전 못 갑니다. 못 가요!"

"허허……. 이렇게 맛있는 냄새가 풍기는데도 아무렇지도 않다는 말씀이십니까?"

신부가 이상하다는 듯한 표정을 지었다. 그러다가 걱정스런 얼굴로 발걸음을 멈추고 말했다.

"저런! 뭔가 나쁜 일이 생긴 모양이로군요?"

"나쁜 일인지, 좋은 일인지는 저도 잘 모르겠습니다."

"그리 말씀하시니 더 걱정스럽네요, 선장님!"

신부가 대꾸했다. 신부는 얼마 전 산초 판사에게까지 감염되었던 돈 키호테의 유별난 광기가 혹 선장에게까지 옮겨간 건 아닌가 싶어 걱정스런 얼굴로 사방을 두리번거렸다.

포로기사는 마침내 자신의 가슴을 통째로 뒤흔들어 버린 문제를 이야기하기로 했다.

"조금 전에 온 지체 높은 저 손님은 제 아우입니다. 분명해요. 딱 보자마자 첫눈에 알아봤습니다. 종자에게 물어봐서 확인도 했고요."

이 말에 신부의 얼굴이 환하게 밝아졌다. 그러고는 잠깐만 기다려 보라는 손짓을 하며, 그게 사실이라면 도대체 뭐가 문제냐고 물었다.

포로기사는 이렇게 대답했다.

"제 동생이 빈털터리가 되어 버리고, 생의 실패자로 전락해 버린 형을 만나고 싶어할지 걱정됩니다. 혹 저의 존재를 부끄럽게 생각한다면 너무나 가슴 아플 것 같아서······."

"그렇다면 안 될 일이지요."

신부가 잔뜩 주눅이 든 기사에게 말했다. 그리고 너무나도 상심한 그의 얼굴을 보고는 다시 이렇게 덧붙였다.

"하지만 내가 보기에 그 양반은 아주 품위 있는 양반 같았습니다. 너무 걱정 마세요. 내가 당신 소식을 전하기에 앞서 그 양반이 어떤 식으로 나

올지 한 번 떠볼 테니까요."

신부는 자신의 생각을 행동으로 옮겼다. 여자들은 따로 여자들 방에서 식사를 마쳤기 때문에 남자 손님들만 따로 둘러앉은 식탁으로 가 앉으며 이렇게 말한 것이다.

"아참, 재판관님! 몇 해 전, 제가 콘스탄티노플에서 포로생활을 하고 있을 때 재판관님과 성이 똑같은 친구가 하나 있었습니다."

"그렇습니까?"

재판관이 안쓰러워하는 표정으로 말했다.

"제가 하늘에 대고 맹세컨대, 아니 우리 펠리페 2세 국왕 폐하의 이름을 걸고 맹세컨대, 제가 잘 아는 친구였습니다. 그 포로는 우리 스페인 함대의 수많은 군인들 중에서도 가장 용감한 군인이었지요. 참으로 용맹스러운 선장이었는데도, 불행만 겪은 사람이지만요……."

"그 선장 이름이 뭐였습니까?"

"루이 페레스 데 비에드마였습니다. 레온 산악지대 태생이었고요. 그 친구 말에 따르면, 부친께서 그의 삼 형제에게 재산을 나누어 주시며 값진 교훈을 주셨다더군요. 그 친구는 군인이 되기로 결심했고요. 원체 열심인 친구라 곧 선장이 되었고, 그 대단했던 레판토 해전에도 참전했었지요. 그런데 외팔이가 아니었음에도 불구하고 그만 전투 중에 포로로 잡히게 되어 콘스탄티노플로 끌려갔답니다. 저와는 그곳에서 만나게 되었고요. 얼마 후, 저는 자유의 몸이 되었는데, 그 친구는 아르젤로 보내졌다고 하더군요. 아르젤은 이 세상 그 어느 곳보다도 힘든 곳인데 말입니다."

"그래서요, 그래서요……. 어서 말씀해 보세요."

재판관이 말했다. 재판관은 지금껏 이렇게 누군가의 이야기를 열심히 경청해 본 적이 없었다. 그는 지금 두 귀를 쫑긋 세우고 자신의 가슴을 온통 후벼 파고 있는 상대방의 이야기를 정신없이 듣고 있는 참이었다.

신부는 전날 포로기사가 자신에게 해 주었던 기나긴 이야기를 들려주었다. 어찌나 생생하고 재미나게 이야기했던지, 이미 포로기사로부터 이야기를 들어 다 알고 있던 사람들까지도 마치 처음 듣는 이야기라도 되는 양 귀 기울여 듣고 있었다.

마침내 이야기가 끝나자 온 방 안에 침묵이 감돌았다. 들리는 소리라고는 가끔씩 여인숙 저쪽 어디선가 들려오는 하인들의 코고는 소리뿐이었다. 마침내 재판관이 신부를 쳐다보며 입을 열었다.

"그 선장이……. 신부님께서 말씀하신 그 용맹스러웠던 선장이 바로 제 큰형님이십니다. 아버지께서 제시하신 세 갈래 인생의 길 중에서 명예로운 군인의 길을 선택하셨던 분이시지요. 저는 학문의 길을 갔고, 작은 형님께서는 페루로 건너가 큰 부자가 되셔서 아버지께 많은 돈을 송금해 주셨습니다. 그렇게 형님께서 보내 주신 돈으로 아버지께서도 여유롭게 지내실 수 있었지요. 연로하신 아버지께서는 재산은 있으나 늘 슬픔에 잠겨 계십니다. 아주 오래 전부터 장남의 소식을 통 듣지 못하셨거든요."

여기서 재판관은 잠시 말을 멈추고 몇 걸음 오락가락하더니 천장을 올려다보며 탄식했다.

"아, 형님! 어디에 계신지 알 수만 있다면, 지금 당장이라도 형님을 찾으러 달려갈 텐데……."

재판관은 이런 탄식을 계속 내뱉었다. 참으로 서글픈 그의 탄식에 신부가 자리에서 일어서더니 포로기사가 동생의 반응을 기다리고 있던 곳으로 나갔다. 잠시 후, 신부가 되돌아와 말했다.

"이제 눈물을 거두십시오, 재판관님. 여기 비에드마 선장이 오셨습니다. 선장을 위해 모든 노력을 아끼지 않았던 아름다운 무어 여인과 함께요."

선장은 심장이 터질 것았다. 이윽고 두 팔을 활짝 벌리고 동생을 끌어안았다.

재판관은 형님에게 재산을 나누어 주겠다고 했고, 함께 세비야로 가자고 했다. 세비야에 도착한 후 아버지가 계신 곳으로 보내 주겠다고 했다. 또 재판관은 소라이다를 끌어안고 형님을 도와주어 고맙다고 인사한 후, 함께 데리고 온 자기 딸과도 인사를 나누게 했다. 돈 키호테는 한쪽 구석에서 여인숙에서 일어난 이 모든 기묘하고도 감동적인 장면들을 아무 말 없이 지켜보고 있었다.

산초 판사는 다른 하인들의 코고는 소리에 잠에서 깨어 얼른 당나귀 옆으로 가 다시 누웠다. 혹시 새로 온 손님들에게 방을 내주기 위해 여인숙 주인장 내외가 자신을 제일 형편없는 구석 자리로 쫓아낼지도 모른다고 생각되었기 때문이었다. 다시 잠든 산초 판사의 얼굴에 여인숙의 다른 모든 사람들의 얼굴에 떠오른 것과 같은 평화가 깃들었다. 이제 사람들은 하나같이 즐겁고 흐뭇한 마음으로 잠자리에 들었다.

시에라 모레나 산에서 나온 뒤 줄곧 자고, 먹고, 장광설을 떠들어대고, 신기한 이야기들을 들은 것 외에는 특별히 한 일이 없었던 돈 키호테는 새삼 편력기사의 삶이 그리워졌다. 무지막지한 거인과의 결투도 어느덧 잊혀져 가고 있었기에, 그는 오늘 밤 성문 앞에서 불침번을 서기로 결심했다. 그리고 너무도 사랑하는, 그리운 여인을 떠올렸다.

"오, 아름다운 둘시네아 델 토보소여! 내 삶의 빛이시여! 오늘 밤 저는 이 자리에서 밤을 지새우고자 합니다. 그래야 조금이라도 이 밤이 빨리 지나고 여명이 밝아올 테니까요. 아침 첫 햇살이 비추면 나 그대를 찾아 떠날 것입니다!"

돈 키호테는 허공을 향해 이렇게 외쳤다.

43

돈 키호테, 심하게 골탕먹다

동이 트기도 전 아직 어두운 밤, 여자들이 자고 있는 방에 어디선가 구성진 노랫가락이 들려왔다. 그 노랫소리에 여자들은 잠에서 깨어나 귀를 쫑긋 세웠다. 특히 재판관의 딸 클라라 데 비에드마 옆에 누워 있던 도로테아가 열심이었다. 하지만 아무도 그 노랫소리가 어디서 들려오는 것인지, 누구의 목소리인지 알 길이 없었다.

이때, 방문이 열리면서 카르데니오가 나타났다.

"혹 잠이 깨셨거든 이 노래 좀 들어보세요. 웬 나귀 몰이꾼 청년이 부르는 소린데 정말 매혹적이지 않습니까?"

도로테아가 카르데니오와 함께 창가로 다가가자 그 뒤로 루신다와 소라이다도 따라왔다. 다만 클라라만 여전히 잠자리에 누워 있을 뿐이었는데, 그녀가 아직 잠들어 있는 것인지는 알 수 없었다.

나는야 사랑에 빠진 청년,
이 세상 그 누구보다 아름답고,
이 세상 그 누구보다 내가 사랑하는
그녀의 발자취를 따른다네.
내게 환한 빛을 발하는
저 하늘의 별, 그대를 따를지니…….

이쯤 이르자 도로테아는 클라라도 이 아름다운 노랫소리를 듣는 게 좋을 것 같다는 생각이 들었다. 그녀는 얼른 클라라에게 다가가 아직 꿈결을 헤매고 있는 듯한 소녀를 흔들어 깨웠다.

"아, 왜 절 깨우셨어요? 차라리 저 구슬픈 노랫소리를 듣지 않으려고 두 눈 꼭 감고 두 귀도 틀어막는 게 나았을 텐데……."

뜻밖의 말에 깜짝 놀란 도로테아가 물었다.

"이게 무슨 소리야, 클라라? 저건 나귀 몰이꾼 청년이 부르는 노래라던데……."

"그게 아니에요. 저분은 신사랍니다. 전 그분을 너무나도 사랑해요. 그래서 한시도 그분 생각을 하지 않을 수 없고, 그분을 생각하면 이렇게 가슴이 무너져 내리는 것 같아요……."

"클라라! 내게 다 털어놓아 봐."

도로테아가 조바심을 내며 말했다. 창 밖에서는 여전히 슬픈 사랑의 노래 마지막 소절이 들려오고 있었다.

……오로지 사랑만을 숨 쉬고 있나니,
오! 청명하고 찬란하게 빛나는 그대, 별이여!

핏기조차 없어진 파리한 얼굴의 클라라 데 비에드마가 서글피 울더니 아무도 듣지 못하도록 도로테아 귀에 입술을 바짝 대고 이야기를 시작했다.

눈 깜짝할 새에 클라라는 아라곤의 대갓집 자제가 교회에서 그녀를 보고는 첫눈에 반해 버린 이야기를 해 주었다. 청년은 바로 그녀의 이웃, 그러니까 바로 앞집에 살고 있었기 때문에, 어느 날 창 밖을 바라보던 그녀도 청년이 자신을 사랑한다는 것과 그녀와 결혼하고 싶어 한다는 사실을

눈치채게 되었다.

"저도 그분을 사랑해요. 하지만 일찍이 어머니가 돌아가셔 저 혼자이기 때문에 뭘 어찌해야 할지, 무슨 말을 해야 할지 모르겠어요. 그저 가끔씩 아버지가 외출하시면 커튼을 열어젖히고 그분과 서로 바라볼 뿐이지요. 그분은 기다림에 지쳐 미쳐 버릴 것만 같다는 몸짓을 하셨어요."

활기가 하나도 없는 목소리로 클라라가 말했다.

가슴의 동요가 너무 컸던 탓에 클라라의 울먹이는 목소리가 방 안 전체에 퍼져나가고 있었다. 재판관의 딸 클라라는 잠시 말을 멈추고 숨을 고른 후 다시 입을 열었다.

"그러던 중 아버지께서 신대륙으로 떠나시는 날이 되었어요. 그 소식을 접한 그분은 슬픔에 몸져 누우셨지요. 저 역시 그분 생각에 병이 들었고요. 그런데 이틀 전, 묵고 있던 여인숙에서 나귀 몰이꾼으로 변장한 그분을 보게 된 거예요. 분명해요. 그분이 틀림없었어요. 제 가슴속 깊이 그분의 모습을 새겨두었던 터라 착각했을 리 없거든요."

클라라는 물을 한 모금 마시고 나서 다시 이야기를 이어나갔다.

"저는 그분이 훌륭한 학생이자 시인이라고 믿고 있어요. 지금껏 단 한 번도 그분과 이야기를 나눠 보지는 못했지만, 저는 그분을 정말 사랑해요. 그분 없이는 도저히 살 수 없을 것 같아요."

이렇게 말하면서 클라라는 한숨을 내쉬었다.

"아! 어쩌면 좋죠? 제발 그분이 저를 내버려 두고 되돌아가셨으면 좋겠어요. 눈에 보이지 않으면 가슴의 아픔도 좀 덜어지지 않겠어요?"

친구 입장에서 클라라의 이야기를 들어주었던 도로테아는 이번에는 엄마가 된 입장에서 소녀를 꼭 안아 주었다. 소녀의 입장과 소녀의 사랑이 기특했기 때문이었다.

"일단 좀 쉬는 게 좋겠어. 곧 동이 트고 나면 또다시 길고 긴 하루가 시작될 테니 기운을 회복해야지?"

도로테아가 소녀의 머리를 쓰다듬으며 말했다.

여인숙은 정적에 감싸여 있었지만 여인숙 주인의 딸과 하녀 마리토르네스는 자지 않고 깨어 있었다. 돈 키호테가 어떤 사람인지 잘 알고 있던 차에 마침 그가 중무장을 하고 불침번을 선다며 여인숙 앞마당을 지키고 선 걸 보고는 골려주고 싶은 생각이 들었던 것이다. 아니, 골려주기까지는 어렵더라도 그의 정신 나간 소리라도 좀 들었으면 싶었다.

그래서 아버지의 눈을 피해 주인집 딸과 하녀는 볏짚을 넣어 둔 다락으로 가 볏짚을 내갈 때 쓰는 구멍으로 돈 키호테를 불렀다. 돈 키호테는 여인숙을 성이라 상상하고 있었기에, 그 구멍을 화려한 성에 걸맞은 황금빛 창살이 끼워진 창으로 생각하고는 로시난테에 올라탄 채 아름다운 숙녀들이 기다리고 있는 창 앞으로 다가갔다.

돈 키호테는 성주의 딸이 자신을 연모하고 있음을 알고 있었다. 그리고 지난번 마법에 걸린 침실 사건 때 그녀와 함께 있었던 일도 떠올렸다.

"아름다운 아가씨! 그대의 사랑을 한 몸에 받게 된 것이 어찌 이리 마음 아프기만 한지요! 저는 아가씨의 사랑을 받아들일 수 없습니다. 제 가슴 속에는 단 한 번 본 것만으로 제 마음을 온통 빼앗아 버린 다른 여인이 자리 잡고 있으니까요. 부디 방으로 돌아가십시오. 다만, 제게 원하시는 것이 사랑이 아닌 다른 무엇이라면, 얼마든지 해드리겠습니다. 설사 수많은 뱀 대가리를 주렁주렁 매달고 있는 메두사의 머리털을 잘라오라 하시거나, 햇살을 상자에 담아오라 하셔도 해드릴 겁니다."

"기사님! 제가 바라는 건 그런 것이 아닙니다. 다만 손을 한 번만……"

마리토르네스는 이렇게 말한 뒤 주인집 딸만 남겨두고 얼른 밧줄을 가지러 뛰어갔다.

우리의 편력기사 돈 키호테는 창에 손이 닿게 하려다 보니 로시난테 등 위에 올라서야만 했다. 겨우 창에 손이 닿을 높이가 되자 돈 키호테는 오른손을 창 너머로 내밀며 말했다.

"자, 이 손을 잡으세요, 아가씨. 아니, 손이라기보다는 온 세상의 악당들을 없애는 형 집행기라 하는 게 더 맞을 겁니다. 이 손을 드린 것은 입맞춤을 하시라는 게 아닙니다. 제 손등의 혈관과 탄탄한 근육, 굵은 힘줄을 보시라는 겁니다. 잘 보시면 아가씨께서도 이런 손이 달려 있는 제 이 팔뚝이 얼마나 강인한지 이해하실 수 있을 겁니다……."

"어디 한 번 보겠습니다."

마리토르네스가 대답한 뒤 돈 키호테의 손목에 매듭지어 놓은 밧줄을 걸어 꼭 맞게 잡아당겼다. 그런 다음 한쪽 끝을 문 빗장에다 묶어 버렸다. 돈 키호테는 말 등에 위태하게 서 있는 형편이었다. 만일 로시난테가 한 발이라도 움직였다 하면 돈 키호테는 시계추 매달리듯이 한 팔로 대롱대롱 매달리는 형국이 될 판이었다. 하지만 늙은 기사 돈 키호테는 이런 낌새를 전혀 눈치채지 못하고 있었다.

"강인한 제 손을 그리 험히 다루지 마십시오. 그대를 사랑하지 못하는 것이 어디 제 이 손 탓이랍니까? 누군가를 몹시 사랑한다면 그에게 해가 되는 일은 못하는 법……."

하지만 여인숙 주인집 딸과 마리토르네스는 이미 외팔이가 된 채 혼자 구시렁거리고 있는 돈 키호테의 말을 듣고 있지 않았다. 두 처녀는 다락에서 내려와 그리 멀지 않은 곳에 몸을 숨긴 채 로시난테를 놀라게 할 뭔가가 없을까 찾아보고 있었던 것이다.

체격이 왜소한 마리토르네스는 곱사등이라 아무래도 땅에 더 가깝다 보니 쉽게 돌멩이를 발견했다. 그래서 돌멩이를 집어들어 로시난테를 향해 던졌다. 하지만 사팔뜨기였던 탓에 도무지 돌멩이가 로시난테에 적중하지 못했다. 주인집 딸의 돌멩이 던지는 솜씨는 그나마 좀 나았지만 돈 키호테의 낡은 갑옷에 맞고 튕겨져 나올 뿐이었다.

"마법에 걸린 무어 인이 검을 휘두를 내 손을 꽉 붙잡고 놓아 주지 않고 있는 것 같지만, 그래도 내게는 사악한 저 원수에 맞서 싸울 힘이 있으니……."

사정을 알 리 없는 돈 키호테는 계속 지껄이고 있었다.

돌멩이가 갑옷에 부딪치는 소리에 화들짝 놀란 두 처녀는 잽싸게 여인숙 안으로 도망쳐 들어가 버렸다. 그 어느 때보다도 꼿꼿하게 몸을 세운 채 말 등에 서 있던 돈 키호테는 혼잣말을 중얼거리며 사랑하는 여인 둘시네아 델 토보소를 떠올렸다. 이런 험난한 역경도 사랑을 위해서라면 감내할 수 있었으며, 더욱이 그녀를 위해서라면 기쁜 마음으로 감당할 수 있을 것 같았다.

마침내 한 손이 매달린 기사 돈 키호테에게도 아침이 찾아왔고, 몹시도 상심한 돈 키호테는 성난 황소같이 포효했다. 물론 그는 그런 포효에도 로시난테가 한 발자국도 움직이지 않으리라는 걸 알고 있었다. 밤새도록 로시난테는 미동조차 하지 않고 서 있었기 때문이었다.

그런데 아뿔사! 여인숙 문 앞으로 웬 남자 넷이 느닷없이 나타나더니 사람들을 소리쳐 부르기 시작했다.

"이보시오, 기사님들! 모두 잠든 성으로 찾아와 새벽부터 왜 그렇게 소리를 질러댑니까?"

돈 키호테가 여전히 오른손을 하늘 높이 쳐든 채 말했다.

"성 같은 소리 하고 있네!"

밤새도록 말을 달려온 탓에 몹시 지쳐 있던 한 사람이 대꾸했다.

"당신이 여기 주인인가 본데, 잔말 말고 얼른 문이나 여시오!"

"이보시오, 기사 양반! 당신 눈에는 내가 여인숙 주인으로 보이시오?"

그렇잖아도 잔뜩 뻗치고 있던 손을 더욱더 길게 뻗으며 성난 목소리로 돈 키호테가 소리쳤다.

네 남자는 큰 키에 비쩍 마르고, 머리끝까지 중무장을 한 채 한 손은 높이 들어 다락 너머 저쪽으로 뻗고는, 늙어빠진 말 등에 발끝으로 올라 서 있는 남자의 모습을 찬찬히 들여다보았다. 그리고는 그 가운데 세 명이 웃음보를 터뜨리고 말았다. 그들 중 대장으로 보이는 네 번째 남자는 그렇잖아도 고단한 참에 황당하기 그지없는 그런 광경을 목격하고는 화가 머리끝까지 치솟았다.

바로 그때, 방금 도착한 네 남자가 타고 있던 말 중에 한 마리가 암말이었는데, 그 녀석이 로시난테에게 암내를 풍겨대기 시작했다. 그리고 슬슬 로시난테 옆으로 가까이 다가갔다. 암울한 표정으로 귀까지 축 늘어뜨리고 서 있던 돈 키호테의 늙은 말 로시난테는 암말의 교태에 그만 정신이 번쩍 든 듯했다. 그래서 새 친구와 놀고 싶은 심정에 돈 키호테만 남겨 두고 달려가고 말았다. 덕분에 돈 키호테는 한 팔로 대롱대롱 매달릴 수밖에 없었다. 마치 교수형이라도 당한 사람처럼 돈 키호테의 얼굴은 핏기가 가셔 시퍼렇게 변해 버렸다.

땅바닥이 바로 발치에 있었기 때문에 우리의 편력기사 돈 키호테는 어떻게든 땅바닥을 짚어 보려고 발끝을 최대한 늘려보았다. 있는 대로 발을 닿게 하려고 기를 쓰다 보니 겨우 바닥에 발가락 끝이 닿을락말락 할 정도였음에도 손목이 잘려나가듯 아파왔다.

난장판이 되어 버린 여인숙

여인숙은 편할 날이 없었다. 돈 키호테의 고함 소리에 선잠을 자고 있던 투숙객들이 모조리 깬 것이다. 제일 먼저 뛰쳐나온 사람은 여인숙 주인장이었다.

"도대체 무슨 일이야? 마리토르네스! 어디 갔냐? 에잇, 망할 계집애 같으니라구……."

하녀 마리토르네스는 일찌감치 주인 아저씨의 손아귀에서 멀리로 도망쳐 있었다. 다락방으로 다시 들어가 돈 키호테의 손목에 묶여 있던 밧줄을 풀고 있었던 것이다. 순간, 지켜보던 사람들 면전에서 한 손이 대롱대롱 매달려 있던 편력기사 돈 키호테의 두 발이 땅바닥에 턱 닿았다. 사람들은 도대체 어떻게 된 일이냐고 물었지만 돈 키호테는 묵묵부답으로 일관할 뿐이었다. 그는 칼과 다른 무기들을 들고 로시난테 등에 올라타더니 평원 쪽으로 길을 잡았다.

하지만 채 열 걸음도 가지 않고 휙 돌아서더니 상체를 꼿꼿이 세우고 창을 높이 치켜들고 소리쳤다.

"내가 마법에 걸렸던 거라고 지껄여대는 자가 있다면, 그 누구든 내가 맞서 싸울 것이다. 결투를 하자 이것이다!"

괴상한 행색의 남자가 별 희한한 소리를 해대자 지켜보던 사람들은 그저 어안이 벙벙할 따름이었다. 이때 여인숙 주인장이 나타나 놀랄 것 없다며 말했다.

"쳇! 신경 쓰지 마십시오. 완전히 돌아 버렸으니까요. 돈 키호테 그 양반이거든요."

"아하! 미친 사람이로군!"

기사들이 한 마디씩 했다. 곧 상황을 파악한 그들은 그보다 급한 일로 관심을 돌렸다. 그들은 여인숙 주인에게 혹 나귀 몰이꾼 복장을 한 열다섯 살 가량의 소년을 보지 못했는지 물었다.

"여인숙에 워낙 손님이 많아서 잘 모르겠습니다. 제 변변찮은 인생이나마 평생 이렇게 손님들이 많이 밀어닥친 적은 처음이거든요. 그래서 말입니다요, 손님들이 숙박비만 제대로 다 내고 가신다면, 아무래도 여인숙 규모를 좀 늘리는 게 낫지 않을까 생각중입니다……."

그렇지만 방금 도착한 새 손님들은 주인장의 말에는 눈곱만큼의 관심도 없었다. 여태껏 행적을 따라 뒤쫓아 온 소년을 찾아내는 게 급선무였기 때문이었다.

"이 안쪽을 찾아보는 게 좋겠소!"

일행 중 한 명이 말했다.

"마차 뒤를 따라 들어가는 걸 봤으니까요. 자, 들어갑시다!"

네 남자는 여인숙 안에서 각 방향으로 흩어졌다. 돈 키호테는 아무 말 없이, 마치 조각상이라도 되는 양 그저 창만 하늘 높이, 그것도 아주 도도하고 꽤나 호전적인 모습으로 치켜들고는 꼼짝 않고 서 있었다. 하지만 아무도 자신에게 관심을 기울이지 않자 혼잣말을 중얼거렸다.

"미코미코나 공주님과 한 약속만 아니었더라면 지금 당장 저들에게 달려들어 모조리 박살을 내버릴 텐데……."

다락방에 올라간 기사들 중 하나가 웬 나귀 몰이꾼 옆에 누워 자고 있던

314

소년을 찾아냈다.

"오! 돈 루이스! 마침내 찾아냈군요. 얼른 옷을 입으세요. 댁으로 돌아가십시다. 우리의 주인이신 도련님의 부친께서 몹시 걱정하시며 기다리고 계십니다."

기사가 들뜬 목소리로 외쳤다.

하지만 그들이 찾아낸 소년은 그들과 함께 가기를 거부했다. 그리고 어떻게 여기까지 와서 자신을 찾아냈는지 모르겠다고 했다.

"내가 이런 복장으로, 이쪽으로 온 걸 아버지께서 어떻게 아신 겁니까?"

나귀 몰이꾼으로 변장한 소년이 물었다.

돈 페르난도의 하인인 그 옆의 젊은이는 재빨리 방을 빠져나와 주인 돈 페르난도를 찾아가서는 자기 옆에 자고 있던 청년이 알고 보니 이름 앞에 지체 높은 집 자제들에게나 붙이는 '돈' 자가 붙는 돈 아무개였는데, 지금 사람들이 와서 그를 아버지께로 데려가려 한다고 알렸다.

돈 페르난도뿐 아니라 카르데니오와 신부, 이발사, 거기에 주변이 너무 북새통인 바람에 그만 잠이 깨어 나타난 여인숙 주인장까지 그 이야기를 함께 들었다. 남자들은 하나같이 마당으로 달려나갔다. 그 속에는 더 이상 성문을 지킬 필요가 없을 것 같다고 판단한 돈 키호테도 끼어 있었다.

재판관이 제일 먼저 마당에 도착했다. 기사와 젊은이가 서로 상대방 말은 들을 생각도 않고 자기 이야기만 떠들어대는데다 도무지 합의점에 다다를 가능성이라고는 손톱만큼도 없어 보이는 가운데 화가 나서 언쟁을 벌이는 모습을 본 재판관이 목소리를 높여 소리쳤다.

"자, 진정하세요, 여러분! 진정해요! 부디 자제하고 정숙합시다. 침착하게 이야기를 나누어 서로 이해할 수 있어야 하지 않겠습니까. 자, 이제 우리가 양쪽의 이야기를 차례대로 들어보고 나서 해결책을 찾아보도록 할 겁니다. 기사 양반부터 말해 보시지요."

기사는 자신이 모시고 있는 주인은 아라곤의 유지(有志)로, 지금 자기 앞에 서 있는 이 아드님이 집을 나와 어느 마차 행렬을 따라나서는 바람에……. 기사는 잠시 말을 멈추고 침을 꼴깍 삼켰다. 그리고 눈을 들다가 앞에 선 재판관이 주인댁 맞은편에 사는 이웃이라는 걸 알아보았다.

재판관도 처음으로 언쟁을 벌이고 있는 두 사람의 얼굴을 제대로 쳐다보면서 앞에 서 있는 나귀 몰이꾼 복장의 청년이 이웃에 살고 있는 부호의 자제임을 알아볼 수 있었다.

재판관이 청년에게 다가가 아주 다정한 목소리로 말했다.

"아니, 돈 루이스! 이 무슨 어린애 같은 짓인가? 어찌 자네같이 지체 높은 댁 자제가 이런 얼토당토않은 차림으로 다닌다는 말인가?"

청년이 울음을 터뜨렸다. 재판관은 청년의 어깨에 손을 얹더니 마치 아버지라도 되는 양 청년을 데리고 한쪽 구석으로 갔다.

두 사람이 무슨 말을 하는지 아무도 알아들을 수 없었다. 대신 뒷마당 저편에서 들려오는 또 다른 고함 소리만 귀에 들어왔다. 손님들 몇이 숙박비를 내지 않고 도망치려 하다가, 남의 이야기보다는 장사에 훨씬 더 신경을 쓰는 주인장 눈에 띈 것이었다. 주인장은 돈을 내놓으라고 호통을 쳐댔고, 상대방은 도무지 줄 생각을 않는 가운데 급기야 주먹다짐이 오가기에 이르렀다. 이 광경을 본 여인숙 안주인과 딸이 도와 달라고 소리를 쳤다.

편력기사 돈 키호테가 소리 나는 곳으로 쏜살같이 달려갔다. 두 남자가 여인숙 주인장을 마구 두들겨 패고 있어 주인장 혼자 수세에 몰려 있었다.

아버지가 형편없이 당하고 있는 광경을 본 여인숙 집 딸은 주변에 마땅히 도와줄 사람이 없는 것을 알고 돈 키호테에게 간청했다.

"너그러이 은혜를 베풀어 제 아버지 좀 구해 주세요. 두 사람이나 달려들어 아버지를 짓이기고 있다니까요."

이 말에 아무 말 없이 지켜보던 돈 키호테가 대답했다.

"아름다운 아가씨! 아가씨의 청을 들어줄 수가 없습니다. 저는 이미 다른 일을 해결하기로 약속한 바, 미코미코나 공주님과 한 그 약속을 완수하기 전까지는 절대로 다른 일을 떠맡을 수 없답니다. 하지만 미코미코나 공주님만 허락하신다면 아가씨를 도와드릴 수도 있지요."

돈 키호테는 뒤돌아서며 말했다.

"너무 걱정 마십시오. 아버지께 가급적 즐거운 마음으로 결투에 임하고 계시라 전해 주십시오. 내가 곧 가서 공주님의 허락을 받아올 테니까요."

이 말도 안 되는 소리를 들은 마리토르네스는 기운이 쭉 빠져 버리고 말았다.

"저 사람들이 계속 몰매를 때리다가는, 겁쟁이 기사님이 돌아오시기 전에 우리 주인 아저씨는 이미 딴 세상 사람이 되어 있을걸요."

"걱정 마십시오, 아가씨. 일단 미코미코나 공주님의 허락만 받아내면 내가 저 세상까지라도 가서 그분을 데려올 테니까요. 설사 그렇게 안 되더라도, 최소한 그분의 죽음에 대한 복수만은 꼭 해드릴 겁니다. 어느 정도나마 위안이 될 수 있도록 말입니다."

돈 키호테는 이렇게 말하고 도로테아에게 갔다. 클라라를 꼭 안아 주고 있던 도로테아는 재판관과 청년 사이에 오가는 대화에 귀 기울이느라 슬픈 얼굴의 기사 돈 키호테가 무슨 말을 하는지 제대로 알아듣지도 못한 채 그저 알겠다는 뜻으로 크게 고개를 끄덕였다.

이제 맹세에서 자유로워진 편력기사 돈 키호테는 온몸을 꼿꼿이 세우고 창을 앞으로 겨눈 채 뒤꼍으로 나갔다. 여기저기 패이고 찌그러진 갑옷이 햇살에 번쩍거렸다. 결전을 앞둔 돈 키호테의 얼굴에 비장감이 서려 있었다. 하지만 세 걸음도 채 가지 못하고 돈 키호테는 못 박인 듯 제자리에 서고 말았다.

"아휴, 왜 꼼짝 않으시는 거예요, 기사님?"

아버지 목숨이 경각에 달린 듯해 점점 더 겁이 나고 조바심이 난 여인숙 집 딸이 물었다.

"편력기사인 내가 선 것은 저런 하찮은 무뢰한들에게 내 칼을 겨누는 것이 부당하기 때문입니다. 하지만 곧 내 종자를 부르겠습니다. 저런 불한당 같은 놈들을 상대하기에는 제 종자가 제격이지요."

돈 키호테가 다시 여인숙 문 안으로 들어가자 여인숙 안주인과 딸, 마리토르네스는 돈 키호테의 비겁한 모습에 그만 낙담하고 말았다. 여인숙 주인장은 쏟아지는 몰매에 이미 땅바닥에 나뒹군 지 오래라 만신창이가 되어 있었기 때문이었다.

하지만 엉망이 되어 버린 여인숙 주인장은 어차피 누구라도 나타나 구해 줄 테고, 혹 그렇지 못하더라도 어차피 자신의 힘으로는 어쩔 수 없는 일이었으니 그저 감내하고 입을 꾹 다물어 버리면 될 일이니, 이 이야기는 이쯤에서 접어두기로 하겠다.

이제 다시 여인숙 안으로 한 오십여 걸음 되돌아가 아까 한쪽 구석으로 갔던 재판관과 돈 루이스가 무슨 이야기를 나누는지 보기로 하자.

"재판관님! 뭐라 말씀드려야 할지 모르겠으나, 제 이 두 눈으로 어르신의 따님 클라라 양을 보는 순간, 그만 첫눈에 반해 버렸습니다……."

이렇게 말하고 사랑에 빠져 버린 청년은 입을 다물었다. 여인숙은 고요

한 정적에 감싸여 있었다. 다른 손님들도 일의 심각성을 깨닫고 재판관의 결정을 존중하는 의미에서 두 사람의 이야기가 마무리되기를 초조하게 기다리고 있었기 때문이었다.

"여보게, 잘 알겠네. 자네의 두 눈에서 타오르는 사랑의 불꽃을 보았으니……."

재판관이 말했다. 그리고 잠시 침묵하더니 땅바닥을 내려다보며 다시 말을 이었다.

"내 딸에게 직접 이야기를 들은 것은 아니나 그 아이도 이제 어린애가 아니고 그 아이의 가슴속에도 자네를 향한 사랑의 싹이 트고 있음을 알고 있다네. 그러니 자네의 부친께서 두 사람의 결합을 축복해 주신다면 나 역시 두 사람의 행복을 위해 축복해 주겠네. 나는 두 사람이 행복할 것이라 믿네. 참으로 고귀하고 멋진 인연으로 만났으니……."

한없이 이어지던 재판관의 이야기가 느닷없이 끊기고 말았다. 재판관을 비롯한 모든 사람들이 뒤꼍으로 난 문을 향해 달려갔다. 그쪽에서 비명 소리가 들려왔기 때문이었다. 일행이 달려가는 사이 비명 소리는 어느덧 잦아들고 있었다.

문을 나서기가 무섭게 일행은 여인숙 주인 가족과 맞닥뜨렸다. 여인숙집 딸은 돈 키호테에게 무지한 두 남자의 만행에서 아버지를 구해 주셔서 감사하다는 인사를 전하고 있었다. 특히 그들에게 숙박비까지 받아내 줘서 더더욱 고맙다고 했다. 그녀는 이 모든 일을 편력기사인 돈 키호테가 언변으로 이루어냈으며, 말로 상대방을 설득했다는 것이었다.

그렇다고 모든 일이 다 마무리된 건 아니었다. 원래의 자리로 돌아와 보니 산초 판사와 웬 새로운 인물이 안장에 거는 부대자루를 놓고 서로 잡아당기며 싸우고 있었기 때문이었다. 두 사람은 서로 부대자루를 끌어당

기며 발길질을 해대고 욕설을 퍼붓고 있었다.

"내 거야!"

"아냐, 내 거야!"

"내 거라니까!"

"내 거야!"

누구든 선뜻 나서서 싸움을 말릴 수 있는 상황이 아니었다.

돈 키호테는 산초와 싸우고 있는 인물이 다름 아닌 자신에게 맘브리노의 투구를 빼앗긴 바로 그 이발사임을 한눈에 알아보았다. 이발사 역시 아무런 이유도 없이 자신을 공격했던 미친 기사를 알아보았을 뿐 아니라 그 기사의 머리 위에 자신의 놋쇠 대야로 보이는 물건이 씌워져 있는 것도 보았다. 이발사는 대야를 탈취당한 이후, 손님들 수염을 축이는데 하는 수없이 아내의 냄비를 사용하고 있던 참이었다. 그날의 일이 떠오르자 그의 온몸에 불이 붙는 것 같았다. 그래서 이발사는 부대자루를 던져 버리고는 두 주먹을 치켜들고 돈 키호테를 향해 달려들었다.

"내 거야, 내 거! 내 거라고!"

"저 미친놈이 뭐라 지껄이는 거야?"

돈 키호테가 중얼거리며 달려드는 이발사를 보고 재빨리 몸을 비틀었다. 그 바람에 이발사는 앞으로 고꾸라지며 산초 판사를 덮쳐 버렸다. 순간 산초 판사도 재빨리 몸을 틀면서 오히려 이발사 위로 넘어져 버리고 말았다.

새로 등장한 이발사는 두 도둑놈을 만난 자신의 불행을 한탄했다. 사실 두 사람을 만난 이후 지금껏 좋지 않은 일만 줄곧 일어났던 것이다.

서로 원수가 되어

산초 판사가 일어서자 넘어지며 다친 이발사도 벌떡 일어서 다시 부대자루를 빼앗으려 들었다. 이발사는 그 부대자루가 자기 것이라 믿고 있었고, 사실이 그랬다. 하지만 종자 산초 판사는 결투에서 자기 주인님이 승리를 거둬 정당하게 쟁취한 전리품이므로 자기 것이라 주장했다.

두 사람이 서로 고함을 질러대고 부대자루를 잡아당기며 싸우다가 이발사의 발이 미끄러지는 바람에 그만 돈 키호테를 덮치며 넘어지고 말았다. 돈 키호테는 바닥에 엉덩방아를 찧으며 주저앉았고, 그 충격으로 그만 그토록 자랑으로 여기며 쓰고 다니던 맘브리노의 투구가 벗겨져 떨어지고 말았다.

"내 대야! 내 소중한 대야!"

이발사가 소리쳤다. 그리고 마침내 그 소중한 물건을 한 손으로 잡아채고는 벌떡 일어나 남은 한 손으로는 다시 부대자루를 잡아당기기 시작했다.

"저 불한당 같은 자가 무슨 짓을 하고 있는 거지?"

슬픈 얼굴의 기사가 중얼거렸다.

새로 등장한 이발사는 자기 것을 되찾기 위해 애썼고, 돈 키호테와 산초 판사는 명예롭게 쟁취한 전리품을 지키기 위해 애썼다. 모두 이 장면을 지켜보며 어찌할 바를 몰라 했다. 그래서 재판관의 직분이 원래 옳고 그름을 가리는 것인 만큼 재판관이 나서서 이 분쟁의 시시비비를 가리고 판결을 내려 주기를 바랄 뿐이었다.

하지만 재판관은 돈 루이스와 함께 두 사람의 문제에 푹 빠져 있었던 탓에 주변에서 벌어지고 있는 일에는 전혀 신경을 쓸 수 없었다. 뿐만 아니라 늘 한 조를 이루어 다니면서 순찰을 도는 소위 '성 동포회'라 불리는 종교 경찰 순찰대원 세 사람이 현관문을 지나 여인숙 안으로 들어선 것도 눈치채지 못하고 있었다.

부대자루와 소위 '대야 투구'라고 산초가 부르던 그 물건을 놓고 벌어진 싸움을 보느라 사람들이 온통 뒤꼍에 몰려든 걸 본 여인숙 주인장은 이런 사건이 돈벌이에 아무런 도움을 주지 못하리라 생각했다. 그래서 이 모든 사건의 발원지라 생각된 돈 키호테에게 달려가 말했다.

"편력기사 양반! 제발 그 바보 같은 짓 좀 그만두쇼! 그게 투구라는 생각은 싹 지워 버려요. 댁이야 다른 것이라 우기지만, 저건 분명 대야일 뿐입니다."

이 오만스런 발언에 돈 키호테는 주인장의 머리통을 한 대 내리쳤다. 주인장이 바닥으로 고꾸라져 쓰러졌다. 남편이 또 쓰러진 걸 본 안주인은 비명을 질러대기 시작했고, 그녀의 비명 소리가 성 동포회 순찰대원의 귀에까지 들렸다.

난장판을 보고 화가 난 순찰대원 한 사람이 뒤꼍으로 들어왔다. 돈 키호테가 막 호령을 하고 있던 참이었다.

"그 누구도 맘브리노 투구에 대해 의문을 제기치 마라……."

"투구 좋아하시네! 당신이 하는 짓을 보아하니 술주정뱅이가 분명하군."

순찰대원이 말했다.

"뭐라고?"

돈 키호테는 자신의 말을 가로챈 것에 화가 나 소리쳤다. 그래서 칼을 뽑아들고 그대로 순찰대원을 향해 내리쳤다. 만일 그가 몸을 피하지 않았더라면 아마도 그의 목은 허공을 향해 날아가고 말았을 것이다.

칼 내리치는 소리에 다른 순찰대원 둘이 달려와 여인숙 주인장 옆에 섰다. 그러자 지금껏 아무 말 없이 구경만 하던 다른 손님들도 돈 키호테를 보호하려고 나섰다.

곧이어 누가 먼저랄 것도 없이 일제히 달려들어 싸우기 시작했다. 여인숙 마당은 온통 아수라장이 되어 버렸다. 어찌나 소란스럽게 싸워댔는지 사람들의 움직임을 제대로 관찰할 수도, 개개인이 어떤 상태인지도 알 길이 없었다.

하지만 이 책의 화자는 사람들이 뭘 어찌하고 있는지 다 관찰하고 있었다. 따라서 화자가 들려준 이야기에 따르면, 새롭게 등장한 이발사는 자신의 부대자루를 찾아 살그머니 북새통을 빠져나오려 했다. 하지만 산초 판사의 눈에 딱 걸려 산초가 그의 두 다리를 잡아채는 바람에 두 사람은 또다시 바닥으로 나뒹굴게 되었다.

그 옆 다른 쪽에서는 네 남자가 돈 루이스에게 달려가 주인의 아들이 다칠까 봐 얼른 그 주위를 둘러쌌다. 하지만 아직 제대로 된 결투에 나서본 적 없던 청년 돈 루이스는 호위대를 뚫고 달아나려다 한 기사의 이를 부러뜨려 놓고 말았다.

그런가 하면 돈 키호테는 가까이로 다가오는 사람들은 상대가 누구든 마구 두들겨 팼는데, 그 와중에 순찰대원 하나가 바닥으로 고꾸라지고 말았다. 돈 키호테의 칼날이 다른 순찰대원을 향하는 동안, 바닥으로 나뒹군 순찰대원을 돈 페르난도가 발길질을 퍼부었다. 신부는 '그만들 두시오!'라고 소리쳐댔고, 여인숙 안주인은 싸움판에 휘말릴 때마다 자기 남편이 제일 많이 맞는 걸 보고는 비명을 질러댔다. 여인숙 집 딸은 탄식했

고, 마리토르네스는 울었고, 자신이 미코미코나 공주임을 까마득하게 잊어버린 도로테아는 혼란에 빠져 버렸고, 루신다는 완전히 딴 생각에 잠겨 있었고, 클라라는 실신하고 말았다.

대야 주인 이발사와 산초는 서로를 짓이기고 있었으며, 다른 모든 사람들도 대부분 그런 식으로 싸우고 있었기에 여인숙은 온통 핏물이 흥건한 아비규환(阿鼻叫喚)의 장이 되고 말았다.

이 난장판의 와중에 불현듯 정신이 들기라도 했는지 돈 키호테가 혼란의 소용돌이에서 벗어나 한 걸음 떨어진 곳에 섰다. 그는 근엄한 모습으로 그 광경을 지켜보더니 쩌렁쩌렁한 목소리로 소리쳤다.

"진정들 하시오, 여러분! 모두 진정하시오! 칼을 거두고 싸움을 멈추시오. 목숨을 건지고 싶거든 내 말을 들으시오."

순간 사방이 조용해졌다. 그러나 그 와중에도 산초는 여전히 이발사의 모가지를 비틀던 손가락에 힘을 빼지 않았고, 이발사 역시 산초의 귀를 잡아당기던 두 손을 늦추지 않았다.

"내가 이 성은 온통 마법에 걸렸다 하지 않았습니까? 여기서 일어난 일을 둘러보십시오. 평화롭기만 하던 이곳이 순식간에 질풍노도와 같은 싸움터로 변해 버리고 만 것을요. 이제 평화를 되찾읍시다. 여기 계시는 여러분처럼 귀하신 분들이 아무것도 아닌 사소한 일로 싸움에 휘말리는 건 바보 같은 일입니다."

돈 키호테가 무슨 소리를 지껄이고 있는 것인지 도무지 알아들을 수 없었던 순찰대원들은 진정할 기세가 아니었다. 이번 싸움에서 가장 수세에 몰렸던 장본인들이 바로 그들이었던 것이다. 그들 대원 중 하나는 갈비뼈가 부러져 바닥에서 일어서지도 못하고 있었다.

다른 사람들은 미친 기사의 말이지만 일리가 있다고 생각했으며, 사실

더 이상 싸울 이유도 없었다. 따라서 신부와 재판관은 돈 키호테 곁으로 다가가 그의 말에 힘을 실어 주면서 모두 평정과 우의를 되찾는 것이 좋겠다고 거들었다.

물론 쉬운 일은 아니었다. 아라곤에서 온 네 기사들은 돈 루이스를 집으로 데려가고자 했지만 돈 루이스가 이를 거부했다. 어쩔 수 없이 재판관이 나서야 했다. 재판관은 참으로 미묘한 상황 속에서도 솔로몬과도 같은 지혜로운 판결을 내렸다.

네 기사 중 셋은 먼저 고향으로 돌아가 청년의 아버지에게 아들을 찾았다고 보고하고, 남은 한 사람은 돈 루이스와 함께 세비야로 가 돈 페르난도의 형님이신 후작 댁에 머물도록 하자는 것이었다. 모두 이 의견에 동의했다.

마침내 여인숙에 평화가 깃드는 듯했다. 하지만 한시도 한눈을 팔지 않는 악마가 이때를 틈타 또 다른 분란을 일으키고 말았다. 부상을 당했던 예의 그 순찰대원이 갤리선으로 끌려가던 죄수들을 도망시킨 범인을 체포하라던 상부의 명령을 기억해낸 것이었다. 범인의 생김새에 대한 설명에 따르면 돈 키호테와 아주 흡사했던 것 같았다.

그는 양피지 명령서를 펼쳐 천천히 읽어 내려갔다. 오십대, 큰 키, 마른 체형, 성질 포악, 긴 수염, 수백 년은 된 듯한 낡아빠진 갑옷 착용……. 분명 자신의 목을 내리치려 했던 바로 그 미친 기사였다. 그는 돈 키호테 앞으로 나서서 호령했다.

"이봐, 순찰대원들! 이 노상 강도놈을 체포하라! 이자를 체포하라는 명을 받지 않았는가!"

"뭐? 노상 강도라고?"

돈 키호테가 순찰대원의 멱살을 잡아채며 말했다. 재판관이 나서서 두 사람을 갈라놓지 않았더라면 아마도 사단이 났을 게 틀림없었다.

순찰대원은 갤리선 노역형을 받은 죄수들을 함부로 풀어준 강도를 붙들어 압송하라는 국왕 폐하의 명을 받았다고 설명했다.

이 말에 돈 키호테가 너털웃음을 터뜨리더니 잠시 후 준엄하게 말했다.

"이리 오거라, 천하고 사악한 자여! 나 같은 편력기사를 잡아오라고 명한 무지한 자가 과연 누구더냐? 편력기사는 오로지 검의 뜻대로 움직인다는 것을 그는 모른단 말인가? 왕족들이 탁자 앞에서 탄식하는 동안 아름다운 귀부인들은 편력기사에 굴복하고 만다는 걸 모르는 이 그 누구인가? 참으로 아둔한 자로구나. 다시 말하거니와 우리 편력기사들은 기사로서의 험난한 삶을 살아갈 뿐 법 앞에 굴복하지 않음을 어찌 모른단 말인가? 내 말 알아들었겠지? 필요하다면 한 번이 아니라 사백 번이라도 다시 들려주마."

돈 키호테는 여기서 다른 손님들을 향해 돌아서며 물었다.

"제 말이 맞지 않습니까?"

돈 키호테, 우리에 갇히다

돈 키호테가 이렇게 일장 연설을 하는 동안, 신부는 따로 순찰대원 두 명을 불러 돈 키호테의 언행으로 보아 짐작은 하고 있겠지만 완전히 돈 사람이라고 설명했다. 만일 돈 키호테가 미친 걸 몰라보는 사람이 있다면, 아마도 돈 키호테보다 더 미친 사람일 것이라고 했다.

"이런 상황으로 보아 그를 체포해 데려가실 필요도 없을 뿐더러, 제 생각입니다만 그는 순순히 잡혀갈 위인도 아닙니다."

신부가 말했다.

돈 키호테는 식탁 위에 올라선 채 칼을 하늘 높이 치켜들고 마치 세상을 향해 도전장을 내밀기라도 하듯 제자리에서 빙글빙글 돌기 시작했다. 갑옷으로 인해 상당한 무게가 나가는 온몸을 지탱하고 있는 그의 가느다란 두 다리가 보였다. 그에게는 정말 맘브리노의 투구라도 되는 양 머리 위에 뒤집어쓰고 있는 이발사의 놋대야가 유독 눈에 띄었다.

산초 판사는 당나귀에 걸어놓은 부대자루에서 손을 떼지 않은 채 한 눈으로는 주인 돈 키호테가 혹여 떨어지지나 않을까 살피고 또 다른 한 눈으로는 잔뜩 불만스러운 표정으로 바닥에 주저앉아 먹고 또 먹으면서 원래 자기 것이었던 것들을 돌려받기 전까지는 절대로 여인숙에서 한 발자국도 걸어나가지 않겠다고 항변하고 있는 이발사를 훔쳐보고 있었다.

여인숙 주인장은 여인숙이 또다시 난장판이 되면 어쩌나 노심초사하고 있었고, 신부는 평화가 깨어지지 않을까 걱정하고 있었다. 신부는 돈 키호테도 산초 판사도 자기 손에 들어온 물건들을 결코 되돌려주지 않으리란 걸 알고 있었다. 그래서 이발사에게 8레알을 쥐어주며 얼른 이곳을 떠나라고 했다. 물건 값의 두 배는 됨직한 넉넉한 보상을 받은 이발사는 부리나케 여인숙을 떠났다.

눈앞에서 현금이 오가는 것을 본 데다 돈 키호테의 광기가 보통이 아님을 본 여인숙 주인장도 신부에게 숙박비와 터져 버린 포도주 부대 값까지 낼 것을 요구했고, 거기에 예전에 신부의 친구인 미친 기사가 이곳에서 숙박을 하고는 동전 한 푼 내지 않고 그냥 가버린 것에 대해서까지 배상할 것을 요구했다.

신부는 돈주머니를 들여다보고 셈을 해보더니 '아이쿠!' 하며 탄식을 내뱉었다. 앞으로 굶어야 할 끼니가 얼마나 되는지를 생각해 본 것이었다.

그러나 다행히 신부는 굶을 필요는 없게 되었다. 너그럽고 넉넉한 돈 페르난도가 여인숙에 함께 묵었던 모든 손님들의 숙박비와 식비를 지불하겠다고 했다. 여인숙 주인장은 돈주머니를 받아들고는 돈 페르난도의 발에 입을 맞추었고, 안주인은 행운을 빌어 주었으며, 딸은 평생 다시 못 볼 멋지고 돈 많은 신사를 하염없이 쳐다보았다. 마리토르네스는 신부로부터 8레알을 받아낸 이발사와 헛간에서 작별을 나누고 있었다.

이때 여인숙에서 한바탕 소동이 일어나는 동안 그 모습을 드러내지 않고 있던 소라이다와 포로기사가 등장했다. 두 사람은 이미 재판관과 재판관의 딸 클라라, 그리고 돈 루이스와 그를 호위하고 갈 기사 등과 더불어 세비야로 떠날 준비를 마친 상태였다. 이들 일행과 더불어 카르데니오와 루신다, 도로테아, 돈 페르난도 그리고 다른 세 명의 기사들도 길을 떠날 참이었다. 신부의 계획에 따라 모두 곧장 신부가 사는 마을로 가기로 했

다. 이번에 신부가 새로 세운 계획은 더 이상 공주를 도와야 한다는 등의 궁색한 이유로 속일 필요 없이 돈 키호테를 곧장 집으로 데려가야겠다는 것이었다.

아직까지도 여전히 영광의 꿈에 젖어 탁자 위에 올라앉아 있던 우리의 편력기사 돈 키호테는 발을 헛디디면서 바닥으로 떨어져 여전히 미코미코나 공주라고 믿고 있는 도로테아의 발 아래 엎드리게 되었다.

"고귀하신 공주마마!"

돈 키호테가 바닥에서 머리를 조아리고 말했다.

"아직은 공주님의 영토를 빼앗은 그 거인과 결투를 벌일 시간이 되지 않았습니다만, 열두 지파(支派)의 거인이 달려든다 해도 제 강건한 이 팔이 그들을 맞아 용감히 싸울 것이며, 기필코 공주님의 왕국을 재건할 것입니다. 오! 공주마마!"

돈 키호테는 도로테아의 부축을 받아 힘겹게 일어섰지만, 첫걸음도 내딛기 전에 균형을 잃고 비틀거렸다. 다행히 산초가 달려나와 그의 옆구리를 부축해 넘어지지는 않았다. 산초가 돈 키호테를 바닥에 앉힌 뒤 성난 목소리로 말했다.

"미코미콘 왕국의 공주님이라던 이 숙녀가 공주님이면 차라리 우리 어머니더러 공주님이라고 하세요. 제가 행실을 보아하니 위대한 왕국의 공주라기보다는 오히려 창기(娼妓) 같던걸요."

여인숙 한쪽 구석에서 돈 페르난도와 입맞춤을 나누었던 도로테아는 얼굴이 빨갛게 달아오른 채 할 말을 잃고 있었다. 하지만 그녀가 산초의 말에 대꾸할 필요는 없었다. 신사 중의 신사인 돈 키호테가 위대한 공주님을 모욕하는 종자의 말에 동조할 리 없었던 것이다. 돈 키호테는 마치 자기 눈앞에 자신의 서재를 통째로 훔쳐가 버린 마법사 프레스톤이 있기라도 한 듯 불같이 화를 냈다.

"네 이놈! 무식하고, 사악하며, 천박하고, 미련스럽고, 막돼먹고, 말주변 없고, 무모하고, 남의 험담이나 쏟아내는 이 나쁜 놈……. 감히 내 앞에서 그런 막말을 주워섬기다니!"

돈 키호테는 칼을 치켜들더니 말했다.

"당장 내 눈앞에서 꺼져라! 천성이 교활하고, 거짓말쟁이에 모사꾼, 협잡꾼 같은 놈아!"

산초는 평발 발꿈치에 불이라도 붙은 사람처럼 탁자 주위를 돌며 도망쳤다. 땅이 쩍 갈라져서 무지막지한 갑옷을 입은 채 발길질을 해대는 돈 키호테를 꿀꺽 삼켜 버리기라도 하면 좋겠다고 생각했다. 다행히 돈 키호테는 거추장스러운 갑옷 덕에 균형을 잃고 거대한 탑이 무너져 내리듯이 그렇게 바닥으로 쓰러져 버리고 말았다.

이번에도 도로테아가 돈 키호테를 부축해 일으켜 세우더니, 이 싸움을 말려 보겠다는 생각에 돈 키호테에게 이 성이 마법에 걸린 게 맞는 것 같다고 말했다. 그래서 그의 종자 눈에 그를 혼란에 빠뜨릴 수 있는 그런 것들이 보인 것 같다고 말했다.

"오! 위대하신 공주님께서 우리에게 정확히 설명해 주셨습니다! 아마도 마법사가 저 죄인의 눈에 모든 것이 제 뜻대로 보이도록 만든 모양입니다."

돈 키호테가 감격스럽다는 듯 말했다.

이제 산초 판사도 자신이 정말로 공주와 입맞춤하는 돈 페르난도의 모습을 본 것인지, 아니면 도로테아가 자신을 속이고 있는 것인지 알 수 없게 되었다. 하지만 중요할 건 없었다. 어쨌거나 마법의 손아귀에서 무사히 벗어나면 될 뿐이었다. 그래서 산초가 대꾸했다.

"맞습니다, 맞아요. 분명합니다. 제 이 시원찮은 두 눈이 저를 속인 거

예요. 다 마법이었다니까요."

마침내 마음의 평정을 되찾은 돈 키호테가 종자 앞으로 다가가더니 종자의 어깨에 손을 얹고 말했다.

"이제야 네가 지금껏 내가 한 말이 다 사실이었음을 깨달은 모양이로구나. 산초, 이 성 안의 모든 것들이 다 마법에 걸렸다는 것 말이다."

"정말 그런 것 같습니다. 그 담요 사건만 빼고는 모두 말입니다. 그건 진짜였거든요."

산초가 대답했다.

그 자리에 있던 사람들은 하나같이 산초 판사가 그토록 두려워하면서 곧잘 이야기하는 그 담요 사건이 뭔지 궁금해했다. 그러자 여인숙 주인장이 장정들이 우르르 몰려가 숙박비를 내지 않고 도망치려는 산초를 잡아다가 담요 위에 올려놓고는 하늘 위로 쳐올렸던 이야기를 들려주었다. 그때 일만 생각하면 삭신이 쑤셔오는 산초를 제외하고는 이야기를 들은 모든 사람들이 배꼽을 잡고 웃었다.

마침내 손님들은 안달루시아로 되돌아가기 위한 여장을 꾸리기 시작했고, 밤새 불침번을 섰던 편력기사 돈 키호테만 잠자리에 들었다.

그러자 신부가 친구 이발사를 불러 돈 키호테를 집으로 데려갈 묘안이 있다고 했다.

"뭔가? 어서 말해 보게나."

"그러지, 니콜라스. 그 전에 치즈 조금하고 포도주나 한 병 달라고 해야 겠어. 뭐니 뭐니 해도 마음을 가라앉히고 석별의 정을 잠재우는 데에는 포도주가 최고니까 말이야."

그리고 신부는 친구 이발사에게 자신의 계획에 대해 설명하기 시작했다. 그사이, 돈 루이스를 찾으러 왔던 기사들은 아침에 여인숙에 든 소 마차꾼의 달구지 옆에 사람이 들어갈 만한 나무 우리 하나를 짜고 있었다.

모든 준비가 되자 돈 페르난도와 그를 수행한 기사 셋, 순찰대원들과 여인숙 주인장까지 몰려왔다. 모두 신부가 시킨 대로 천으로 얼굴을 가리고 있었다. 여섯 명의 남자들은 숨죽인 채 돈 키호테가 자고 있는 방으로 들어가 손발을 꽁꽁 묶어 버리고 말았다.

돈 키호테는 화들짝 놀라 잠에서 깨어났다. 그리고 주변에 기괴한 형상의 사람들이 있는 것을 보고는 아마도 유령들일 거라 생각했다. 또한 온몸을 꼼짝할 수 없는 것으로 보아 이 성만 마법에 걸린 게 아니라 자기 자신마저도 마법에 걸려 버렸다고 생각하게 되었다.

산초는 가면 뒤에 숨겨진 얼굴의 주인공들이 다름 아닌 여인숙 손님들이라는 걸 알아챘지만 일이 어찌 되어 가는지 보기 위해 아무 말도 하지 않았다.

우리 속에 갇힌 채 소달구지 위에 올려진 돈 키호테의 코앞에 마법사가 나타났다. 사실은 시에라 모레나 사건 이후 변장을 좋아하게 된 이발사였다. 마법사는 근엄한 목소리로 포로에게 말했다.

"오! 슬픈 얼굴의 기사여! 우리에 갇힌 것을 슬퍼하지 말지니, 이는 조금이나마 빨리 그대의 모험에 종지부를 찍으려 함이로다! 모험이 끝나야만 편력기사와 그가 사랑하는 귀부인이 라 만차에서 함께 상봉하지 않겠는가?"

마법사는 이 외에도 온갖 그럴싸한 말들을 주워섬겼는데, 돈 키호테는 더 이상 그의 말을 듣고 있지 않았다. 이미 꿈 속으로 빠져들었기 때문이었다. 한참 뒤, 돈 키호테가 꿈에서 깨어나 다시 현실로 돌아올 무렵 마법사의 마지막 말이 귓전을 울렸다.

"신의 은총이 함께 하기를! 나 또한 나의 갈 곳으로 돌아가리라!"

이렇게 말한 뒤 변장한 이발사가 사라지자 돈 키호테가 말했다.

"오, 하늘이시여! 저 마법사에게 나로 하여금 이 옥중에서 죽지 않게 해 달라고 대신 전해 주소서! 하늘이 제게 내리신 모든 임무를 기꺼이, 행복하게 완수하기 전까지는 말입니다. 그래야만 내가 옥중에 갇혔던 일도 영광이 될 수 있으며, 나를 칭칭 동여맨 이 사슬도 위안이 될 수 있으며, 희망 또한……."

이렇게 돈 키호테의 장광설은 이어져 나갔다. 돈 키호테의 이런 발언에 다른 사람들은 모두 놀란 눈으로 서로를 쳐다보았다.

톨레도에서 온 고위 성직자

　돈 키호테는 한동안 장광설을 이어나갔지만 이미 그 주위에는 아무도 남아 있지 않았다. 남은 사람이라고는 달랑 종자인 산초 판사뿐이었는데, 사실 그는 의기소침한 얼굴로 주인 옆에 서 있기는 했지만 주인 말을 들으면서도 스스로가 무슨 생각을 하고 있는지조차 알 수 없는 지경이었다.
　"나는 지금껏 대단한 편력기사 소설을 수도 없이 읽어 왔지만, 그 어떤 소설에도 편력기사가 이런 식으로 잡혀갔다는 이야기를 본 적이 없다. 대부분 허공 속으로 사라져 버리든가 용을 타고 승천하든가 하지, 이렇게 소달구지를 타고 가지는 않는다 이 말이다. 허허, 참! 이 모든 것들이 나를 혼란스럽게 만드는구나."
　주인의 이 말에 산초는 더욱 혼란스러웠다.
　"어쩌면 내가 이 시대에 새로이 등장한 편력기사이기 때문일지도 모르겠다. 이미 사람들 뇌리에서 잊혀져 버린 편력기사도를 부활시킨 최초의 인물이기 때문에 말이다. 그래서 새로운 마법이 탄생하고, 마법에 걸린 사람들을 데려가는 방법이 새로 개발되었는지도 모르겠구나."
　"주인님! 저야 편력기사 소설 같은 것을 주인님처럼 많이 읽어 보지 못했습니다만, 이번 일에서는 어쩐지 구린 냄새가 나는 것 같은데요……."
　마침내 산초 판사가 말했다.
　"쓸데없는 소리!"

돈 키호테가 어찌나 역성을 냈는지 온몸에 힘줄이 시퍼렇게 일어섰다.

"저는 그저……."

두 사람이 이런 이야기를 나누고 있는 동안, 여인숙에서는 신부와 이발사가 돈 페르난도를 비롯해 술이 거나하게 취한 동행들, 포로기사와 소라이다, 재판관과 딸 클라라, 돈 루이스와 그를 모시러 아라곤에서 온 기사들, 예의 말쑥한 모습을 되찾은 카르데니오와 아름다운 루신다, 그리고 참으로 미코미코나 공주라 해도 손색이 없을 만큼 아름답고 지혜로운 여인 도로테아와 작별 인사를 나누고 있었다. 잠시 후, 신부는 여인숙 주인장에게 곧 출발할 테니 로시난테에 안장을 얹어 달라 했다. 그리고 서로 서신을 교환하기로 약속한 뒤 신부는 순찰대원 둘에게 호위를 부탁했다.

순찰대원들이 수락하자 일행은 바로 길을 떠났다. 행렬의 선두에는 돈 키호테를 가둔 우리가 실린 소달구지가 갔고, 우리 양 옆으로는 호위를 위해 순찰대원 둘이 섰으며, 그 뒤로 당나귀에 탄 산초 판사가 언제나 느릿느릿 뒤처지곤 하는 로시난테의 고삐를 끌고 갔으며, 제일 뒤에 가면으로 얼굴을 가린 신부와 이발사가 따랐다. 모두 말없이 묵묵히 움직이고 있었다.

잠시 후, 행렬 옆으로 예닐곱 정도의 남자들이 말을 타고 지나면서 공손히 인사를 건넸다. 그들 일행의 수장이자 톨레도 성당의 고위 성직자는 기이한 행렬과 포박당한 채 우리에 갇힌 남자를 보고는 도대체 무슨 일이기에 저렇게 잡혀가느냐고 물었다.

"저분께 직접 물어보십시오. 저희들은 잘 모릅니다."

순찰대원들이 대답했다.

그러자 돈 키호테가 대답했다.

"이보시오, 선생. 나는 마법에 걸린 채 사악한 마법사들의 질투와 술책으로 이렇게 우리에 갇힌 몸이 되었소이다. 덕행조차도 선한 이들의 사랑을 받기보다는 악한 이들의 박해를 받는 법인가 봅니다. 나는 편력기사로, 명성을 누리지 못해 그 이름조차 기억되지 못하는 그런 유의 기사가 아니라 영원히 그 이름이 길이 남을 그런 기사이며……."

이렇게 말하고 있는데 신부가 그 옆으로 오다가 마지막 말을 듣고는 이렇게 덧붙였다.

"이분은 돈 키호테 데 라 만차이신데, 마법에 걸려 이 달구지에 실려 가고는 있지만, 그렇다고 이분이 죄를 지었다거나 잘못을 해서는 아닙니다. 다 덕행과 용맹이 분노할 그런 자들의 사악한 의도 때문입니다."

소시지보다 더 꽁꽁 묶인 채 우리에 갇힌 사람이나 얼굴에 가면을 쓴 채 밖에 자유롭게 있는 사람이나 모두 이렇게 말하는 걸 본 톨레도 성당의 성직자는 도대체 무슨 일인지 알 수가 없었다. 그와 함께 온 일행들도 모두 마찬가지였다. 더욱이 산초가 이렇게 말하는 걸 듣고는 더 황당할 수밖에 없었다.

"여러분! 제 말씀을 믿으시든 안 믿으시든 상관없지만, 하여간 저 돈 키호테 님은 딱 우리 어머니만큼만 마법에 걸리신 거예요. 저분은 정신도 온전하고, 다른 사람들처럼 먹고 마시고 행동합니다. 어제도 그랬고, 우리 안에 갇히기 전까지 늘 그랬지요. 그런데 감히 누가 저분이 마법에 걸렸다고 할 수 있겠습니까?"

영리한 산초가 이렇게 말하자 아무도 반론을 제기하지 않았다. 그러자 산초는 신부에게 가 말했다.

"이보세요, 신부님! 이제 숨기려 해도 소용없습니다. 아무리 얼굴을 가려도 전 다 알고 있으니까요. 아무리 거짓말을 하셔도 전 다 안다니까요. 시기와 질투가 있는 곳에서는 미덕이 살아남을 수 없는 것도요……."

톨레도 성당의 성직자는 라 만차의 구석진 마을에서 저런 차림으로 별난 행동을 하고 다니는 신부의 정체가 궁금했다. 하지만 그런 호기심도 오랜 시간을 기다릴 필요는 없었다. 이발사가 산초를 저만치로 데리고 가 버리자, 신부가 다가와 자신의 직분을 밝히며 돈 키호테라는 사람이 기사 소설에 탐닉하다가 그만 미쳐 버린 이야기를 들려준 것이다.

"기사 소설이라 하셨습니까?"

톨레도 성당의 성직자가 물었다.

그 역시 기사 소설의 광적인 독자였기에 두 사람은 길을 함께 가면서 기사 소설 속 이야기들의 진위 여부에 대해 이야기를 나누었다. 두 사람 모두 기사 소설을 좋아했기 때문에 더러는 일부 문장을 통째로 외우고 있기도 했다.

한편 순찰대원들은 톨레도 성당의 성직자와 함께 온 사람들 옆으로 갔고, 소 마차꾼은 소를 돌보았으며, 산초와 이발사는 행렬 말미에서 논쟁을 계속하고 있었다. 로시난테마저도 완전히 딴 세상에 있는 것 같았다. 모두 우리 속에 갇힌 편력기사에 대해서는 까마득히 잊어버리고 있었다. 여기저기 아무리 고개를 돌려보아도 자신에게 신경 쓰는 사람이 하나도 없는 것을 본 돈 키호테는 몹시 서운했다.

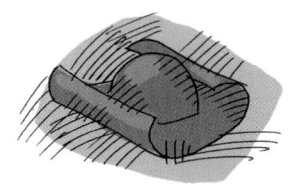

48
엉터리 마법

이제 모두 제자리로 돌아가 있었다. 소 마차꾼과 소달구지에 실린 우리가 선두에 서 있었고, 순찰대원들이 양 옆을 지키고 있었다. 산초와 로시난테가 그 뒤에, 그리고 이발사와 톨레도 성당 수행원들이 또 그 뒤에, 제일 말미에 톨레도 성당의 성직자와 신부가 따라오고 있었다. 두 사람은 이미 기사 소설에 대한 이야기를 마무리 짓고, 과거에 둘 다 연극을 좋아했던 터라 당대의 희극에 대한 이야기로 넘어가 있었다. 더욱이 톨레도 성당의 성직자와 신부는 각각 알칼라와 시구엔사에서 공부하던 대학생 시절에 배우로 활동했던 경력이 있던 터였다.

행렬은 소 걸음에 맞춰 매우 느리게 진행되고 있었다. 그야말로 땅강아지와 풍뎅이라도 따라올 수 있을 정도로 느린 속도였다. 그런데 그렇게 느린 행렬이었음에도 불구하고 그 속도에나마 맞추기 위해 산초 판사는 당나귀 등에서 내리지 않을 수 없었다. 갑자기 로시난테가 소금 기둥이라도 되어 버린 양 제자리에 선 채 꼼짝하지 않았기 때문이었다.

"젠장할 멍청이 같으니라구!"

산초가 고삐를 잡아끌며 소리쳤다. 그런데 늙은 말 로시난테는 산초가 서두르는 게 영 못마땅한지 악다문 이를 드러냈다. 고삐를 잡아끌고 있는 두 팔을 당장에 치우지 않으면 무슨 일이라도 벌일 기세였다.

동물을 다루는 데는 이력이 나 있던 산초가 휙 돌아서서는 로시난테 뒤

로 가 섰다. 그리고 늙고 비쩍 말라 마치 바윗돌처럼 느껴지는 로시난테를 뒤에서 밀기 시작했다.

"내 어머니의 이름을 걸고 맹세컨대, 네놈을 기필코 움직이게 만들고야 말겠다!"

크게 심호흡을 하고 난 산초는 두 손을 요지부동의 로시난테 엉덩이에 갖다 대고는 고개를 푹 떨구고 있는 로시난테를 황소 같은 힘으로 밀어붙이기 시작했다. 산초의 머리통이 어찌나 단단하고 그 힘 또한 셌던지 그 정도면 트로이 목마라도 움직일 수 있을 것 같았다. 그런데 로시난테의 반응은 그야말로 예상치도 않았던, 게다가 상당히 고약한 냄새를 풍기는 것으로 나타났다. 더욱이 로시난테의 엉덩이 바로 밑에 땀이 뚝뚝 떨어지는 얼굴을 들이밀고 있다가 더러운 배설물 세례를 받은 산초에게는 정말 예상치 못했던, 지독한 결과물이었다.

"에퉤퉤!"

산초는 자기도 모르게 순간적으로 비명을 질러댔지만 로시난테의 냄새 나는 선물이 입 안으로 흘러드는 바람에 더 소리치지도 못하고 입을 꾹 다물어 버렸다. 늙은 말 로시난테의 배변은 어찌나 시원스럽게 이루어졌던지, 밤새 여물을 먹어 불룩했던 로시난테의 배가 단번에 홀쭉해져 버렸다.

이 냄새는 이미 오십여 미터나 앞서 있던 행렬 말미에까지 이르렀다. 섬세한 미각과 민첩한 후각을 자랑하는 신부와 톨레도 성당의 성직자는 도대체 어디서 이런 냄새가 나는 건지 확인하기 위해 뒤를 돌아보려 했는데, 미처 고개를 돌리기도 전에 로시난테가 사냥개보다도 날렵한 속도로 자신들 옆을 휙 하고 지나가는 걸 보았다. 그 바로 뒤에는 힘겨운 평발로 산초가 욕설을 중얼거리며 침보다 좀더 끈적해 보이는 뭔가를 계속 내뱉으면서 뒤쫓아 오는 게 보였다.

산초가 두 사람 옆을 스쳐 지나가자 냄새가 어찌나 진동하던지 두 사람은 마치 가면이라도 눌러 쓰듯이 손수건으로 코를 틀어막아야 했다.

"너 이리 와! 이 불한당 같은 놈! 고약한 놈! 나쁜 놈! 찢어 죽일 놈! 배신자! 똥싸개!"

산초가 이미 시야에서 저 멀리로 사라져 버린 늙은 말을 향해 소리치고 있었다.

결박당한 채 꼼짝 못하고 있던 돈 키호테는 로시난테가 자신이 그토록 동경해마지 않던 아마디스 데 가울라의 애마 부세팔로스라도 된 양 쏜살같이 달려가는 것을 보았다. 그리고 그 뒤로 종자인 산초 판사가 지금껏 한 번도 보지 못했던 날랜 솜씨로 달려가는 것도 보았다. 만일 손이 묶여 있지만 않았더라면, 돈 키호테는 지금 자신이 눈앞에 보고 있는 장면이 진짜인지 믿기 어려워 두 손으로 눈을 비비댔을 것이었다. 그야말로 기이한, 새로운 마법을 보고 있는 것 같았기 때문이었다.

그런데 평소 신나게 내달리는 즐거움에 익숙치 않았던 돈 키호테의 애마는 발을 헛디디는 바람에 그만 부근을 흐르던 개천 속으로 빠져 버리고 말았다. 그 뒤를 산초가 따라왔는데, 평소 물을 좋아하지 않았던 그였지만 역시 개천으로 뛰어들었다. 로시난테를 잡기 위해서이기도 했지만 무엇보다 멍청한 늙은 말이 황급히 쏟아낸 배설물을 씻어내야 했기 때문이었다.

다른 일행이 도착했을 때까지도 여전히 로시난테와 산초는 물 속에 들어앉아 있었다. 행렬 도착과 동시에 신부가 말했다.

"여기서 잠시 쉬면서 소도 풀을 뜯게 해야겠습니다."

"그럽시다."

"그거 좋지요."

톨레도 성당의 성직자도 푸르른 초원을 만나니 잠시 낮잠이나 즐겨볼까 하는 생각에 맞장구를 쳤다. 하지만 그는 독실한 기도교도답게 무엇보다 먼저 배를 채우는 것이 급선무라 생각했던만큼 하인들을 불러 가까운 여인숙으로 가 먹을 것을 좀 구해 오라고 시켰다.

하지만 그럴 필요가 없었다. 하인들 가운데 하나가 부대자루에 먹을 것을 충분히 챙겨왔다고 대답했기 때문이었다.

"그럼, 그것을 이리 가져오너라. 하느님께서 주신 것이니 여기 계신 모든 분들과 함께 나누도록 하자꾸나."

톨레도 성당의 성직자는 이렇게 말한 뒤, 음식을 베어 물기 전에 기꺼운 얼굴로 하늘을 우러르며 감사의 기도를 올렸다.

이러는 사이, 산초 판사는 드디어 다른 사람들 눈을 피해 주인과 이야기를 나눌 수 있을 것 같다고 생각되어 얼른 돈 키호테가 있는 우리 쪽으로 다가갔다.

"주인님! 저기 얼굴에 가면을 쓴 채 신이 나서 식사를 즐기고 계신 저 두 분은 다름 아닌 고향 마을의 이발사와 신부님이십니다. 아마도 주인님께서 두 분보다 훨씬 더 대단한 명성을 얻으신 데 질투가 나 저런 차림으로 주인님을 잡아가려는 게 아닌가 싶은데요……."

"산초야! 저기서 맛있게 음식을 먹고 있는 저 두 사람은 우리의 친구인 신부와 이발사가 아니다. 네 눈에는 그리 보일지도 모르지만, 내게 마법을 건 자들이 두 사람과 비슷한 모양으로 둔갑한 것일 뿐이다. 내가 이렇게 우리 안에 갇힌 것으로 보아, 저 두 사람이 신부이거나 이발사일 리가 없다. 아니, 사람도 아닐 것이야. 나를 이렇게 가두려면 초인적인 능력이 필요하니까 말이다. 그러니 진정해라. 저 둘이 신부와 이발사라면 너는 터키 인이라고 해야 할 게다."

자기 두 눈으로 똑똑히 확인한 데다 상대와 한참 이야기도 나누었던 산

초는 주인이 하는 말을 믿을 수가 없어 펄쩍 뛰며 말했다.

"아이쿠! 제 말을 믿지 못하시다니, 정말 머리가 어떻게 되고 골이 비어 버린 거 아니세요? 이건 마법이 아니라 계략이라니까요! 제 말을 믿지 못하시겠다면, 제가 여쭙는 말씀에 대답 좀 해 주세요. 결례가 아니라면 말씀입니다……."

"무얼 말이냐, 산초?"

"저……."

종자 산초는 어떤 표현을 써야할지 막막했다.

"그러니까, 제 말씀은……. 주인님께서 이 우리에 갇힌 이래로, 시쳇말로 큰 거시기와 작은 거시기 생각이 드신 적 없으신가요?"

"큰 거시기와 작은 거시기라니, 도대체 무슨 말인지 모르겠구나, 산초. 좀 알아듣게 말해 보거라."

"아니, 큰 거시기와 작은 거시기도 모르신다는 말씀이세요? 그러니까 사람이라면 누구나 피할 수 없는 그 작용 말씀입니다요."

종자 산초가 소리쳤다.

"아하! 이제야 알겠다, 산초. 물론 여러 번 생각이 들었지. 지금도 그렇고 말이다……."

"내, 그러신 줄 알았다니까요, 주인님!"

산초가 코를 틀어막을 생각조차 않고 말했다.

"산초야! 날 좀 꺼내다오. 그렇잖아도 여기저기 지려 놓은 상태인데, 더 있다가는 꼴이 말이 아니겠구나."

"주인님께서 그리 말씀하시니, 당연히 그리해야지요!"

돈 키호테, 우리에서 풀려나다

돈 키호테가 다른 모든 사람들과 마찬가지로 그 역시 생리작용을 해소해야겠다고 하자 산초의 두 눈이 만족감으로 빛났다.
"제가 궁금해 하던 게 바로 그겁니다."
산초가 한숨을 몰아쉬었다.
"무슨 말인지 잘 모르겠구나, 산초. 하여간 서둘러라. 지금 이 상태로 버티기가 너무 힘들구나."
종자 산초 판사는 정신없이 자기 생각에 빠져 있었다. 그의 머리로 생각해낼 수 있는 최선의 것들이었다.
"누군가 병이 나면 사람들이 이렇게 말하는 걸 주인님도 아실 겁니다. '저렇게 먹지도, 자지도, 묻는 말에 대답도 않는 걸 보니 꼭 마법에라도 걸린 것 같군 그래.' 그 말에 따르면, 마법에 걸린 사람들은 먹지도, 자지도, 제가 말씀드린 그 자연적인 작용도 하지 않는다는 걸 알 수 있습니다."
산초가 이렇게 말하고 있는 동안에도 돈 키호테의 뱃속에서는 천둥치는 소리가 울려나오고 있었다.
"하지만 주인님께서는 마실 것과 먹을 것을 받아 드셨고, 거기에 묻는 말에 대답도 하시는 걸 보면 마법에 걸린 것은 아닙니다……."
"네 말이 맞다, 산초. 하지만 전에도 말했다시피 요즘은 온갖 새로운 형태의 마법이 등장한 것 같구나. 나는 마법에 걸린 게 분명하다. 나라는 사

람은 겁도 없고, 비겁하지도 않으니 나의 도움을 필요로 하는 사람들에게 도움을 주고 그들을 비호해야 하는데 이렇게 속절없이 우리 속에 갇혀 있으니 말이다."

"그래서 드리는 말씀인데요……. 이 우리에서 한 번 탈출을 시도해 보시지요. 빼내 드리는 건 제가 하겠습니다. 순한 로시난테 등에 올라탄 뒤 일이 어떻게 되는지 한 번 두고 보자고요. 만일 주인님께서 정말 마법에 걸리셔서 다시 이 우리 안으로 되돌아오게 되신다면, 충실한 종자의 계율에 따라 주인님과 함께 우리 속에 갇히겠다고 약속합니다."

"말만 들어도 기쁘구나. 하지만 일단은 날 좀 꺼내 보거라. 내 뱃속에 용이라도 두 마리 들어앉아 으르렁대며 싸우는지, 더 이상은 참을 수 없을 것 같다."

편력기사와 시원찮은 종자가 이런 대화를 나누고 있을 때, 여전히 얼굴에 가면을 쓴 신부가 돈 키호테에게 줄 음식을 가지고 왔다. 산초는 신부에게 잠시 동안만 돈 키호테를 우리 밖으로 나올 수 있게 해 달라고 청했다. 저렇게 내내 가둬 두었다가는 우리 속이 대소변으로 엉망이 될 것이라고 으름장을 놓았다. 돈 키호테의 뱃속에서 심상찮은 소리가 울려나오는 걸 들은 신부는 재빨리 결박을 풀어 주었다. 대신 종자 산초에게는 주인을 잘 감시해야 할 것이라고 일러두었다.

"신부님께서 직접 하시겠어요?"

산초가 물었다.

"아, 아니, 난 괜찮으니……."

신부가 코를 틀어막으며 대답했다.

"좀 멀리 가서 하게나. 최소한 저기 저 바위 뒤쪽에라도 가서……."

그렇게 말하고 신부는 톨레도 성당의 성직자와 이발사가 먹성 좋게 식사하고 있는 곳으로 돌아갔다. 그런데 신부는 이미 식욕이 싹 가셔 버린 상태였다. 이발사는 도무지 왜 그런지 알 수 없었고, 한 손에 소금에 절인 토끼 다리 고기를 들고 있던 톨레도 성당의 성직자도 그랬다.

"신부님, 왜 그러세요? 이렇게 맛좋은 음식을 사양하시는 걸 보니 분명 무슨 일이 있으셨나 본데……."

이발사 페레스가 물었다.

하지만 신부는 입을 꾹 다물고 생리작용이 어떻고 하는 말을 하지 않았다. 그런데 그간 산들바람 정도도 안 되었던 바람이 갑자기 세차게 불어오면서 돈 키호테가 웅크리고 앉아 시원하게 볼일을 보고 있던 바위 뒤의 모든 것을 실어 날랐다.

"헉!"

이발사가 숨을 멈추더니, 눈을 가리고 있던 가면을 끌어내려 코를 덮었다. 톨레도 성당의 성직자 역시 숨을 멈추었다.

"여러분! 자비를 베풀도록 합시다. 이 음식들은 만든 사람들이나 먹을 수 있도록 돌려주고 우린 소화도 시킬 겸 산책이나 좀 하지요. 저쪽이 괜찮을 것 같군요."

톨레도 성당의 성직자가 벌떡 일어나 말했다. 손에는 여전히 토끼 고기를 들고 있었다. 그는 돈 키호테가 거의 미동도 하지 않고 앉아 있는 반대편을 가리켰다.

신부와 이발사는 그의 뒤를 따라가면서도 돈 키호테의 건강이 걱정되기도 하고, 우리에서 풀어 준 것도 찜찜했다. 그래서 계속 뒤를 흘끗거렸다.

그런데 돌아볼 필요조차 없었다. 돈 키호테는 자유도 되찾은 데다 뱃속도 한결 가뿐해지자 언제나 꼼짝 않고 서서 주인을 기다리고 있던 로시난테에게로 이미 뛰어가고 있었던 것이다.

늙은 말 로시난테는 주인이 올라타기가 무섭게 휘청거리더니 균형을 잡기 위해 펄쩍거리며 뛰어올랐다. 마치 곡예라도 하듯이 내달리기 시작한 로시난테와 돈 키호테는 신부와 이발사와 톨레도 성당의 성직자를 뒤로 한 채 그들 옆을 휙 스쳐 지나갔다. 그렇지만 그것도 잠시뿐, 곧 로시난테는 풀섶에 발이 걸려 넘어지고 말았다.

신부와 이발사가 달려와 넘어진 돈 키호테를 일으켜 세웠고, 주인의 안위가 걱정된 산초 판사도 달려왔다. 이렇게 많은 사람들 눈앞이니 탈출하기가 더 어려워졌을 것 같아 걱정스러웠던 것이다.

평발로 뒤뚱거리며 뛰어오던 종자 산초 판사도 로시난테가 발이 걸려 넘어졌던 바로 그 자리에서 그만 넘어지면서 코를 박고 말았다.

"아이쿠!"

산초가 비명을 질렀다.

기사 소설의 진실

그다지 내달릴 만한 형편이 아님을 깨달은 로시난테와 돈 키호테는 달아날 생각은 고사하고 두어 걸음 떼는 것조차 포기한 채 산초 판사가 넘어진 곳에서 그리 멀지 않은 풀밭 위에 주저앉아 버렸다.

이발사와 신부, 톨레도 성당의 성직자가 그 옆에 와 앉았다. 그는 돈 키호테가 얼마나 기사 소설에 심취해 있는지 들은 데다 그 자신도 기사 소설을 무척 좋아하는 독자였기에 편력기사에 대해 장광설을 이어나가기 시작했다. 신부가 간혹 이야기에 끼어들곤 했는데, 그에 비해 이발사는 주변의 들국화를 바라보고 있었고, 산초 판사는 여전히 바닥에 널브러진 채 어떻게 하면 주인을 탈출시킬 수 있을지 묘안이 떠오르기를 기다리고 있었다.

톨레도 성당 성직자가 계속 말을 이었다.

"기사 소설은 진실을 말하지 않습니다. 가련한 독자들을 혼란스럽게 만들고, 소설 속 이야기들이 오래 전이기는 하지만 마치 실제로 일어났던 일처럼 믿게 만들지요. 나 역시 재미로 이런 책들을 즐겨 읽기는 합니다만, 이런 책들은 사람들 머리에서 분별력을 사라지게 만들고, 중병에 걸리게 만듭니다……."

교회법 연구원이 이야기를 시작한 이래로 줄곧 침묵을 지켜오던 돈 키호테는 더 이상 참을 수가 없어 그만 폭발하고 말았다. 다만 이번만큼은 고함을 질러대거나 욕설을 내뱉거나 싸움을 하려 들지 않고 차분한 어조로 대꾸했다.

"선생! 기사 소설은 말입니다……. 나를 더욱 지혜롭게 만들었습니다. 그걸 통해 많은 걸 배웠지요. 내가 아는 한, 나는 편력기사가 된 후 줄곧 용맹스럽고, 예의 바르며, 정중하고, 자비롭고, 법도에 어긋나지 않고, 과감하며, 온화하고, 참을성 많으며, 언제나 열심히 행하고, 옥에 갇히기도 하고 마법에 걸리기도 했습니다. 물론 최근 들어 광인으로 몰려 우리에 갇히는 신세가 되기는 했습니다만. 하여간 내 용맹스런 이 팔에 걸고 맹세하건대 하늘의 도우심이 있다면 수일 이내에 내가 어느 나라의 국왕이 되어 있는 걸 보게 될 겁니다. 그곳에서 나는 내 가슴속 깊은 곳에서 우러나는 감사의 뜻에서 모든 지인들에게 잘 해 줄 것인 바, 특히 세상에서 더할 나위 없이 좋은 종자인 저 가련한 산초 판사에게 그리할 것입니다. 그에게는 약속했던 백작령을 하사하여 잘하든 못하든 하여간 그곳을 다스리게 할 것입니다."

이 말을 들은 산초가 잔뜩 들떠 모두 앉아 있는 곳으로 냉큼 달려와서는 한껏 신이 나서 말했다.

"주인님! 부디 주인님께서 약속하시고 제가 그토록 고대하고 있는 백작령을 받을 수 있도록 애 좀 써주십시오. 정말 잘 다스릴 수 있습니다. 소출도 많이 낼 수 있을 거고요."

"이보시오, 산초. 한 나라의 통치자가 된다는 것은 그리 쉬운 일이 아니오. 통치자라는 것은 그저 명령하고, 수익이나 부를 누리기만 하는 사람이 아니기 때문이라오. 모름지기 통치자는 정의를 구현해야 하오. 그러기 위해서는 통치 기술과 명철한 판단력이 있어야 하는 법……."

톨레도 성당의 성직자가 말했다.

"난 그런 어려운 이야기는 모릅니다. 하지만 일단 백작령을 갖게만 된다면 정말 잘 다스릴 겁니다. 다른 사람들이 영혼을 갖고 있듯이 저 역시 영혼이 있고, 다른 사람들이 국왕이 될 수 있으면 나 역시 내 땅의 왕이 될 수 있을 테니, 내가 원하는 바를 행하고 내가 내키는 대로 하다 보면 내 마음이 흡족해질 것이고, 그러면 더 이상 바랄 것이 없을 겁니다. 더 이상 바랄 것이 없어지면······. 그럼 된 거지요. 다 잘 된 겁니다. 그러니 부디 백작령이나 주십시오. 나머지는 나중에 봅시다. 하느님께 감사도 그때 드리고요."

바로 이때, 찔레나무 가지 사이로 예쁜 산양 한 마리가 튀어나왔다. 그 뒤로 양치기가 소리쳐 부르면서 쫓아오는 게 보였다. 놀란 산양은 낯선 사람들이 앉아 있는 것을 보고는 그 가운데 산초 판사 옆으로 가 웅크리고 앉았다.

양치기는 오로지 냉정하게 달아난 산양 생각에 어찌나 정신이 나간 사람처럼 달려왔던지 그곳에 이를 때까지 사람들이 있는 줄도 모르고 있었다. 그가 양 손으로 산양 뿔을 붙잡고 말했다.

"이리 와라, 점박아! 그렇게 정신없이 무리를 뛰쳐나오다니······. 도대체 네가 어디로 가고 있는지, 도대체 어떤 사람들을 만나게 될지 알고나 가는 거니? 늑대가 무섭지도 않아? 참 겁대가리도 없고, 뻔뻔스럽기도 하다. 하긴, 네가 암놈이라 그렇겠지. 암놈으로 태어났으니 어떻게 차분할 수 있겠어? 네 녀석이 흉내내고 있는 이 세상 여자들처럼 네 녀석이 암컷인걸 말이야."

"잠깐만요! 잠시만 진정해 보시오! 그렇게 기를 써서 이 암 산양을 무리가 있는 곳으로 돌려보낼 이유가 뭐 있겠소? 어차피 암컷이라면 제 본성대로 행동할 텐데 말이오. 자, 아직 포도주도 좀 남아 있으니 한 모금 마시

도록 하시오."

톨레도 성당 신부가 말했다.

산양치기는 사람들의 시선을 한몸에 받으며 음식을 먹고 포도주를 마셨다. 그리고 마음이 좀 진정되자 자초지종을 설명했다.

"제가 이 암 산양에게 이런 식으로 이야기를 했다고 저를 미친 놈 취급하실지도 모르겠습니다만, 실은 조금 전 제가 이 암컷에게 한 말 속에는 남들이 알지 못하는 숨은 뜻이 숨겨져 있었습니다."

"그런 것 같습디다."

라틴 어만큼이나 목동들의 이야기에도 조예가 깊은 신부가 대답했다.

"여러분이 원하신다면, 그리고 여러분의 이해를 돕는 의미에서 제 사연을 말씀드리지요. 그러면 암컷이기에 제 무리 속에 머물러 있을 수 없었던 이 암 산양이 왜 저를 이토록 흥분하게 만들었는지 이해하실 수 있을 겁니다."

"음……. 이번 사건이 기사의 모험과 무슨 관계가 있을지는 잘 모르겠소이다만, 하여간 한 번 말해 보시오. 내 잘 들어두었다가, 혹여 복수가 필요하다고 판단되면, 주인공이 산양에 불과하지만 그래도 기꺼이 복수를 대신해 줄 것이오. 모든 살아 있는 것들은 하느님의 피조물이니 말입니다."

돈 키호테가 말했다.

산양치기는 이 말에 놀란 표정을 지었으며, 높이 치켜든 비쩍 마른 기사의 검을 보고는 적잖이 당혹스러워했다. 하지만 남은 토끼 고기를 한 입 베어 물더니 이야기를 시작했다.

"여기에서 삼 레구아 떨어진 곳에 마을이 하나 있습니다. 아주 작은 마을이기는 하지만 다른 어느 마을보다 부촌이지요. 그곳에는 돈 많고 널찍한 저택을 가진 농부가 하나 살고 있었는데, 그에게 이목이 집중되는 것은 그가 돈이 많아서이기도 했지만, 그보다는 너무나도 아름다운 딸이 있었기 때문입니다……."

산양치기가 눈을 들어 앞을 쳐다보더니, 돈 키호테가 그의 이야기보다는 음식 먹는 데 정신을 팔고 있자 이야기를 멈춰 버렸다. 그리고 혹 지루한가 싶어 한눈만 팔고 있던 돈 키호테에게 물었다.

"어떻게 생각하십니까?"

무척이나 허기졌던 우리의 편력기사 돈 키호테는 머리보다는 주린 배를 채우는 게 훨씬 급했던 참이었다. 그래서 큼지막한 절인 고기 조각을 집어들며 말했다.

"아주 맛있는데요!"

경솔한 레안드라를 그린 노래

이 노래는 많은 이의 사랑을 한몸에 받았던
어느 아가씨에 대한 노래라네.

모든 남자들이 되뇌이는
그 이름, 레안드라!

어찌나 아름다운지
모든 사내들이 미쳐 버리지.

그러나 그녀의 아버지, 늘 딸을 감시하니
그녀는 하루 종일 실만 잣고 있다네.

어느 여름날, 아가씨의 집 문 앞에서
두 청년이 청혼을 하네.

두 사람의 눈에는
오로지 사랑하는 레안드라만 보이지.

두 청년의 청혼에
아버지는 꿈을 꾼다네.

모두 재력가인데다
자기 딸을 너무도 사랑해 주니

아버지는 딸에게 말하네.
둘 중 하나를 선택하라고.

그런데 그녀는 더 멋진 계획을 설계한
어느 대위를 선택해 버리네.

그리고 단 한순간의 머뭇거림도 없이
그와 함께 어딘가로 떠나 버리지.

며칠 후
기쁨은 사라지고

일개 병사에 불과한 대위라는 작자
그녀를 버려두고 떠나가 버리네.

어느 동굴 속에
패물을 빼앗긴 채 묶여 있는 그녀!

가장 소중한 것은 잃지 않았다 하니,
그 작자는 도둑일 뿐, 그녀를 사랑하지는 않았던 것.

그러나 여인의 명예는 이미 상실되었고,
마을 사람 누구도 그녀를 믿지 않네.

상심한 아버지는
그녀를 수도원에 은닉시키지.

아름다운 레안드라는
더 이상 날지도, 뛰지도, 걷지도 못하네.

하루 종일 잿빛 수도복에 감싸인 채
기도만 올리지.

다른 옷 한 번 입어 보지 못한 채
반성하고 복종하는 세월

그 덕에 오랜 세월을
안셀모와 에우헤니오도

산양과 양을 치며
하늘을 향해 탄식의 노래를 부르네.

그녀를 사랑했던 또 다른 청년들도
숲 속으로 찾아드니

두 사람의 눈에 보이는 것은
강물도 아니요, 꽃도 아니요, 오로지 목동들 뿐.

그녀를 너무도 사랑했기에
모든 여자가 다 증오스럽네.

레안드라와 그녀가 누린 영광의 이야기는
이렇게 끝이 난다네.

52

만신창이가 된 돈 키호테, 고향집으로 돌아오다

산양치기가 이야기를 마치자 모두 흥미로워했다. 그 중에서도 특히 신부에게도 말한 바 있지만 들판에서도 얼마든지 신중하고 해박한 인물이 날 수 있다고 주장해왔던 톨레도 성당의 성직자가 더 그러했다.

이 이야기에 누구보다도 감명 받은 사람은 다름 아닌 돈 키호테였다. 물론 모든 여자들마다 그 의도하는 바가 다를 수 있겠지만, 이 순간 마르셀라라는 양치기 처녀를 떠올렸기 때문이었다. 에우헤니오라는 산양치기는 여전히 레안드라로 인해 가슴 아파했는데, 이렇게 의기소침한 그의 모습을 보고 편력기사 돈 키호테가 말했다.

"내가 이렇게 마법에 걸려 어쩔 수 없지만, 만일 모험을 벌일 수만 있다면 지금 당장이라도 레안드라를 찾아나설 텐데……. 하여간 언제든 더 강력한 현인이 나타나 나를 옭아맨 이 마법을 풀어 주는 날이 오게 되면, 내 당신을 도와주겠다고 약속하리다. 힘없는 자를 돕는 것, 그것이 나의 소명이니 말이오."

비탄에 젖어 있던 산양치기가 고개를 들어 홀쭉하고 큰 키에 나이가 제법 든 남자를 쳐다보더니 이발사에게 물었다.

"저 괴이한 모습에 저런 말을 하는 분은 대체 누굽니까?"

"불의를 타파하고, 비뚤어진 일을 바로잡으며, 여성을 보호하고, 거인을 물리치고, 결투에서 승승장구하는 그 유명한 기사 돈 키호테 데 라 만차가 아니고 누구겠소이까?"

"기사 소설 속에서 읽은 것과 비슷한 일들이네요. 지금 댁이 하신 말씀은 소설 속 기사들이 하는 일이니까요. 제가 보기에는 댁이 농담을 하고 있거나, 그게 아니면 저기 저 마음 좋아 보이는 기사께서 좀 돌아 버리신 게 아닌가 싶습니다만."

"내가 돌았다고? 이런 무식한 놈을 봤나! 너야말로 머리통이 텅 빈 놈 아니더냐! 나는 너를 낳아준 네 어미보다도 멀쩡하다!"

돈 키호테는 이렇게 말하면서 상대방의 얼굴에 돼지갈비를 냅다 던져 버렸다. 산양치기의 얼굴에서 코피가 흘러나왔다. 장난이 아니라고 생각한 산양치기도 돈 키호테의 목덜미를 낚아챘다. 산초 판사가 산양치기를 등 뒤에서 덮치지 않았더라면 아마도 돈 키호테는 목이 졸려 죽고 말았을 것이다.

세 사람이 동시에 나자빠지면서 음식 위로 나뒹굴었다. 돈 키호테는 잽싸게 밑으로 빠져나가 산양치기의 등 뒤로 올라탔고, 산초가 얼굴을 마구 때렸다. 산양치기는 식탁 위에 엎어진 형태로 팔다리를 허우적거리면서 앙갚음을 하겠다며 빵 칼을 찾느라 버둥거렸다. 순간 전세가 역전되면서 이번에는 산양치기가 돈 키호테 위로 올라탔다. 엄청난 주먹세례를 받은 돈 키호테의 얼굴에서도 산양치기와 마찬가지로 코피가 터져나왔다. 둘러선 사람들은 마치 투견이라도 구경하듯 신이 나서 싸움을 더욱 부추길 뿐이었다.

톨레도 성당의 성직자와 신부는 웃음보를 터뜨렸고, 순찰대원들은 웃겨서 펄쩍펄쩍 뛰면서 서로 누가 이길지를 놓고 내기를 걸었다. 모두 즐겁고 신나하는 가운데 오직 산초 판사만이 절망감에 어쩔 줄 모르고 있었다. 톨레도 성당의 하인 하나가 돈 키호테를 도와주러 가지 못하게 막아

서고 있었기 때문이었다.

돈 키호테는 거의 만신창이가 된 채 아무 소리 못하고 산양치기 밑에 깔려 있었다. 바로 그때 저 멀리 어디선가 너무나도 구슬픈 나팔의 선율이 들려왔다. 한창 싸움을 하던 두 사람도 소리가 나는 쪽으로 고개를 돌렸다. 상대방과 얼굴을 바짝 맞대고 있던 돈 키호테가 말했다.

"이 악마 같은 자야! 나를 이렇게 꼼짝 못하게 잡아 누를 정도로 힘이 대단한 걸 보니 네가 악마임이 분명하구나. 허나, 일단은 한 시간 정도만 휴전하도록 하자. 저 구슬픈 가락을 들어보니 누군가 나의 도움을 필요로 하는 것 같으니 말이다. 새로운 모험이 나를 부르고 있구나."

상대방을 때리는 것도, 자신이 두들겨 맞는 것에도 신물이 난 산양치기가 돈 키호테를 놓아 주자 돈 키호테는 자리를 털고 일어섰다. 산기슭을 따라 꽤 여러 사람들이 흰옷을 입고 오는 모습이 눈에 들어왔다.

당시는 비가 오래도록 내리지 않아 땅도 메마르고 농사를 짓는 데에도 비가 절실히 필요한 상황이었다. 그래서 곳곳에서 비를 내려 주십사고 하느님과 성모께 간구하는 기도의 행렬이 이어지곤 했었다. 이 지역에도 산등성을 따라 올라가면 산 속에 기도원이 하나 있었다. 마침 신도들이 성모상을 모시고 그곳으로 올라가 이 땅이 얼마나 비를 갈구하고 있는지 성모께서 직접 보시고 하느님께 알려 주셨으면 하는 바람으로 열을 지어 기도원으로 가고 있었던 것이다.

은으로 만든 왕관을 쓰고 금실로 지은 망토를 두른 커다란 성모상을 올려놓은 가마를 마치 세마나 산타 축제 때 행렬하듯이 건장한 청년 여섯이 지고 가고 있었다.

무장한 기사들에 둘러싸인 채 말없이 슬픈 표정을 짓고 있는 여인의 모습을 본 돈 키호테는 분명 악당들에게 사로잡힌 지체 높은 귀부인일 것이

라 생각했다. 그는 검을 달라 하더니, 방패를 받쳐 들고 로시난테를 향해 달려가, 안장을 놓을 겨를도 없이 로시난테 등에 그대로 올라탄 채 산등성을 향해 말을 달렸다.

"어디 가세요, 돈 키호테 님?"

산초 판사가 소리쳤다.

"제 말 들어보세요, 에잇 젠장할! 저건 수도사들의 행렬이라고요. 가마에 타고 있는 여자 분은 성모상이시고요. 잘 좀 보세요! 정말 지금 무슨 짓을 하고 계신지 모르시냐고요?"

하지만 이미 눈에 뵈는 것도 없는데다 분노로 귀까지 멀어 버린 돈 키호테에게 종자의 소리가 들릴 리 만무했다. 어느새 돈 키호테는 행렬을 막아선 채 호령하고 있었다.

"얼굴을 가린 걸 보니, 사악한 자들이 분명하군. 그대들은 내 말을 들으라!"

"이보십시오, 형제님! 하실 말씀이 있으시거든 간단하게 해 주십시오. 지금 너무 힘든데다 고민해야 할 일들도 너무 많아 긴 이야기는 들을 여력이 없습니다."

제일 앞에 선 청년이 대꾸했다.

"한 마디만 하겠다. 그대들이 잡아가고 있는 저 숙녀를 풀어드려라. 불의를 타파하기 위해 이 땅에 온 나로서는 저분을 자유롭게 놓아드리지 않고서는 단 한 걸음도 나아가지 못하게 하리라!"

이 말에 모두 돈 키호테가 미쳤다고 생각하고 웃어대기 시작했다. 하지만 자신이 비웃음거리가 된 걸 용인할 수 없었던 돈 키호테는 칼을 높이 들고 행렬을 향해 달려들었다. 가마를 메고 오던 청년들 중 가장 힘센 청년이 가마를 놓고는 굵직한 몽둥이를 집어들고 돈 키호테의 어깨를 내리쳤다. 슬픈 얼굴의 기사 돈 키호테는 심한 부상을 입고 바닥으로 나동그라지고 말았다.

평발을 이끌고 비탈길을 겨우겨우 뛰어올라온 산초가 제발 주인을 더 이상 때리지 말라고 애걸했다. 산초는 자기 주인이 마법에 걸린 불쌍한 기사님이며, 지금껏 평생 남한테 해코지 한 번 하지 않은 선량한 사람이라고 떠들어댔다. 그러나 청년이 매질을 멈춘 것은 산초의 이런 고함 소리 때문이 아니었다. 그보다는 돈 키호테가 손가락 하나도 까딱하지 않는 걸로 보아 죽어 버린 게 아닌가 싶었기 때문이었다.

이때 신부와 이발사, 톨레도 교회의 성직자를 비롯한 일행 전부가 달려왔다. 행렬을 짓고 가던 사람들은 많은 사람들이 무더기로 달려오는 데다 개중에는 장총을 든 순찰대원들까지 끼어 있는 걸 보고는 곧 싸울 태세로 성모 마리아상을 에워쌌다. 하지만 싸움이 일어나지는 않았다. 달려온 사람들이 곧장 쓰러진 기사를 살리려고 달려들었기 때문이었다.

마침 우리의 신부께서 행렬 속의 다른 신부를 알아보고는 단 두 마디로 돈 키호테가 누구인지를 설명했다. 모두 정말 돈 키호테가 죽은 건지 알아보러 몰려들었다. 주인 옆에 무릎 꿇고 앉은 산초 판사는 두 눈에 눈물이 그렁그렁 고인 채로 탄식하고 있었다.

"오! 파란만장한 삶을 겨우 단 한 번의 몽둥이질로 마감해 버리신 기사도의 꽃이시여! 라 만차와 온 세상의 명예이자 영광이신 분이시여! 당신 없는 이 세상은 이제 형벌을 두려워하지 않는 악한 이들로 가득 차게 될 겁니다. 평생 치욕을 감당해야 하셨고, 맹목적인 사랑에 빠지셨고, 선한 이들을 본받았으며, 악한 이들을 응징하셨던, 오! 편력의 기사시여! 제가 드릴 수 있는 말씀은 이게 다이니……."

이 탄식 소리와 한탄 소리에 돈 키호테의 정신이 돌아왔다. 잠시 기절해

있었던 것이다. 돈 키호테가 정신을 차리면서 제일 먼저 한 일은 사랑스런 둘시네아를 떠올리는 일이었다. 그리고 잠시 후 기운 없는 목소리로 종자 산초 판사에게 말했다.

"날 좀 일으켜다오, 산초야. 마법의 달구지에 올라타야겠다. 이쪽 어깨가 뽀개져 버린 것 같아 로시난테를 타고 가지는 못하겠구나."

"당연히 일으켜드려야죠. 얼른 마을로 돌아가도록 해요. 가서서 건강이 좋아지시면, 그때 더 높은 명성과 영광을 위해 다시 출정하면 되니까요."

산초가 돈 키호테를 부축해 옮기자 행렬도 다시 출발했다. 순찰대원들도 일행에게 작별을 고했고, 톨레도에서 온 성직자와 그 수행인들도 가던 길을 재촉했다. 이제 신부와 이발사, 산초와 돈 키호테, 그리고 소 마차꾼만 남았다.

이렇게 일행은 소 걸음에 맞춰 아주 천천히 걸어나가 엿새 만에 마을에 도착했다.

일행이 마을에 들어서자, 비쩍 말라 얼굴까지 누렇게 뜬 돈 키호테가 소달구지에 실려 오는 것을 본 마을 사람들 중에 한 소년이 잽싸게 뛰어가 돈 키호테의 조카딸과 가정부에게 이 사실을 알렸다. 두 여인은 돈 키호테가 험한 몰골로 소달구지에 실려 온 걸 보고 두 손으로 머리를 감싸쥔 채 소리쳐 탄식했다.

"원, 세상에! 이게 대체 무슨 일이에요? 기가 막혀서!"

산초 판사의 아내도 달려왔다. 그녀가 남편에게 제일 먼저 물어본 건 당나귀가 무사히 돌아왔는가였다. 그 다음에는 자기에게 줄 선물로 옷이라도 사왔는지, 아이들 신발이라도 사왔는지 물었다.

"그런 건 사오지 못했소, 여보. 하지만 더 대단한 게 있지."

"뭔데요? 어서 보여 줘요. 맘에 드는지 봐야지. 당신이 없는 동안 얼마나 쓸쓸했는지 몰라요."

"지금 당장 보여 줄 수 있는 건 아니오. 하지만 다음번에 또 다른 모험을 찾아나서게 되면 오래지 않아 내가 섬의 백작이 되어 있든가 아니면 통치자가 되어 있는 걸 보게 될 거요. 아직 어떤 섬이 될지는 모르지만, 하여간 최고의 섬일 테고."

"아니, 도대체 무슨 소리 하고 있는 거예요, 여보?"

그의 아내 후아나는 도무지 이해할 수 없다는 듯 물었다.

"섬이라니, 무슨 섬이요?"

"너무 조바심내서 알려고 할 것 없어, 후아나. 하여간 세상에 모험을 찾아나선 편력기사의 명예로운 종자가 되는 것보다 더 좋은 일은 없다는 것만 알아두라고! 물론 대부분의 모험이 해피 엔딩으로 끝나는 건 아니야. 사실 99퍼센트는 흠씬 두들겨 맞고 끝나게 되니까. 내가 경험해 봐서 알지. 하지만 그래도 산 속을 지나고, 거친 숲을 탐험하고, 바위를 타고 오르고, 성을 방문하고, 돈 한 푼 내지 않고 여인숙에서 잠을 자면서 다가올 새로운 모험을 기다리는 기분이 꽤 괜찮다고."

산초가 이런 소리를 떠들어대자 그의 아내는 놀라고 실망스러웠다. 하지만 후아나 판사 못지않게 놀라고 실망한 돈 키호테의 조카딸과 가정부도 돈 키호테의 팔자를 비관하면서 그의 옷을 벗기고 흰 시트를 씌운 침대에 눕혔다.

신부는 조카딸에게 돈 키호테를 잘 보살피라고 이르면서 특히 잠에서 깨어나거든 또다시 집을 나가지 못하도록 잘 살펴야 한다고 당부했다.

돈 키호테의 조카딸과 가정부는 새삼 기사 소설을 비난하며 아우성을 쳐댔다. 두 여자는 돈 키호테가 제정신을 찾지 못하고 체력을 회복하게 되면 또 무슨 일을 벌일지 생각하니 머릿속이 온통 뒤죽박죽이 되어 버리는 것 같았다.

그런데 세 번째 출정에 나선 돈 키호테의 모험에 대한 기록을 찾던 이 이야기의 저자 미겔 데 세르반테스 사아베드라는 세 번째 출정에 대한 기록은 단 한 줄도 찾아내지 못했다. 다만 이 세계적인 작가는 편력기사 돈 키호테가 종자를 데리고 다시 집을 나선 뒤 사라고사로 향했다고 전해 들었는데, 이것 역시 확인된 사실은 아니었다. 또한 사라고사에서 두 남자는 라 만차의 광장 곳곳에서 인구에 회자되고 있는, 기억될 만한 대단한 사건을 겪기도 했다고 한다. 하지만 저자가 그 광장들마다 직접 가볼 수 있었던 건 아니다. 다만 돈 키호테의 사라고사 모험에 관심이 많은 사람들, 이 이야기에 호기심을 느낀 사람들로부터 그 이야기를 전해 들었을 뿐이다.

이야기를 마치면서
(뒤늦게 붙이는 서문)

호세 마리아 플라사
José María Plaza

내가 소설 《돈 키호테》를 다시 쓰게 된 것도, 또 이로써 세계적 작가 미겔 데 세르반테스의 위대한 소설에 다가갈 수 있는 새로운 장을 열게 된 것도 다 한 가지 이유, 즉 이 책을 끝까지 다 읽은 여유로운 독자들을 위한 것이었다.

때로는 가장 빠른 길을 선택해 라 만차의 그 마을을 찾아가겠다며 (위험천만한) 산 속 지름길이나 카미노 레알 대로를 지나기보다 좀 빙빙 돌더라도 이제는 그 이름조차 기억하지 못할 그 마을을 새로운 시각으로 바라보는 것이 필요하다는 생각을 하게 된다. 그리고 바로 그 때문에 내가 이 작품을 쓰게 된 것이기도 하고.

이 책은 청소년들에게 가장 유익하리라 생각되지만, 그렇다고 청소년들에게만 국한된 책은 절대 아니다. 처음 독서를 시작하려는 사람들, 좀 더 구체적으로 말하자면 '돈 키호테에 처음 도전하려는 독자들'을 위한 《돈 키호테》인 것이다.

각 학교에서는 의무적으로 세르반테스의 작품을 읽을 것을 권고하고 있지만, 학생들의 독서력으로 정통 《돈 키호테》를 소화하기는 쉽지 않다.

또 자발적으로 《돈 키호테》에 도전해 보려는 독자들 역시 소설의 플롯이 워낙 방대하고 복잡하기 때문에 대단한 인내심의 소유자이거나 사전에 철저하게 마음을 다잡고 시도한 경우가 아니고는 그만 손을 들어 버리기 쉽다.

실제로 나는—대학을 졸업한—수많은 친구들에게 "혹시 《돈 키호테》를 읽어 보았느냐?"는 질문을 던져 보았다. 대부분의 친구들 대답은 "뭐, 조금은……."이었다. 다시 말해 예전에 숙제로 꼭 읽었어야 하는 부분들만 단편적으로 발췌해 읽은 후 더 이상 진도가 나가지 못했다는 말이었다. 물론 치열한 전투를 하는 마음가짐으로 작품 전체를 일독해 봐야 할 뚜렷한 명분도 없었지만 말이다.

이는 외국인 독자들에게서도 유사하게 나타나는 현상이다. 물론 스페인 문학 관련 교수들이나 전문가들은 예외겠지만, 스페인 어를 전공하는 학생들의 경우만 보더라도 소설 《돈 키호테》의 복잡한 플롯과 17세기 세르반테스의 주옥같은 언어 사용에 그만 손을 들고 마는 것이다. 그 결과 (스페인 국내 초·중·고 학생들이 군데군데 건너뛰며 읽은 것과 마찬가지로) 이들은 자연스럽게 축약본을 찾게 된다.

실제로 현재 내가 관심을 가지고 그 문화를 살펴보고 있는 일본의 경우, 한 번역 작가에 의해 현대 독자들에 맞춰 다시 쓴 축약본 《돈 키호테》가 선보였다. 그 책은 원본을 접하기 전에 먼저 한 번 읽어 보기 위한 축약본의 형태이기는 하지만, 스페인 어를 공부하는 학생들이 늘어가고 있는 상황에서 스페인 어를 전공하는 대학생들에게는 꼭 필요한 판본이기도 했다. 유서 깊은 교토 대학은 이 일본어판 축약본이 대단한 성공을 거두자—또한 스페인 현지에서 호세 마리아 플라사라는 사람이 《처음 만나는 돈 키호테》의 집필에 들어갔다는 소식을 접하게 되자—지금 독자 여러분이 두 손 안에 들고 있는 이 책에 지대한 관심을 표명한 바 있다.

《처음 만나는 돈 키호테》를 쓰려고 기획했을 때부터 줄곧 나는 이 책이 처음부터 세르반테스의 정통 《돈 키호테》에 곧바로 도전하여 푹 빠질 만한 자신이 없는 독자들에게 일종의 사전답사 격으로 읽도록 해 주고 싶다는 명확한 집필 의도를 지니고 있었다. 하지만 그 뜻을 이루는 일은 쉽지 않았다. 실제로 나는 새로운 판본에 도전하면서, 현시대에 맞게 개작하는 일과 재해석하는 일, 플롯을 간추리고 시대에 맞게 고치는 일, 그리고 돈 키호테의 캐릭터를 재창조해 내는 일 등 모든 문제와 관련하여 장고(長考)의 과정을 거치지 않을 수 없었다. 여러 해가 지나도록 혼란만 가중되고, 한계에만 부딪힐 뿐이던 어느 날, 나는 그토록 암중모색하던 실마리가 바로 내 두 눈앞에 놓여 있다는 사실을 깨닫게 되었다.

독자 여러분이 이미 읽어서 아시겠지만, 《처음 만나는 돈 키호테》는 세르반테스의 정통 《돈 키호테》 속 각 장의 내용을 총 망라하고 있으며, 구성과 그 속에 등장하는 모험의 내용, 등장인물들도 원본의 형태를 충실히 따르고 있다. 실제로 산초 판사를 담요로 키질했던 사람들의 이름을 비롯해 세르반테스의 《돈 키호테》에 등장했던 모든 인물들이 빠짐없이 거명되고 있다.

내가 부딪혔던 난제 중의 하나는 문인의 길과 무인에 길에 대한 돈키호테의 일장 연설을 다룬 장이나, 장서를 불태우는 장면이 담긴 장, 세르반테스가 기사 소설과 당대의 연극에 대해 일별하고 비평하는 장 등이다. 이들 상황묘사에 치중한 장에서는 오늘날의 현실에 맞게 각색하는 것이 너무 사적인 담론(談論)이기도, 하고 또 미묘한 부분이 없지 않아 이를 재창조하기에 무척 애를 먹었다는 점이다.

또한 '무모한 호기심에 대한 이야기'처럼 액자 소설의 형태를 취하고 있는 소설 속의 또다른 소설의 경우에도 돈 키호테의 역동적인 이야기와는 별 관계가 없다는 문제점이 있었다. 그래서 처음에는 이 부분을 빼버릴까 하는 생각도 했지만, 다른 에피소드들과는 전반적인 틀에서 좀 거리감이 있음에도 불구하고 결국에는 그냥 끼워넣기로 했다. 목동 이야기 두 편 ― 마르셀라 이야기와 레안드라 이야기 ― 역시 유사한 경우로, 내 작품에서는 어딘지 덜 다듬어진 듯한 찬미시의 형태를 빌어 담아냈다.

포로기사의 모험담은 전혀 별개의 모리스코 소설로 여겨지고 있음에도 불구하고 기사가 등장인물이 되어 작품 속 여러 장에 등장하고 있기 때문에 해결하기가 훨씬 더 난감한 부분이었다. 이야기 자체가 워낙 명쾌하게 단절되어 있었기 때문에 ― '무모한 호기심에 대한 이야기'와 마찬가지로 ― 굳이 중간에 끼워넣을 필요가 없다는 생각이 들었기 때문이었다.

또한 몇 가지 소소한 부분은 약간의 창의력을 발휘해(아주 기본적인) 사건 묘사를 시도해 보기도 했다. 아마도 세르반테스가 충분한 시간이 없었거나 혹은 시데 아메테 베넹헬리의 원본이 소실되어 빠져 있었던 부분이었을 것이다. 시데 아메테 베넹헬리는 세르반테스가 발견한 육필 원고의 저자들 중 한 명이다. 세르반테스도 그랬듯이 나도 새로운 장면들을 집어넣음으로써 나 자신의 작가정신을 발휘해 보고자 했기 때문에 내 작품 《처음 만나는 돈 키호테》 속에는 등장하지 않는다.

최초의 《돈 키호테》가 출간된 지 어언 4백 년이 지났기 때문에 내가 맞닥뜨린 최고의 난관은 소설의 모든 장면들을 그대로 등장시키고 세르반테스 고유의 목소리를 유지하면서도 돈 키호테라는 캐릭터를 오늘에 맞게 되살려야 한다는 점이었다.

《처음 만나는 돈 키호테》에서는 대화 부분은 가급적 원작가의 문체를 살렸으며, 서술 부분은 최대한 자유롭게 구사하고자 했다. 이는 당대의 소설이 상당히 경직되어 있었을 뿐 아니라 평면적인 묘사와 생생한 대사 간에 큰 차이가 있기 때문이었다.

하여튼 이 책은 구성면에서나 문체면에서 독자의 감동을 추구하고 있다. 즉, 독자들이 책장을 넘기는 동안에 삽화를 통해, 혹은 글을 통해 점점 더 이 작품에 관심을 갖게 되고, 점점 더 가슴 찡한 감동을 얻을 수 있기를 바란 것이다. 정작 그리될지, 그렇지 못할는지는 숙제로 남겨두겠지만 말이다.

《처음 만나는 돈 키호테》는 세르반테스를 연구하는 학자들을 위한 책도 아니고, 세르반테스의 작품을 열심히 읽어온 독자들을 위한 책도 아니다. 그저 《돈 키호테》에 처음 도전하려는 독자나 원전 《돈 키호테》를 부분적으로밖에 읽지 못했던 독자들을 위한 책이다. 그런 독자들에게는 이 책이 꽤 고마운 책이 될 것이며, 실제로 초고를 몇몇 지기들에게 보여 준 결과 그걸 확인할 수 있었다. 그들 가운데 몇은 내 초고를 읽은 후 결국 원전 《돈 키호테》를 독파하게 되었다는데, 나로서는 그처럼 큰 기쁨이 없었다.

이 지면을 빌어 아나 플라사와 올가 로드리게스, 마리아 시푸엔테스, 페드로 마르티네스 베라데, 마리아 헤수스 힐, 반도 소히 교수, 나를 위해 책을 번역해 준 아사 카나세키, 이 판본이 나올 수 있도록 격려해 주었던 누리아 에스테반에게 감사의 인사를 전한다. 그들의 열의와 도움이 없었더라면 지금 독자 여러분 손에 쥐어진 이 책은 전혀 다른 책이 되었거나 아예 존재하지도 못했을 것이다.

나와 세르반테스의 혼이 담긴 이 책 《처음 만나는 돈 키호테》에 대해서는 이쯤만 이야기하도록 하겠다. 내가 이 책의 집필을 처음 구상한 것은 비고 해안에서 바다를 바라보면서였다. 이 바다는 지금으로부터 416년 전 펠리페 2세 치하의 22,000명의 병사들과 130척의 무적함대가 지나간 바 있다. 그리고 실제로 이 책을 쓴 것은 《재치 있는 시골 귀족 돈 키호테 데 라 만차》 제1부 초판본이 인쇄되었던 인쇄소에서 불과 84킬로미터 떨어진 곳에서였다.

친애하는 독자 여러분! 여러분에게 신의 가호가 있으시기를 바라며, 혹이 《처음 만나는 돈 키호테》가 재미있으셨다면 부디 정통 원본 《돈 키호테》도 꼭 읽어 보시기를 바란다. 그렇게 되어야만 나의 부족한 이 작품이 아쉽지 않을 것이며, 그 부족한 작품을 읽는데 투자된 독자 여러분의 소중한 시간이 아깝지 않을 테니 말이다.

또 설사 나의 책을 통해서가 아니더라도 부디 4세기 전에 그토록 훌륭한 작품을 쓸 수 있었던 미겔 데 세르반테스 사아베드라에게 망설임 없이 다가가기를 바란다. 그렇게만 된다면 나의 이름은 기억하지 못한다 해도 여한이 없을 것 같다.

역자 후기

김수진 (외국어대학교 스페인어과 강사)

2005년은 《돈 키호테 1편》이 발표된 지 4백 년이 되는 해이다. 서구에서는 《돈 키호테》를 읽지 않고서는 픽션 작가가 될 수 없다는 것이 하나의 불문율로 여겨지고 있을 정도로 《돈 키호테》를 높이 평가하고 있다.

또한 2002년 노르웨이의 노벨 연구원이 세계 54개국 저명 작가들에게 '세계 문학사에 빛나는 명저 1백 권을 뽑는다면 누구의 어떤 작품들이 포함될까?' 라는 질문을 던진 바, 당당하게 1위로 뽑힌 작품이 《돈 키호테》이다. 그러나 그에 비해 국내의 독자들은 돈 키호테의 기이한 모습, 그가 벌인 에피소드만 알고 있는 정도이다.

이는 세르반테스의 원전 《돈 키호테》가 1605년에 발표된 방대한 분량의 작품인 탓에 17세기 유럽과 당시의 문체에 익숙지 못한 국내 독자들로서는 쉽게 손에 잡기 힘든 작품이라는 점에 기인하는 바 클 것이다. 또한 국내에서는 영미권 문학에 치중하는 현실 때문에 가까이하기 쉽지 않은 작품이기 때문이기도 하다.

그런 의미에서 《돈 키호테》를 21세기적 문체로 쉽게 풀어 쓴 《처음 만나는 돈 키호테》는 작자의 의도만큼이나 독자로 하여금 정통 《돈 키호테》에

성큼 다가설 수 있도록 하는데 크게 기여할 것으로 기대된다.

《돈 키호테》의 작가 미겔 데 세르반테스 사아베드라는 1547년 9월 29일 스페인 알칼라 데 에나레스에서 출생하였다. 가난한 외과의사의 아들로 태어난 그는 거의 정규 교육을 받지 못했으며, 당시 유행했던 연극 등을 관람하면서 문학도의 꿈을 키웠다. 청년 시절에는 군에 입대하여 역사적으로도 유명한 레판토 해전에 참가했다가 왼팔에 큰 부상을 입는 바람에 '레판토의 외팔이'라는 별명을 얻기도 했다. 또한 전쟁에서 귀향하던 중 당시 지중해에 횡행하던 해적들의 습격을 당해 장장 5년간이나 알제리에서 노예생활을 하기도 했다. 이런 모든 경험들이 훗날 그의 작품을 위한 소재가 되기도 했다. 귀향 후 결혼한 뒤 가난에 찌든 생활 속에서도 문학도의 꿈을 이루고자 했지만 몇몇 작품이 큰 반향을 일궈내지 못해 낙심하고 하급 세무공무원 생활로 생계를 꾸려 나갔다.

그가 본격적으로 작가로서의 성공을 거둔 것은 1605년에 출판된 《돈 키호테 1편》의 성공에 힘입은 바 크다. 그 후 1616년 마드리드에서 사망할 때까지 《모범 소설》, 《파르나소로의 여행》, 《8편의 희곡과 8편의 막간극》, 《돈 키호테 2편》, 《페르실레스와 시히스문다의 모험》 등 다수의 훌륭한 작품들을 남겼다.

세르반테스는 스페인 문학의 황금시대에 등장한 대문호로 영국의 셰익스피어, 프랑스의 몽테뉴 등 쟁쟁한 인물들과 동시대를 호흡한 인물이다. 《돈 키호테》는 기사 소설일 뿐만 아니라 역사 소설이기도 하고, 목가적이며, 악자적이고, 감상적인 소설이기도 하다. 즉 그 시대까지 독립적으로 연구되었던 소설의 모든 장르를 세르반테스가 《돈 키호테》라는 단 한 권의 소설 속에 응집시킨 것으로, 이 소설은 빼어난 문체에서뿐만 아니라 작품 속에서 전개되는 사상과 이상적 측면에서도 최고의 작품으로 손꼽

히게 되었다.

이는 기사 돈 키호테가 어떤 장애에도 굴복함이 없이 단지 영혼의 승리를 위해 싸우는 낭만적 인간의 상징으로 우뚝 서 있기 때문이다. 더불어 숭고하고 고결한 중세의 마지막 기사이자 동시에 억압과 불의를 거부하고 투쟁하는 새 시대의 첫 번째 인물로 부상하고 있기 때문이기도 하다. 그리고 더 나아가, 기사 돈 키호테와 종자 산초 판사가 인간의 마음속에 공존하는 이상주의와 현실주의의 화신으로 화합하며 하나로 합쳐진 인간을 상징화하고 있기 때문이기도 하다.

《돈 키호테》는 셰익스피어의 작품들과 함께 서양 문학의 최고봉으로 간주되며, 동시에 '돈 키호테를 모르면 서양사를 이해할 수 없다.' 는 T. S. 엘리엇의 말대로 서양 세계를 이해하기 위해 꼭 읽어야 할 고전으로 자리 잡고 있다. 뿐만 아니라 《돈 키호테》는 유럽은 물론 미국, 라틴아메리카의 수많은 작가들에게 필수적인 고전이 되었고, 20세기에 들어와서도 '매년 성경처럼 꼭 《돈 키호테》를 읽는다.' 고 말했던 윌리엄 포크너를 비롯해 카프카, 제임스 조이스, 버지니아 울프 등 대표적인 현대 작가들에게 심대한 영향을 끼친 바 있다. 특히 포스트모더니즘 문학의 선구자로 꼽히는 아르헨티나의 호르헤 루이스 보르헤스를 비롯해 노벨 문학상 수상에 빛나는 《백 년 동안의 고독》의 가르시아 마르케스, 《장미의 이름》의 움베르토 에코 등 현대 소설가들에게 미치는 영향 역시 절대적이다.

호세 마리아 플라사의 《처음 만나는 돈 키호테》는 작가의 말대로 원전 《돈 키호테》를 충실히 따르되, 《돈 키호테》를 처음 만나고자 하는 독자들이 비교적 쉽고 친근하게 《돈 키호테》에 접근할 수 있는 계기를 만들어 주고 있다. 시종일관 웃음을 머금게 만드는 재미난 내용, 21세기의 독자들에게 전혀 낯설게 느껴지지 않는 편안한 문체, 그리고 무엇보다 원전 《돈 키호테》에 한 번 도전해 보고 싶은 도전의식을 불어넣는 작가 플라사의 재능이 한껏 발휘된 작품이다.

백 년만의 무더위라 예고되었던 지난 여름 내내 《처음 만나는 돈 키호테》를 만나느라 더위를 느낄 겨를이 없었다. 무더위는 잘못된 예고였지만, 설사 백 년만의 무더위였더라도 나는 아마 돈 키호테를 만나는 쏠쏠한 재미에 더위를 모르고 여름을 지났을 것이다.

어느덧 바람결에 살랑거리는 길가의 코스모스를 바라보니 이제 슬슬 정통 《돈 키호테》를 만나러 가야겠다는 생각이 든다. 아마도 호세 마리아 플라사의 의도가 내게도 적중했는가 보다. 단순한 미치광이의 껍질을 벗어던진, 환멸의 시대를 넘어 낭만적 기개로 자신의 이상을 포기하지 않고 달려갔던 돈 키호테를 만나는 기쁨을 다시 한 번 누려야겠다.

José María Plaza

　호세 마리아 플라사는 스페인에서 가장 인기 있는 작가 중 한 명이다. 그가 현재까지 쓴 작품은 36권에 달하며 그 중에서도 청소년 독자들에게 가장 사랑받는 작품 《사랑에 빠지는 건 죄가 아니야》와 《자신이 누군지 모르는 파란구아리꾸띠리미꾸아로》는 뮌헨 국제 도서관에서 수여하는 화이트 라벤 상(White Raven Prize)을 수상했다.

　《처음 만나는 돈 키호테》는 2005년 스페인에서 가장 많이 팔린 베스트 셀러 중 한 권으로 출간 즉시 10만 부가 넘게 팔린 작품이다.

　이 책은 또한 출간되자마자 세계의 이목을 끌게 되어 한국, 중국, 일본, 독일, 포르투갈, 아라비아 등에서 번역, 동시 출간되었다.